本书为国家社会科学基金项目"西方马克思主义视域下20世纪南非英语小说研究"（14BWW075）成果

二十世纪
南非英语小说研究

蔡圣勤　著

On South African English Novels in 20th Century

WUHAN UNIVERSITY PRESS
武汉大学出版社

图书在版编目(CIP)数据

二十世纪南非英语小说研究/蔡圣勤著.—武汉:武汉大学出版社,2021.11
(2022.9 重印)

ISBN 978-7-307-22552-7

Ⅰ.二…　Ⅱ.蔡…　Ⅲ.英语文学—小说研究—南非共和国—20 世纪
Ⅳ.I478.074

中国版本图书馆 CIP 数据核字(2021)第 182347 号

责任编辑:邓　喆　　责任校对:李孟潇　　版式设计:韩闻锦

出版发行:**武汉大学出版社**　(430072　武昌　珞珈山)
　　　　　(电子邮箱:cbs22@ whu.edu.cn　网址:www.wdp.com.cn)
印刷:武汉邮科印务有限公司
开本:787×1092　1/16　印张:14.75　字数:328 千字　插页:1
版次:2021 年 11 月第 1 版　　2022 年 9 月第 2 次印刷
ISBN 978-7-307-22552-7　　定价:45.00 元

有哪一个反对党不被它的当政的敌人骂为共产党呢？又有哪一个反对党不拿共产主义这个罪名去回敬更进步的反对党人和自己的反动敌人呢？

——《共产党宣言》①

---

　　① ［德］马克思，恩格斯：《共产党宣言》，中共中央马克思恩格斯列宁斯大林著作编译局编译，人民出版社 2014 年版，第 26 页。

前　言

在习近平主席提出的"人类命运共同体"倡议的背景下，在我国经济、政治、文化等方面的发展逐步提高的背景下，在"一带一路"倡议逐步获得海外赞许的背景下，我们自我审视发现，我们对非洲文化、文学了解得太少。南非文学近年来异军突起，成为世界文学中不可忽视的一支。南非文学由英语文学、阿非利卡语文学和南非9种本地语语种文学构成。其中，南非英语文学的表现最为突出。一方面，南非曾属于"英联邦"国家，与英国文学有着深厚的文化渊源；另一方面，南非有一大批用英语创作的作家群和读者群。近20多年来，用英语创作的戈迪默、库切、莱辛接连获得诺贝尔文学奖，其他还有十数名作家分别获得英语文学布克奖等其他国际大奖，其文化影响力不容小觑。同时，南非的文化影响力极具典型性。南非不仅是"金砖国家"成员，在南部非洲，甚至在整个非洲，它还是一个非常重要的甚至是起领导作用的国度。

从英语文学的视角看，一直以来，我国对英语世界的研究主要集中在英美国家，文学研究也集中在英国文学、美国文学。很多高校英语专业的学生对除英美之外的其他国别的英语文学知之甚少，许多高校既没有必修课也没有选修课。这种现象与学科发展、与国家整体文化实力极不相称。甚至一个受过高等教育的毕业生对南非的了解仅限于"曼德拉""世界杯""黑人占大多数"，很少有人知道南非有近40万华人居住，南非有3700多家中资企业和多项大型合作项目。每年我国派出大量员工在南非各个领域合作、管理或务工。了解南非应从文学、历史等文化领域入手。而南非英语文学中，小说是最为喜闻乐见的文学创作，研究南非英语小说的文化影响力对全面掌握其文化特征而言特别重要。因此，我们从事这一领域的研究也显得有一定的意义或价值。

本书主要研究20世纪以来南非英语小说所取得的成就。笔者以马克思主义理论的历史为维度、以不同种族作家创作为经度的"经纬相交"的方法，用马克思主义的唯物史观选取100年来南非较有价值的英语小说，研究其创作趋向，考察这些作品对南非文化的影响力，并作出分类型的价值判断。这些优秀作品不仅影响了南非国内的阿非利卡语文学(南非荷兰语语)创作，影响了南非本地诸语种文学的书写，更大层面上还影响了南非国民的价值观，而这种价值观又与英国、美国等西方国家所谓"主流"价值观有着本质的区别。从马克思主义的观点看，南非的20世纪，经历了从殖民统治、种族隔离、艰苦的人权斗争等重大历史事件，到20世纪末终于获得了不同种族间平等的民主政治体制。而20世纪的南非英语小说和小说家不同程度地受到西方马克思主义的影响(同样，也有许多作家受到毛泽东思想的影响)，真实地表现出南非人民的斗争经历，而且也反映20世纪的斗争历史。西方马克思主义拥有众多流派和分支。国内许多高校

1

已设立"西方马克思主义研究"或"国外马克思主义研究"二级学科博士点或研究中心，本身说明这个理论体系和架构的庞杂性。本书的重点不在于比较西方马克思主义与"正统"马克思主义理论之间的区别与联系，所以只在绪论中简单梳理与本书有关的南非英语小说研究中需要的理论概念。南非的英语小说的历史责任，不仅是向南非的国民，更是向世界表达政治诉求。因此南非这一特殊现象成为整个非洲的典型代表。

本书主要按"历史维度"把百年来的英语小说分为骄傲的文学、觉醒的文学、抗争的文学、胜利的文学、疏离的文学五个阶段进行阐述。种族问题在南非从来都是文化分析的焦点，本书也不例外，按白人写作、黑人写作、其他有色人种写作分别选择有代表性的作家展开论述。

针对南非英语小说的研究，应该说迄今为止在国内系统地深入研究尚不够，国外研究基本为西方文化价值观体系的表述。多种族的英语小说创作正是南非特有文化构成的具有鲜明特色的组成部分。"经纬相交法"研究有利于分清南非多种族文化成分，且更有利于理解英语文学创作的文化影响力。

南非的 20 世纪历史，尤其是不断展开的种族间、本土文化与西方文化斗争的历史，与马克思主义理论学说非常契合。最后以曼德拉为首的"非国大"取得了最终胜利。尽管曼德拉本人曾深刻地受到西方马克思主义的影响，受到南非共产主义组织影响，也受到苏联和中国的影响（一度曾访问北京），但他并未全身心地成为真正意义上的马克思主义者。这一定程度上导致了曼德拉革命的不彻底性，为后来南非政治社会、经济体制的设立埋下了隐患。而南非作家作为知识分子的一部分，多从西方马克思主义理论学说中获取滋养，特别是法兰克福学派的影响多于马克思主义原著本身。

自 2014 年获得国家社科基金项目"西方马克思主义视域下的 20 世纪南非英语小说研究"（14BWW075）以来，本课题研究中，2017 年已经翻译出版了南非罗德大学康维尔教授等主编的《哥伦比亚南非英语文学导读（1945— ）》作为阶段性成果。该著作统一了 20 世纪南非作家姓名、作品名、大事件名称、地点名称等方面的中文译名，可以从一定程度上解决译名混乱、所指不清的问题，可作为工具书使用。2019 年又翻译出版美国著名人类学家威廉·艾伦斯的学术著作《食人神话：基于人类学和食人传说的研究》。该书是批评西方中心主义的有力佐证，艾伦斯的著作尖锐地批评了欧洲中心主义者将非洲视为野蛮人、视为食人族是毫无依据的蓄意建构。这一译作又添力证，为非洲研究贡献了一部译文文献。

作为阶段性成果，课题组主要成员罗晓燕完成了"子课题"——库切后期作品的西方马克思主义影响研究，并于 2017 年出版了专著《库切的后期创作与西马思潮的影响》（2017 年），其主要观点在伦敦、悉尼等国际会议上发表，取得了国际同行肯定。

作为阶段性研究成果，课题组主要成员胡忠青博士发表了数篇论文，于 2017 年申请教育部人文社科青年项目"西方马克思视域下戈迪默小说研究"（编号 17YJC752008）并成功获批，为更进一步研究南非作家戈迪默打下了良好的基础。

2015 年 6 月课题组的论文"论库切后期小说创作的多元性书写"（《中国社会科学院研究生院学报》，2014 年第 4 期）荣获湖北省外国文学学会第九届（2013—2014 年度）科研成果奖论文类一等奖。

　　但是，正如本书书名所示，限于笔者的语言能力和研究精力，本书还只能涉及"20世纪的南非英语小说"。并不是诗歌、戏剧和影视文学作品不丰富或不重要，相反，这些领域也取得了非常瞩目的成就。笔者和所带领的团队将在以后的研究中逐步拓展，希望能为我国的南非研究尽一份力量。当然，还有其他语种（包括南非荷兰语、祖鲁语等）也期待有更多更好的成果问世，权且把本书当作以此"抛砖引玉"的尝试吧。令人庆幸的是，2019年以上海师范大学朱振武教授领衔的国家社科基金重大项目"非洲英语文学史"得以获批。笔者也参与其中，作为子项目的负责人，召集团队成员董亮博士、胡忠青博士、秦鹏举博士、李丹博士等开展南部非洲英语文学史的研究与撰写，正有条不紊地推进。而且近期喜获信息，北京外国语大学孙晓萌教授有关非洲文学中的豪萨语和斯瓦西里语的国家项目成果即将问世，华中师范大学黄晖教授的"非洲文学史"也进展顺利，清华大学王敬慧教授的非洲文学课题也硕果累累。近年来也有不少同行（如邹涛教授、石平萍教授、李美芹教授、蒋晖教授等）在这一领域立项。可以预见，在不久的将来，会有更多更好的成果脱颖而出，非洲文学不再是"小众"或"偏锋"，她也将是世界文坛上靓丽的展现。

　　综上所述，本书成形前的前期研究获得的阶段性成果有：译著2部；子项目专著2部；论文20篇，其中在《外国文学研究》《江汉论坛》《山东社会科学》《华中学术》《社会科学家》《湖北社会科学》等CSSCI学术期刊发表10篇（见附录）；指导硕士生完成毕业论文14篇（均获得硕士学位）；研究专题成功申请教育部课题1项；获得省外国文学学会研究论文一等奖1项。课题的研究得到北京大学非洲研究中心的重视，并在该中心编纂的集刊《中国非洲研究评论》中做专版介绍。这些研究的前期成果是课题组成员罗晓燕、胡忠青、张乔源、景迎、芦婷、彭子颖、吕曰文，以及本人的其他研究生团队共同完成的。这本书的出版还得益于武汉大学出版社外语分社社长谢群英、编辑邓喆等老师的不懈努力，在此略表致谢。总之，这个领域的研究应该能为我国非洲文学研究尤其是南非文学研究贡献出一份绵薄之力，期望不负多年来的汗水浇筑。

作　者

2021年7月

于抗疫夺取胜利的英雄城市：武汉

目　　录

绪论
20 世纪南非英语小说概述

当今的南非已有很多作家享誉全球。如奥利弗·施莱纳（Olive Schreiner）、艾伦·帕顿（Alan Paton）、阿索尔·富加德（Athol Fugard）、纳丁·戈迪默（Nadine Gordimer）、安德烈·布林克（André Brink）、威尔伯·史密斯（Wilbur Smith）、约翰·马克斯韦尔·库切（J. M. Coetzee）等。此外，还有许多作家也在国际上名声大噪，如扎克斯·穆达（Zakes Mda）、达蒙·加尔古特（Damon Galgut）、恩加布鲁·恩德贝尔（Njabulo Ndebele）、安提耶·科洛戈（Antjie Krog）、马琳·凡·尼凯克（Marlene van Niekerk）、伊万·乌拉基斯拉维奇（Ivan Vladislavic）、佐伊·蔚康姆（Zoe Wicomb），等等。另外一些作家，如萨拉·格特鲁德·米林（Sarah Gertrude Millin）、达芙妮·鲁克（Daphne Rooke）、劳伦斯·凡·德·普斯特（Laurens van der Post）等虽然已经淡出人们的视线，但早些时期也曾熠熠闪光。① 更有不少南非作家在其移居他国后在国际上赢得认可，如在英国广为人知的丹·雅各布森（Dan Jacobson）、芭芭拉·崔毕多（Barbara Trapido）、詹姆斯·麦克卢尔（James McClure）、克里斯多弗·霍普（Christopher Hope）、贾斯汀·卡怀特（Justin Cartwright）、汤姆·夏普（Tom Sharpe）等。②

纵然说出无数个南非作家的姓名，也难以让人了解南非文学作品的广泛性和丰富性。有些文字记载或转述口头文学传统，已经潜移默化地影响了本书研究所涉及的一大批文学作品，这些传统或相互影响、渗透，或互不交错，甚至驳斥。虽然南非国内市场较小，大部分潜在读者资金有限，这些传统却已经建立起庞大的文学艺术体系，并且还在不断壮大——从草根传奇、民间故事，到欧洲式阳春白雪的文学作品——这些传统在其中不断地被更新、被改造。南非紧张的政治历史已经深入大众群体的生活，难免影响作家的笔头写作。它一方面促使大量相关的文学作品产出，但同时这段历史也扭曲了文学作品创作和传播的制度化过程（如文字审查制度的影响）。20 世纪 90 年代终于建立民主的政权，废除国家支持的种族主义后，人们才有机会站在广阔的视角去审视完整的南

---

① 参见 David Attwell, Derek Attridge（ed.）, The Cambrige History of South African Literature, New York: Cambridge UP, 2012, p. 1。

② 这里缺少的多丽丝·莱辛（Doris Lessing），原为南部非洲著名作家，居住在原罗得西亚（今津巴布韦），与南非同属英国殖民地，后移居英国。2007 年获诺贝尔文学奖。莱辛早期创作的内容大多涉及南非和当时的罗得西亚、博茨瓦纳等，在南非英语文学的谱系里仍然少不了这位深受国际读者欢迎的作家。

非历史(而非殖民者书写的历史)。这在先前是不可能实现的，但这也并不代表此后就是平稳时期：刚建立起黑人执政的民族国家仍然面临巨大的挑战，南非的作家们虽然不讨厌相应的庆祝活动，但他们仍然继续致力于探索21世纪国内甚至全球人类生活中可能面临的困境或危险。

读者非常有必要了解南非文学历史、南非的书写语言及其文学传统所具有的十分丰富的多样性。南非社会囊括范围广，多种语言的使用是造成这种多样性的主要原因。由于下文所讨论的内容与南非多种语言的使用紧密相关，故在此有必要对南非语言的发展做一个简短的介绍。当今的南非虽然使用多种语言，但种类并不及殖民地独立后时期的其他国家，像印度或是非洲大陆的尼日利亚。不同的是南非政府在种族隔离体制之后的宪法中承认11种常用语言的官方地位。1994年以前，仅有英语和南非荷兰语享有这种正式的地位。① 鉴于英语在国际上难以被撼动的霸主地位，宪法所规定的非洲本土语言的平等地位离真正意义的平等仍有一段距离。多种主要语言使用的合法化反映出当前不同种族的政治抱负。南非官方语言按使用该语言群体的大小降序排列，依次是祖鲁语(isiZulu)、科萨语(isiXhosa)、南非荷兰语(Afrikaans)、塞卑第语(Sepedi)、茨瓦纳语(Setswana)、英语(English)、塞索托语(Sesotho)、齐松葛语(Xitsonga)、史瓦济语(siSwati)、齐泛达语(Tshivenda)和恩德贝里语(isiNdebele)。②

英语主要用于教育、商务以及政府事务，同时也被多数人作为第二、第三甚至第四种语言使用。每种语言都有自己的文学，就本土语言而言，口头文学与书面文学共生。南非文学涉及范围极其广泛，可以说南非文学是民族文化的延伸，但本民族文学(国别文学)的概念比较模糊。"1994年第一次民主选举之后，制宪人员将! *ke e*：/*xarra*//*ke* 选为国家箴言，意为'不同的人，聚集在同一个民族'，| Xam，是一种源于南非科伊桑族人的古老语言，如今已经不再使用"③。在南非，使用一种非通用语可能更加保障对本土性以及准确性共识的需求，这类语言的历史相较其他通用语而言可能更加悠久。同样，对文学来说，尽管人们曾试图用诸如"和而不同"的方式来解释文学的统一，但至今并没有一个准确的关于统一的原则。

---

① 南非荷兰语，又称阿非利卡语，或阿非利堪语等。本书基本上称作"南非荷兰语"。关于此语地位的论述，可参见 www.info.gov.za/documents/constitution/1996/96cons1.htm。

② 此处例举的非洲语言都是根据使用者群体名称而命名的，有些前缀已被省略，保留的是其形容词形式(如祖鲁语的形式由 isiZulu 演变为 Zulu 等)。全南非语言委员会偏好使用北索托语，在众多语言中，塞卑第语(Sepedi)虽只是方言，在南非仍被广泛使用。南非科伊-桑族语是南非科伊语言和桑语的统称，其连字符表明两族之间自古以来便被区分对待，关于其写法有 Khoe, Khoesan 和 Khoe-San 的形式之争，但是像这种变化并不普遍。除了科伊桑族，其他被南非国家使用并被宪法承认的语言如下：手语、阿拉伯语、德语、希腊语、古吉拉特语、希伯来语、印地语、葡萄牙语、梵语、泰米尔语、泰卢固语、乌尔都语，此外还有一些当地方言以及混杂语言。详见 http://pansalb.org.za/index.html。

③ 参见 David Attwell, Derek Attridge (ed.). The Cambrige History of South African Literature. New York：Cambridge UP，2012，p.2。

　　因此，就"南非文学"这个概念而言，它有如此丰富浩瀚的领域。鉴于本课题组的语言能力有限实在无法涉及，我们选材只能涉及"英语文学"中的小说作为研究对象。但有时文学不是孤立，小说家有的也是诗人、剧作家，在不得已的情况下，我们也会相对少地涉及南非的英语诗歌、戏剧等创作。

　　南非英语小说通常可以追溯到奥利弗·施赖纳(Olive Schreiner)的《非洲农场的故事》①(The Story of an African Farm，1883)，尽管一些研究结果显示在那之前已经至少有一部作品出现了：大主教约翰·威廉科伦索(Bishop John Willam Colenso)的女儿弗朗西斯·科伦索(Frances Colenso)出版了她的第一部虚构小说《我的酋长和我》(My Chief and I)，描述了 1873 年在纳塔尔对抗英国殖民当局的朗加利巴勒起义。当时这部小说颇有名气，但很快便绝版了，一百多年后由玛格丽特·戴蒙德(Margaret Daymond)编辑，于 1994 年和它未出版的续集《五年之后》(Five Years Later)一起再版发行。②

　　但是《非洲农场的故事》无可非议地被视作南非英语小说的开山之作。它从女性(和典型的女权主义)的视角探索了南非一个偏僻的农场上的生活。施赖纳运用的题材后来被很多南非作家模仿：在这片土地上生活的艰辛，性别问题上对个人严格的约束，不同种族(当时尤指荷裔南非人和英国人)之间的相互交往。更普遍的问题还有：孩子们面对成人世界的唯利是图时的无助；人们为了实现个人抱负不择手段；面对不可阻挡的自然力量时，当地人们下意识表现出的偶然性和脆弱性，等等。在这些主题背景下，施赖纳开创了一个描述本土性的正式文体。该文体的侧重点在于运用非洲语言风格抒写符合非洲山水风情的小说——即后来影响广泛的"农场小说"文体。

　　在 20 世纪早期，道格拉斯·布莱克本(Douglas Blackburn)以描述南非小镇生活的小说而闻名。他的"赛瑞尔·伊拉斯马斯三部曲"(Sarel Erasmus Trilogy)——《普林斯多普的普林斯卢》(Prinsloo of Prinsloodorp，1899)，《堂吉诃德式的汉堡》(A Burger Quixote，1903)，以及《我来我看见》(I Came and Saw，1908)——都涉及了布尔战争以及它带来的后果，而《渐变：黑人和白人的故事》(Leaven：A Black and White Story，1908)则最早涉及"吉姆来到约翰内斯堡"主题——来自乡村的黑人浪游到城市后普遍遭遇的灾难性结局。珀西瓦尔·吉本(Perceval Gibbon)的《玛格丽特·哈丁》(Margaret Harding)也是 20 世纪早期值得注意的一部作品。珀西瓦尔·吉本敏锐且富有同情地描写了南非干旱地区一座农场中的种族问题。同施赖纳一样，他的作品也涉及了荷裔南非人和英国人之间的关系的主题；但是其小说以黑人为中心，向读者展示了一个全新的论

---

　　① 1958 年人民文学出版社郭开兰译为"一个非洲庄园的故事"，学术论著中多用"非洲农场的故事"，此处保留这个译名(笔者注)。李永彩教授译为"一个非洲农庄的故事"，把作者名译成"奥里芙·旭莱纳"。见李永彩，《南非文学史》，上海外语教育出版社 2009 年版，第 122 页。

　　② 本书关于史料和数据性资料大部分来源于哥伦比亚大学出版社出版的 Gareth Cornwell 等三位教授编著的 The Columbia Guide to South African Literature in English Since 1945 一书。本课题组已获得哥伦比亚大学出版社授权以及康维尔教授同意和授权，翻译了该书，作为该国家社科基金项目的前期成果。参见[南非]康维尔等，《哥伦比亚南非英语文学导读(1945—　　)》，蔡圣勤等译，武汉大学出版社 2017 年版。

题——异族通婚。之后半个世纪中，大多数南非小说围绕该主题展开。

威廉·普洛麦尔(William Plomer)的《特伯特·乌尔夫》(*Turbott Wolfe*，1926)涉及跨越种族的爱情，这一主题在当时极具挑战性，该书初版时引起了轰动。小说的风格支离破碎，采用了现代主义文学形式(值得注意的是它最初是由莱纳德和弗吉尼亚·伍尔芙的霍加斯出版社出版)，小说采用了系列回忆录的结构形式，通过主人公特伯特·乌尔夫向曾经的同学"威廉·普洛麦尔"讲述他过去的经历。为了反对纳塔尔乡村地区的殖民统治，一群白人和黑人共同建立一个名为"年轻的非洲——为了祖国的重生"的组织。莎拉·格特鲁德·米林(Sarah Gertrude Millin)的早期作品《上帝的继子》(*God's Step-Children*，1924)中也涉及了异族通婚的主题，但是她采用了更加保守的方式。《上帝的继子》和米林的另外两部小说《私生子之王》(*King of the Bastards*，1949)和《燃烧的人》(*The Burning Man*，1952)共同构成了"有色种族三部曲"(Trilogy of the Coloured Race)。波林·史密斯(Pauline Smith)的《小吏》(*The Beadle*，1926)也是这段时期的一部重要小说。史密斯的小说与普洛麦尔和米林的作品的背景和主题大相径庭。她的作品记录了19世纪宁静的乡村生活，用辛辣的语句叙述了安德丽娜和一名软弱的英国男人发生关系后怀孕的故事。

黑人作家的先锋小说出现在 20 世纪初。托马斯·莫福洛(Thomas Mofolo)的小说《查卡》(*Chaka*，1925)最初以塞索托语出版，以祖鲁查卡王为原型。20 世纪 30 年代它被译成英语和法语。这部小说很大程度上奠定了莫福洛作为 20 世纪上半叶最重要的非洲作家之一的地位。该小说通常被视作一部历史小说，更准确地说它是一部融合了民间故事、寓言、传奇和神话的冒险小说。莫福洛将史实和文学性的想象相结合。另一位黑人作家索尔·普拉杰(Sol Plaatje)的《穆迪：一百年前的南非生活史诗》(*Mhudi：An Epic of South African Life a Hundred Years Ago*，1930)也借鉴了该手法。普拉杰和莫福洛一样，将南非悠久的历史作为故事背景。在《姆菲卡尼》(*The Mfecane*)中，普拉杰在巨大的历史风帆上谱写了主要人物穆蒂和拉塔嘉的爱情故事。《查卡》和《穆迪：一百年前的南非生活史诗》都是文学流派和风格折衷的作品，这正是将它们作为先锋作品从普通小说中划分出来的最主要原因。德洛莫(R. R. R. Dhlomo)的中篇小说《一部非洲悲剧》(*An African Tragedy*，1928)是第一部由南非黑人作家用英语创作的散文体小说，它在对城市黑人贫民窟的生活的描述中体现了更多当代主题。

阿兰·佩顿(Alan Paton)的《哭吧，亲爱的祖国》(*Cry, the Beloved Country*，1948)可能是南非最著名且最经久不衰的小说。它在 20 世纪 40 年代末期出版，为农村生活和社会秩序的衰落而悲痛恸哭，预示了如果种族之间和人与自然无法和谐相处将给南非社会带来的可怕后果。它还预示了 20 世纪中叶文学作品主要关注点从农村到城市的决定性转变。

从马克思主义的观点出发，我们发现，20 年世纪四五十年代彼得·亚伯拉罕斯(Peter Abrahams)的小说记录了黑人城市居民的困境。他们经常被孤立，住在陌生且肮脏的城市贫民窟，并被雇主残忍地剥削。他最著名的作品《矿井男孩》(*Mine Boy*，1946)是"吉姆来到约翰内斯堡"主题小说中的经典：曾经天真无邪的主人公祖玛在来到城市开始矿工工作后，变得不再天真。他越发明白受到剥削的原因正是他的黑人身份和阶级地位。在小说结尾处，祖玛维护了他作为黑人工人阶级成员的身份。亚伯拉罕斯的这部小说受到马克思主义倾向的影响比较明显，并且是南非小说（主要是黑人小说）在"二战"后日益激进化的最早证明之一。亚历克斯·拉·古玛（Alex La Guma）的小说也反映了这一倾向。他的第一部长篇小说《夜间漫步》（A Walk in the Night，1962），以第六区为背景，讲述了一名黑人青年觉醒的故事。主人公因与白人领班顶嘴而失去工作，随后因为事故意外引发命案，从而误入一个帮派。日益恶化的社会环境是导致其走上犯罪道路的原因。他随后的作品《一波三折》（And A Threefold Cord，1964）记录了生活在开普敦贫民窟的下层社会的艰难处境。在他之后的小说《季末雾中》（In the Fog of the Seasons' End，1972）和《屠夫鸟的时间》（Time of the Butcher Bird，1979）中，拉·古玛转向更加政治化的主题——作者在作品中隐晦地呼吁被压迫阶级采取行动。《季末雾中》描写了开普敦总罢工，并呼吁人们武装起义；《屠夫鸟的时间》描写了南非乡村地区白人对黑人土地的剥削。

1976 年索韦托起义[①]催生了很多由黑人作家创作的小说，包括米利亚姆·特拉利（Miriam Tlali）的《阿曼德拉》（Amandla，1980），摩加尼·沃利·萨诺特（Mongane Wally Serote）的《每次出生的血》（To Every Birth Its Blood，1981），以及姆布勒娄·姆扎马尼（Mbulelo Mzamans）的《索韦托的孩子》（The Children of Soweto，1982）。这些小说进一步确立了南非黑人作家作品中的政治化和激进化倾向。

与这些作家并驾齐驱的是南非最重要的小说家之一纳丁·戈迪默（Nadine Gordimer）。她早期的小说包括《撒谎的日子》（The Lying Days，1953）、《陌生人的世界》（A World of Strangers，1958）和《爱的时机》（Occasion for Loving[②]，1963），用经典现实主义的风格展现了一名作家对于人类关系的细节描写。她在 20 世纪 70 年代晚期和 20 世纪 80 年代创作的小说，尤其是《伯格的女儿》（Burger's Daughter，1979）和《七月的人民》（July's People，1981）[③]，反映了南非种族关系的日益恶化和南非社会的逐渐分裂。戈迪默在这一时期的小说中突出地反映了她向更加激进的政治立场的转变，直至《我儿子的故事》（My Son's Story，1990）的出版，戈迪默的政治立场才有所缓和。实际上，从 20 世纪 50 年代开始，在其长达半个多世纪的创作生涯中，戈迪默或许比任何一位南非作家都更加详尽地描述了 20 世纪南非社会的自然变革与抗争。

安德烈·布林克（André Brink）和克里斯托弗·霍普（Christopher Hope）是 20 世纪晚

---

① 本书称之为索韦托起义，许多西方史料把此事件称为"索韦托动乱"，是南非史上的大事件。白人当局强迫黑人学生学习南非荷兰语，遭到学生大面积的抗议，在索韦托的和平示威游行中，警察向学生开枪。"动乱"蔓延到其他城市，直至扩大成反压迫的政治性起义。数百人遭到杀害，数千人逃亡。1976 年该事件导致了根植于新的黑人意识的审美。这种审美意识抵制西方文化模式，赞成非洲模式。20 世纪 70 年代和 80 年代由马菲卡·吉瓦拉、奥斯瓦尔德·姆沙里、蒙加尼·赛洛特、西坡·塞帕姆拉等出版的诗集，反映了一种新格调的紧迫性和更加激进的艺术程式。

② 李永彩教授译为"恋爱时节"，见其著《南非文学史》第 235 页。

③ July 系作品主人公名，按已出版译文的惯例，这里仍保留"七月的人民"的译名。

期最重要的两位南非作家。以《克鲁格山》（*Kruger's Alp*，1984）和《霍屯督房间》（*The Hottentot Room*，1986）为代表，霍普的作品以讽刺和不拘于传统的风格在南非小说中独树一帜。和戈迪默一样，布林克在漫长的小说创作生涯中，也从很大程度上反映了南非社会的发展与改变。他创作于 20 世纪 70 年代的小说《风中一瞬》（*An Instant in the Wind*，1976）、《风言风语》（*Rumours of Rain*，1978）和《干旱的白季》（*A Dry White Season*，1979）运用社会现实主义的方式，描述了种族隔离制度社会中人们之间的关系。在他后来的作品《余音袅袅》（*A Chain of Voices*，1982）、《瘟疫之墙》（*The Wall of the Plague*，1984）、《阿达马斯托的化身》（*The First Life of Adamastor*，1993），尤其是在《魔鬼山谷》（*Devil's Valley*，1998）中，布林克注重作品的写作风格和表现内容，同时其创作也受到了较大程度的西方马克思主义的影响。

有许多评论者认为，约翰·库切（J. M. Coetzee）①的小说倾向于自我意识和超小说的复杂性的趋势比较明显。的确，随着他 1974 年第一部小说《幽暗之地》（*Dusklands*）的面世，库切赋予了南非小说新的内容。与同时代其他南非作家只关注南非社会和政治生活细节不同，库切还更多地关注小说的美学和哲学基础。由于身处南非的创作语境，他的小说也大量涉及了与南非生活直接相关的话题，包括殖民主义、贪婪、种族主义和不同人之间、不同阶级之间固有的差异。他采用了自我意识和复杂的哲学方式表达他的主体性情感。他的故事背景范围十分广泛，地点从非常具体——例如《内陆深处》（*The Heart of the Country*，1997）中的卡鲁农场、《铁器时代》（*Age of Iron*，1990）和《耻》（*Disgrace*，1999）中的开普敦——到不确定，如《等待野蛮人》（*Waiting for the Barbarians*，1980）的帝国前哨、《福》（*Foe*，1986）中未指明的岛屿。库切的作品始终关注对语言和小说写作本质的探寻。关于小说写作在高度政治化和分裂的社会中所起到的作用，作者敢于挑战传统的观点。库切的超小说写作为南非小说开辟了一个新的领域，他的小说《耻》破天荒地第二次获得了布克奖，在南非文学中具有举足轻重的地位。库切的后期（本书称为疏离期）创作也反映出作家作为进步知识分子所受到的西方马克思主义思潮的影响，出现卢卡奇所述的"物化"或异化描写、法兰克福学派的社会批判，以及空间叙事、乌托邦未来场景设置等诸多内容。

后来其他小说家的作品或许与库切的作品在风格上大相径庭，但是他们或多或少都受到了库切的影响，包括迈克·尼克尔（Mike Nicol）的《掌权者》（*The Powers That Be*，1989）、《骑士》（*Horseman*，1994），以及《宜必思挂毯》（*The Ibis Tapestry*，1998）；伊凡·弗拉迪斯拉维克（Ivan Vladislavic）的《荒唐事》（*The Folly*，1993）；艾勒克·博埃默（Elleke Boehmer）②的《遮天的帷幕》（*Screens Against the Sky*，1990）、《一个道德清白的人》（*An Immaculate Figure*，1993）、《血族》（*Bloodlines*，2000）和《尼罗河孩子》（*Nile Baby*，2008）；以及达蒙·加尔格特（Damon Galgut）的《人们的小圈子》（*Small Circle of*

---

① 李永彩教授在其著《南非文学史》里把库切译为"科泽"，见《南非文学史》"前言"第 viii 页。
② 博埃默，出生于德班，是国际著名的后殖民小说研究和库切研究专家；目前为牛津大学教授、批评家。其小说创作明显受到库切的影响。

Beings，1988）、《出色的医生》(*The Good Doctor*)；等等。在美国工作和生活的南非黑人作家扎克斯·穆达(Zakes Mda)的小说，例如《与黑共舞》(*She Plays With the Darkness*，1995)、《死亡的方式》(*Ways of Dying*，1995)、《红色之心》(*The Heart of Redness*，2000)和《埃塞镇的女人》(*The Madonna of Excelsior*，2002)等，也有着超小说和虚幻的特征，标志着作家穆达对 20 世纪七八十年代占主导地位的社会现实主义政治小说的继承与转型。一方面，其种族意识、抗争意识仍然清晰可见；另一方面，作家倡导文化的杂糅与民族融合的观念也更加凸显。

一、南非英语文学从边缘走向世界

自 20 世纪初期以来，几乎在每次的文学批评运动中，人们对文学总是持以极端怀疑论。从俄国的形式主义到新批评，再到后结构主义，人们一直以来都批评道，文学史实质上囊括了所有东西，除了文学。

文学史介绍了作家姓名、头衔、所属群体、运动(或事件)的影响，以及各种各样的外部信息，包括传记的、政治的、社会的，甚至思想史方面的。但是，正如罗兰·巴尔特在攻击古斯塔夫·朗松(Gustave Lanson)时说"作品逃离了"一样，因为"作品除了它的历史，它的来源，它的影响，它的典范外，还应包含其他的东西"。①

在文学史论方面，也有评论者抱有异议。尤其是后现代主义对于叙事本身传统标准的突破，对于创作立场的排他性及其效果产生了强烈的猜忌。所以，在近些年，那些文学史学家们有意回避文学中的连贯性与一致性问题。最典型的结果就是，多位作者的散文集或者主题集中化的"微观史"有意识地、故意地在范围与观点上缩小范围。②

但是就像行走在异国他乡的旅行者需要一幅地图一样，我们需要的是一种大局观。换言之，对文学兴起的选择性分类与澄清性叙事来说仍然是有空间的。在这样的叙事中，正如狄尔泰(Dilthey)在更为广泛的意义上提到编年史时所说的"理想统一"或者"逻辑主体"一样，共享同一个地点、同一段时间、同一种语言的写作主体被认为是不断变化的实体。③ 笔者不打算写一部编年体的文学史，而通观整个 20 世纪百年的英语小说后，又不得不按时间划分以历史的方式陈述。课题组充分认识到，为了使该研究课题在逻辑上、认知上达成一致，研究必须选择"西方马克思主义视域"，即从南非浩瀚文学

---

① 转译自 David Perkins. Is Literary History Possible? Baltimore：Johns Hopkins University Press，1992，pp. 7-8.

② 参见由大卫·阿特维尔(David Attwell)和德里克·阿特里奇(Derek Attridge)主编的 *The Cambridge History of South African Literature*(Cambridge UP，2012)的前言。

③ 请参阅 Ackbar Abbas. "Metaphor and History," in *Rewriting Literary History*，ed. Tak-Wai Wong and M. A. Abbas. Hong Kong, China：Hong Kong University Press，1984，p. 177.

之海中，汲取和分辨具有阶级意识、种族意识、抗争意识、批判意识等方面的英语小说作品。幸运的是，这样的作品大量存在。

用这种"西马"观念去选取作品，可能会与文学史的表述产生分歧，可能会使得南非文学中纯粹的复杂性里所呈现出来的创作实践变得更为复杂。因为，正如列昂·德·卡克（Leon de Kock）在其读者报告中所评论的："多年以来，对于任何想要在广泛的甚至是充足的历史情感中获胜的企图来说，它的来源太多了，语言种类太多了，它的交叉部分有着太多的疑问，它的轨迹太多了。"①当然，任何研究想要全面覆盖和完整描述，那是不可能的。我们的研究和书写也可能挂一漏万，但做比不做，或者说不用"西马"的这个"问题意识"去考察南非英语文学要好得多，至少它描述了20世纪南非英语小说在这个特定的历史环境下突出的南非文学生态。

1. 南非复杂的语言和背景

自17世纪中叶到20世纪末，南非一直是武装暴力与意识暴力相交织的历史产物，不同民族的人们在同一地方共同生活。早年的欧洲扩张主义、殖民主义和帝国主义造就了南非及许多周边其他国家的后殖民性。这些民族各异的人们之间虽有短暂和谐，却在更多的时段里冲突不断。甚至至今，他们始终没有融合成一个社会或者一种类似于华夏文化这样统一的民族文化。

这一根深蒂固而又持续存在的差异的明显标志就是这个国家的多语制。1996年的南非结束"种族隔离制度"后的宪法承认，至少有11种"官方"语言（并且提到有必要"提倡与尊重"其他14种语言）。每种官方认可语言——连同那些诸如科伊族人（Khoi）、那马部族人（Nama）以及桑人（San）所讲的土语——都包含了不同的文化，而每种文化又有一个口头的，或者书面的，抑或两者兼有的文学传统。这种语言上的多样性和文化上的多样性所带来的显而易见的结果就是南非以前没有，现在没有，以后也可能在很长一段时间内没有一种单一的民族文学。从文学连贯性的意义上来说，让所有公民能够理解这种民族文学并且能通过它所体现出来的内容进行身份认同的文字难以存在。

在对南非历史编纂学与文学研究领域里，20世纪70年代，南非开始掀起学术"修正主义"的浪潮。最近几十年来，谴责文学缺乏连贯性事实的论述逐渐增多。人们通常把这看作种族隔离政府实行种族政治从而导致种族对立与斗争的结果。比如，史蒂芬·格雷在他那本具有开创性的研究著作《南部非洲文学：导读》一书中，将"南部非洲"比作"群岛"（在该书中，即使是领土边界也不能表明边界两边是不同的国家），言下之意就是"即使人们尚不能看到这些岛屿背后的联系，在特定地区，它们的顶峰还是十分突出"②。格雷说，文学学术的任务就是要揭开那些"内在的相互联系"以修复被变幻莫测

---

① 转译自 Leon de Kock. "Does South African Literature Still Exist? Or: South African Literature Is Dead, Long Live Literature in South Africa," *English in Africa* 32, No. 2, 2005, pp. 69-83。

② 转译自 Stephen Gray. *Southern African Literatures: An Introduction*. Cape Town: David Philip, 1979, p. 14。

的政治所粉碎的整体性。① 尽管格雷在他后来的两本选集《企鹅图书之南部非洲故事》（*The Penguin Book of Southern African Stories*，1985）与《企鹅图书之南部非洲诗歌》（*The Penguin Book of Southern African Verse*，1989）中继续研究了这一课题，但是他所取得的全部成就在于，他成功地证实了，无论是用不同的语言进行创作，还是由不同种族的作者来创作，文学在主题上都存在着广泛的相似性。然而，20 世纪 80 年代后，随着南非进入了一个新十年——曼德拉被释放，南非实现了政治和解，如同共同的民族文化观念一样，单一民族文学的观念展示出了更强的吸引力。1994 年，新成立的南非文学与语言研究中心（CSSALLS）②致力于含有大量的、多语言的、跨学科的资料库的汇编工作，而这种汇编有可能会产生一个单一性的、百科全书式的南非文学史叙事。③ 1996 年，迈克尔·查普曼（Michael Chapman）发表了具有广泛影响的《南部非洲文学》（*Southern African Literatures*）。这是一本具有历史考察意义的书，它是一部"综合性的"历史，它对"在南部非洲国家，政治文本想要压倒艺术文本"这一事实的结果进行了修正。④ 这些著作都成为本书最好的蓝本。

这种想要摆脱文化隔离、摆脱种族与语言分离主义的愿望毫无疑问是值得赞扬的。格雷、查普曼，以及克里斯托弗·海伍德（Christopher Heywood）⑤等学者的努力事实上证明了这种愿望，这种带有祈愿式的乐观姿态，却不过是政治意识形态的一种表达，而不是事情客观存在的一种状态。它是一种编制出来的意识形态，原则性地用来反对过去 40 年间南非国民党政府所实施的种族隔离政策。因此，尤其是当这些差异与种族界线、文化界线以及语言界线相重合时，对差异与分化产生怀疑是可以理解的。从这种意义上来说，我们仍需要保持一种积极的思考模式，而这种模式必然会陷入某种二元对立之中。我们要提醒自己不要将"种族隔离"与"反种族隔离"两个概念混为一谈。我们必须清楚地看到，当前的南非社会既属于"后种族隔离时代"，又同时属于"后反种族隔离时代"。⑥ 因为，站在马克思主义的立场和观点来看，尽管在制度上"种族隔离"结束了，但在思想意识上它还会在相当一段时间内存在。

南非批评家马尔文·范·威克·史密斯（Malvern van Wyk Smith）在此方向上迈出了决定性的第一步。他指出，那种推定的"南非文学潜在的完整"仅仅是文本的一种功能，

---

① 转译自 Stephen Gray. *Southern African Literatures*：*An Introduction*. Cape Town：David Philip，1979，p. 14。

② 全称为 Centre for the Study of South African Literature and Languages。

③ 该机构举行了一些会议，并准备了一些文件，但是在撰写本文时项目似乎已被放弃。请参见 Jean-Philippe Wade. "Introduction，"*Alter Nation*1，No. 1，1994，pp. 1-7。

④ 参见 Michael Chapman. *Southern African Literatures*：*An Introduction*. London：Longman，1996。

⑤ Christopher Heywood. *A History of South African Literature*. Cambridge：Cambridge University Press，2004.

⑥ 参见 Loren Kruger. "'Black Atlantics''White Indians'and'Jews'：Locations，Locutions，and Syncretic Identities in *the Fiction of Achmat Dangor and Others*，"*Scrutiny*2 7，No. 2，2002，p. 39。

意在"探究相同主题事件，因为他们碰巧反映的是世界上的同一个地方"。① 他特别指出，不同种类的文学传统在各自的语言界限与种族界限（就英语写作而言）内独立地发展。直到最近，依然没有迹象表明南非荷兰语写作与英语写作之间有文化的交汇或相互的影响，不同的非洲语言文学中没有，甚至在用英语创作的"白人写作"与"黑人写作"中也没有。② 范·威克·史密斯的论文《无影响力的焦虑》（The Anxiety of Non-Influence）的副标题参考了哈罗德·布鲁姆（Harold Bloom）关于文学继承的理论，尽管如此，他毫无保留地呼吁要有图里·迪尼亚诺夫（Turri Tynjanov）所说的"文学演变"的形式主义观念，该观念主张文学的历史会根据形式属性与形式可能性的内在逻辑而呈现出来。③ 换言之，无论南非文学共享的是什么样的"历史"，这不是关于形式穷尽与形式再生的"自发性"体系，而是关于社会与政治事件及社会与政治环境的"异化性"历史。④ 这样的认识具有辩证性，也符合历史唯物主义的观点。

另一位批评家列昂·德·卡克曾完整地将这些"事件和环境"描述成"对现代世界大裂缝进行写作的危机"的一部分。⑤ 就他的这种隐喻而言，南非作家们用一些细碎的现实，试图将国家的结构写进生活："锋利的笔尖是个缝纫工具，它试图将一些不相称的东西缝合在一起"，促使"相异与相同的东西在裂缝处结合在一起"。⑥ 然而，德·卡克认为此隐喻不再适用了，"南非文学"裂缝实际上是一个政治概念，它在历史的发展中已经被废除了，它应该服从于他所说的"南部非洲的文学"（literature in South Africa）。⑦

"南部非洲的文学"，这种表述也提醒着我们，南非作家们所接受的文学教育肯定

---

① 参见 Malvern van Wyk Smith. "White Writing/Writing Black：The Anxiety of Non-Influence," in *Rethinking South African Literary History*, ed. Johannes A. Smit, Johan van Wyk, and Jean-Philippe Wade. Durban：Y Press，1996，p. 75。

② 短语"白人写作"和"黑人写作"取自下列两本书的题目：J. M. Coetzee. *White Writing：On the Culture of Letters in South Africa*. New Haven：Yale University Press，1988 和 Richard Rive. *Writing Black*. Cape Town：David Philip，1981。

③ 参见 Jurij Tynjanov. "On Literary Evolution," in *Readings in Russian Poetics：Formalist and Structuralist Views*, ed. Ladislav Matejka and Krystyna Pomorska. Cambridge, Mass.：MIT Press，1971，pp. 66-78；Boris Ejxenbaum. "Literary Environment,"ibid. , pp. 56-65。

④ 斯蒂芬·莫拉夫斯基（Stefan Morawski）对其进行了区分，详见"The Aesthetic Views of Marx and Engels,"*Journal of Aesthetics and Art Criticism* 28，No. 3，1970，pp. 301-314。这两种说法原文是"the stimulus of past aesthetic achievement upon the present aesthetic project"和"the stimulus given the aesthetic field by that which is in other respects external to it"（303）。

⑤ Leon de Kock. "South Africa in the Global Imaginary：An Introduction,"in *South Africa in the Global Imaginary*, ed. Leon de Kock, Louise Bethlehem, and Sonja Laden. Pretoria：UNISA Press，2004，p. 11.

⑥ 出处同上，pp. 11-12。

⑦ 参见 Leon de Kock. "Does South African Literature Still Exist? Or：South African Literature Is Dead, Long Live Literature in South Africa,"*English in Africa* 32，No. 2，2005，pp. 69-83. See also Leon deKock. "'Naming of Parts,' or, How Tings Shape Up in Transcultural Literary History," *Literator* 26，No. 2，2005，pp. 1-15。

会受限于南非的写作。比如，英语教学大纲中所体现出来的殖民地的文化来源意味着几代不同肤色的南非人受到相同形式的文学的影响，如，莎士比亚戏剧、浪漫主义诗歌、维多利亚式时代的小说，等等。从这个方面而言，南非文学仅仅是更为巨大的文化现象与历史现象的一个局部体现，而且我们在原发性影响与异化性影响中所寻找到的差别似乎太严肃，甚至是没有什么用的。然而，差别还是存在的，而且是至关重要的。用两个作家——盖伊·巴特勒(Guy Butler)和坎·塞姆巴(Can Themba)，就能够说明这一点。盖伊·巴特勒和坎·塞姆巴不仅是同一时代的人，而且他们都精通莎士比亚的作品，但是巴特勒是大学教授，是白人，而塞姆巴则是南非索菲亚镇的黑人记者。一方面，在他们的作品中可能会找到莎士比亚对他们产生的影响；另一方面，莎士比亚对他们影响的效果却不一样，而且他们二人的作品本身几乎没有共性。

从南非"极其多样化的写作中"①找出这样一个异质性而非同质性的例子，并不是要去忽视或者是否认它们密切关系的可能性与它们的模式，而是站在更好的位置上去认识、去尊重作者及其作品的独特性。必须要说明的是，从总的历史中去解读作品、了解作者，并将他们归纳到更为广泛的社会与历史范畴中，已经成为国际学术界的一种惯例。②

2. 文学性与文学价值

出于下面三个互有关联的原因，笔者对南非文学进行了简要思考。

第一，本书研究的南非文学主要涉及用英语出版的小说(当然，也包括从其他语言翻译过来的作品)。想要将范围延伸至南非其他语言的文学中去就会破坏文学中的连贯性，也许还得篡改考察的目的。③ 在具有多样文学传统的南非，英语作为一种语言媒介，是南非的一种通用语言，也是南非之外国际上使用最广泛的语言，那些用科萨语、祖鲁语、索托语、茨瓦纳语，甚至南非荷兰语创作的作品也只有翻译成英语才能被南非国内外广大的读者所理解。大部分南非黑人作家为了能使自己的文学作品被外界所接受，在一开始就选择用英语进行创作。

第二，强调南非语境下文化多样性的事实，就意味着在本书的论述中，不管会造成多大的遗憾，将1990年前所有南非黑人作家和南非白人作家的作品分成两个大的不同体系(或者说是文集，或者说是传统)是比较适宜的。

---

① 转译自 Leon de Knock. "Does South African Literature Still Exist?" p. 71。

② 尽管大卫·阿特维尔的结论与我们的结论有所差异，但是他对这个基本文学史问题给予了既有延伸性又成熟的回答。该文出自"South African Literature in English," *The Cambridge History of African and Caribbean Literature*, ed. F. Abiola Irele and Siman Gikandi. Cambridge：Cambridge University Press，2004，pp. 504-510。

③ 有一个很好的例子，读者很少被告知关于 Christopher Heywood 所著 *History* 的原始语言：所有的引用出现在英语中，没有变化，因此在文学语料库中拥有持久性。这样，不免会产生背景误解和历史扭曲。

第三，贯穿于本书的各种不同的选择与区别都是基于源自形式主义"文学性"概念的一套基本假设。这套假设包括以下四点：(1)文学中(或者至少是在一些文学中)有一种我们称之为"文学价值"(literary merit)的艺术观；(2)关于承认文学价值的标准，世界文学领域达成了充分的共识——将文学价值视为文学文本中实际客观的存在是有意义的；(3)文学价值本质上就是一种美学价值，而且它也是评估文学文本总体价值的最重要因素；[1] (4)基于文学价值的观念，对价值与意义进行区分是文学批评家的责任，也是文学史学家的责任。

近几十年来，随着多元文化的兴起，不仅是在非洲，某种程度上，在整个西方学术界，多数公开树立文学价值观的学术批评家众说纷纭，对"文学"的质疑已经注入了充足的政治和资本。在社会权力关系中，它被视作有特权的一类人的权力表述，也因此很有可能成为对其他群体的歧视性作品。20 世纪 80 年代，南非文化政治极为狂热，因为美学欣赏或者美学价值严格服从于政治而进行的激烈辩论已经变得常规化了，这种态度在南非当代的有关艺术的公众话语中有所渗透。[2] 但同时，也让我们用马克思主义观来考察文学变得相对轻松了。

二、南非英语小说年代划分与国内外研究现状

根据上面的分析，在 20 世纪，政治表述在南非文学创作中扮演着重要角色，根据 20 世纪历史上的政治大事件对文学创作进行时代划分也因此成为一种惯例，同时也非常可行。

1. 南非英语小说的年代划分

对于南非文学的年代划分，有多种划分方法。《哥伦比亚南非英语文学导读》倾向于以 1945 年为分界线。以 1945 年第二次世界大战结束为标志，之后的英语文学单独成册进行书写；1945 年之前的英语文学量不大，只作为附录，附在 1945 年之后的文学册

---

① 英国西方马克思主义学者特里·伊格尔顿(Terry Eagleton)认为价值不是固有的文本，但社区的读者"读入"他们的东西："这是可能的，"他认为，"在未来社会，我们很难从莎士比亚作品得到一些东西。[其中]莎士比亚作品将不会比现在更有价值。"(参见 Literary Theory: An Introduction. Oxford: Basil Blackwell, 1983, p. 11)但是，未能认识到价值并不等于缺乏价值。笔者将分享弗兰克·科莫德(Frank Kermode)直观和暂时的观点，他认同斯坦利·费希(Stanley Fish)对社群力量概念的诠释，他坚持认为，"有些元素的文学价值至少是'内在的'"(参见 Kermode. History and Value. Oxford: Clarendon Press, 1988, p. 104)。牛津大学的彼得·D·麦克唐纳提出的一个有用的区别是，认为持此观点是"被迷惑的反本质主义者"："与怀疑性的反本质主义者不同，在解释社会，阶级意识形态或文学理论方面的权力，他们构想某个人说，文学即'写作本身'"(参见 McDonald. "Ideas of the Book and Histories of Literature: After Theory?" PMLA 121, No. 1, 2006, p. 219)。

② 参见 Michael Chapman. "The Liberated Zone: The Possibilities of Imaginative Expression in a State of Emergency," English Academy Review 5, 1988, pp. 23-53。

里。由阿特维尔（Atwell）教授和阿特里奇（Attridge）教授主编的《剑桥南非文学史》①相对比较权威。它的书写范围非常庞大，从南非文学中其他西方语言，如早期荷兰语、德语，以及后来形成的南非荷兰语（又称阿非利卡语或阿非利堪语等）到祖鲁语、科萨语等土著语言。这部著作选择 1488 年、1820 年、1910 年、1948 年作为四个分界点。尤其是把 20 世纪的南非文学以 1948 年种族隔离制度的设立，划分前后两个时期，有其一定的合理性。但是，显然，这一划分不能作为本书的依据。因为本书研究对象仅限于 20 世纪的文学资源，且只针对英语小说作品，这一划分方法不能体现 20 世纪西方马克思主义理论对文学创作的影响。

2009 年李永彩教授在上海外语教育出版社出版的《南非文学史》，是我国第一部以南非所有文学资源为对象的文学史，具有开创意义。在这部著作中，李永彩教授是以 1910 年、1961 年两个时间节点进行划分的。1910 年 5 月南非联邦正式成立，成为英联邦国家。英国国王为元首，英语和荷兰语成为官方语言。1961 年宣布成立南非共和国（白人统治的共和国，黑人没有公民权）。这种划分方法相对简单，没有考虑文学在不同阶段的特征，文学有时不以政权变化而改变。

因此，为了突出表现 20 世纪南非英语小说的状况，笔者在认真了解和掌握 20 世纪的小说全貌的情况下，结合文学事件、政治事件，划分如下：

第一阶段：20 世纪前半部分（主要是"二战"前以及"二战"期间）；

第二阶段：1948 年（南非国民党选举获胜）到 1976 年（包含 1960 年沙佩维尔大屠杀，1976 年索韦托起义）；

第三阶段：1976 年到 1994 年（第一次实行民主选举）；

第四阶段：1994 年至今（后种族隔离时代）。

相比较于其他文本，南非文学创作的文本明显在对应历史事件与历史条件时更为直接，选择用文学事件来整理下文中的评论，就更具有可行性了。上述划分，基本与南非英语小说在 20 世纪受到的西方马克思主义理论影响密切相关。站在马克思主义唯物史观的立场上，这个世纪的文学，呈现的历程是"骄傲的文献""觉醒的文学""抗争的文学""胜利的文学"，以及表现为流散的"疏离的文学"这五大特征。

2. 南非英语小说的国内外研究现状

正如我们所知，我国的英语文学研究的谱系里，学者基本集中在英国文学、美国文学两大领域里。近年来，对澳洲文学的研究也取得了较大进展，如黄源深、彭青龙教授书写的《澳大利亚文学史》，王敬慧教授申请的有关澳大利亚文学的国家社科基金项目等。但英语文学中的南非文学，相对研究不足。

在国内研究中，在 2014 年本课题立项之前，南非文学研究方面，国内仅有的著作是李永彩教授的《南非文学史》（上海外语教育出版社，2009 年）。该著作是一部对南非

---

① 参见 David Attwell, D. Attridge. The Cambridge History of South African Literature. London: Cambridge UP, 2012, pp. v-ix。

各语种文学的概要性的介绍和简评。同时这本著作为本课题开展进一步研究提供了巨大的指导。另外一部有价值的著作是张毅的《非洲英语文学》①（外语教学与研究出版社，2011 年）。这部著作介绍了非洲英语文学的概貌，对于南非，他选择了 17 位作家进行了分别论述，较有参考价值。另一部较早出版的译著是由苏联学者尼基福罗娃等编著的《非洲现代文学（东非南非卷）》②，该书用较大的篇幅介绍了南非文学，其中英语文学又占了主体。

可是针对南非文学，特别是南非英语文学中小说的专门的系统研究，可以说几乎是空白。国内各期刊中发表的论文，如王培根的《南非文学略说》，邹颉的《南非英语文学述评》，张毅的《南非英语文学纵览》《从文学功能看南非的英语文学》和《新南非的英语文学的继承与发展》等，总体说来也只是概要和述评，缺少总揽性的理论研究和以历史唯物论和辩证唯物论为指导思想的专门研究。对于南非"两个半"诺贝尔文学获得者戈迪默、库切、莱辛的小说的研究已经取得了一定的成果（其中很多为本课题组成员论文）。近年来已有部分成果发表和出版，这些为本课题的研究提供了坚实的基础和切实的可行性。而更进一步，对于 20 世纪南非英语小说的文化影响力的研究，只能散见于各论著之中，未形成体系，这个领域期待更深入的研究成果。

2014 年至 2019 年，本课题立项成功且逐步实施。2016 年课题组成员胡忠青的教育部人文社科基金青年项目成功立项，南非文学研究的成果取得了较大的进展。2019 年课题组成员董亮也获得了教育部课题。根据中国知网的数据，2014 年以来直接研究南非英语文学的有 60 多篇，其中本课题成员发表论文 20 多篇，其中包括 CSSCI 论文 10 篇（见附录三）。

可喜的是，在本课题即将结题之时又有新作出版。2019 年颜治强教授的《论非洲英语文学的生成：文本化史学片段》③在外语教学与研究出版社出版，由朱振武教授领衔编撰的大型英语文学研究分文集《非洲英语文学研究》④和《非洲国别英语文学研究》⑤得以问世。朱振武教授的两部文集选取了近年来较有价值的论文，为研究者提供了方便，其另一部力作《非洲英语文学的源与流》⑥也在同一年问世。这些著作为读者及后来的研究人员提供了大量的资料和文献。

国外针对南非英语文学的研究相对较多。最显著的成果是《哥伦比亚南非英语文学导读》⑦，和阿特维尔教授等主编的《剑桥南非文学史》（Attwell. *The Cambridge History of*

---

① 张毅：《非洲英语文学》，外语教学与研究出版社，2011 年版。

② ［苏］尼基福罗娃等：《非洲现代文学（东非南非卷）》，陈开种等译，外国文学出版社 1981 年版。

③ 颜治强：《论非洲英语文学的生成：文本化史学片段》，外语教学与研究出版社 2019 年版。

④ 朱振武等：《非洲英语文学研究》（文集），华东理工大学出版社 2019 年版。

⑤ 朱振武等：《非洲国别英语文学研究》（文集），华东理工大学出版社 2019 年版。

⑥ 朱振武：《非洲英语文学的源与流》，学林出版社 2019 年版。

⑦ 该译作已获得哥伦比亚大学出版社的授权和原作者康维尔教授的授权，于 2017 年作为本项目的前期成果翻译出版。

South African Literature，2012)①。这两部著作成为本课题的重要参考文献。欧美国家、澳大利亚等许多高校均开设了"南非文学"必修和选修课程，有的大学还设定了研究方向或专业。比较著名的研究南非英语文学的学者大多有南非生活背景，后来移居欧美等地，比如英国著名的后殖民批评家、小说家(出生于南非德班)，牛津大学的博埃默(Boehmer)教授；麦克唐纳教授(Peter McDonald)；英国科学院院士，约克大学的艾特瑞杰(Attridge)教授和大卫·阿特维尔(Attwell)教授；加拿大的萝丝玛丽·岳莉(Rosemary Jolly)教授；等等(这些学者的著作颇丰，不能一一列举，详细著作名称见参考文献)。澳大利亚的科苏教授在该研究领域颇有建树，比如她的《书写女性及书写空间：当代澳洲和非洲文学》(Sue Kossew. *Writing Woman*，*Writing Place*：*Contemporary Australian and South African Fiction*. Sydney：Routledge，2003)，关注到南非的女性，同时利用后现代空间阐述了女性的窘况。她早期的博士论文《笔与权力：库切及布林克的后殖民读本》(Sue Kossew. *Pen and Power*：*A Post-colonial Reading of J. M. Coetzee and Andre Brink*. Amsterdam：Rodopi，1996)涉及后殖民理论、后现代理论，把库切和布林克对南非社会的批判揭示出来。上述学者均与本课题主持人(即本书作者)保持多年的学术交流与联系。但是，正是由于他们的南非生活背景，有的出生于南非，有的在南非的大学任教，且基本持有西方价值观的思想体系，因此不能将他们的研究直接用诸考察其文化影响力。其他文献包括澳温耶拉主编的《20世纪非洲文学》(Oyekan Owomoyela. *A History of Twentieth-century African Literatures*. Lincoln：University of Nebraska Press，1993)，分语种涵盖整个非洲的文学史。吉堪迪主编的《非洲文学百科全书》(Simon Gikandi. *Encyclopedia of African Literature*. London：Routledge，2003)可以作为工具书使用，该著作在选择作家作品时，基本持西方观点。

通过对国内外这一领域的学术著作的研究和梳理，迄今没有发现国内外学者从西方马克思主义的视角对南非的小说做系统的研究。

三、南非的殖民文学与后殖民文学

如果要借助于批判性话语中描述性的文学术语或者定义来厘清上述基本的南非文学划分，那些南非文学史的脉络就不会那么简单明了了。英国和南非的学术界倾向于以1994年为界线，将1994年之前的南非文学作品定义为"殖民"文学，1994年之后的作品定义为"后殖民"文学。这种划分方式虽简单，但实在难以令人满意。尽管过去流行将南非国民党统治下的南非体系描述成"国内殖民主义"，但事实上，南非在1910年通过了《联合法案》，从此便从英国的统治下独立出来了。

从南非白人民族主义的观点来看，1948年南非国民党选举获胜标志着迄今为止被殖民者的民族解放，他们的"独立"被认为是寓意深刻的脱离行为——1961年南非正式

---

① 在本书作者的推荐下，课题组成员董亮于2014年9月赴约克大学成为阿特维尔教授的博士生攻读博士学位，2019年毕业，博士论文研究方向为南非英语文学。

脱离了英联邦。在由 Routledge 出版的《后殖民英语文学百科全书》(*Encyclopedia of Post-Colonial Literatures in English*)中"小说（南非）"这一词条中，史蒂芬·克林曼（Stephen Clingman）意识到了这种历史情况下所衍生出来的文化异常，他指出，"确切地说，南非既非殖民社会，也非后殖民社会，然而它兼有这两种社会的特点。因此，它的文学也卷进了长长的历史过渡期，不停地研究这两种社会状态间被延迟了的社会转变"①。

　　基于上述争议，本书倾向于认为，在南非 20 世纪用英语创作的文学谱系里，自 20 世纪初至第二次世界大战期间，英语文学承继 19 世纪的大英帝国的叙事传统，这一时期，英语创作者尚未形成"南非文学"的国别文学意识，它们属于英语海外写作，类似于英国人海外游记。这些创作极具帝国意识，因而，殖民意识也很强，所以应该划归殖民文学的范围。"二战"期间，因大英帝国的需要，在南非、罗得西亚、博茨瓦纳、莱索托等殖民地征召大量士兵为"祖国"（宗主国）而战。士兵中也有大量黑人入伍。战争中的生命平等意识催生了种族平等意识的觉醒。因此，"二战"期间的南非英语文学实际上处于一个过渡期，其间既有殖民性叙事，也有进步思想。"二战"后，特别是 1948 年后，随着国民党执政的稳固，南非民族国别意识开始增强，独立意识开始凸显。但在文化上，南非白人的统治依旧带有极强的殖民色彩。自此之后的文学，可以从形式上成为"后殖民"文学，但是直到 1994 年黑人通过艰苦斗争和不懈努力取得第一个民选政权，这期间种族隔离的实施使得南非有别于其他前殖民地。即使今天到了 21 世纪，南非英语小说的创作仍然很难摆脱"殖民"与"后殖民"的标签。

四、南非文学的现代性与后现代性

　　现在有必要讨论第二组术语——"现代"和"后现代"了。本书赞同罗伯特·桑顿（Robert Thornton）的论点，即"当今的南非既不属于殖民政体，也不属于后殖民政体，它的政体形式是后现代式的"。从这个视角来看，种族隔离制度是一个后殖民体制，更是"一种盛行的现代主义的形式"，它有着宏大的社会工程政策，有着为白人群体服务的行政驱动。同样，"后种族隔离就是后现代形式的"②。尽管桑顿最初讨论的是社会差异下的政治"解决"，然而当代的南非文化风格多变，各种风格、身份认同、文化传统、文化惯例常常杂糅在一起，对此情况熟悉的人会识别出鲜明的后现代的印记。当然传统的民俗依然存在，但是流行音乐、广播、电视、广告以及人们日常生活中隶属于不同区域的大量媒体交织在一起，这些媒体的浸润使得南非人民的文化身份被确定为萨

---

① 转译自 Stephen Clingman. "Novel（South Africa），" *Encyclopedia of Post-Colonial Literatures in English*, ed. Eugene Benson and L. W. Connolly. London：Routledge，1994，p. 1148。

② 转译自 Robert Thornton. "The Potentials of Boundaries in South Africa：Steps Towards a Theory of the Social Edge," in *Postcolonial Identities in Africa*, ed. Richard Werbner and Terence Ranger. London：Zed，1996，p. 136。

拉·纳托尔(Sarah Nuttall)近期所描述的那种不同程度的相互"纠缠"。① 它促使南非快速西化,使用西方的价值观重洗了主流文化。但是南非文学,尤其是另一具有争议性的术语——民族主义的南非文学尚未形成,也就是说"种族隔离""后殖民状态"依然是其标志性符号。

从某种程度上说,民族主义是现代主义的分支,民族文学的衰落毫无疑问是利奥塔对现代主义和民族主义所依赖的主要叙述手法产生"怀疑"的证据。在这个时代里的南非人民(至少是南非人民中的一些人)相信他们的文学向他们展示,或者终有一天会以一个有着共同的历史、文化和命运的民族共同体的形式向他们展示,关乎他们自己的确凿事实。尽管这个希望还未完全破灭,后种族隔离时代,无种族歧视的南非民族主义时代好像确实很短暂。当然,目前大部分没有正式代表或典型代表的非洲民族主义仍大量存在,但是这关系到民族认同,关系到历史延伸,远远超过了民族国家的地理界线和年代界线。

在这种情况下,从民族转向世界以某种方式成为约翰·马克斯韦尔·库切(John Maxwell Coetzee)作品的象征。库切是南非著名的诺贝尔文学奖获得者,他于2002年移居澳大利亚。对于他移居这一事,多数南非人民也只是耸耸肩,表示无可奈何。本书认为,以库切为代表的作家,如同多丽丝·莱辛一样成为"疏离的文学"中的一部分。不仅作家如此,许多其他领域的白人知识分子也存在大量这种主动的"疏离"。

20世纪末和21世纪初大量知识分子的"疏离"引导着我们去思考"南非人"这一标签在这种语境下的力量。20世纪60年代以来有大批南非作家离开南非,这确实给归类带来了一定的问题,但是它却提出了这样一个问题,即,谁有资格成为南非人?例如,如果一个南非作家不再写关于南非的小说,不再以南非作为他或者她的小说背景,那么他或者她还是一个"国别文学"意义上的南非作家吗?在这种情况下,要制定一套固定的规则是不大可能的。采用情景实用法来解答这一问题,即,任何归类于"南非人民"范畴的作品,都可以用此法来评判。如同海外华裔文学,用中文创作,描写中国相关的故事,属于"中国文学"吗?当然,用"汉语文学"表述自然没有问题,但作为国别文学,存在争议。

在这种语境下更有意思的一个问题是:"南非人"这种标签方式这么久以来不仅表明一种民族身份,它还以一种含蓄的方式赋予南非文学创作的特权,这种特权从某种重要的意义上来说是关于南非、关于"南非经历"或者其中某些种类的。

另外,总体来说,不仅在南非,在全球范围内,诗歌与戏剧的读者群体同样占少数,而且当视觉媒体逐渐占领大众文化的高地时,诗歌与戏剧的阅读群体会日趋减少。

---

① 参见 Sarah Nuttall, Entanglement. *Literary and Cultural Reflections on Post-Apartheid*. Johannesburg: University of Witwatersrand Press, 2008。在这样的背景下,一个有用的概念是"跨文化"。所有南非人民的文化认同有复杂性和杂交性的特点,"真实性已成为民俗,它是以个人状态模拟当地人"。详见 Wolfgang Welsch. "Transculturality: The Puzzling Form of Cultures Today," *Spaces of Culture: City, Nation, World*, ed. Mike Featherstone and Scott Lash. London: Sage, 1999, p. 200。

所以本书重点会落在英语小说、短篇故事与自传中的叙事性散文部分。

五、西方马克思主义理论与南非文学

关于西方马克思主义的兴起，大家公认的观点是从卢卡奇（Gyorgy Lukacs，1885—1971）1923 年所著《历史与阶级意识》①所阐发的"物化理论"开始算起，但其实"西方马克思主义"这个词汇是在法国哲学家莫里斯·梅洛-庞蒂（Maurice Merleau-Ponty，1908—1961）1955 年所著《辩证法的历险》中定义而得到广泛应用。从西方马克思主义的兴起历史来看，这种思潮与 20 世纪第一次世界大战后无产阶级暴力革命运动在东西方国家②的不同命运紧密相关。暴力革命在俄国取得了胜利，建立了第一个无产阶级政权。1918—1920 年，德国、奥地利、意大利、匈牙利等国家和地区相继爆发了类似俄国"十月革命"以夺取政权为目的的武装暴动，但在西方，这些革命起义或称无产阶级革命最终以失败告终。

不同的国家和地区经历了不同的命运，促使一些马克思主义者重新反思传统马克思主义的革命观，开始把注意力从革命的经济基础和政治条件专享革命的文化内涵和总体特征，由此形成了马克思主义中的人本主义思潮，这即是以卢卡奇为代表的早期西方马克思主义。③

从总体上看，西方马克思主义是一种体系庞杂、观点各异的非正统马克思主义与非马克思主义混合的、具有国际性影响的社会思潮（国内有西马非马论）。西方马克思主义的主要流派应该包括：黑格尔主义的马克思主义（例如，卢卡奇的历史辩证法、柯尔施的总体性理论、葛兰西的实践哲学、布洛赫的希望哲学）、法兰克福学派的第一期发展与第二期发展、存在主义的马克思主义、弗洛伊德主义的马克思主义、新实证主义的马克思主义、结构主义的马克思主义、生态学马克思主义、分析的马克思主义、文化马克思主义、后马克思主义、马克思主义批评学派，等等。

在我国，1981 年复旦大学率先在外国哲学的博士点下设立了"西方马克思主义"研究方向。1985 年之后，许多院校在"国外马克思主义研究"下开始设立二级点。2005 年12 月国务院学位委员会、教育部联合下达的《关于调整增设马克思主义理论一级学科及所属二级学科的通知》指出，根据有关文件精神，经过有关专家论证，决定在《授予博士、硕士学位和培养研究生的学科、专业目录》中增设马克思主义理论一级学科及所属二级学科。新增设的马克思主义理论一级学科下设 5 个二级学科，即：马克思主义基本

---

① [匈]卢卡奇：《历史和阶级意识》，王伟光、张峰译，华夏出版社 1989 年版。

② 这里的"东西方国家"是以西欧中心来看待的。当时的苏联处于欧洲的东部，与其相连的一些东欧国家也被称为"东方国家"。

③ 衣俊卿：《西方马克思主义概论》，北京大学出版社 2013 年版，第 9 页。

原理、马克思主义发展史、马克思主义中国化研究、国外马克思主义研究、思想政治教育。其中，"国外马克思主义研究"大致可以分为3个层次：第一，世界各国共产党的马克思主义研究，主要包括越南、古巴、朝鲜等几个社会主义国家的马克思主义研究，原苏东社会主义国家共产党的马克思主义研究，西方发达国家共产党的马克思主义研究；第二，欧美发达国家和其他国家的马克思主义流派和左翼思潮研究，主要包括各种西方马克思主义哲学流派、西方激进经济学以及其他学科中的马克思主义流派、拉美亚非地区的社会主义和左翼思潮；第三，欧美国家的各种左翼思潮研究，例如，社会民主党思想研究、绿党思想研究，等等。

由此可见，对于西方马克思主义的研究是一个极其严肃且深邃的课题。它需要一个二级学科来研究和支撑。本书重点探讨南非英语文学在20世纪的发展中与西方的马克思主义思潮的呼应关系，或者说，是西方马克思主义思潮在很大程度上影响了20世纪南非英语小说的创作。因此，本书并未研究庞杂的西方马克思主义的各个流派，或梳理流派之间的相互争议而又互相交叉的斗争与秉承关系，而是利用国内外学者的研究成果，尤其是使用大家公认的概念，如"异化理论""希望哲学""乌托邦精神""社会批判理论""空间书写"等来解析南非英语小说的创作目的以及创作的政治、文化倾向。

不同的西方马克思主义流派，无论理论观点有多大差异，无论是从人本主义出发还是从科学主义实证下结论，都有一个共同的特点，即都试图依据新的历史条件为无产阶级革命运动或者人类解放事业制定新的策略。因此，本书将抛开对西方马克思主义思潮不同流派的纠缠，从"异化理论与逃离自由""法兰克福学派的社会批判""乌托邦精神与希望哲学""西方马克思主义理论与后殖民伦理观""西方马克思主义理论与后现代空间书写"等5个方面阐述与南非英语文学的关系，下文将就这些概念进行梳理。

1. 异化理论与逃离自由

1923年卢卡奇在《历史与阶级意识》中提出"物化理论"，后来马克思的《1844年经济学哲学手稿》里出现"异化理论"，学术界一致公认，卢卡奇的物化理论同马克思的异化理论在本质上是一致的，都是现代人的生存困境下的文化批评。马克思在《1844年经济学哲学手稿》中，论述了劳动异化的四种形式或规定性，即劳动产品的异化、劳动活动本身的异化、人的本质的异化和人与人关系的异化。马克思还提出了"物的异化"和"自我异化"的概念。卢卡奇所论述的"物化"，即在资本主义生产关系下一切关系以"物"的形式表现出来，包括社会关系、家庭关系、人与人的关系，呈现的是物与物的交换关系。这些在《1844年经济学哲学手稿》被发现前的研究，与马克思的异化理论惊人地一致。

在南非的小说创作中，许多作家受到西方马克思主义这一观点的影响。尤其是在殖民体制下，在扭曲的种族隔离制度下，人与人的关系、各种社会关系都表现为金钱关系，即物化关系。本书在详细论述库切的小说、布林克的小说以及戈迪默的小说时，即运用了西方马克思主义的"异化理论"。

"逃离自由"的心理机制是由法兰克福学派成员弗洛姆在分析现代人的异化的心理

机制和性格结构时提出的理论体系。弗洛姆同马尔库塞一样，把马克思的异化理论同弗洛伊德精神分析学说结合起来并且对这两种理论的内在一致性做了更多的探讨。在资本主义社会里，人逐渐成为个体化。传统人，安全却不自由；现代人，自由却又孤独，因而产生"逃避自由的心理机制"，企图超越异化，确立积极自由的存在状态。弗洛姆说：

> 我们看到，人类日渐获得自由的过程，与个人生长的过程，有着相似的辩证性质。一方面，这是日益增长的力量与统一的过程，这是日益可以控制自然、增长理智，日渐与其他人类团结的过程。在另一方面，这种日益个人化的过程，却意味着日渐孤独、不安全，和日益怀疑他在宇宙中的地位，生命的意义，以及日益感到自己的无权力及不重要。①

20世纪的南非英语小说里充满了这类知识分子人物。除了资本主义体制下的压抑，南非还充斥着种族矛盾和文化歧视，即使是白人知识分子也常常处于这种无助状态，从而产生"逃离""逃避"的心理机制。本书采用了西方马克思主义法兰克福学派的"逃离自由"这一概念，分析了布林克的《风中一瞬》《风言风语》和《菲莉达》等几部小说里人性异化和逃离自由，分析了莱辛的代表作《金色笔记》里安娜的逃离，还分析了库切笔下巴格达的心理压抑，等等，这些作品均为南非作家创作受到西马这一理论思想影响的佐证。从某种角度来说，20世纪末期南非风云变幻之后，许多白人知识分子纷纷逃离南非，造成南非文学的"流散化"或"海外化"现象，不能不说是西方马克思主义思潮"逃离自由"的另外一种表现形式。

2. 法兰克福学派的社会批评理论

法兰克福学派是20世纪最大的，也是影响最为广泛的西方马克思主义流派。这个学派以霍克海默、阿多诺、马尔库塞、弗洛姆、哈贝马斯、本雅明等人为主要成员，是由德国法兰克福社会研究所成员构成的学术团体。学派产生了大量著名哲学家，代表人物多，理论建树深，涉猎领域广。但最为重要的是这个学派继承了马克思主义的批判精神，而且代表人物的活动涵盖了整个20世纪。霍克海默和阿多诺作为法兰克福学派的创始人，不仅明确地提出了社会批判的基本理论定向，而且在《启蒙的辩证法》和《否定的辩证法》等著作中展开了技术理性批判、大众文化批判、意识形态批判等法兰克福学派的社会批判主题，这些也是20世纪众多批判理论的主题。

> 在批判理论影响下出现的概念是对现在的批判。马克思主义的阶级、剥削、剩余价值、利润、贫困化及崩溃范畴是概念整体的组成部分，而这个整体的意义不应

---

① [美]弗洛姆：《逃避自由》，北方文艺出版社1987年版，第12-13页。

在对当代社会的维护活动中寻找，而应在把当代社会转变成一种正义的活动中寻找。①

霍克海默的这一表达，向公众明确地表明要用马克思主义的概念和方法对现代社会，特别是对资本主义社会现实进行批判。霍克海默和阿多诺使用哲学的语言去抨击和论证，而南非的有良知的小说家，用文学的语言、用创作的象形、用荒谬的事件等一系列的作品来进行批判。

纳尔逊·曼德拉(Nelson Mandela)即践行社会批判的典型代表。尽管曼德拉不承认自己是共产主义者，但从《漫漫自由路》的自述中可以看出，他同南非共产党有着千丝万缕的联系。曼德拉的长期不懈的斗争受到了马克思主义思想的影响。早期"非国大"的斗争采用非暴力的形式(这也是第一次世界大战后随着西部国家的无产阶级革命遭到失败，西方马克思主义者调整的策略——非暴力、从文化领域革命、从意识形态革命的实施)，但随着局势恶化和矛盾冲突激烈化，非国大的"民族之矛"也逐步开展了武装斗争，这就是重要证明。1999年，曼德拉从总统职位上离任，让位于塔博·姆贝基(Thabo Mbeki)。曼德拉不仅有着伟大的才能，他还是一个活的象征。随着他的离任，一种希望与理想主义也消逝了。他隐退于政坛似乎也意味着新民族的和谐与上升期走到了尽头(至少是减退了)。"新南非"这一表达方式充分表现了不确定的乐观主义。由于姆贝基最初关于"非洲复兴"的论调，一个不同的"新时代"已经来临这一现象在一开始并不十分明显。尽管南非社会转型有着许多彻底且真实的体现，但到目前为止，在全球人民看来，在南非人民自己看来，南非人民似乎已经失去了20世纪90年代早期南非权力和平过渡时期他们被赋予的那种被边缘化的感觉。他们正在习惯于政客们夸大其词的承诺，以及承诺无法兑现时的失望；他们正在习惯于那样一种想法——他们的富裕最终得寄托于变幻莫测的国际经济形势；他们正在习惯于那样一种事实——如同世界上的任何一个人一样，他们将会受治于那些刻板的、自给自足的官僚，对于穷人和平民而言，只有当他们为自己的贫穷承担责任时，他们才是"自由"的。然而，正如桑顿所说，"犹如过渡期曾在灾难来临之前长久存在过一样，南非似乎倾向于一直停留在过渡时期"②，后现代在此方向上对于未来的开放性赋予了南非文化一种强烈意识的可能性，这种意识之于艺术、之于文学无疑是一个好兆头。③ 从另一个方面看，曼德拉尽管在东方和西方都享受着"圣人"般的美誉，但是南非的所谓"和平过渡"更符合西方国家的利益。黑人

---

① ［德］霍克海默：《批判理论》，李小兵译，重庆出版社1989年版，第208页。

② 转译自 Thornton, Robert. "The Potentials of Boundaries in South Africa: Steps Towards a Theory of the Social Edge," in *Postcolonial Identities in Africa*, ed. Richard Werbner and Terence Ranger. London: Zed, 1996, p. 158。

③ 必须承认它之前的说法是夸大其词的：南非确实有作家仍然工作在一个前瞻性的民族主义议程，并具有集体的历史意义，不言而喻，南非将持续一段时间是现代化、后现代化和后殖民主义政体。

获得了选举权和工作机会，但根本问题并没有得到解决。相反，南非的经济状况、治安水平、工业化现代化程度可能在倒退。资金和智力资源纷纷逃离，平民的生活水平并没有得到改善。不能不说这与曼德拉受影响所作出的决定相关。①《漫漫自由路》既可以看作曼德拉的政治宣言，也可当作自传体文学作品来看待。本书在第三章第四节里将具体结合文本进行分析。

3. 乌托邦精神与希望哲学

乌托邦精神论和希望哲学是由德国哲学家布洛赫（Ernst Bloch，1885—1997）提出的。他同卢卡奇一样，具有犹太血统，且与卢卡奇同龄。两人既是同学，也有共同的志向。布洛赫同样是西方马克思主义第一代的主要代表人物。与其他西方马克思主义代表人物相比，布洛赫最显著的特点在于他在某种程度上继承了德国思辨哲学的学术化研究传统，以非常独特的方式和独特的术语，发掘了马克思主义的哲学方面，对马克思主义哲学作了十分独特的解读和诠释。这些理论研究成果突出地体现在其关于"乌托邦精神"的理论和关于希望哲学的构想之中。1914 年布洛赫开始撰写《乌托邦精神》，该书于1918 年在瑞士战乱中得以发表，布洛赫因此一举成名。1954 年至 1959 年他又出版了《希望原理》的一、二、三卷，成为东德最杰出的哲学家。布洛赫通过对人类文化精神和各种哲学观念的提炼与总结，概括出他的哲学主题：以人的存在方式为基础，唤醒人内心的乌托邦冲动，从而使人作为希望的主体不断超越自己的文化与历史困境，实现人的自我拯救与人类解放。在后期的《希望原理》中，布洛赫认为："马克思的全部著作都是面向未来的，马克思主义就是具体的乌托邦。"②这样说来，乌托邦精神中的两个本质特征，即批判特征和超越特征也就是马克思主义的本质精神特征。

众所周知，"乌托邦"一词源于英国人文主义学者托马斯莫尔 1516 年的著作《关于最完美的国家制度和乌托邦新岛》。乌托邦是一种理想的维度，是一种目前在现实中尚不存在，但人们期望在未来得以实现的理想的社会图景。作为这样一种理想的国度，"乌托邦"对于现存世界和当今社会制度具有超越和否定的价值指向。

应该说，不仅是南非的知识分子或小说家内心拥有这样的乌托邦梦想，全世界的以批判现实主义为主题的小说家，都具有这种发自生命本身的充满活力的、充满超越精神的乌托邦精神、乌托邦冲动、乌托邦热情，它使人真正成为乌托邦的主体，充满创造性地展开自己的历史。莱辛的小说《天黑前的夏天》里设定了西马式的乌托邦空间；布林克在他的《风中一瞬》《菲莉达》和《魔鬼山谷》等几部著作里均有对文化的质疑和对乌托邦的畅想；戈迪默的《偶遇者》逃离现实社会而奔赴一个类似虚幻的环境；库切的"耶稣

---

① 曼德拉决定的和平过渡和不选择公有制的社会主义道路，与西马思潮的"新"策略一致。
② 转引自衣俊卿：《西方马克思主义概论》，北京大学出版社 2013 年版，第 96 页。

系列"小说《耶稣的童年》《耶稣的学生时代》，以及 2019 年 11 月出版的《耶稣之死》①均显著地设置了乌托邦国度和场景。本书在三个不同的章节里具体分析了不同时段南非英语小说的书写所体现的这一理论的影响。

4. 西方马克思主义理论与后殖民伦理观

用后殖民理论和伦理学批评解读 20 世纪的南非英语小说是最近几年国内研究的主要趋势。其主要原因正如上文所说，南非作为前殖民地国度，独立后又在法律上设置了种族隔离制度，不管小说的作者是否愿意，世人必然会给定一个"殖民文学"或"后殖民文学"的标签。而在存在种族歧视现象的环境里，在白人与有色人种斗争的主题下，尤其又是资本主义体制中，违伦现象与人的全面异化一样，比比皆是。从某种意义上说，"违伦"即"异化"。因此选择使用伦理学批评方法解读南非英语文学作品，也不失为一种分析南非文本的有效的、成功的批评工具。

与传统的马克思主义理论体系相比，现代西方马克思主义的一个显著不同在于其开放思想。19 世纪传统的马克思主义把马克思的理论当成终极真理，而现代西方马克思主义是发展中的理论体系，它在 20 世纪的发展过程中与新产生的各种哲学思潮相互吸收、相互影响，运用马克思主义的基本原理共同解决人类社会现象。研究表明，西方马克思主义与后殖民理论、文学批评学理论也有许多会通之处。

马克思生前的著作大量涉及殖民化问题。其中最有代表性的论述，当推 1844 年发表的《论犹太人问题》、写于 1882 年的《路易波拿巴的雾月十八日》，以及马克思晚年完成的《政治经济学批判"导言"》。桑桓在其论文《后殖民主义与不平衡发展质疑》中论述了马克思主义与后殖民问题，"马克思自 1853 年起就密切关注第三世界。然而他对当下的影响，更多表现在后殖民各派理论对于马克思批判传统的不同理解与继承方式上"②。西方马克思主义中存在主义理论的代表人物萨特深深影响了非洲民族主义的领袖人物法农。法农受益于萨特的《辩证理性批判》，认为第三世界将开启人类的新历史。法农试图"为欧洲，为我们自己，为人性，翻开新的一页。从殖民者和被殖民者的异化，到后殖民新人本乌托邦"③。而西方马克思主义代表人物葛兰西，也深刻地影响了斯皮瓦克。众所周知，斯皮瓦克以"属下阶层"研究著称。而"属下阶层"是意大利共产党的缔造者之一葛兰西在《意大利历史札记》中使用的重要术语，它泛指生活在社会底层的农民、

---

① 本书写作时《耶稣之死》的英文版 *The Death of Jesus* 尚未面世。在笔者同库切及其好友的信件交往中得知这个"耶稣系列小说三部曲"的最后一部，英文版将于 2019 年 11 月出版。据悉西班牙语版本已于上半年提前面世。库切的小说创作甚至出版方式随时可能让人震惊。自传三部曲写童年、写青年，一步跳到虚构的死后；耶稣系列三部曲写童年、写小学，也一步跳到耶稣之死。阅读库切的小说本身就是一种超越体验。从一定程度上说，这部最新小说也是乌托邦精神的一种体现——笔者 2020 年补注。

② 译自 Bartolovich, Crystal. et al., ed. *Marxism, Modernity and Postcolonial Studies*. Cambridge：Cambridge UP，2002，pp. 224-229。

③ 译自 Fanon, Franz. The Wretched of the Earth. New York：Grove Press Inc，1968，p. 312。

工人等被压迫民众。葛兰西认为，与中上层社会相反，属下阶层四分五裂，残缺不全。他们被排斥在社会文化主流之外，无法真实地再现自我。他的这一理论后来成为后殖民"属下阶层研究"的理论资源。"身为后殖民理论的重要代表，斯皮瓦克是一位融合了女权、马克思主义和解构理论的批评家"①。

诞生于 2004 年的文学伦理学批评以马克思主义为指导，以我国学者为建构主体，由聂珍钊教授倡导建立。文学伦理学批评在设立那天起就紧密结合了马克思主义指导，其中包括源于西方的以欧洲学者为主体的西方马克思主义流派的理论相互渗透。文学伦理学批评也不是封闭的理论体系，尤其是它产生于各种"后学"在中国被广泛应用之后。学者常把文学伦理学批评的方法与西方传统的道德批评结合起来使用。萨特的"希望本体论"和"基于兄弟关系的道德共同体"中大量论述了道德和伦理问题；在哈贝马斯的"行为交往理论"中，以商谈伦理为特征的话语政治里，多次讨论伦理和道德问题，而且伦理和规范密不可分。② 正如西方马克思主义者重新阐释马克思经典一样，聂珍钊教授在他的代表作里，对"劳动创造了美"这一实践美学的基本概念进行了重新阐释。聂珍钊认为，"劳动创造了美不是美学观点"③，这是马克思在讨论劳动异化问题提出的。"马克思在展开论述之前，已经清楚表明他讨论的主题是'异化劳动'（estranged labor）而不是美学问题。马克思通过对资本主义社会中劳动悖论的揭示，说明异化劳动的特征。"④他用 1000 多字的篇幅解释了原文翻译错误而造成的误解，而且单独辟出一节论述"劳动不是艺术的起源"，认为"艺术起源于劳动"的论断作为（传统）马克思主义的观点无法成立。

在论述文学伦理学与 19 世纪文学批评倾向以及同萨特的存在主义马克思主义之间的关联时，聂教授认为，"有黑格尔代表的建立在德国古典哲学基础上的伦理学，后来经过费尔巴哈的扬弃，逐渐摆脱唯心主义而走向人本主义，并最后转向唯物主义"⑤。19 世纪文学关注道德问题，表现道德主题的倾向是那个时代文学的总的特点。例如，易卜生在戏剧中宣扬"自我主义"、精神乌托邦，以实现道德的自我完善。聂教授比较推崇萨特的存在主义，认为他的道德哲学是 20 世纪最具有代表性的，存在主义的许多内容属于伦理学分范畴。的确，萨特在他的存在主义马克思主义代表作品《存在与虚无》中指出：

> 存在的精神分析法是一种道德的描述，因为它把人的各种计划的伦理学意义提供给我们：它在向我们揭示人的所有态度的立项意义时向我们指出必须摈弃从利益

---

① 陶家俊："后殖民"，《西方文论关键词》，赵一凡等主编，外语教学与研究出版社 2007 年版，第 204 页。
② ［德］哈贝马斯：《在事实与规范之间》，童世骏译，生活·读书·新知三联书店 2003 年版，"前言"第 2 页。
③ 聂珍钊：《文学伦理学批评导论》，北京大学出版社 2014 年版，第 58 页。
④ 同上，第 60 页。
⑤ 同上，第 121 页。

着眼的心理学，摈弃一切对人的行为的功利主义解释。①

综上所述，西方马克思主义与后殖民理论、文学伦理学批评有着千丝万缕的联系。站在西方马克思主义的观点上看，马克思主义关于人的自由和人类解放的根本问题无法回避伦理观念，20世纪反观帝国的殖民史所暴露出的违伦和异化现象，都是其必须研究的主题。就20世纪南非英语小说创作来看当然也不能例外。因此本书在后文中涉及的后殖民理论、伦理学理论结合西方马克思主义理论进行文本分析和解读是充分必要的。第四章应用后殖民与伦理批评的结合分析曼德拉革命和执政期的小说；第五章使用乌托邦理论与伦理批评的结合分析文本，以及用后现代空间写作与西方马克思主义思潮的倾向性来解析小说的主题，都是这种新的尝试。

5. 西方马克思主义理论与后现代空间书写

空间书写是后现代的典型特征，它是对传统叙事的线性书写的突破和实验，已经取得了广泛认同。空间书写冲破传统，倡导多元化，既被后现代理论推崇，也被西方马克思主义者所倡导。弗里德里克·詹姆逊（Fredric Jameson）是将后现代理论和西方马克思主义理论结合的代表人物。詹姆逊在他的著作《关于后现代主义》《马克思主义与形式》《政治无意识》等著作中，"一马当先，试图把马克思主义的文学和文化批判同后现代争论衔接起来。詹姆逊作为一名文学和人文学科的教授，不仅始终致力于批判后结构主义和后现代主义，还吸收了他们的贡献，以此来丰富马克思主义的文化理论"②。詹姆逊最系统且最有影响力的著作是《后现代主义或晚期资本主义文化逻辑》（Postmodernism, or Cultural Logic of Late Capitalism, 1984）。该著作全面考察了后现代文化场景，并试图将后现代相对化为资本主义的一个发展阶段，由此断言，马克思主义理论比所有的竞争者都优越。

作为西方马克思主义者，詹姆逊曾提出一个著名的假设，即，从某种历史必要性的意义上来说，"第三世界"小说是"民族寓言"的这种说法也许合理，也许不合理，但是这种说法肯定表达了一种期盼——全球的阅读公众能将阅读目标对准非大都市化的文学作品。但是，现代主义和后现代主义写作已经进入南非这个资本主义晚期的社会。后现代主义的突出特征，正如空间书写一样，具有强烈的批判性和颠覆传统的意义。而且，长期以来南非的读者们也有着这样的一个期望，他们焦急地期待着杰出的南非小说终有一天能代表他们，期待着小说中那些大量的分散的反思能代表关于他们身份的事实。当然，这样的期盼必然会影响选择的种类，影响对这一类型进行优先顺序的排列。然而，南非小说像圣杯一样吸引着作者和读者的时代，现在似乎已经过去了。早在1983年，库切就提醒说，南非社会致命的零散特性局限了作家的经历与视野，所以关于杰出的南

---

① ［法］萨特：《存在与虚无》，陈宣良等译，生活·读书·新知三联书店1987年版，第796页。

② ［美］凯尔纳等：《后现代理论》，张志斌译，中央编译出版社2004年版，第238页。

非小说的想法就是一个白日梦。① 而库切本人既是现代主义或后现代作家②，同时又受西方马克思主义思潮影响颇深③。库切的《凶年纪事》就是典型的空间书写；《内陆深处》也是打破线性叙事以空间为主导的小说；他的"耶稣系列小说三部曲"设置了乌托邦空间，将空间的跨度进一步延伸到未知的空间。南非黑人作家穆达也有这样的表现：他在《红色之心》里将历史与现代空间交错表现；在《与黑共舞》里表现传统岩石壁画，设置了跨越时空的洞穴空间。而另一位南非作家布林克在《风中一瞬》《菲莉达》和《魔鬼山谷》中均设置了乌托邦的空间。本书的后面章节将具体分析和讨论这些问题，在此不作赘述。

从西方马克思主义的进步观点来回望 20 世纪后半期，不难看到南非民族文学观念的刚刚盛行，而后又迅速消亡。这意味着文学合理地体现了人们对南非自己的历史、对人物、对统一民族国家的渴望。但是，资本利益的驱动，经济和政治的全球化，网络的国际交流，全球均质化的消费文化趋势……所有这些都合力促成文化日益成为一种由作家所生产的面向全球读者，而不是独属于某一地区的国际性商品。

综上所述，本书按唯物史观的逻辑结构，遵循"以历史为经度，以种族为维度"的经纬相交法展开，用西方马克思主义的视角分析 20 世纪南非英语小说，而没有以西马的某些理论概念为章节的进行划分，以免影响 20 世纪一百年来不同时期不同特征的南非英语小说的全貌。

---

① J. M. Coetzee. "The Great South African Novel," *Leadership SA* 2, No. 4, 1983, p. 74, 77, 79.
② 蔡圣勤：《论库切写作的实验性创新与现代主义表征》，武汉大学出版社 2017 年版。
③ 罗晓燕：《库切的后期创作与西马思潮的影响》，武汉大学出版社 2017 年版。

第一章

骄傲的文学：
20 世纪早期的南非英语文学殖民性

20 世纪早期，即 20 世纪 40 年代以前的南非英语文学，总体上说，是在承继 19 世纪殖民文学的基础上发展而来的。在这一时期，尚无南非"国别文学"意识，相反，此时的创作多数被视作为英语文学海外创作的一部分。他们多以非洲游记、海外见闻录、殖民地风貌、奇闻异俗等形式书写南非。如 19 世纪末期的作家阿尔弗雷德·威尔克斯（Alfred Wilks，1827—1901），他是寄居在南非的英国人，写了几篇关于本地的旅行见闻。他的作品包括《南非卡菲尔人运动场景》(*Sporting Scenes Amongst the Kaffirs of South Africa*，1858)、《祖鲁人：汉斯·斯德克冒险，南非的猎人和拓荒者》(*Among the Zulus*: *The Adventures of Hans Sterk，South African Hunter and Pioneer*，1879) 和《南非寻宝人》(*The Diamond Hunters of South Africa*，1889)。也许最有趣的作品是《去轭的故事：在非洲南部的荒野地带的冒险故事》(*Tales at the Outspan，or Adventures in the Wild Regions of Southern Africa*)，可能是南非的第一个篝火故事。这种使用框架叙述者和内部叙述者来讲故事的方式，开创了南非短篇小说的先锋。后来使用这种方式的还包括威廉·查尔斯·斯卡利(William Charles Scully)、珀西·菲茨帕特里克(Percy FitzPatrick)、欧内斯特·格兰维尔(Ernest Glanville)、珀西瓦尔·吉本(Perceval Gibbon)、保罗因·史密斯(Pauline Smith) 和赫尔曼·查尔斯·博斯曼(Herman Charles Bosman) 等作家。①

一、骄傲的海外英语作家群

两次英布战争后，英国获得了统治南非殖民地的权利，战后不断有英国人移居南非。他们带着战胜者的骄傲与姿态，从宗祖国文化传承人的高度审视南非殖民地、书写殖民地。另外也有部分作家在这个时代出生于南非或南部非洲的其他英国殖民地，成了讲英语的本土南非人(或者南部非洲人)。这些"本土英国人"大多数在成年期返回英国或其他欧洲国家完成高等教育后，又返回南非与父母团聚。这两类作家骨子里被英国传统文化浸淫，可以被称作一批"骄傲的海外英语作家群"。20 世纪早期的小说家詹姆

---

① 参见［南非］康维尔等，《哥伦比亚南非英语文学导读(1945—)》，蔡圣勤等译，武汉大学出版社 2017 年版。

27

斯·珀西·菲茨帕特里克爵士（Sir James Percy FitzPatrick，1862—1931）就是一个典型的例子。

菲茨帕特里克出生于威廉国王城，也就是现在的英属卡弗拉里亚，他的父亲是那里的法官。菲茨帕特里克（或称珀西爵士）全家搬到开普敦，在开普敦接受教育。父亲去世后珀西辍学，开始工作养家糊口。他在开普敦做了几年银行职员，但是工作得很不开心。20 岁时，他离开开普敦到东德兰士瓦金矿区，成为巴伯顿的运输工。随着这个地区金矿被挖空，他又去了威特沃特斯兰德。淘金者、勘探者和运输工经历为菲茨帕特里克首部发表的作品《去轭：南非的故事》（The Outspan：Tales of South Africa，1897）提供了素材。冗长的标题故事集运用了一个虚构的旁白，唤起篝火民族精神口头故事。故事借鉴了"杂婚"这一熟悉的主题，讲述了一个不寻常的英国人娶了两个当地妻子，采用非洲的生活方式，最后成为巴伯顿的探矿者，却突然死于热病。《祖鲁人部落的首领耐恩》（Induna Nairn）也有和《去轭：南非的故事》类似的漫游主题。它作为一个漫长的、片段性的叙事故事，充满了盲目的维多利亚道德观。短篇故事《池》（The Pool）将殖民意识形态的种族主义和情节剧相混合，备受当时那个时代的青睐。当然，那个时代的英语读者基本上是白人或者白人后裔。

这些经历也帮助菲茨帕特里克创作出了他最知名的作品——旨在为孩子讲故事的《乔克丛林历险记》（Jock of the Bushveld，1907）。小说讲述了一个小男孩的成长过程，以及他和小斗牛狗的故事。他们共同经历了淘金者的露营生活和非洲草原上的野外冒险生活，并分享了由此带来的兴奋和激动（当乔克迷路时，它要学会自己生存）。故事是以一个无情的方式讲述的，营火的气味和声音以及宽阔的非洲草原也似乎很无情。E. 考德威尔为此书插图。《乔克》印刷了多次，也有众多版本，它的首次出版就卖得很好，成为一个冒险故事经典，儿童和成年人都很喜欢。

菲茨帕特里克后来供职于阿尔弗雷德·贝特的公司，成为矿业公司的合伙人。他的北部游记多记录在《携带棒笔穿越马绍纳兰》里。詹姆逊突袭事件后，因为他与英国罗兹和詹姆逊博士牵连而被短暂监禁。第二次布尔战争爆发前不久，他撰写了《内在的德兰士瓦》（The Transvaal from Within，1899）一书，为德兰士瓦共和国独立提出了充分的理由。1902 年他被封爵，1910 年在工会工作中发挥了主导性作用，最后在他的埃滕哈赫区柑橘农场度过了余下的岁月。他的回忆录于死后发表，名为《南非的记忆》（South African Memories，1932 年，1979 年再版）。总而言之，这位帕西爵士的英语书写，从猎奇见闻、非洲游记、冒险故事，到一个英裔人士在殖民地的励志故事，无不体现了大英帝国的意志。

这一时期，英语作品具有种族主义倾向或者说作品中凸显有帝国意识的作家还有吉本（Gibbon）和格兰维尔（Glanvill）。

小说家珀西瓦尔·吉本（Perceval Gibbon）又名雷金纳德·珀西瓦尔（Reginald Percival，1878—1926），生于威尔士特赖克，故于海峡群岛根西岛。1898—1903 年期间，他都生活在南非，并担任《纳塔尔见证》《兰德每日邮报》和《罗得西亚时报》的记者。他出版短篇小说和报道文集，其中一些故事重新出现在随后的作品集中。

吉本发表了 5 部作品，都以非洲为背景，包括：1 卷诗——《非洲项目》(*African Items*，1903)；3 部小说——《灵魂的束缚》(*Souls in Bondage*，1903)、《萨尔瓦多》(*Salvatore*，1908)(以境内为背景则又称为葡属东非)、《玛格丽特·哈丁》(*Margaret Harding*，1911)；1 部故事集——《弗尤·郭播拉尔引导案》(*The Vrouw Grobelaar's Leading Cases*，1905)。他的作品很明显地体现了南非从一个典型种族主义时代到一个更开明的时期的转变。《灵魂的束缚》探讨了种族交融的主题，虽然这些人物的品质参差不齐。《弗尤·郭播拉尔引导案》讲述了南非"鸟儿喷泉"农场里白人社区的故事。作者用独特的认知观和思想价值观将自己和故事人物拉开距离。作家擅长讲故事，将结局隐藏于故事情节之中。吉本的故事为著名作家博斯曼的《奥姆·沙尔克·劳伦斯》中的人物描写树立了榜样。

值得一提的是，除了上述作品外，吉本后来的写作倾向有所改变。《玛格丽特·哈丁》表现出对盲目的种族偏见的强烈不满。小说标题是主人公的名字，刚到达卡鲁农场就遇到一个不寻常的黑人男子。这名男子是当地首领的后代，在英国长大，并成为一名训练有素的医生。他们之间的关系，破坏了社区的社会规范(与异族交往的规范)。这里吉本对于种族偏见给予了批判。

吉本的后期作品不再以非洲为背景，但也摆脱不了非洲影响。包括作品《格雷戈瑞小姐冒险记》(*The Adventures of Miss Gregory*，1912)、《第二级客运》(*The Second-Class Passenger*，1913)、《那些微笑的人》(*Those Who Smiled*，1920)，以及《黑暗的地方》(*Dark Places*，1926)。即使故事发生地不在非洲，也或多或少有着非洲旅行的影子，英语作为宗祖国语言的优势与自豪感也不时跃然纸上。

小说家厄内斯特·格兰维尔(Ernest Glanville，1856—1925)出生于开普敦的韦恩堡。他的父亲 T·巴特·格兰维尔 (T. Burt Glanville) 曾为开普敦省的议会成员。格兰维尔就读于格雷厄姆斯敦的圣安德鲁斯学院。1870 年，他辍学陪同父亲前往金伯利。父子二人将印刷机从卡鲁运到金伯利，并在那里创立采矿营地的第一份报纸。由此格兰维尔开始了漫长的新闻职业生涯。

回到格雷厄姆斯敦后，他成为期刊《格雷厄姆斯敦杂志》副主编，此后他去了伦敦，和他的兄弟主编了周刊《南非帝国》(*The South African Empire*)。1879 年爆发祖鲁战争时，他来到南非，担任伦敦《每日纪事报》战地记者。后来他成了《每日电讯报》的编辑助理，并开始了职业写作生涯，书写关于南非方面的作品。他是一个多产的作家。1903 年他再次回到南非，就职于《好望角百眼巨人》(*Cape Argus*)杂志，之后，又在布拉瓦约《纪事报》和约翰内斯堡《明星》杂志工作。作为新闻记者，他为《白眼巨人周刊》(*Weekend Argus*)供稿，直到在隆德伯西猝死。

作为书写东开普边疆浪漫故事和动物故事的作家，格兰维尔至今被人铭记。他的早期小说，包括以祖鲁战争为背景的《失去的继承人：一个爱情故事，战斗和冒险》(*The Lost Heiress：A Tale of Love，Battle and Adventure*，1891)、《一个公平的殖民者》(*A Fair Colonist*，1894)、《峡谷的新娘，情人的追求》(*The Kloof Bride；Or，the Lover's Quest*，1898)、《南非战争形成派遣骑士的背景》(*The South Africa War Formed the Backdrop to the*

Despatch Rider，1900）、《松顿》（*Max Thornton*，1901）和《一个美丽的反叛者》（*A Beautiful Rebel*，1902），均为关于反对殖民统治的非洲反叛的故事。后期的动物冒险故事包括《丛林浪漫》（*Tyopa：A Bush Romance*，1920）、《牙和爪》（*Claw and Fang*，1923）和《猎人：布须曼人的生活的故事》（*The Hunter：A Story of Bushman Life*，1927）。除几部短篇小说之外，格兰维尔的其他作品（共20多部）已绝版多年。他给人印象最深的小说人物是"叔叔安倍·派克"——一个具有讲荒诞故事天赋的人。这些短篇小说以19世纪后期的东开普省边界为背景，包括作品《峡谷故事集》（*Kloof Yarns*，1896）和扩展版的《草原故事》（*Tales from the Veld*，1897）。而早期写这类短篇故事的作家，如A·W·德雷森（A. W. Drayson）、约瑟夫·英格拉姆（Joseph Ingram）和威廉·查尔斯·斯库利（William Charles Scully），其故事的叙述者不会以颠覆和讽刺口吻讲故事。安倍·派克（Abe Pike）的故事是无可争议的"荒诞的故事，主要是消遣和娱乐而不是指导和启发"。这些作家无疑都以白人视角观察南非殖民地世界，他们写祖鲁人、写布须曼人、写霍屯督人等殖民地本族轶事，猎奇、冒险、荒诞仍为主题。格兰维尔的这种模式影响了很多后来的作家，如珀瓦尔·吉本、赫尔曼·查尔斯·博斯曼等。博斯曼具有典型性和代表性，下文以博斯曼为例，具体分析这一阶段南非英语小说的特征。

二、博斯曼的生平背景与文化倾向

赫尔曼·查尔斯·博斯曼（Herman Charles Bosman）1905年出生于开普敦附近的库伊尔斯河镇。他一生大部分时间在德兰士瓦度过，其全部作品深深植根于德兰士瓦的社会背景之中。博斯曼曾就读于耶珀男子高中，威特沃特斯兰德大学（金山大学）和师范学院，并获得了教师资格证。1926年1月，博斯曼受聘于德兰士瓦西部偏远地区格鲁特玛里克的一所学校，当上了初任教师。其教师生涯尽管短暂，却是其后来撰写的150篇短篇小说的主要灵感来源。1926年7月的一天，博斯曼回到其在约翰内斯堡家中休假时与同父异母的兄弟大卫·罗素尔（David Russell）发生了口角，继而开枪将对方打死。11月，博斯曼被判死刑，后改为10年苦役监禁。在度过了4年铁窗生涯后，博斯曼于1930年被保释。①

出狱后，博斯曼开始与埃吉迪厄斯·让·布里格奈特（Aegidius Jean Blignaut）一起从事期刊编撰工作。两人共事直至1934年（而后博斯曼去了伦敦），这段关系也对博斯曼随后成为一名作家起到了极大的促进作用。博斯曼和布里格奈特共同编辑了几种期刊，但均为昙花一现，如《队长》（*The Touleier*，1930）、《新 L. S. D.》（*The New L. S. D*，1931）和《新皮鞭》（*The New Sjambok*，1931）。这些期刊上也刊登了一些文学作品。第一版《队长》（1930年12月）上刊登了《玛卡潘的洞穴》（*Makapan's Caves*），这是博斯曼最早写就的关于斯卓克·卢伦斯叔叔（*Oom Schalk Lourens*）的故事。当时，博斯曼使用了虚

---

① 详见 M. C. Andersen. "Colonialism and Calvinism in Bosman's South Africa"，*The European Legacy*，1997，2(1)，pp. 127-132。

构的叙事者"霍屯督人鲁伊特"（*Hottentot Ruiter*）来讲述故事，这也在一定程度上为其后来形成的著名叙事方式提供了灵感。

1932 年 10 月，博斯曼与艾拉琳·曼森（Ellaleen Manson）结婚，二人于 1934 年一起前往伦敦。在随后的 6 年半时间里，博斯曼持续为南非的杂志撰写小说和随笔，包括《维萨克的树荫下》（*In the Withaak's Shade*，1947）和《音乐大师》（*The Music Maker*），以及其最著名的短篇《马弗京之路》（*The Mafeking Road*，1935）。博斯曼于 1940 年回到南非，1943 年，他开始担任彼得斯堡一家双周报报纸的编辑，那时的彼得斯堡还是北德兰士瓦。这为博斯曼提供了生活素材，使得他在其作品中虚构了两个城镇，即《夜幕下的紫楹花》（*Jacaranda in the Night*，1947）中的卡尔文（也常译为加尔文），以及《威利斯多普》（*Willemsdorp*）中的威利斯多普。1944 年，博斯曼与艾拉琳离婚，并迎娶了海伦娜·施特格曼（Helena Stegmann），随后便到达了创作的巅峰，写就了约 30 篇关于南非灌木草原的故事和近 80 篇"会客室"风俗画类作品。1947 年，博斯曼的毕生力作——小说集《夜幕下的紫楹花》和《马弗京之路》出版。其第三部著作《冰冷的石罐》（*Cold Stone Jug*）出版于 1949 年。1950 年起，博斯曼开始着手创作"会客室"系列并在南非周刊《论坛》上进行连载。1951 年 10 月，博斯曼突发心脏病离世，该作品的连载也戛然而止。

博斯曼生前成就斐然，过世后则愈加声名显赫。他的学生及编辑莱昂奈尔·亚伯拉罕斯多年来一直在《人类与卢梭制服系列丛书》（*The Human and Rousseau Uniform Series*）中发行博斯曼的作品——该系列始于 1969 年，其中包括《马弗京之路》和《冰冷的石罐》。斯蒂芬·格雷，一位卓有成果的博斯曼研究学者，编辑出版了博斯曼的《小说精选》（*Selected Stories*，1980）和《博斯曼笔下的约翰内斯堡》（*Bosman's Johannesburg*，1986）。格雷还出版了《玛卡潘的洞穴与其他小说》（*Makapan's Caves and Other Stories*，1987），这是博斯曼为数不多的在海外畅销的作品之一。

亚伯拉罕斯编辑出版的选集《一桶甜酒》（*A Cask of Jerepigo*，1957，1964）及《世界在等待》（*The Earth is Waiting*，1974）收集了博斯曼散文和诗歌中的佳作。但这些作品并不能代表博斯曼的所有作品。博斯曼早期对诗歌的偏好主要反映在他自行出版的一系列薄薄的诗歌册子中：《蓝色公主》（*The Blue Princess*，1931）；《玛拉》（*Mara*，1932），其中包含一出独幕剧；《锈蚀：一首诗》（*Rust：A Poem*）；《耶稣：一曲颂歌》（*Jesus：An Ode*，1933）。[①] 但这些诗集都被其小说方面的成熟造诣和那些最负盛名的南非草原故事所掩盖。

《马弗京之路》一经问世就大获成功。1947 年至 1998 年该书多次再版。1998 年发行的版本曾尝试按原作者的意图来恢复行文。对当今的读者而言，《马弗京之路》的意义在于该书收录的作品全部是由博斯曼本人挑选的。《马弗京之路》中总共收录了 21 个故事，其中 20 个故事都是借由斯卓克·卢伦斯叔叔这个虚构的、来自穷乡僻壤的、诡计多端的叙事者来表述的。凭借这样一个人物，博斯曼尖锐而讥讽地对玛里克社区存在

---

① 详见 M. C. Andersen. Colonialism and calvinism in Bosman's South Africa, *The European Legacy*, 1997，2(1)，pp. 127-132。

的偏见和缺陷进行了探讨，并希望能以极大的同情和理解来唤醒该社区。书中那些令人难忘的故事包括《维萨克的树荫下》《音乐大师》《马弗京之路》《玛卡潘的洞穴》，以及《红脖子》(The Rooinek)。显然，除了地域设定和本土化的幽默外，博斯曼在这些故事中透露出来的忧思不仅针对格鲁特玛里克地区，而且扩展至整个南非民族，以及更为广泛的层面。

书中很多故事都涉及布尔人的民间历史和事件，主要是关于两次英布战争以及布尔族群同英国权威之间的纷争。博斯曼的视野再一次超越了对布尔人简单的同情。《红脖子》的开篇描绘了第二次英布战争及战事对波尔农场造成的大规模破坏，还提到了英方用来关押南非白人妇女儿童的集中营。然而故事的主要描写对象却是一个英国人（即小说的标题"红脖子"）。他居住在玛里克一个强烈仇视英国人的社区，与一对布尔人夫妻结下了友谊，并且特别关爱他们的幼女。在密尔斯克疫情蔓延导致家畜大批死亡之际，这名英国人同布尔人夫妻一起踏上了去往德属西非领土的遥远旅程。这家人最终葬身于喀拉哈里沙漠，英国人的尸体与他们倒在一起，怀中还抱着一堆破布。显然，他在弥留之际陷入了癫狂的幻觉，将这堆破布当成了那个布尔女婴。

博斯曼的两部"会客室"作品集——《贝克斯达尔马拉松》(A Bekkersdal Marathon)和《朱力·斯特恩的邮局》(Jurie Steyn's Post Office)（均出版于1971年）——汇集了博斯曼人生最后两年里的创作。这79个故事均为风俗画类作品，作品通过朱力·斯特恩的会客室引出了一系列人物，随着作品逐渐展开，探讨了当下的热议话题。

《冰冷的石罐》记录了博斯曼在比勒陀利亚中央监狱的4年铁窗生涯。由于被判死刑，入狱初期博斯曼一直笼罩在绞刑架的阴影下，幸而后来被改判为10年苦役监禁。故事的开端看似轻松，但随着叙事者的精神状态逐渐陷入疯狂，故事的氛围也变得压抑而凝重。作品的笔调由诙谐讥讽转为挂在悬崖峭壁上的年轻男子近乎癫狂的绝望哭泣。《冰冷的石罐》的文学意义在于，其为后来盛行于南非的"监狱文学"作出了初步贡献。本书将在后面的章节里对此进行具体讨论。

博斯曼尝试过创作篇幅较长的小说，其中的代表作为《夜幕下的紫楹花》和《威利斯多普》(Willemsdorp)①。这些长篇故事为博斯曼开启了崭新的创作领域。南非学者康维尔教授认为，《夜幕下的紫楹花》的写作水平尚欠稳定，《威利斯多普》则算得上是成功之作。② 其更为成熟的视角和从更广泛的历史背景来展现南非社会的尝试均获得了评论家们的普遍认可。博斯曼的长篇小说对南非文学的影响一般，只因其过世时作品尚未完成。幸得斯蒂芬·格雷后来一直在为博斯曼作品的编辑和推广而不懈努力，该类作品才获得了其应得的认同。

---

① 博斯曼离世前还在修改此文，但这部作品1977年才问世，而新的权威版更是于1998年才出版。

② ［南非］康维尔等，《哥伦比亚南非英语文学导读（1945—　）》，蔡圣勤等译，武汉大学出版社2017年版，第213页。

三、博斯曼笔下的殖民主义及色彩

南非作家赫尔曼·查尔斯·博斯曼生于 1905 年。之所以选择重点研究博斯曼的原因是，虽然他用英文撰写小说，但是他却是一名南非荷裔白人，并且他的作品大量描写了南非荷裔社会，反映了南非白人（在那个时期也被称为"欧洲人"）对不同人种所持的态度。后文探讨了博斯曼在他的作品中受相关加尔文主义思想影响，体现了南非荷裔白人思想，或者说具有殖民主义倾向。选择博斯曼的另一个原因是，他是一位对后期南非英语小说创作影响力很大的作家。

1652 年，荷兰东印度公司于好望角建立茶点站，这些荷兰人建立了南非第一个白人定居地。随着一些欧洲人、法国人和德国人的迁入，南非白人民族及南非荷兰语渐渐发展了起来。自 1795 年到 1803 年，开普敦一直处于英国的统治下，1806 年起，又再一次成为英国殖民地。30 年后，人们对英国统治者的不满愈发强烈，一些布尔人开始了在内陆的长途跋涉，并定居于南非（德兰士瓦）和奥兰治自由邦。第二次布尔战争给南非布尔人带来了失败，1910 年，南非联盟成为英国殖民地的一部分。

新的南非由多元化的人口组成，如白人、混血（或叫"有色人种"）、印度移民团体和一些本地的黑人部落。这便是博斯曼成长的地方，也是他书中所描述的南非。这种白人殖民者与黑人被殖民者之间的关系是非常典型的，其中比较特殊的地方是南非人所经历的压迫也与英国殖民者有关。

赛义德和哈里斯在作品中讨论了殖民者对殖民地的特别的态度①，这应该与欧洲人的优越感、殖民地卑微的信仰或其他东西相关。这种看法是根据殖民者所享有的特权情况而得出的，梅米（Memmi）所描述的生活很美好，有着众多的仆人、丰富的乐趣（这在欧洲是不可能的）和不合时宜的权威。② 赛义德认为这种特权显然取决于另一种文化"在文化中使用"的归化。③ 此外，梅米声称，经济要素是开展殖民主义的根本要素。④ 然而，欧洲扩张主义所有丑陋的事实都是用普拉特所说的"净化"来形容的。⑤ 正如康拉德在《黑暗的心》中宣泄了自己对虚伪的愤怒，以玛洛（Marlow）的角度谴责了在宗教层面上殖民主义的理由：将光明带到最黑暗的非洲。⑥

---

① 详见 Edward, Said. *The World, the Text, and the Critic.* Cambridge：Harvard University Press, 1983, p. 1213 及 Michael T. Harris. *Outsiders and Insiders：Perspectives of Third World Culture in British and Post-Colonial Fiction*, Diss of Indiana University, 1986, p. 322。

② Albert Memmi. *The Colonizer and the Colonized*, trans. Howard Greenfeld. London：Souvenir Press, 1974, p. 57.

③ Edward, Said. *The World, the Text, and the Critic*, p. 12.

④ Memmi. *The Colonizer and the Colonized*, p. xii.

⑤ Mary Louise Pratt. *Imperial Eyes：Travel Writing and Transculturation.* London：Routledge, 1992, p. 78.

⑥ Joseph Conrad. *Heart of Darkness.* Harmondsworth：Penguin, 1978, p. 4.

博斯曼 20 岁时所写的短篇小说《原始的冲动》(*The Urge of the Primordial*)中重点描写了殖民主义的各个方面。① 这本小说着重描写了当地黑人祖鲁人克莱门斯(Clements)。在豪兹基恩(Holzgene)教授看来，他们"从最原始的发展阶段"到"现在和我们一样的高度发达"。这部小说从"非洲发展协会的会议室"中展开，且此协会致力于"全民教育与文明传播"，强调了黑人需要提升优越感的看法。虽然豪兹基恩教授声称反对"像这样的种族优势"，但他的虚伪和偏见是显而易见的。他说道："我们来到这里不是为了剥削本地人吗？我们国家的文明不是建立在他们的劳动之上的吗？"他继续说道："我们在晚宴上招待克莱门斯，当一些勺子不见的时候，他们指责他……他的悲伤远远多于愤怒。"作为保护者的这种赞美与其说是强调了祖鲁人教育和文明的进步，不如说是肯定了黑人是盗贼这样的共同看法，这样的偏见常常可以在殖民时代的小说中体现。在《印度之旅》中阿齐兹失踪的领扣被解读为一个指示物——"基本的松懈，揭示了比赛"②。法农在谈到阿尔及利亚局势时写道："这种种族偏见的例证可以无限期地倍增。"③

博斯曼讽刺地描写了一位叫凯勒维(Kellaway)的传教士，暗示了欧洲努力粉饰殖民地存在的真正原因。凯勒维对克莱门斯的赞美实际上是为了"赞赏我们的教育工作"，其中强调了白人所做的努力，而不是黑人的成功；在整部小说中，传教士对黑人祖鲁人了解甚少。德卡尔(De Carle)是文中的另一个角色，他对殖民剥削的丑恶方面的表达比他的同伴更为诚实：

> 吉姆·费什(Jim Fish)认为如果你教育了他，而不是让他习惯顺从地去工作，这会让他掏出共产主义的小册子并开始和你争论卡尔·马克思的价值观，这是不可取的。当黑人对我们失望时，我们要一直压制着他们。④

克莱门斯最终放弃了穿着欧洲服饰，"穿着……用一条毯子和……挥舞着一个圆头棒"(一个顶端带有圆形旋钮的木制武器)，他袭击了一名警察。这个结论也暗示了作者对于种族偏见的衡量。鉴于他的年龄和他的文化传承(他一出生便是被殖民者)，也许他对一些殖民地的人的态度作出的敏锐的评价也显得不那么惊奇。在写完《原始的冲动》不久后，完成教师培训的博斯曼被派往南非玛里克区的农场学校。他在这里购买了步枪，在约翰内斯堡度假期间射杀了他同父异母的兄弟。随后，他被送往监狱，承受着它所带来的所有的痛苦和剥夺。据博斯曼说道："这是世界上最好的大学……最令人印

---

① Herman Charles Bosman. *The Urge of the Primordial*, in The Umpa, October, 1925, pp. 34-35.

② 转译自 E. M. Forster. *A Passage to India*. Harmondsworth：Penguin，1971，p. 80。

③ 转译自 Frantz Fanon. *Studies in a Dying Colonialism*，trans. Haakon Chevalier. London：Earthscan Publications，1989，p. 41。

④ 转译自 Harris. *Outsiders and Insiders*，p. 322。

象深刻也最古老的学校……"①毫无疑问，在漫长的监狱生活中，他对人生和人性的思考也渐渐成熟了。

博斯曼的畅销书中有许多是短篇小说。在其中一部短篇小说中，肖克·卢伦斯叔叔是叙述者，在某些故事中，博斯曼将焦点转移到了自己人身上，即南非荷裔白人；显然，基于他对种族偏见的讽刺，他保持用英语写作小说。② 博斯曼在早期写作中带有这种偏见，在写于 1930 年的《玛卡潘的洞穴》(*Makapan's Caves*)中，描写了白人青年的忠诚。当白人青年在玛卡潘被一群非洲部族俘虏时，他牺牲了自己而拯救了肖克的兄弟。

四、博斯曼后期创作的觉醒与转型

作为白人的博斯曼，在白人的监狱里度过了十年。这些监禁生活也促使他反思与觉醒。《归于尘土》(*Unto Dust*, 1963)是博斯曼的第二部草原故事集，全书共收录 24 个故事，斯卓克·卢伦斯叔叔出现在了 20 个故事中。《归于尘土》是关于两个死人的故事——一个白人，一个黑人——他们的遗骨无可避免地混在了一起。这样的结局构成了对南非白人歧视黑人的绝妙讽刺。

博斯曼作品中存在着微妙的复杂性，正是这种特性使得他能以巧妙却触人心弦的方式来摒弃种族偏见。在故事《归于尘土》中，讽刺的是，人们认识到了死亡揭示了我们共同的人性，不论肤色如何：在与非洲人的战争结束后，马里卡的农民对基督教葬礼有着极高的关注度，但让他们感到惊愕的是，他们发现一个黑人与一个白人的骨头放在一起是难以辨认的，种族与种族之间并没有差异。这一短篇在某种程度上具有一定的进步意义。但这一作品出版于 1963 年(算是遗作)，属于第二次世界大战后的名篇。

大多数南非白人是加尔文主义者。早期的加尔文主义的根本教义是相信上帝对人类事务的绝对主权。按上帝的旨意行事是他们的主要责任。"原罪教义"也是其主要内容。博斯曼具有敏锐的洞察力，他描述了加尔文主义的报复性，就像霍桑在《红字》中和其他地方所揭发的一样。博斯曼在《泥坑》(*The Clay Pit*)中讲述了一个被收养的小孩在证实其身份期间没有正确地回答问题。这个问题是"你知道自己的悲惨吗？"③。这是霍桑否认清教徒式悲伤的表现④，女孩父亲的反应表示了他所信仰宗教的惩罚性质：回家时，他撕毁了女孩的婚纱。

作为博斯曼的第一部长篇小说，也是他毕生力作，《夜幕下的紫檀花》(*Jacaranda in the Night*, 1947)的背景设置在一个叫德兰士瓦的小镇上。在早期的经历中，小学教师

---

① 译自 Herman Charles Bosman. *The Collected Works*. Bergvlei：Jonathan Ball, 1983, vol. 1, p. 114。

② Bill Ashcroft. *The Empire Writes Back：Theory and Practice in Post-Colonial Literatures*. London：Routledge, 1989, p. 7. 原文是 In a situation of "imperial oppression", "language becomes the medium through which a hierarchical structure of power is perpetuated"。

③ Bosman. "The Clay Pit," in *The Collected Works*, vol. 1, p. 219.

④ Cf. W. A. de Klerk. "An Afrikaner Revolution," in *The Afrikaners*, ed. Edwin S. Munger. Cape Town：Tafelberg, 1979, p. 55.

对自己学生的影响有着专属权①，因为受到了与自然欲望相对的有限制性的宗教信仰的影响，小说专注于描写"黑暗的内心矛盾"：

> 南非白人移民先驱们的宗教信仰就像南非的大草原一样，如果他们在心中接受了宗教真理的僵化，如宿命论和原罪这样的悲观概念，那么他们不能轻易拒绝另一种教条，即深深烙印在血液里的来自草原的教化。②

小说中的汉娜（Hannah）也是一名小学教师，她无法抵抗当地建筑师博尔特（Bert Parsons）身上强烈的男子气概，也无法逃避自己身体上的悸动与紧张。如蓝花楹的花地毯在脚下被压皱一样，她在对爱与自我认知之间受到了伤害：在她的眼里，她是该感到"羞耻"的，她是"卑微且充满污秽的"。③ 镇里的居民对她的违法行为的反应不像霍桑小说中那样极端，但他们的批判仍是接连不断且具有破坏性的。当校长指责她是"妓女"的时候④，迪莫黛尔（Dimmesdale）带着"愧疚之心"回忆道：迪莫黛尔必须添加"虚伪的原罪"⑤。同样地，校长为了缓和自己对汉娜的欲望而结束了采访，他必须掩盖自己的罪行。此外，为了"人性的理解"，他不能接触牧师，他自称"基督教徒"，宣称牧师们所做的"不仅仅是在周日传道"。⑥

博斯曼最后一本小说《威利斯多普》（Willemsdorp）也将背景设置在了德兰士瓦镇。1948年大选后，南非白人政府控制了南非。德克勒克讲述了英国压迫如何促进民族精神的成长。⑦《威利斯多普》里描述说，在"二战"时，"他们烧光了我们的农舍，把妇女和儿童赶去了集中营"⑧。在加尔文主义所说的"基督徒是无秩序社会的必要社会改革者"⑨的支持下，他的清教徒追求公正的分配，也和其他地方一样，追求权力。1945年，科隆尼（Cronje）概括了种族隔离思想，后来，维伍尔德（Verwoerd）等人将其制度化⑩，是"与权力相联系"的"社会政治思想"，"将清教徒的区域作为加尔文主义的有力但有害的突变"⑪。这种形式的政府是建立在宗教的基础上的，不仅只有南非白人认为

---

① Bosman. Jacaranda in the Night, in *The Collected Works*. Bergvlei：Jonathan Ball，1983，vol. 1，p. 294.

② Bosman. *Jacaranda in the Night*，p. 277.

③ Bosman. *Jacaranda in the Night*，p. 326，340.

④ Bosman. *Jacaranda in the Night*，p. 321.

⑤ Nathaniel Hawthorne. *The Scarlet Letter and Other Tales*，ed. Thomas E. Connolly. Harmondsworth：Penguin，1971，p. 94.

⑥ Bosman. *Jacaranda in the Night*，p. 356.

⑦ W. A. de Klerk. *The Puritans in Africa：A Story of Afrikanerdom*. London：Rex Collings，1978，p. 90.

⑧ Bosman. Willemsdorp, in *The Collected Works*. Bergvlei：Jonathan Ball，1983，vol. 1，p. 544.

⑨ De Klerk. *The Puritans in Africa*，p. 139.

⑩ De Klerk. *The Puritans in Africa*，p. 215.

⑪ 转译自 De Klerk. *The Puritans in Africa*，p. 188。

自己是被加尔文教义选中的人，"预言教条……接受选民与上帝之间的民族旧约"①。但加尔文主义信奉神授，即"人民与国家的起源"，每一个都有其"内在的结构和'生命的规律'"，②这证明了南非各种族之间独立立法的发展。白人在生存中面对着越来越多的黑人无产阶级，种族隔离也需公正对待其他民族，"生存"是"独立的种族与独特的文化，更高水平的发展会确保它们的延续"③。在英国殖民者手中遭受苦难的人们还要压制殖民地的黑人，真是苦涩的讽刺，在实现理想时，他们要经历不可预见的困难，要放弃加尔文主义的本质——谦逊。④

在这种背景下，在《威利斯多普》中，报刊编辑查理（Charlie）的故事也是一个例证。在镇上生活的人都是狭隘偏执的。⑤在这里也要注意的是，"试着让加尔文主义的严厉教条适应南非草原生活的广大需求"⑥的影响。其结果是查理与混血女人马玥睿（Marjorie）的关系引发了相当大的心理矛盾。他承认，"当他和她一起躺在沙发上时，他察觉不到她与白人女孩有任何不同"⑦，这与在《归于尘土》中的发现有很大的共同之处，即不同种族的人类骨头是相同的。然而，尽管他说出"自由与平等的观点"，但查理"内心是一个布尔人及加尔文主义者"，他感觉自己像"迷失的灵魂"一样。⑧

这部小说讽刺了"种族隔离法"所带来的后果：让查理非常痛心的是，马玥睿不得不与他分开并住在"有色人种居住地"⑨，所以当她怀孕时，他反对自己的孩子在这样的环境下长大。种族隔离意味着，当地酒保在面对一个肤色黝黑的陌生人时，酒保"有理由拒绝在白人酒吧中为他服务"⑩。然而，小说特别强调了，反异族通婚法直到最近（指故事发生时）还在生效。⑪在种族隔离制度实行起降，政府扩充了1927年《背德法》的第五条，即限制白人与其他种族间发生性关系。在《威利斯多普》中，英国圣公会牧师马克义（Thorwell Macey）的观点显然是博斯曼自己的心声，"这是一个极大的耻辱……不论是哪一个国家制定这样的法律。这是我所听过的最不公正的法案"⑫。

珍·默罕默德（Jan Mohamed）说道，"殖民地中的摩尼教组织已经传到了南非'共和

---

① 译自 T. Dunbar Moodie. *The Rise of Afrikanerdom: Power, Apartheid, and the Afrikaner Civil Religion.* Berkeley: University of California Press, 1980, p. 25。

② 转译自 De Klerk. *The Puritans in Africa*, pp. 258-59。

③ 转译自 De Klerk. *The Puritans in Africa*, p. 217, 225。

④ De Klerk. *The Puritans in Africa*, p. 340.

⑤ Bosman. *Willemsdorp*, p. 564.

⑥ 转译自 Bosman. *Willemsdorp*, p. 463。

⑦ 转译自 Bosman. *Willemsdorp*, p. 529。

⑧ 转译自 Bosman. *Willemsdorp*, p. 577。

⑨ 转译自 Bosman. *Willemsdorp*, p. 569。

⑩ 转译自 Bosman. *Willemsdorp*, p. 522。

⑪ De Klerk. *The Puritans in Africa*, pp. 200-201.

⑫ 转译自 Bosman. *Willemsdorp*, p. 519。

国'的最边远处，种族隔离制度在那里延续、形成……成为政府最关心的问题"①。然而，博斯曼没有目睹种族隔离制度的顶峰时期：他于 1951 年逝世，那时的南非还没有成为共和国。但他早期作品中对殖民地的描写，以及后来作品对于殖民主义和加尔文主义的批判，凸显出了他所在城市欧洲传统的消极方面，长达 300 年白人政权的统治影响和印证了他的说法，即"欧洲的统治欲望已经达到了无法完全控制的程度"②。此外，随着"帝国的构想"到现在的"声誉不佳"，③ 整个非洲大陆的面貌发生了变化。不过，南非的发展与《威利斯多普》中的悲观暗示是相反的，白人将非洲称为"来来去去"的大陆，即"他短暂地停留和离开，几乎没有留下一丝踪迹"④。

不论最后的结果如何，我们由博斯曼前后写作的转变中可以看出，"二战"后南非的英语书写已经开始"觉醒"，开始有了国际意识，在逐渐发生变化。再经过曼德拉等人坚持不懈的斗争的种族隔离期，1994 年 4 月选举后南非必然会走向新的时代。

---

① 转译自 Abdul R. Jan Mohammed. *Manichean Aesthetics*. Amherst：University of Massachusetts Press，1983，p. 4. 原文指出，"The manichean idea originates in Fanon's *The Wretched of the Earth*"。

② 转译自 Pratt. *Imperial Eyes*，p. 215。

③ 转译自 Dorothy Hammond and Alta Jablow. *The Africa that Never Was*：*Four Centuries of British Writing about Africa*. New York：Twayne，1970，pp. 114-115。

④ 转译自 Bosman. *Willemsdorp*，pp. 538-540。

第二章

觉醒的文学：
"二战"前后的英语小说创作国际化

20世纪早期的南非英语书写不可避免地带有强烈的种族歧视和殖民主义色彩。20世纪40年代初到1948年南非国民党选举获胜，一直到1976年索韦托起义，都是由这一历史时期特殊的殖民事件所决定的。大英帝国的维多利亚时代所造就的"日不落帝国"在海外疯狂地扩张与殖民，在南部非洲大地不断地上演着英国人与其他白人种族争夺统治权的"大戏"。而文学的书写正是这一历史时期的客观反映。20世纪的两次世界大战，也是帝国主义为争夺这种利益而爆发的人类灾难。这两场浩劫使人反思、催人觉醒。南非的英语小说创作也经历了这样一个历史性的转变。狭义的国别文学的书写与通用语言的国际化都为南非英语小说带来了挑战和机遇。一方面，南非英语小说的国内读者群多立足于中上层社会，而中上层社会又有许多南非白人以南非荷兰语作为第一语言——这导致了南非国内的局限；另一方面，英语逐渐成为国际通用语言，这一先天优势使得20世纪南非英语小说快速找到了出口——海外化和国际化。

一、"二战"后南非英语文学的生态

总体而言，第二次世界大战及战后一段时期，英语小说创作从单一的白人创作变为以白人创作为主，增加了黑人的创作群体，就英语小说（包括翻译成英语的作品）而言不可谓不是一次历史性的进步。尽管部分小说尚带有种族歧视和殖民气息，但从主流上看，第二次世界大战来自不同种族、不同肤色、不同国别、不同信仰的同盟军为了打败德意日法西斯这个共同的目标并肩作战，这一伟大的事件影响并渗透到文化领域的方方面面。南非英语小说的创作取得了历史性的进步，这也是社会发展的必然。

1. "二战"后的白人写作

第二次世界大战后到20世纪70年代的南非白人写作应该说是南非英语小说的主流。这个时间段南非黑人的受教育程度有限，不仅在创作上，即使在文学受众方面，南非黑人也不是南非英语小说的"目标读者"。文坛许多人视 20 世纪为"战争与革命"①时期,是"反思现代性"的时期,是殖民地纷纷独立的时期。在这种世界大潮下,南非似乎是一股"逆流"。约翰·马克斯韦尔·库切在耶路撒冷文学奖颁奖典礼上发表了演讲,在演讲中他对南非文学的描述让人印象颇为深刻。

> 在畸形的内心世界里,那些精神性的描写体现了人与人之间那种发育不全的关系,而这种关系是因殖民主义所致,因种族隔离制度而加剧。所有对这样一种精神生活的描述,无论是多么强烈,无论其中透进了多少兴奋或绝望,都蒙受同样的畸形,得不到正常发展。我是经过充分的思考后得出此评论,我也意识到此评论不仅适用于我,适用于我的作品,也同样适用于其他人。由于南非文学充满了一种无家可归的情感,充满了对无名的自由的渴望,因此,哪怕在南非文学最繁盛的时期,它的展示依然受到那些情感与渴望的束缚。南非文学不是彻底的人类文学,它人为地专注于权力,权力的扭曲,它脱离不了与大众、与超越他们自己的复杂的人类世界进行争论,进行控制与征服的基本关系。南非文学就像是那种由囚禁在监狱里的犯人所创作的文学。我这里所说的不仅仅是南非集中营。正如你所期盼的那样,南非不仅拥有广袤的土地,她还拥有浩瀚的文学。仔细研究的话,你会发现南非浩瀚的文学有着无穷的诱惑力。②

库切是于 1987 年作出这番严厉的评论的。当时正是博塔当局宣布紧急状态的中期,这番评论显然带有那个黑暗而又绝望的时期的痕迹。尽管如此,库切还是道出了关于南非文学创作的几个无可争辩的事实,其中最知名的就是南非文学创作专注于种族政治或者种族政治后果所造成的"畸形"。库切意欲用"畸形化"来表达"非彻底的人类"的意思,从形式主义文学观的角度来理解这个动词也是有意义的。根据迪尼亚诺夫的论点,一个作品"进入文学领域,并且通过它的优势来显现它的文学功能",这种"优势"因素或者功能"包括剩余因素的变形"。③ 许多源于南非的文学创作,在审查时期主要是试图去记录政治迫害的事件,试图唤起读者为此做点什么。用罗曼·雅各布逊所推广的术语来说,就是南非这种文学的"所指"功能与"意欲"功能有抢夺它的"诗学"或者美学功能的威胁性(这种威胁性尤其体现在所谓的抗议性的写作中)。④ 其结果就是它不是一

---

① 很长一段时间文坛学者们认为 20 世纪的主题是"战争与革命",21 世纪则是"和平与发展"。同样,20 世纪的文学,尤其是前 20 年,是现代主义文学的鼎盛时期,同时也是"反思和批判现代性"的时期。

② 转译自 J. M. Coetzee. *Doubling the Point*:*Essays and Interviews*, ed. David Attwell. Cambridge, Mass. : Harvard University Press, 1992, p. 98。

③ 转译自 Tynjanov. "On Literary Evolution,"p. 72。

④ 请参见 Roman Jakobson. "Closing Statement:Linguistics and Poetics," in *Style in Language*, ed. Thomas A. Sebeok. Cambridge, Mass. : MIT Press, 1960, pp. 350-377。关于南非写作中雅克布逊理论的应用,请参见 Gareth Cornwell. "Evaluating Protest Fiction,"*English in Africa* 7, No. 1, 1980, pp. 51-70。

种彻底的文学性的文学，它因为一味地顺从历史话语，顺从历史与社会现实主义所赋予的呈现模式而变得畸形。

毫无疑问，某种程度上来说，这种情况是无法避免的。在耶路撒冷文学奖颁奖典礼上，库切在发言的最后部分承认："在南非，艺术要承载的真相太多了，那些大量的真相使得每个想象的举动都难以承受。"①但是他找不到理由将其看成必然的美德。一年后，在给《每周邮报》(Weekly Mail)读书周的观众作演说的时候，库切谴责了他所看到的盛行在南非的趋势，他谴责说，"在历史背景下对小说归类，将阅读小说的过程看成对真实历史力量与真实历史环境的一种想象性调查"，并因此将它们作为"历史课本的补充"②。对于那些被赋予了政治功能，扮演着历史的补充(也被称为"忠诚"文学)的文学作品而言，如果将它们与其所补充的历史割裂开来，从某种程度上说它们便不完整。为了能体现作为见证人的参考兼道德功能，它们需要一种既与它们所描述的内容属于同一时代又能与之相同的真实语境。一旦政治形势发生变化，时间的流逝使之脱离了那种真实语境，这种文学便丧失了一个重要的，甚至是维系其生命的支撑。这种情况似乎最能解释为什么那么多创作于几十年前的压迫与反抗时期的南非文学在现如今的南非人看起来是那么了无生趣，缺乏新鲜感，情节单调，笔调陈腐，内容过于严肃；在延续价值方面，那个时候的南非文学就像太平间的尸体一样，对于犯罪产物而言，它们也仅仅是法医证据的来源。在适当的时候我们会回到文学创作与政治责任的主题，但是现在不妨将视线从第二次世界大战刚刚结束时期的文学转向在这一时期之前创作的不同主题的文学。阿兰·佩顿(Alan Paton)的小说《哭吧，亲爱的祖国》(Cry, the Beloved Country)便是其中一部具有代表性的作品。

佩顿受训成为一名教师，并于1935年担任距约翰内斯堡不远的迪普克鲁夫少年管教所所长。他因在该机构成功推行自由化改革而被公众所知。他推行了一系列基于对个人的尊重和责任的重视的改革。这一精神正是南非自由党的主要价值观，佩顿也因此在几年后成为南非自由党的领袖。1948年，佩顿出版了小说《哭吧，亲爱的祖国》。③ 同年，南非国民党赢得了当年的大选，南非也从此踏上了种族隔离制度这一现在看无比疯狂的道路。

尽管最初南非当地的"白人"对这本小说的反应带着某种谨慎的态度(因为读者明显发现这本小说过于"政治化"了)，但是在国外，尤其在美国，该书获得了读者的青睐。美国的《纽约时代周刊书评》(New York Times Book Review)评论它是"一部紧迫的、具有诗学与人文底蕴的戏剧，有着广泛的影响"④。几年之内，它被指定为美国学生必读的

---

① 转译自 Coetzee. "Jerusalem Prize,"p. 99。

② 转译自 Coetzee. "The Novel Today,"*Upstream* 6, No. 1, 1988, p. 2。

③ 参见[南非]康维尔等，《哥伦比亚南非英语文学导读(1945—   )》，蔡圣勤等译，武汉大学出版社2017年版。

④ 转译自 Susan Van Zanten Gallagher. "Historical Location and the Shifing Fortunes of *Cry, the Beloved Country*,"in *African Writers and Their Readers: Essays in Honor of Bernth Lindfors.* Trenton, N. J. : Africa World Press, 2002(2), p. 378, 375。

权威书籍之一。这本小说在南非国内反响平平，却在国外广受好评，这一事实在某种程度上很好地表现了过去半个世纪甚至更长时间以来南非的政治因素对其文学价值标准的影响。

《哭吧，亲爱的祖国》讲述的是在种族歧视与流动劳工制度背景下一个黑人家庭所遭遇的故事。该故事令人震撼而且颇具影响力。作者以一种高雅的、抒情的风格将它讲述出来，令人难以忘怀。1951 年，该小说以连载的形式出现在进步杂志《非洲鼓》(*The African Drum*)——后更名为《鼓》(*Drum*)，因为其内容的现实性与道德勇气，该杂志受到了黑人读者的欢迎与赞赏。在佩顿的陈述里，黑人读者们清晰地看到了他们自己的影子，并从中获得了力量。

但是到了 20 世纪 50 年代后期，政府对十年来大批民众反对政府的法律与政策的行为采取了行动。尽管佩顿的小说认识到都市化具有不可逆转性，黑人有必要为他们的政治未来承担责任，但是现如今黑人读者对《哭吧，亲爱的祖国》一书中所表现出来的作者佩顿对纳塔尔乡村田园生活的怀念十分不满。在该小说中，作者对以库马洛教士(Reverend Kumalo)为代表的黑人角色面对白人时表现出来的谄媚态度进行了消极描述，这一行为招致旨在寻找意志更为坚定、行为更为激进的典型角色的黑人读者的严厉批评，他们还嘲笑该作品"自由主义"的政治意图。① 到了 20 世纪 80 年代后期，小说《哭吧，亲爱的祖国》在南非的声誉进一步下降。当地一篇评论指出，《哭吧，亲爱的祖国》"已经成为黑人意识在南非社会中不复存在的完美例证"②，然而，学界对小说中表现出来的政治无为主义的批判日益尖锐。正如斯提芬·沃森(Stephen Watson)所言，"借助斯蒂芬·库马洛(Stephen Kumalo)和蒙斯曼古(Msimangu)之口，佩顿试图通过形而上学的东西来解决显而易见的物质的、社会学的问题；来对抗因组织解体与都市化所导致的各种问题，他主张用爱来解决这些问题"③。

确实，在作品里的那个年代，主人公牧师蒙斯曼古的著名疑虑——"我内心有着莫大的恐惧，我恐惧有一天，当他们开始去爱的时候却发现我们开始恨了"④——似乎是被意识到了。但是，就在说这之前，蒙斯曼古对爱的力量表达了令人难忘的赞扬，他总结道："我看到我们国家唯一的希望，那就是白人和黑人不再渴望权力、金钱，而是期盼着他们的国家能变好，并能为之共同奋斗。"⑤不久，库马洛说，经历已经教会了他"善良与爱能抚慰伤痛和遭遇"，只有这样，人们才能从"束缚的恐惧和恐惧的束缚"中

---

① 这种对小说和自由主义的态度更令人难忘的表达方式之一是路易斯·尼科西在莱昂内尔·罗加辛 1960 年的电影《回来吧，非洲》(*Come Back, Africa*)中那个即兴演唱酒吧里的场景。

② 转译自 Gallagher. "Historical Location," p. 382。

③ 转译自 Stephen Watson. "Cry, the Beloved Country and the Failure of Liberal Vision," *English in Africa* 9, No. 1, 1982, p. 35。

④ 转译自 Alan Paton. Cry, the Beloved Country: A Story of Comfort in Desolation. Harmondsworth: Penguin, 1958, p. 38。

⑤ 转译自 Alan Paton. Cry, the Beloved Country: A Story of Comfort in Desolation. Harmondsworth: Penguin, 1958, p. 37。

实现自我救赎。①

马克思主义者呼吁，全世界无产者应该团结起来，才能从根本上解决种族问题、阶级问题，才能实现真正的平等。但南非的历史随后似乎表明了蒙斯曼古、库马洛（还有作者佩顿本人）等人的基督教信仰——所谓"爱的力量"——似乎是正确有效的（至少当时这样认为，现在看来南非社会缺少了正确的理论指导，底层民众的状态是多么地可悲）。人们希望白人能够转变心意，抛却白人至上的意识——至于这么做的理由，无需要更多的解释，因为这就是他们应该做的正确的事情。当 F·W·德克勒克（F. W. de Klerk）总统于 1991 年宣布解除对非洲人国民大会（ANC）的禁令，无条件释放纳尔逊·曼德拉时，爱能征服恐惧的信仰终于变成了现实。殊不知，尽管促成这一事件的因素有很多，但是人们共同拥有的这种美好的信仰和希望在这一重大转变的过程中扮演了十分重要的角色。曼德拉被监禁了 27 年，出狱后，他没有任何怨恨，反而提倡不要报复，要和 F·W·德克勒克和平共处，建立起兄弟般的情谊。德克勒克、曼德拉及他们各自的党派"为了国家的利益""走到了一起"，在南非民主大会上实现了政治和解。2006年，总统姆贝基（Mbeki）追授佩顿南非公民成就最高奖——天堂鸟金勋奖。至此，佩顿的小说《哭吧，亲爱的祖国》的名誉得以恢复。一些知识分子可能会说，该小说早在2003 年 10 月份奥普拉·温弗瑞（Oprah Winfrey）将其选入她的经典书库时就已经重新走红；接下来的两个月，即该小说第一次面世的 55 年之后，它在美国又一次成为最畅销的书籍。从西方世界的视角来看，这无疑是符合其价值观的。

总之，《哭吧，亲爱的祖国》开创了一个让人觉醒的时代，并将这个时代很好地持续到 20 世纪 60 年代，那个时候，南非的散文小说被一种称作"自由现实主义"的写作模式所主导②。但这类小说，包括曼德拉的自传，在一定程度上掩盖了阶级意识，掩盖了阶级斗争的属性。在自由现实主义者的小说里，人物可能会分裂成两类，或被社会或被政治环境击败。然而，这两类人物（或者他们的创造者）都提倡个体自由与个体自治、公正与公平、加强法制、非暴力解决冲突，等等，而且他们所倡导的这些价值观都会得到象征性的维护。这些"自由现实主义"小说的白人作家们以这样的方式来表达他们对于黑人同胞们所遭受的侮辱、不公以及迫害的愤怒与反抗。他们以人文主义价值观的名义来展开写作。与此同时，那些出生在无法摆脱的阶级社会里的白人作家们试图在种族隔离的国度结合自身的经历创造出类似于自己的角色。纳丁·戈迪默（Nadine Gordimer）和丹·雅各布森（Dan Jacobson）就是这些作家中的重要代表。

在纳丁·戈迪默大部分的创作中，她表现得不像是一个积极的自由主义者。当意识到自己早期的作品在结构上都趋同于南非的白人自由主义者时，她后来驳斥了在种族隔离国家里已经实现了"自由主义"的论调。纳丁·戈迪默的第一部小说《说谎的日子》

---

① 转译自 Alan Paton. Cry, the Beloved Country: A Story of Comfort in Desolation. Harmondsworth: Penguin, 1958, p. 193, 236。

② 请参见 Paul Rich. "Liberal Realism in South African Fiction, 1948-1966," *English in Africa* 12, No. 1, 1985, pp. 47-81。

(*The Lying Days*, 1953)以坚定的口吻揭露了南非白人沆瀣一气与自欺欺人的嘴脸，而这副嘴脸是有良知的南非白人在那种压抑的社会环境与政治环境下赖以继续享有白人特权的筹码。该小说中的主人公海伦·肖(Helen Shaw)站在第一人称叙事的角度将纳丁·戈迪默接下来30年的写作特点全部展现出来了。她的小说，笔触干练，带有强烈的讽刺意味，对情感有着细心的洞察与深刻的剖析，坚决反对政治生活渗透到南非人民的私生活和私人关系，反对政治对南非人民生活的限制与束缚，决心证明在残暴泛滥的国度里，自由情感徒劳无益。

纳丁·戈迪默的第二部小说《陌生人的世界》(*A World of Strangers*, 1958)通过旁观者——英国移民托比·胡德(Toby Hood)的视角进一步地表明了她标志性的叙述立场。托比发现在南非衡量事情的方式与开化了的西方世界的"规范"方式是相悖的。从本质上讲，她这种独立的视角成为戈迪默的一种"马丁"式视角，她以这样的视角来使自己远离习惯性和熟悉的视角的腐蚀。

这种视角的问题在于它似乎必然会导致作者所创作的小说故事阴冷无情。戈迪默反复提出这样一个问题——南非白人应该做什么？她还反复地说明所有可用的选择都是错的。凯瑟琳·瓦格纳(Kathrin Wagner)曾指出，戈迪默在小说里抨击了三类不同的自由主义者。"第一类自由主义者，他们反对种族隔离，具有尊重人人享有基本权利的意识，他们有着非传统的态度，另类的生活方式，但是却没有什么行动。"这类角色都是以骗子和懦夫的形象呈现出来。第二自由主义者，"他们试图直接投身于反种族隔离运动中"，但是，人们总是能发现他们的行为徒劳无益，他们追寻的只是利于自己的个人赦免。第三类自由主义者，"他们为了信仰愿意牺牲掉性命"，但是"他们想通过暴力行为来获取改变的意愿似乎又不为人接受"。①

戈迪默1966年创作的小说《资产阶级世界的末日》(*The Late Bourgeois World*)是描绘这三类自由主义者态度的典型之作。这篇小说篇幅短，结构紧凑，是初读戈迪默小说者的最佳选择。该小说也是戈迪默政治发展中一部关键性的作品：小说的标题宣扬了在黑人觉醒运动出现后马克思主义即将成为南非左翼白人的主导思想，然而小说的引言部分却指向了南非的现状和未来。第一段引言来自卡夫卡(Kafka)，他这样写道："当然，对我来说是有这种可能性的，但是，他们陷入这种僵局的条件是什么？"这使人们意识到男人或女人间存在的僵局，阿尔伯特·梅米(Albert Memmi)曾将陷入这种僵局中的男人或女人称作"拒绝的殖民者"("the colonizer-who-refuses")。② 第二段引言"勇者的疯狂是种生活的智慧"出自高尔基(Gorky)。高尔基表达的是革命浪漫主义情怀，这种革命浪漫主义情怀期盼着一种恰当的自由斗争。

《资产阶级世界的末日》的主人公伊丽莎白·范·登·桑德特(Elizabeth Van Den Sandt)是一位30多岁的白人女性。她和读者分享了她生命中的一天：那天她接到消息

---

① 转译自 Kathrin Wagner. *Rereading Nadine Gordimer: Text and Subtext in the Novels*. Bloomington: Indiana University Press, 1994, pp. 16-18。

② Albert Memmi. *The Colonizer and the Colonized*. London: Earthscan, 2003.

说她那曾见证了国家革命的前夫迈克思(Max)自杀了。那时正值 20 世纪 60 年代早期，在经历了沙佩维尔大屠杀和残暴政府的镇压之后，人们失去了对南非政治变革的希望。正如小说中所描述的一样，整个社会陷入了一种压抑的、无活力的停滞状态。

伊丽莎白是戈迪默笔下小说人物的典型代表。她冷酷无情、世故，甚至有点自命不凡，但是受尽挫折、绝望，充满了自我厌恶感。她嘲讽小资产阶级的虚伪与物质主义，对她的祖母充满怨气。她无情地剖析了她与身为自由主义者律师男友格雷厄姆(Graham)之间枯燥无味的关系；在迈克思姐姐的婚礼上，当迈克思令人尴尬地、自负地将那些富人宾客定义为"道德僵化，心肠狠毒，见识狭窄之人"①时，她轻蔑地离开了。伊丽莎白的不满徒劳无用，只是让人徒生厌恶。她的不满无法改变任何事情，也帮不了她身边的任何人，甚至无法平缓她自己与人合谋的罪恶感。她曾感叹："噢，我们给白种女人洁身，为她们增添香气，为她们剔除毛发，白人的神圣埋葬在她们的子宫里。有什么香味能掩盖得了以神圣之名所造就的肮脏呢?"②伊丽莎白可能不抱有任何幻想，但她的生活却没有任何意义。

然而，在小说的结尾处，却有意地透着一丝一切皆可以恢复的可能性。一位黑人活动家要求伊丽莎白用她祖母的银行卡来存放解放运动的活动资金。小说以她在黑暗中醒来结束，就像"我的心缓慢地跳动着，就像时钟一样向我重复着，恐惧，活着，恐惧，活着，恐惧，活着"③。

伊丽莎白·范·登·桑德特异化而受挫的特质在戈迪默后来的小说里反复出现。《伯格的女儿》(Burger's Daughter, 1979)——该作品被认为是戈迪默最出色的作品，但此观点仍存在争议——本书可以算是一个例外，该书的主人公戏剧化地将政治责任视作一种道德义务。在作品《七月的人民》(July's People, 1981)、《有东西在那》(Something out There, 1984)和《大自然的运动》(A Sport of Nature)中出现了一种反现实主义的、异想天开的、"启示录般"的创作潮流。后来，在小说《我儿子的故事》(My Son's Story, 1990)和《家有藏枪》(House Gun, 1998)中，戈迪默的创作又回归严酷的政治化的现实。然而，在《搭便车》(The Pickup, 2001，又译为《偶遇者》)中，戈迪默又进入了创作的一个新时期，这个时期作者受祖国政治历史的束缚较少，有了更多的创作自由。

1991 年，纳丁·戈迪默被授予诺贝尔文学奖，表彰她为长期创作的文学艺术家和南非的良知。斯蒂芬·克林曼(Stephen Clingman)专门对纳丁·戈迪默的小说进行了研究，还写了一本题为《内心世界的故事》(Story from the Inside)的著作。人们确实很难不将戈迪默创作的小说视为那些旨在"补充历史而不是与历史竞争"(库切语)④的小说的典范。随着时间的流逝，她的小说依然是有用的历史数据的来源，因为她的小说所展示

① 转译自 Nadine Gordimer. *The Late Bourgeois World*. Harmondsworth：Penguin, 1982, p. 31。

② 转译自 Nadine Gordimer. *The Late Bourgeois World*. Harmondsworth：Penguin, 1982, p. 25。

③ 转译自 Nadine Gordimer. *The Late Bourgeois World*. Harmondsworth：Penguin, 1982, p. 95。

④ Stephen R. Clingman. *The Novels of Nadine Gordimer*：*History from the Inside*. Johannesburg：Ravan, 1986；Coetzee. "The Novel Today," p. 2.

的就是种族隔离那个黑暗时代的南非社会的纵断面，在那之后的故事读起来再也没有那么引人入胜了。人们可能会说，小说中"局内人"的视角与他们所处的真实生活环境有着密切的关系，人们也可能会说，小说里呈现的人物和场景太过于独特，完全不同于之前其他作品中的陈词滥调，因此戈迪默的作品在读者的心中获得了独特的地位。但是，不幸的是，正如南非国内大部分戈迪默的读者所见证的，戈迪默在南非国内的受关注程度，无论是批评的还是赞誉的，都大不如从前了。① 短篇小说也是一种更能体现作者态度和文学才华的文学类型，也许只有将戈迪默大量被人无情遗忘的短篇小说集结成册，才能再次引起人们的关注。

丹·雅各布森（Dan Jacobson）是南非现实主义作家。20世纪50年代和60年代，他以南非为背景题材，发表过几部小说（1954年他已经移居英国，后来他的创作转向更具有实验性的小说，深奥又晦涩难懂，其中1970年发表的《塔玛尔受辱记》（*The Rape of Tamar*）是这类题材的首部作品）。

雅各布森最著名的南非小说是《阳光下的舞蹈》（*A Dance in the Sun*）。在这部小说里，讲英语的南非白人"自私自利，胆小懦弱"②。这种性格主要体现在一个偏执的卡鲁农场主——弗莱彻（Fletcher）的身上。小说故事的叙述者是一个学生，当他和他的朋友弗兰克（Frank）免费搭车旅行，无处落脚的时候，弗莱彻为他们提供了一张床。他们碰到了谦卑但又有尊严的黑人约瑟夫（Joseph），约瑟夫请求他俩帮助他了解一下他妹妹的情况，他的妹妹在为弗莱彻夫人的弟弟生育了一个孩子后，被农场主逐出了农场。作者将这对搭便车旅行的年轻人在这种非同寻常的情形下的尴尬描写得淋漓尽致——那种对弗莱彻同情的情怀瞬间转向了约瑟夫，他们沮丧地发现，他们与约瑟夫的相处模式很快沦为他们曾熟悉的那种主仆模式。故事的叙述者在早些时候就对共有的文化结构的缺失和所有人都将面对的关系的缺失进行了令人印象深刻的表述：

> 那个时候，我感觉到我不仅对这个屋子里所发生的事情失去了好奇心，我还感觉到了其他的什么东西，这东西有如恐惧那般强大。我那个时候觉得是一种思乡之苦，但是那种痛苦来自一个我未曾有过的家，是一种独自受教化后孤独的痛苦，是一种因为人们的态度、肤色与语言和平交织在一起的痛苦。我们免费搭上了弗莱彻夫妇的货车，这辆货车穿越南非乡下炙热又寂静的草原，把我们带到了我之前未曾谋面的这个人跟前，而明天我们又将和他离别。娄乌、正在睡觉的弗兰克、屋外去过约翰内斯堡的那个黑人，还有我，我们穿过辽阔又空寂，干旱又无法开垦的疆

---

① 对于典型的消极批判性观点，请参见 Don Maclennan, "The Vacuum Pump: Te Fiction of Nadine Gordimer," *Upstream* 7, No.1, 1989, pp. 30-33。

② 转译自 Sheila Roberts. "Dan Jacobson 7 March 1929- ," *Dictionary of Literary Biography*, Vol. 225, *South African Writers*, ed. Paul A. Scanlon. Farmington Hills, Mich.: Gale, 2000, p. 226。

土，行走在如同链条般的路上。我们被困在这块虽已开采但未开垦的广袤而又悲伤之地。①

可能有很多讲英语的南非白人，他们的心并没有被"殖民地的悲伤"的呼唤所触动。后来在斯蒂芬·沃森（Stephen Watson）的散文《悲伤的译本》（*A Version of Melancholy*）②中有着关于"殖民地的悲伤"更为强烈的表达。在这篇散文中，审美标准的缺失和文化的贫瘠，对发育不良者的抛弃，对贫穷的厌恶，对造假者的唾弃，对独裁者的痛斥，对无能者的鄙夷等这些发自内心的冲击力通过对充实和安全莫可名状的渴望含蓄地给出了暗示，在叶芝（Yeats）的诗歌《为女儿的祈祷》（*A Prayer for My Daughter*）中，诗人将这种渴望视为"习惯与……典礼"。③

回顾自 20 世纪 50 年代晚期到 20 世纪 70 年代早期的这段时间，身为诗人、戏剧家、学者的盖伊·巴特勒（Guy Butler）是唯一一个持续从理性和艺术的角度去重新定义南非讲英语的白人种姓制度的作家。盖伊·巴特勒在 1944 年至 1955 年服役于扎营于意大利的英国军队，这段时间的经历对他早期的诗作影响颇大，抒情性诗歌《欧洲的陌生人》（*Stranger to Europe*）④就是其影响下的作品。然而，他最负盛名也是颇受争议的是长诗《颂歌：初见佛罗伦萨》（*Ode：On First Seeing Florence*）。该诗是身为士兵的他于 1944 年 8 月初到佛罗伦萨时有感而作。在后来的作品中，巴特勒找到了一种声音来表现他所体会到的非洲因素，在英语诗歌《乡愁》（*Home Thoughts*）中，他将这种体会看成理性的欧洲阿波罗（Apollo）和感性的非洲狄俄尼索斯（Dionysus）的一种和解：

> ……来吧，阿波罗！
> 哦，穿越杂乱的灌木丛，踏过粗矿的道路，
> 来到我们那生机勃勃的深海
> 那里，你的对手在闪着忧郁光
> 凌乱的鼓声里有着一丝节奏
> 从巨大的迷宫里向我们舞来。

——结果"话语的声浪从那饱满的鼓声里溢了出来，清晰有力！"。

事实上，这个神话为后来巴特勒叙述关于讲英语的南非白人的历史与角色的故事提

---

① 转译自 Dan Jacobson. *The Trap and A Dance in the Sun*. Harmondsworth：Penguin，1968，pp. 140-141。

② 参见 Stephen Watson. "A Version of Melancholy," *Selected Essays* 1980-1990. Cape Town：Carrefour，1990，pp. 173-188。

③ W. B. Yeats. *The Collected Poems of W. B. Yeats*. London：Macmillan，1950，p. 214.

④ 标题有启发性，但也具有误导性：演讲者实际上记录的是他迄今为止只在书中遇到的欧洲事物："brownhawthorn berry，red dog-rose"。详见 Guy Butler. *Collected Poems*，ed. Laurence Wright. Cape Town：David Philip，1999。

供了方向。在散文与演讲，比如《共和国与艺术》(*The Republic and the Arts*，1964)中，他认为讲英语的南非白人的历史使命就是传递理性的理念，在西方南非白人的民族主义与非洲人的民族主义产生的激烈的冲突中播撒西方进步的价值观。巴特勒在东开普敦的罗德斯大学任教时就孜孜不倦地普及有关 1820 年英国移民者的历史，宣扬有关他们的传奇经历。他将那些移民者描述成为本土化了的南非部族，他们根植于南非贫瘠的土壤，竭尽全力地去开化这片土地，并在这片土地上创造了令人骄傲的遗产。

之所以这一切在假设与借鉴方面听起来都非常殖民地化，那是因为从后来形成的后殖民主义话语及其所衍生的优势来看，它必须被人这样来看待。1974 年，拉文出版社的主任迈克·柯克伍德(Mike Kirkwood)对他假定的"巴特勒主义"(Butlerism)进行了猛烈的抨击。他抨击了讲英语白人的中立立场，谴责他们应该和剩下的殖民主义者一起远离南非，回到他们合法的、与南非毫不相干的、充满着政治性的本国去。这种陈述比殖民者的权力的神话更具有真实性，然而，它也不是全部真相：讲英语的人在征服土著非洲人、抢夺非洲人土地的漫长历史中，也对非洲人的法律、政治的框架和实践有着民主化的影响。但是，到了 20 世纪 70 年代，解放斗争正在展开，自由主义的价值观也完全消退。

此处还有三位作家值得一提，一位蜚声海外，另外两位只是在南非国内小有名气。阿索尔·富加德(Athol Fugard)几十年以来一直是最受人尊敬的现代戏剧家之一，他的作品《哈罗德少爷……和仆人们》(*Master Harold... and the Boys*)(1982)在美国取得了巨大的成功。《博斯曼与列娜》(*Boesman and Lena*)与《问候与告别》(*Hello and Goodbye*)是阿索尔·富加德早期的杰作。这两部剧本深切地唤醒了那些脱离生活盛宴的人们。他和演员约翰·卡尼(John Kani)及温斯顿·内什纳(Winston Ntshona)合作研讨的《西兹伟·班西死了》(*Sizwe Bansi Is Dead*)以及《岛》(*The Island*)是两个尤为优秀的剧本，它们描绘了种族隔离制度对南非人民非人性化的影响，刻画了南非人民在面对种族隔离制度时奋勇抗争的精神。富加德在创造"真实的"南非角色方面，具有国际感染力，在他至今已超过四十年的写作生涯中，他广泛的人文主义的写作方式从未动摇。

我们前文已经论述过的赫尔曼·查尔斯·博斯曼(Herman Charles Bosman)就是这样一位独特的作家：他是荷兰裔南非白人和英国人的后代，他主要用英语创作关于"布什维尔德"地区的荷兰裔农场主的故事。尽管博斯曼发表过两本小说、一些脍炙人口的散文诗、一卷自传，以及大量的文学游记，但是他主要是因为其创作的以肖克·卢伦斯叔叔(Oom Schalk Lourens)为主角的系列短片小说而为读者所熟知。该系列小说诙谐幽默，充满着嘲讽和浪漫意味，带有"口语式的风格"①。所有故事借由狡猾的肖克叔叔(Oom Schalk——Oom 意为"叔叔"，是一种尊称)之口，讲述了荷兰裔白人的乡村生活。由于博斯曼的作品在南非广受追捧，自 20 世纪 60 年代以来，他的作品全集一版再版。不仅如此，几年前，多卷"百年纪念版"还增收了之前他未公开发表的作品和未集结成册的

---

① 请参见 Craig MacKenzie. The Oral-Style South African Short Story in English：A. W. Drayson to H. C. Bosman. Atlanta：Rodopi，1999。

作品。很明显,只有那些"局内人"才能读懂这些小说,这也是它们无法被海外读者所接受的原因。对于南非以外的人而言,他们很难识别肖克叔叔(以及博斯曼)的论调,也很难对这些论调作出回应,小说《玛卡潘的洞穴》(*Makapan's Caves*)的开场就是个例子。

> 卡菲尔人(肖克·卢伦斯叔叔说道)?哦,是的,我知道他们。所有的卡菲尔人都是一个德行。我敬畏上帝,我也尊重他的创作,可是,我无法明白什么上帝要造卡菲尔人?还要制造些牛瘟?霍顿督人还要强一点,他们还仅仅是偷些关在晾晒绳上的一些牛肉片,不会连绳子也偷了去。而卡菲尔人会连绳带肉一起偷的,这就是卡菲尔人的差别所在。①

即使是今天,南非白人可能依然会觉得这段文字十分好笑,而南非以外的人就不会这样觉得。就算向他们解释这个故事只是偏执狂的一个笑话,并非种族主义的偏见,局外人依然不会觉得它好笑。此外,这种"解释"无法涵盖所有南非读者对肖克叔叔话语的反应,部分笑话确实带有种族主义的偏见,也就是说至少有部分笑话破坏了"卡菲利人"("kaffirs")和"霍顿督人"("Hottentots")的形象。博斯曼虽是一位天才作家,但是,他所创作的肖克叔叔故事集太短,结尾处常常意义模糊不清,这种意义模糊不清的特点就是使用"不稳定的嘲讽"("unstable irony")②,这也就意味着作者和故事叙述者之间的关系不协调、不稳定。

尽管博斯曼的故事集在第二次世界大战之后才出版,但实际上,他在"二战"前十年就开始了写作。20世纪50年代,罗伊·坎贝尔(Roy Campbell)依旧在发表诗歌,但是就像是威廉·普洛麦尔(William Plomer)创作的南非阶段一样,他的创作从本质上讲,依然属于20世纪20年代、30年代。除了盖伊·巴特勒之外,"二战"后还涌现了好几位杰出的诗人,比如,弗兰克·坦普尔顿·普林斯(Frank Templeton Prince)、查理斯·伊格灵顿(Charles Eglington)、鲁斯·米勒(Ruth Miller)。但是,西德尼·克劳茨(Sydney Clouts)是继肯贝尔之后在南非诗坛上发声最新颖、最独特的诗人。克劳茨的诗歌处于个人意识与他所谓的"层状"(thingbedded)现实的临界区。正如评论家所说,克劳茨的诗歌有着强烈的海德格尔式(Heidegger)的"存在"("Desein")或者"在世上"("Being-in-the-world")③的感觉。他的诗歌表述晦涩,充满了实验性与现代主义,浸染了浪漫主义色彩,表达了对超越现实的渴求:诗歌里丝毫没有当下的新闻事件,没有突

---

① 转译自 Herman Charles Bosman. *Mafeking Road and Other Stories*. Cape Town: Human & Rousseau, 1998, p. 64。

② Rebecca Davis. "Unstable Ironies: Narrative Instability in Herman Charles Bosman's 'Oom Schalk Lourens' Series," M. A. thesis. Grahamstown, South Africa: Rhodes University, 2006。术语"易变反语法"来自韦恩 C. 布思(Wayne C. Booth)。

③ 请参见 Stephen Watson. "Sydney Clouts and the Limits of Romanticism," *Selected Essays*, pp. 57-81。

发的政治事件,没有可能的思想意识。对此,《诗选》(*Collected Poems*)的开篇诗就是个很好的证明:

> 池塘里的倒影,/是太阳的身影。/比起倒影,更多的是渴望,/我应该捡起什么呢?/花梗?泥块?还是结实的石头?/也许是光滑的圆形鹅卵石。/涟漪一圈一圈涌回来又荡漾开去。/圆圆的,圆圆的,圆圆的。/明亮的天堂,轻拍着地面。①

2. "二战"后的黑人写作

之所以把"二战"作为南非黑人英语文学的分界点,是因为第二次世界大战期间,许多南非本族黑人以国家的名义(尤其是以英联邦国家的名义)代表英国参战。第二次世界大战同盟国的胜利,在一定基础上激发了南非黑人的民族自信和骄傲。黑人的主体意识开始萌发,从个体黑人到群体意识,都有了较大变化,从 20 世纪初的压抑、生存的悲观意识,到"二战"后其人性得到一定程度的觉醒。本部分选择以"二战"后的 1946年为起点,是因为埃斯基·姆赫雷雷(Es'kia Mphahlele)的首部短篇故事《人必须活着和其他故事》(*Man Must Live and Other Stories*)和彼得·亚伯拉罕斯(Peter Abrahams)的第三本小说《矿井男孩》(*Mine Boy*)②都于 1946 年问世。

姆赫雷雷后来又创作了两本小说,但学界认为他发表的第一部短篇小说集更具有意义。他自己曾说过,"短篇形式的故事在 20 世纪 50 年代的南非之所以取得成功是作家们混乱的生活状态所致"③。当时在南非,非洲人必须屈服于严苛的社会政治条件,单个组织很难存活下来,同时作者在小说上的创作也很困难。从另一方面来说,短篇小说是一种尤其适合体现"逃亡的城市文化"④的文学类型。对于无情的高压式的压迫与碎片式的自我感,黑人作家用自身经历中的一些精彩片段来予以表现,这些剪短的片段常常蕴含怒气,又略带夸张。

20 世纪 50 年代,出版物的大量出现促成了短篇小说的繁荣。《鼓》(*Drum*)等同类杂志通过定期举办征文大赛的形式积极征选短篇小说。肯·赛姆巴(Can Themba)、凯西·穆茨提斯(Casey Motsitisi)、亚瑟·马伊马内(Arthur Maimane)、亚历克斯·拉·古

---

① 转译自 Sydney Clouts. *Collected Poems*, ed. M. Clouts and C. Clouts. Cape Town: David Philip, 1984, p. 1。

② Ezekiel Mphahlele. *Man Must Live and Other Stories*. Cape Town: African Bookman, 1946; Peter Abrahams. *Mine Boy*. London: Dorothy Crisp, 1946.

③ [南非]康维尔:《哥伦比亚南非英语文学导读(1945—)》,蔡圣勤等译,武汉大学出版社 2017 年版,第 169 页。

④ Ezekiel Mphahlele. "South Africa," *Kenyon Review* 31, 1969, p. 476, 474. The argument first appears in *The African Image*. London: Faber, 1962, pp. 37-38.

玛(Alex La Guma)、理查德·瑞夫(Richard Rive)、詹姆士·马修斯(James Matthews)①等后来取得杰出成就的作家的作品最初都发表于约翰内斯堡的《鼓》杂志上，还有开普敦的更具政治性的《新时代》(New Age)、《战斗宣言》(Fighting Talk)等。这些作家大多是记者，他们要么住在索菲亚镇(约翰内斯堡)，要么住在第六区(开普敦)，这绝非偶然，因为20世纪50年代晚期至60年早期间，多民族聚集区由于"清理贫民窟"政策而被摧毁。②

这些作家也时常以被流放者的视角来诉说他们自己的生活故事。在20世纪五六十年代，除彼得·亚伯拉罕斯以外，埃斯基·姆赫雷雷、布洛克·莫迪塞尼(Bloke Modisane)、托德·马特史克扎(Todd Matshikiza)和阿尔弗雷德·哈钦森(Alfred Hutchinson)也都写了长篇自传，奈特·那卡萨(Nat Nakasa)、凯西·莫特西西(Casey Motsisi)和坎·塞姆巴(Can Themba)等作家则写了自传性的短文。③

对于这些作家而言，自传式的写作是种非同寻常的文学传统，也是一种自我创造行为。作为同一代人，他们的生活实际上充满了变化、分裂还有愤怒。快速城市化所带来的混乱与文化上的西化加重了国家调控与国家压迫的负担。由于种族隔离制度规定作者可以拥有自传的"著作权"，因此，自传揭露了作者对自我个性的感受，他们感到那种个性并非完全属于他们，那种个性是不连贯的、存在问题的(参见莫迪塞尼的《请诿我之过于历史吧》(Blame Me on History))。在以前作品不能充分表达自我的情况下，每个人都有效地借助自传来书写自我，书写属于他们的团体，姆赫雷雷的《沿着第二大道》就是其中的典型。

从5岁到13岁，姆赫雷雷和他的祖母居住在莫帕宁(Maupaneng)的一个小乡村里

---

① 请参见 Michael Chapman, ed. *The Drum Decade*: *Stories from the 1950s*, 2nd ed. Pietermaritzburg: University of Natal Press, 2001. 埃斯基·姆赫雷雷(Es'kia Mphahlele)是《鼓》(*Drum*)杂志小说编辑，他鼓励不那么轰动但要更"现实主义"的写作模式。(请参见 Mphahlele. *Down Second Avenue*, p. 188)

② 鉴于资料的不足，这个结论为课题组的推测。一个完整的故事集，作者大多可能会怀旧，特别是描写那些逐渐消失的自己成长的地方。请参见 Adam Small and Jansje Wissema. *District Six*. Johannesburg: Forntein, 1986; Jan Greshoff. The Last Days of District Six. Cape Town: District Six Museum, 1996; Norman G. Kester. *From Here to District Six: A South African Memoir with New Poetry, Prose and Other Writings*. Toronto: District Six Press, 2000; Junction Avenue Theatre Company, *Sophiatown: A Play*. Cape Town: David Philip, 1988; Don Mattera. *Memory Is the Weapon*. Johannesburg: Ravan, 1987; and Jurgen Schadeberg, ed. *Softown Blues: Images fromthe Black '50s*. Johannesburg: Jurgen Schadeberg, 1994. 此批文献转引自：[南非]康维尔等，《哥伦比亚南非文学导读(1945—)》，蔡圣勤等译，武汉大学出版社2017年版，第271-299页。

③ Es'kia Mphahlele. *Down Second Avenue*; Bloke Modisane, *Blame Me on History*. New York: Dutton, 1963; Todd Matshikiza. *Chocolates for My Wife*. London: Hodder & Stoughton, 1961; Alfred Hutchinson. Road to Ghana. London: Gollancz, 1960; Nat Nakasa. *The World of NatNakasa*. Johannesburg: Ravan, 1985; Casey Motsisi. *Casey & Co.: Selected Writings*. Johannesburg: Ravan, 1978; Can Themba. *The Will to Die*. London: Heinemann, 1972.

(即今北开普省附近)。他有这样的文字描述:

> 回首我人生中的第一个十三年,我禁不住在想,那是虚度光阴的十三年。没有人都我将那十三年变成一个明确的模式。在梳理那种模式时,有些东西不断地浮现出来,干扰着我整体的判断。祖母,山川,萤火虫四处飞散的热带黑夜,长长的黑色热带蛇,树茂密、牛成群、石遍地的勒哈那河,滂沱的大雨,饥渴大地上的热浪,背驮孩子头顶陶锅的女人们勾勒出了一副富有浪漫气息的景象。
>
> 然而,总的来说,我的生活与其他乡下男孩儿的生活没有任何区别——我们只知道一个目的,那就是活着。①

最有意思的是,姆赫雷雷所记得的那段时光基本上是静止的,对于那时的身份,现在他能回想起来的只有"普通"这唯一的特点。13 岁时,姆赫雷雷移居马拉巴斯德第二大道。那次搬家对他来说,简直就是直接从乡村跃入了城市,跃入了正在逐渐形成的时代,跃入了个性化的整个进程中。对于姆赫雷雷而言,要寻求一种与自传相应的自我感觉,他就必须搬至现代化的都市。

《沿着第二大道》的剩余章节记录了姆赫雷雷对其在获得个人自由与成就的道路上所遇到的政治阻力的理解和痛苦。对于许多困于南非种族隔离时期的城镇隔离区的黑人来说,"沿着第二大道"是一个隐喻。② 让人记忆尤为深刻的是穿插在文中的题为"插曲"的章节,姆赫雷雷用各种内心独白的方式使读者重新直接感知记忆中的感觉。③ 当姆赫雷雷作出移民的决定时,作品也达到了高潮。作者于 1957 年下半年在尼日利亚完成了自传的最后一部分,在这部分中,作者为他首次体会到"彻底的个人主义"而欢呼。④

被人为地强行划入某一种族以及身份被武断地限定的痛苦经历使得姆赫雷雷和其他的南非黑人作家强烈反对诸如"黑人文化认同"之类的非洲本质主义者的观点⑤(除此之外,在实际行动上,他们还一致反对用"后殖民"的模板来书写南非的故事)。在《沿着第二大道》中,姆赫雷雷使用了具有强烈时代共鸣感的方言使他们那一代人迅速适应其

---

① 转译自 Mphahlele. Down Second Avenue, p. 18。

② 正如詹姆斯·奥尔尼(James Olney)评论 *Tell Me Africa*: *An Approach to African Literature* (Princeton: Princeton University Press, 1973),非洲自传最有特色的是它并不关注独特的存在,而是关注有代表性的生活,其有助于解释由它产生的历史环境。(请参见 Chapter 6, "Politics, Creativity and Exile")

③ 大卫·阿特维尔引用这些段落,作为南非黑人写作中存在的被忽视的"实验线"证据,in *Rewriting Modernity*: *Studies in Black South African Literary History*. Scottsville: University of KwaZulu-Natal Press, 2005, p. 174.

④ Mphahlele. *Down Second Avenue*, p. 220.

⑤ 至于这方面和姆赫雷雷后来职业生涯的深入讨论,请参见阿特维尔"Fugitive Pieces: Es'kia Mphahlele in the Diaspora,"*Rewriting Modernity*, pp. 111-136。

作品。谈及种族隔离主义者一贯的观点——黑人被鼓励去"沿着他们自己的道路发展"，他这样写道："我们退回到我们的黑人居住区'沿着我们自己的道路发展'。我们看不到道路也看不到足迹。随着时间的流逝，它们和其他的足迹混杂在一起，风也将它们吹得无影无踪。"①

亚历克斯·拉·古玛是 20 世纪 60 年代最为杰出的南非黑人作家之一。② 他是一个虔诚的非种族主义者，终身信仰马克思列宁主义。他很早就加入南非共产党。1950 年南非政府通过了《反共产主义法案》(*The Suppression of Communism Act*)，共产党组织在南非被禁止。作为在册共产主义者，亚历克斯·拉·古玛成了南非政府真正的敌人。在数次被拘留、被软禁后，他于 1966 年获得出国许可，离开了南非，直到 1985 年客死古巴，其间拉·古玛一直生活在国外。在沙佩维尔枪杀案发生后的全国戒严时期，也有许多作家逃离了南非。在接下来的几十年时间里，南非海内外存在着两种不同的文学传统或文学体系。除了拉·古玛、亚伯拉罕斯以及姆赫雷雷之外，流亡在外的作家还有很多，这里只列举少数几个(更多的名录，请参见本书附录一、附录二)：丹尼斯·布鲁塔斯(Dennis Brutus)、凯奥拉佩策·考斯尔(Keorapetse Kgositsile)、贝茜·海德(Bessie Head)、马兹西·库尼尼(Mazisi Kunene)、丹尼尔·P·库尼尼(Daniel P. Kunene)、刘易斯·恩科西(Lewis Nkosi)。这些作家的名字蜚声海外，但由于《反共产主义法案》(后被称作《国内安全法》(*Internal Security Act*))与《出版法》(*The Publications Act*)的规定，他们的作品被禁止在南非出版或传播，当局甚至禁止国民在南非境内阅读他们的作品。

拉·古玛从 1962 年到 1979 年发表的五部小说一直在强调等级的分类而不是种族的分类。因此，他用小说虚构的形式对南非社会结构进行了缜密的马克思主义分析。③ 他的写作主题一直都是备受压迫的南非黑人的痛苦及其革命意识的觉醒。在他早期创作的两部小说《夜行》(*A Walk in the Night*)和《三股绳》(*A Threefold Cord*)中，对于那些缺乏基本政治意识的小说人物，作者按社会政治需要给他们选定了身份，这等于宣判了他们的命运。高压政治体系的物质力量彻底决定了他们的意识。在后来的作品《季末迷雾》(*In the Fog of the Season's End*)和《伯劳鸟鸣叫的时候》(*Time of the Butcherbird*)中，种族隔离的资本主义制度下的受害者终于理解政治并进行了武装斗争，拉·古玛对这一戏剧化的转变进行了描写。

拉·古玛极为细致的描写方式被贴上了"新闻记者式"的标签。这种描写方式被看

---

① 转译自 Mphahlele. *Down Second Avenue*, p. 166。

② 按照南非的名称，拉·古玛(La Guma)是一个有色人种。在某种程度上，他是黑色人种，虽然他一直坚持他的写作是最先涉及他自己的海角有色人种社区(Cape Coloured Community)。从 20 世纪 70 年代末，大多数(政治)有色人种自我鉴定为黑色人种。

③ 参见 *A Walk in the Night*. Ibadan：Mbari, 1962; *And a Threefold Cord*. Berlin：Seven Seas, 1964; *The Stone Country*. Berlin：Seven Seas, 1967; *In the Fog of the Seasons' End*. London：Heinemann, 1972; *Time of the Butcherbird*. London：Heinemann, 1979。

作文学自然主义，将其视作 20 世纪 30 年代兴起于苏联的"社会主义现实主义"的现代化身更为合适。他最杰出的作品是《夜行》，该小说简单刻画了居住在破败不堪的环境中的黑人居民的特征。

> 他拐到了另一条街上，离开了灯光熠熠的汉诺威尔，街道两旁破旧的房子屋檐横梁已断，暮光中破败的墙壁与高高的旧公寓如同被炮弹轰炸过的地区，曾经房屋林立的土地已经荒芜，上面杂草丛生，深邃的房屋门口像极了通向废弃城堡的入口。孩子们在街道上嬉戏打闹，在盛满垃圾的垃圾桶堆中闪躲着，用木制的枪玩相互射击的游戏。门口人们或坐或站，口里喃喃有声，就像瘟疫笼罩的城里憔悴的幽灵。①

小说着力于黑人迈克尔·阿多尼斯(Michael Adonis)的几个命运转折点。因为不顺从白人领班，阿多尼斯被解雇了。他将怒气发泄到一个毫无威胁的白人老头身上，用白酒瓶子将他打死了。一个无辜的旁观者被当作嫌疑犯，被一个好战激进的种族主义者给枪毙了。小说的结尾，阿多尼斯加入了一个恶棍集团，从此踏上了犯罪的道路。在叙述过程中，作者有几处暗示了读者们该怎样来解读这些"悲剧性"的事件(作者笔触明显指向经济剥削的资本主义社会结构性暴力，这种暴力被政治压迫加强了)。但是这些缺乏最基本政治洞察力的人物由于不明白这些暗示，他们不过是在夜间行走的幽灵(像哈姆雷特的父亲一样)。

《夜行》是一部令人悲伤忧郁的小说。拉·古玛是南非最具才华的作家之一，他的作品被誉为"抗议写作"。尽管恩加布罗·恩德贝勒(Njabulo Ndebele)使用该称号定义《夜行》具有误导性，也缺乏充分的理由，然而，正如我们看到的一样，在 20 世纪 60 年代到 70 年代早期，大部分南非黑人作家的写作可以用"抗议"来描述。

随着一系列禁令的颁布与大批知识分子移民国外，20 世纪 50 年代早中期黑人文学活动的第一波浪潮中最引人注目的是抒情诗歌上杰出的成就，但这种抒情诗歌在 20 世纪 50 年代之后几乎完全被人忽略了，取而代之的是"政治诗"。文学杂志《经典》(The Classic)为南非黑人的诗歌再次进入人们的视野作出了贡献。② 1968 年，该杂志开始刊登奥斯瓦尔德·约瑟夫·姆沙里(Oswald Joseph Mtshali)的四首诗歌。1969 年是诗歌刊物发展具有转折性意义的一年，这一年，恩加布罗·恩德贝勒、瓦利·蒙加尼·赛洛特(Wally Mongane Serote)、马菲卡·帕斯卡尔·吉瓦拉(M. Pascal Gwala)与姆沙里走到了一起。他们和西德尼·西坡·塞帕姆拉(Sydney Sipho Sepamla)是"索韦托诗歌"

---

① 转译自 La Guma. *A Walk in the Night*. London：Heinemann，1967，p. 21。因此，物质环境和特性之间的联系是明确的。

② 诗歌尽管不是本书的重点，但是南非文学传统的"口头"性质，决定了它们的地位，特别是在黑人写作中。黑人英语小说中常常夹杂口头民谣，这些都凸显了非洲的本土性。

("Soweto poetry")的主要成员。以黑人居住区为依托，带有强烈政治意味，常受蓝调或爵士影响，富有口头韵味的诗歌都属于"索韦托诗歌"的行列。① 在面对政府迫害无情的否定时，突然出现的具有活力的索韦托诗歌与前面我们提到的亚伯拉罕斯《诉说自由》这部自传一样，对人类的恢复或人类的创造(个人的自我表达、自我定义、自我创造)具有重要作用。20 世纪 60 年代的重要历史事件——包括非洲殖民地国家纷纷独立，黑人民权运动席卷全美国，尤其是南非黑人觉醒运动开始并日益壮大——拓展了文学作品的内容范围，文学从此更具有文化自信，政治主张也更为坚定。赛洛特在他的第一部，也是最著名的一部诗集《牛在屠宰场的吼叫》(*Yakhal' Inkomo*)中描述了这一段历史以及后来的历史：

> 不要惧怕主人。/只不过是我出现了，/然后我们四目相对，/在漆黑如我肤色的夜晚。/不要惧怕——/我们总归是要碰面的，/当你没有料到的时候。/我会出现/在漆黑如我肤色的夜晚。/不要惧怕——/责备一下你的心，/当你惧怕我的时候——/我会责备我的心，/当我惧怕你的时候，/在吸黑如我肤色的夜晚。/不要惧怕主人，/我的心广阔如海，/你的心辽阔如土地。/没关系的，主人，/不要惧怕。②

在反思南非诗歌时，杰里米·克罗宁(Jeremy Cronin)曾评述说："在 1984 年 5 月到 1986 年 5 月间，诗歌从抒情转向叙述。"③大卫·阿特维尔(David Attwell)最近也进一步证实并详述了杰里米对诗歌转向的结论，但是他将诗歌转向的时间倒推了 10 年，即 1974 年——以"74 年诗歌会议"为分水岭。④ 如果从抒情转向"叙述"是公认的，至少，从个人的视角和呼声转向了群体性的、国民性的，乃至是世界历史性的视角和呼声，那么可以说，在诗集《牛在屠宰场的吼叫》中就有非常明显的叙述痕迹，黑人所共有的经历痕迹以愤怒的言说方式出现在该诗集的结尾部分。⑤ 不久之后，赛洛特就创作了史诗级长诗以表现其为了自由而进行的英勇斗争，而在 1976 年 6 月份之后，他的同胞们也投入这场斗争之中。因此，可以说诗歌的叙述是英语小说叙述的补充，它们作为觉醒和抗议的形式一同描述着南非的文学史。

---

① 诗人在接下来的十年里，使他们的名字"非洲化"：因此姆沙里(Mbuyiseni Mtshali)，蒙加尼·赛洛特(Mongane Serote)，马菲卡·吉瓦拉(Mafka Gwala)和西波·塞帕姆拉(Sipho Sepamla)，每个作家在 20 世纪 70 年代至少出版了两卷抒情诗。

② 转译自 Wally Mongane Serote. *Yakhal'inkomo*. Johannesburg：Renoster & Bateleur Press, 1972, p.9。对这首诗的巧妙分析，请参见 Derek Attridge. *The Singularity of Literature*. Oxford：Routledge, 2004, pp.111-118。

③ 转译自 Jeremy Cronin. "Three Reasons for a Mixed, Umrabulo, Round-the-Corner Poetry," *Even the Dead：Poems, Parables and a Jeremiad*. Cape Town：Mayibuye Books and David Philip, 1997, p.1。

④ Attwell. Rewriting Modernity, p.137.

⑤ Serote. *Yakhal'inkomo*, pp.51-62.

二、莱辛《天黑前的夏天》中的西方马克思主义式乌托邦空间

多丽丝·莱辛创作于 1973 年的作品《天黑前的夏天》中就已经出现西方马克思主义的乌托邦空间书写，以"我们是谁""我们来自何处""我们走向何方"为导向，通过自我相遇和自我回归问题开展对人的本质的追问，分析人物从日常觉知中对"尚未"的内在追求，以此从现实困惑中解脱出来。①

多丽丝·莱辛是 20 世纪最杰出的女作家之一。2007 年莱辛获得诺贝尔文学奖，并成为迄今为止最年长的诺贝尔奖获得者。莱辛笔耕不辍，写作涉猎广泛，用其一生探索人类生存困境与出路。20 世纪 60 年代西方第二次女权主义达到高潮，出现激进女权主义和自由女权主义两方代表，"性解放""父权制"等思想深入到莱辛等作家的文学作品中。同时，莱辛青年时期曾加入共产党，其作品一定程度上受到马克思主义思想的影响。正如评论者所述，

　　　　在西方马克思主义者看来，处于焦虑时代，一方面乌托邦陷入空前的危机，我们难以再想象一个不一样的明天；另一方面，比任何时代我们都更需要乌托邦，为人类追求更好的未来提供指导。②

我们是谁？我们来自何处？我们走向何处？关键在于学习希望。"希望"高于恐惧，它使人的心胸变得开阔。莱辛代表作之一《天黑前的夏天》于 1973 年面世，并被《纽约时报》评为"继《百年孤独》后最好的一部小说"③。小说主人公凯特结婚 25 年，丈夫擅自将房子出租，未经允许为其安排工作。她被迫离开家庭生活，与美国小伙杰弗里外遇并出游西班牙。因为杰弗里生病，旅途未能如愿，凯特几经周转最终回归家庭。小说的题目有其深层的含义。"天黑"，既指长期家庭生活下压抑、封闭和困顿的生活状态，也指布洛赫作品《希望原理》中的黑暗瞬间，"作为直接存在的东西，现在位于瞬间黑暗之中……我们所寓居的这个事实、现在和瞬间到处都在挖掘寻找，却意识不到自身"④，尚未存在的东西渐渐生成。家庭生活就是凯特拥有的现在本身，凯特没有意识到自己一直身在其中。"夏天"包含着三个方面的含义：一是凯特出走的时间是夏季，二是指凯特与杰弗里激情、奔放的婚外情，三是凯特在这次短暂的出走中意识的觉醒与思想的转变——这场自我相遇与自我回归的碰撞如夏日般热烈。

---

① 该部分作为课题阶段性成果发表。参见段承颖，蔡圣勤："《天黑前的夏天》中的西马式乌托邦空间"，《太原大学学报》2017 年第 2 期，第 80-83 页。

② 汪行福：《乌托邦精神的复兴——西方马克思主义对乌托邦的新反思》，《复旦学报》2009 年第 6 期，第 11-18 页。

③ Sale, Roger. "The Summer before the Dark." *The New York Times*. October, 13, 1974.

④ [德]布洛赫：《希望的原理》，上海译文出版社 2012 年版，第 349 页。

下面根据小说三个地理空间的变化探讨其中的西马式乌托邦空间。第一部分是家与公司空间，从凯特的自我困惑中全方位解答"我是谁"的问题；第二部分是旅行与酒店空间，凯特独自漂泊在外，走向公共空间，从自我相遇对"来自哪里"的探索；第三部分是莫琳公寓空间，凯特面对本真的自我，在自我回归里思考"走向何方"。全文呈现"趋势——潜势——乌托邦"的发展脉络，建构"骚动——战争——和平"的情节。人通过渴望成长起来，凯特由不安到思维再到行动，随着地点空间的转移，实现心理历程的过渡，奔向自我的憧憬与探求。凯特的海豹之梦贯穿这一过程，是凯特心理历程的更替，随着凯特在现实生活中的境遇与感受而跌宕起伏。

1. 家与公司空间：自我困惑里的"我是谁"

莱辛在作品《天黑前的夏天》中，以女性视角观察与想象，从凯特的自我困惑与自我相遇中，透视人类普遍的生存困境，渴望一个完美的世界。"在布洛赫那里，对人本质的追问合乎逻辑地转换为对乌托邦问题的追问。"①布洛赫的"希望原理"表达的是对人类发展更美好未来的想象与期冀，指明希望中包含着"尚未存在的事物"，包含人积极的行动，这如伍尔夫小说中的"灯塔意象"，"即使灯塔不在，人们对'灯塔'的寻求和思考在时空中也常常是不绝如缕，表现出一种终极的渴望"②。Utopo，U 即无，topo 指场所，它本身是一个空间概念，同时指不能实现的，表达对期待图景的展望，对理想空间的探索。"空间的生产过程就是人对自身存在的探索过程"③，空间的转移是我们社会意识、精神秩序和理想诉求等因素影响的结果。西式乌托邦空间更注重从日常感知中向生活复归，经验的世俗里，人性的本真更能得到体现。凯特的心理困境表现在空间困境之中，空间的变化是其探索、构建自我空间的结果。

从家庭生活到被动地去国际食品组织，凯特在自我困惑中呈现发现自我的趋势，内心骚动，是孕育意志和渴望的开始。从凯特的家庭情景描写中，我们看到一个完全被家庭生活淹没的女人。家庭琐事成为凯特的习惯，她不知道该如何摆脱。然而，她隐约地意识到"不单是她的话语和众多想法被她从衣架上取下穿上，就连她的真实情感也再次发生了变化"④。凯特感觉丈夫在膨胀、在扩张。相对而言，家庭的琐碎埋没了她的才华，她的自我空间逐渐压缩，生活是昨天精确的重复，催人不安，也催人思考，催人行动。"在她身上很久都没'发生'任何事情了。她不敢期盼将来会发生什么，只知道自己将在忙碌的家庭琐事中慢慢衰老。"⑤凯特送给丈夫《通往幸福的路》，渴望与丈夫平等的地位，平等地商议家里的事情；而丈夫送给她《理想婚姻》，期待她服从，"学会适

---

① ［德］布洛赫：《希望的原理》，上海译文出版社 2012 年版，第 11 页。
② 武跃速：《西方现代文学的个人乌托邦倾向》，上海社会科学出版社 2004 年版，第 132 页。
③ 李春敏：《乌托邦与"希望的空间"——大卫·哈维的空间批判理论研究》，《教学与研究》2014 年第 1 期，第 87-93 页。
④ ［英］莱辛：《天黑前的夏天》，邱益鸿译，南海出版社 2009 年版，第 2 页。
⑤ ［英］莱辛：《天黑前的夏天》，邱益鸿译，南海出版社 2009 年版，第 6 页。

应"社会期待的女性气质。家庭琐事如寒冰,慢慢将她的生命之谷冻结起来。二十多年来,凯特就像一台机器,其功能就是随时准备着为家人鞍前马后,她对繁琐不去深究而是投以苦笑。"将近四分之一个世纪的岁月,她看到,她生活的特点就是——服从和适应他人。"①她保持社会对女性、母亲角色期待的气质:适应性强、正常、合群、稳重、懂规矩,却对自己的价值麻痹,从家庭生活中抽身,她惊慌失措。"母亲是崇高的,也是卑贱的。她们的崇高源自接受,她们的卑贱源自服从。"②此阶段的凯特是卑贱的,因为她只有服从,却没有思考过自我接受。

国际食品公司的工作是凯特抽离家庭生活探索自我价值的开始,也是她在"海豹之梦"与现实中感悟自己的开始。"人活着,思考着,行动着,这本身是一种贫困。这贫困即憧憬和探求。"③凯特被动地接受了这份工作,却使"她的自我,她的思想以及她的意识躲在躯壳之下,观察这个世界"④。这是她开始思维的机遇。"思维的匮乏存在促使人意识到自身的贫困和冲动,超越自身单纯的事实存在,使人向他人、世界开放"⑤。凯特将自己的"调温器"调至低温档,拒绝扮演部落母亲的角色。她与更多家庭生活之外的优秀人才接触,她出色地完成工作,通晓多国语言的才能得到发挥,她的天资聪颖得到同事和上司的认可,自我在工作中绽放、扩张。凯特的自我长期被压制在家庭生活之下,感到不公平或委屈时只能自己躲在角落愤愤不平,自我消解。她小心翼翼维护婚姻,以忙碌逃避一切可能的冲突,自我欺骗,尽管知道终有一天要与之正面交锋。"女性精神空间里流露出女性疯癫的根源"⑥,二十五年的婚姻生活里,她如"小狗或奴隶",压抑自我需求,自我价值被家庭生活消磨后,处于极度的孤独之中。她一方面担心着外出的孩子如何打包行李,一方面享受着同事对她工作能力的肯定。她感到困惑,内心骚动。"我是谁?""我"是一位母亲,一位妻子,一个天资聪明、通晓多国语言的翻译,一个平等的工作者,是一个社会个体……思维意味着超越(布洛赫的墓志铭之一)。凯特的追问与思考,便是她改变的开始。"人和世界并非一成不变,而是有持续发展的可能。人不能固步自封,安于现状;人不能丧失自我,丧失本真存在,否则人不啻行尸走肉。"⑦她的意识从家庭走向社会,进入公共空间,寻找作为妻子、母亲之外更多的社会身份。

---

① 尹保红:《西方马克思主义空间理论建构及当代价值》,光明日报出版社 2016 年版,第 18 页。
② 曾桂娥:《乌托邦的女性想象》,上海大学出版社 2012 年版,第 141 页。
③ [英]莱辛:《天黑前的夏天》,邱益鸿译,南海出版社 2009 年版,第 34 页。
④ 尹保红:《西方马克思主义空间理论建构及当代价值》,光明日报出版社 2016 年版,第 41 页。
⑤ 转译自 Mangel Wesen. Ernst Bloch Eine Polistiche Biographie. Berlin/ Wien:Philo, 2004, p. 21。
⑥ 转译自 Roberta Rubenstein. " Briefing on Inner Space:Doris Lessing and R. D. Laing. " *Psychoanalytic Review*. 1976 (1):83-93, p. 83。
⑦ [德]布洛赫:《希望的原理》,上海译文出版社 2012 年版,第 11 页。

2. 旅行与酒店空间：自我相遇里的"我来自哪里"

"马尔库塞用乌托邦修饰那些被既存社会挡住去路的'冲动''期望''趋向'类似的精神力量，作为一种人的意识到坚实认定"①。旅行与居住酒店期间是凯特自我发现中的"战争"，是凯特自我放逐、自我发现的潜势。"希望植根于追求幸福的冲动之中。"②正是这一部分的旅途，正是这段夏日时光，让凯特意识到多年的婚姻生活中，她违背了真实的自我。"乌托邦是破坏和打碎现有的社会的行为或想法，梦想一个更美好的社会"③。多年以来，"她的身躯、需要、情感、一切的一切，像向日葵一般绕着一个男人转动时，双手一直捧着一样东西、一件宝物，巴巴地想送给丈夫、孩子们，以及她认识的每个人"④。凯特海豹之梦中的国王是生活中长期压制女性的父权群体的代表，国王斥责凯特心胸狭隘、不明事理、无理取闹、不了解生活法则，这正如凯特在家庭生活中被要求符合女性气质的处境。戏剧关乎人性的真知灼见，世上种种行为、沉沦都与其情节、剧情相互牵扯，它像一个笑话，一个闹剧，正如凯特的生活，而这多是别人推波助澜的结果。凯特在镜子前试着做不同的表情，如剧中演员，她突然意识到"竟然有上百种表情她从来没有想过用一用"⑤，她在多种社会角色中是缺席的。她长期完全被家庭生活捆绑，局限在妻子、母亲的角色中，忽略自我欲望，狭隘而痛苦。"欲望可以通过行走、选择、分离、道路的选择和道路的发现而寻找活动的空间和自由的空间。"⑥"'母亲要敢于知道你是谁'，揭开母亲的奥秘，打破父权社会对母职的建构"⑦。"我来自哪里？""我"不是来自婚姻，不是来自家庭，不是来自丈夫的期待，不是来自孩子的需求，我来自自我，来自我的欲望，来自我对"灯塔"的想象，来自我对希望、对"尚未存在"的期待。

"空间自身具有现实性和主观性之间的交互联系。"⑧鲁本斯坦认为莱辛作品中"外部空间影响人的精神空间，空间的变化是内心投射的结果"⑨。生活像是一个个错误选择的合体，凯特的出轨如同那场"海龟之梦"，"她入错了梦，又打不开正确之梦的房门"⑩。这场出轨的逃离是凯特经历的"黑暗瞬间"（布洛赫对"经历过的黑暗瞬间"表述：

① 祁程：《西方马克思主义思想研究》，华东师范大学 2013 年学位论文，第 62 页。

② [德]布洛赫：《希望的原理》，上海译文出版社 2012 年版，第 556 页。

③ E. Bloch. *Abschied von der Utopoie*. Frankfurt：F A. M. Press，1980，p. 70.

④ [英]莱辛：《天黑前的夏天》，邱益鸿译，南海出版社 2009 年版，第 117 页。

⑤ [英]莱辛：《天黑前的夏天》，邱益鸿译，南海出版社 2009 年版，第 152 页。

⑥ [德]布洛赫：《希望的原理》，上海译文出版社 2012 年版，第 350 页。

⑦ 曾桂娥：《乌托邦的女性想象》，上海大学出版社 2012 年版，第 160 页。

⑧ 尹保红：《西方马克思主义空间理论建构及当代价值》，光明日报出版社 2016 年版，第 108 页。

⑨ 转译自 Roberta Rubenstein. The Room of the Self：Psychic Geography in Doris Lessing's Fiction. *Contemporary Literature*，1979（5），p. 77。

⑩ [英]莱辛：《天黑前的夏天》，邱益鸿译，南海出版社 2009 年版，第 63 页。

人借以感受生命中最高的幸福瞬间乃是黑暗，这个瞬间之所以黑暗，是因为在黑暗中实现了的渴望是模糊不清、不甚明了的。这一体验也可称为：实现的忧郁或实现的窘迫）让她明白海豹才是她的梦，她的孩子、她自己、她的婚姻，她的家庭等多种身份的糅合。"空间的历史轨迹记录着我们过往的存在，它的变迁传达当下存在的可能及未来演进。"①最初决定和杰弗里出游西班牙时，凯特在爱与需要、自由与束缚之间摇摆，后来，她渴望的是丈夫的身体，在生病的时候，她想念的是丈夫，她的渴望与想念由众多回忆滋养盎然。发现朋友没有认出她后，凯特并不伤心，反而恍然大悟：原来人的认识如此肤浅。她不再以别人的评判来限定自己的生活，不再苛求自己成为好太太、好母亲的典范，不是小心翼翼维持婚姻，而是带着本真的自我去经营婚姻，让婚姻、家庭成为供养幸福的质料。

"希望是一种积极的活动，它驱散迷雾，劈开混沌。"②凯特这场夏季出走就是一个驱散迷雾，劈开混沌的过程。《天黑前的夏天》不单是一个女人经历一次出走、出轨、重归家庭的故事，更是一个女人将自我暂时抽离家庭生活，对自我身份、自我需求和自我归宿的一次探索。不同地点的空间转移是凯特追寻与探究自我的印记。凯特最后回归家庭实现自我理解与自我接受，将自我与家庭缝合，将理想与现实融合。她明白生活是朝着灯塔前进，并预见某种可能性，预见可预期的未来。

3. 莫琳公寓空间：自我回归里的"走向何方"

"西方马克思主义乌托邦思想链接未实现的过去和可能性未来……通过实现人的现实关切和终极关怀的本真理解，以植根于人性内部的乌托邦精神为内驱力，可以摆脱多重意识形态的干扰，恢复人这个自由主体的乌托邦维度"③。莫琳公寓空间是凯特精神的安居。在莫琳公寓中的凯特，本我完全释放，她不再以社会眼光来审判自己，她更关注自己的内心，寻找自己生活中开放的、尚未明确的巨大空间，走向自身的内在目光，从趋势、潜势走向乌托邦，抵达和平。我们建构的空间代表着我们需要的精神土壤。在家里她需要成为丈夫及四个孩子认为的她应该有的样子，而在莫琳公寓，"没人对她抱任何期望，没人知道什么是她赖以生存的支撑"④，她瘦弱、邋遢，变得幼稚，甚至需要别人来哄，她卸下了所有的自我包装，没有什么责任需要承担。当她准备去购物时，起初推着一个带轮子的购物车，然后才意识到她不需要买一大家子要用的东西，只要照顾好自己就好，于是购物车换成了塑料手袋。路上，她看到一个女子，弯腰驼背地提着重物，肩膀却说，能替别人负重，感到无比满足。她彷佛看到了平日里的自己，也思索困住自己的是什么。

---

① 李春敏：《乌托邦与"希望的空间"——大卫·哈维的空间批判理论研究》，《教学与研究》2014年第1期，第87-93页。

② 武跃速：《西方现代文学的个人乌托邦倾向》，上海社会科学出版社2004年版，第2页。

③ 祁程：《西方马克思主义思想研究》，华东师范大学2013年学位论文，第55页。

④ [英]莱辛：《天黑前的夏天》，邱益鸿译，南海出版社2009年版，第164页。

我们必须从头做起。生命就在我们手中。生命本身也就空空如也。这种生命毫无意义，不过是行尸走肉……因此，我们需要形成共同体，团结一致，拥有时间。我们专注于此，割断虚幻之路，寻求并呼唤尚未存在的东西，把房屋建在蓝天里，建在我们自身的心坎里，在纯粹事实消逝的地方，我们探求真理。①

凯特生活的真理在于她意识到家于她的重要意义。她回归家庭，不是屈从，而是因为她要的不是不负责任的轻松。最终的回归，表面上快乐原则不再占统治地位，取代之的是现实原则，尽管欲望被延迟和缩小，但这一现实原则是指向快乐原则的，是未确定的存在。她是在对自我有了全新认识后自主选择的回归，是经历自我困惑、自我相遇，到自我理解、自我接受后自我回归的"浮士德"。"生活的出发点越是更久地、更多地戴上假面具，人们就越是需要这种尽头的诚实的幸福。"②凯特的生命从夏季出走开始，她走出了自己的生活，她的想法在她的梦里，现实生活的经历就是塑造梦的素材，白天的经历供养了这个梦，让它成长，也让凯特明白，并最终使凯特带着自我回到家庭。她明白，多年来，"支撑她这一生的全靠一种隐形液体——他人的目光——可是现在这种液体已经被抽干了"③。如今，她将自身的内在目光照得通明。"愿望与能力，没有卑贱的匆忙，重要的要领会，不重要的要遗忘。"④凯特回到当下的存在，"被经历的瞬间属于我们，而我们同样属于这个瞬间，从而，我们能够对这个瞬间说声，"停留一下吧"（"停留一下吧，你多美呀！"出自歌德的《浮士德》的最后一句，主人公把自己的灵魂出卖给摩菲斯特后，重获一次人生。因此，在此应该停留一下的东西就是时间）。游弋在鱼缸的海豹，为了调剂生活发明一些消遣的游戏；游弋在海里伤痕累累的海豹，是她生活感知的印记。穷极一生的评价、权衡和盘算都是虚无，最重要的是尚未的存在。

探索人类精神深处的渴望与梦幻是莱辛小说人物表现的主旨。夏季出走使凯特对自我有了新的定义，她希望将此升华为力量，以人情温度注视身边的"空间"。"通过实践的过滤与培养，各各担当起了自己的使命……到达和谐之境。"⑤作为乌托邦本体论的代表，布洛赫认为"世间任何事物都存在着更美好、更完善状态发展的潜力"⑥，凯特的回归是寻找最初的壳并发现蕴含其中的幸福，发现被经久遗忘的品质。她既获得了心智上的升华与顿悟，也在人与人的关系上达到和谐、充实与爱的境界。

《天黑前的夏天》是时间的剥蚀，空间的记忆更是身体和心理上的觉知与洞悟。凯特遥想"灯塔"，通过这个夏季的出走，思考自己的生活，体味瞬间的失意或完满，将家庭与自我缝合，理想与现实融合。莱辛在其著作《金色笔记》中刻画了"自由女性"安

---

① ［德］布洛赫：《乌托邦精神》，祖尔坎普出版社 1964 年版，第 13 页。

② ［德］布洛赫：《希望的原理》，上海译文出版社 2012 年版，第 554 页。

③ ［英］莱辛：《天黑前的夏天》，邱益鸿译，南海出版社 2009 年版，第 172 页。

④ ［德］布洛赫：《希望的原理》，上海译文出版社 2012 年版，第 26 页。

⑤ 武跃速：《西方现代文学的个人乌托邦倾向》，上海社会科学出版社 2004 年版，第 137 页。

⑥ 陆俊：《"西方马克思主义"现代乌托邦的几种形态》，《马克思主义研究》1996 年第 4 期，第 76 页。

娜的形象，作为单身母亲的安娜，渴求真爱却不断地被情人抛弃，并长期遭受精神危机；在早期小说《野草在歌唱》中，女主人公玛丽幻想以婚姻逃离城市白人群体的蜚短流长，将婚姻作为封闭自我的躯壳，在幻想与绝望中完全失去自我，并最终惨死。莱辛厚重的人生经历赋予了她独特而丰富的空间感知，其作品中的西方马克思主义乌托邦空间描绘可预期的未来与未完成的存在，以寻找和希望反衬当下的缺失。"西方马克思主义者收复个体原有的自由生存空间，改变非人化的生存状态，突破同一化的精神奴役"①。莱辛也经历过两次婚姻，都只维持了四年，她为凯特赋予了另一种可能，既是对自己家庭选择上缺失中的一种补偿，也是现世生活中万千大众的迷失与困惑的"灯塔"。"西方马克思主义的乌托邦力求实现人与自然，人与社会的分裂现实的缝合"②，莱辛以乌托邦情怀对人物在婚姻、年华及自我的困惑与迷乱的探究，将乌托邦作为抗议现实的理想之径，摆脱现实的束缚，给现世生活以思考与启示。

三、亚伯拉罕斯现象与非洲《鼓》的影响

在"二战"前后，世界范围内众多国家纷纷从宗主国统治下的殖民地独立出来，战争与革命似乎成了20世纪前半部分的重要主题。饱受压迫的有色人种逐渐有了觉醒意识。这一时期，马克思主义学说的影响遍及世界各地，非洲这个被殖民统治压抑数百年的人类文明的发祥地，当然也不例外。非洲黑人知识分子有义务承担唤起民众的责任。许多人加入共产主义组织，在组织内受马克思主义思潮影响，用文学创作的形式鼓励并呼唤黑人奋起抗争。众多的本土非洲英语作家中，彼得·亚伯拉罕斯可以算为一个典型的代表。

1. 彼得·亚伯拉罕斯的激进与妥协

彼得·亚伯拉罕斯（Peter Abrhams），1919年出生于约翰内斯堡的贫民窟弗雪道德普（Vrededorp）。父亲是埃塞俄比亚水手，母亲是个混血儿。他小学就读于弗雪道德普的一所学校，在位于约翰内斯堡罗塞坦维尔德的圣彼得完成中学学业，后又进入彼得斯堡圣公会教区教师培训学校学习。经过学习，他成长为一名社会主义者，集学者、小说家、短篇小说家、传记作家、诗人等多重身份为一体。

20岁的彼得·亚伯拉罕斯于1939年离开南非，1941年定居英国，并在英国从事新闻报道工作。在英国时，他与英国共产党有过不算深的来往。在他拒绝党报刊登他的文章后，当地党报对他早期的作品进行了尖锐的评论，之后，他与英国共产党的关系也终止了。这件事情使他认识到个人远比集体重要，这个意识也成为他日后生活与作品创作的一个指导性原则，也是他脱离信仰的开始。1957年，他被殖民办公室（Colonial Office）派往牙买加工作，并在那里开始创作《牙买加风情画》（*An Island Mosaic*，1957），

---

① 祁程：《西方马克思主义思想研究》，华东师范大学学位论文2013年版，第79页。
② 祁程：《西方马克思主义思想研究》，华东师范大学学位论文2013年版，第53页。

他在该作品中称赞了这座岛屿的历史。他从牙买加回到伦敦后不久又返回那里，并在牙买加居住了很长一段时间，从事新闻与编辑工作。

彼得·亚伯拉罕斯早期的作品包括诗集《一个黑人讲述自由》(*A Black Man Speaks of Freedom*，1941)，以及回忆录与短片故事集《黑暗圣约》(*Black Testament*，1942)。随后，他又发表了4部小说：《城市之歌》(*Song of the City*，1945)、《矿井男孩》(*Mine Boy*，1946)、《霹雳前程》(*The Path of Thunder*，1948)、《野蛮的征服》(*Wild Conquest*，1950)。其中，《野蛮的征服》是以大迁徙为背景的历史小说。《矿井男孩》是彼得·亚伯拉罕斯在这一阶段最出色的小说。该小说是"吉姆来到约翰内斯堡"(Jim comes to Jo'burg)的典范，讲述了农村黑人男孩到达约翰内斯堡城后所见到的南非人民残酷的政治与社会现实。小说中，主人公的困境让人触目惊心，对种族资本主义的批判既尖锐又诚挚。

从马克思主义的观点出发，我们发现20世纪40至50年代，彼得·亚伯拉罕斯的小说记录了黑人城市居民的困境，他们经常被孤立，住在陌生且肮脏的城市贫民窟，并被雇主残忍地剥削。《矿井男孩》描写了曾经天真无邪的主人公祖玛在来到城市开始矿工工作后，变得不再天真。他越发明白受到剥削的原因——他的黑人身份和阶级地位。在小说结尾处，祖玛维护了他作为黑人工人阶级成员的身份。这部小说受到马克思主义倾向的影响，并且是南非小说(主要是黑人小说)在战后时期日益激进化的最早证明之一。

1952年，彼得·亚伯拉罕斯受总部在英国伦敦的《观察家》(*Observer*)杂志委派回到南非，他也因此创作了小说《重返高里》(*Return to Goli*，1953)。《重返高里》这部作品表达了作者对南非黑人生活日益恶化的心痛之情，而他在这六个礼拜中的苦难经历使他决定永久地离开南非。1954年他创作了《诉说自由》(*Tell Freedom*，1954)，记录了1939年他以轮船添火工的身份离开南非来到英国后的生活经历。该作品以一种既坦诚又不带感情色彩的口吻讲述了年轻的亚伯拉罕斯所忍受的艰苦的生活，还记录了他的家庭状况、早期的教育，以及他转向马克思主义的过程。

彼得·亚伯拉罕斯另一阶段的创作更具知识分子的敏锐性与政治觉悟。在《献给乌多莫的花环》(*A Wreath for Udomo*，1956)中，他将笔墨转向争取非洲独立的斗争上；在《夜深沉》(*A Night of Their Own*，1965)中他着笔于反种族隔离；《今日此岛》(*This Island, Now*，1996、1985年改编并加印)以加勒比海一个岛国的新殖民主义争议为背景。《科雅巴风情》(*The View from Coyaba*，1985)是一部恢宏巨制，故事的开头与结尾都以科雅巴(牙买加首都金敦顿附近)为场景，时间跨度为150年，描述了黑人所受到的压迫与剥削。故事中间所涉及的一系列插曲主要发生在美国南部、利比里亚(由非洲自由奴隶所建立的国家)、乌干达、肯尼亚以及牙买加。故事中的主人公主教雅各布·布朗(Jacob Brown)是一位牙买加奴隶的后代，他先后在利比里亚与乌干达传教，他还力图拯救非洲于受奴役、受压迫、暴力肆虐的悲惨局面。小说大部分篇章记录了雅各布与他的医学博士儿子戴维(David)关于基督教在一个被殖民势力与基督教相互勾结而毁坏了的国度是否仍然具有存在价值的激烈辩论。小说的主旨在于呼吁非洲人后裔们借助他们受奴役与受种族压迫的经历向西方人展示一种新的生活方式。彼得·亚伯拉罕斯的近作是《科雅巴编年史:20世纪黑人经验的反思》(*The Coyaba Chronicles:Reflections on the Black Experience in the 20th Century*,2000)。该作品再版时还曾以《20世纪黑人经验:自传与冥想》(*The Black Experience in the 20th Century:An Autobiography and Meditation*)为名。即便他后期与共产党组织脱离了联系,他的作品仍高度关注南非黑人的生存境况。

根据南非的种族分类制度,亚伯拉罕斯属于有色人种,是个混血儿,用《人口法案》的说法,就是他既算不上"真正的白人",也非"彻底的黑人"。一方面,亚伯拉罕斯的父亲是埃塞俄比亚后裔;另一方面,他早期与哈莱姆文艺复兴运动的作家相识,并一度自豪地宣称自己是黑人作家,从而解决了棘手的身份问题。① 与此同时,他在作品中表达了自己对种族分类的强烈不满,并深刻认识到了种族分类严重影响了南非人自我意识的形成。

《矿井男孩》后来被收录于再版的《海尼曼非洲作家系列》(*Heineman African Writers Series*),积累了一大批读者。像佩顿的《哭吧,亲爱的祖国》一样,它成了南非"吉姆来到约翰内斯堡"(Jim comes to Jo'burg)(该名称出自1949年的同名电影)故事系列的典型代表。在第二次世界战争爆发的前几年里,南非政府急于解决大批涌入城市的待业乡下黑人所引发的问题,而《矿井男孩》就是反映这类热门问题的小说。保守的白人将黑人视作不受欢迎的城市"访客",因此他们认为应该对黑人进行严格管控;但是由于劳工市场的需求,又需要对他们持以宽容的态度。自由主义者的态度则摇摆不定。一方面是因为像佩顿在《哭吧,亲爱的祖国》中一样,他们意识到"部落已破碎",黑人会迅速发展成为城市人口中的一部分②;另一方面,通过对城市生活丑恶面的了解,并与赤裸又残暴的白人种族主义的接触,自由主义者强烈谴责他们所看到的景象——黑人逐渐丧失了那种田园般的天真和淳朴,他们认为黑人最好回到乡下,继续他们之前"传统的"生活。可以说,来自保守派和自由主义者两方面的观点都间接导致了政府后来所颁布的种族隔离制度,包括声名狼藉的《通行证法》(*Pass Laws*)("流入管控"),班图斯坦的种族"家园"制度(the Bantustan system of ethnic"homelands")。而另一方面,已经都市化了的黑人很快发现他们不可避免地会成为城里人。正如埃斯基·姆赫雷雷在他的自传《沿着第二大道》(*Down Second Avenue*)中所描述的一样:

(在20世纪30年代)为了存活下来,黑人一天天努力适应着周围的世界。白人们越需要他们为其出卖苦力,黑人就越痛恨白人。越来越多的黑人从北方和东方涌入比勒陀利亚。他们在白人划定给他们的狭小的居住点上搭建起单薄的窝棚,他们越是感到没有安全感,就越是要拼命地挤进当地的生活之中,看起来也更加像是要在当地永久定居一样。源源不断的难民们涌入黑人社区谋生,寻找安全。③

---

① 请参见 Peter Abrahams. *Tell Freedom*. London:Faber, 1954, p. 61, 193, 197。
② Paton. Cry the Beloved Country, p. 79.
③ 转译自 Es'kia Mphahlele. *Down Second Avenue*. London:Faber, 1959, pp. 105-106。

在《矿井男孩》里，约翰内斯堡被描绘成一个充满艰辛的地方，丑陋和机遇是这个地方的特点。小说设想不同种族的工人们能够结成阶级联盟，一起对抗矿主以及白人种族主义者对他们的剥削与压榨。然而，亚伯拉罕斯的马克思主义观点属于人文主义观，如同在佩顿的小说中所表露的一样，他幻想着人们通过身份认同和同情获得彼此间的相互理解。[1]

迈克尔·查普曼（Michael Chapman）曾贴切地形容亚伯拉罕斯是"用英语进行创作的黑人作家中最早被定义为激进作家的，而不是像他自己期待的那样仅仅成为一位没有肤色偏见的作家"[2]。唯有被流放于牙买加才能够解决歧义，缓解作为南非有色人种的痛楚，这一点在亚伯拉罕斯的自传《诉说自由》（Tell Freedom，1954）中表述得很清楚。"也许生命有超越种族，超越肤色的意义。如若真的有，我在南非却看不到。这就是我创作的必要，诉说自由的必要。为了做到这点，我个人必须要自由。"[3]

应该说，亚伯拉罕斯这样的作家不是唯一的，在南非作家群里他比较有代表性（参见附录一：20世纪受马克思主义影响的南非英语作家）。他因为激进地反对殖民统治参与共产主义组织，也曾不余遗力地用文学作品发出呼吁和怒吼声，但后来又逐渐退却、妥协，脱离马克思主义思想指导，成为新自由主义派的作家。

2. 非洲《鼓》的斗争理念与激励

旨在弘扬非洲文化，鼓励回归传统，激励本土作家反映非洲现实的进步刊物——《鼓》于1951年3月在南非开普敦问世，最初名为《非洲鼓》（African Drum），杂志的小说部分则是翻译的非洲民间传说和传统的乡村生活故事。后来这本杂志的编辑和发行部门搬到了约翰内斯堡，将其更名为《鼓》。在第一期杂志中，主办者吉姆·贝利预期该杂志将是泛非洲的：它将着眼于"非洲大陆上的1.5亿班图人和黑人居民，我们将首次尝试使用表达他们的思想、冲动、努力和灵魂的词汇"。尽管该杂志后来又发行了包括尼日利亚、加纳、东非和中非等其他地区的版本，此雄心壮志却始终未能实现。

这本杂志早期失败的主要原因在于主办者和编辑误判了潜在读者的喜好。最初的几期杂志中刊载了关于部落音乐及其历史、著名首领、宗教和体育的文章。

在文学部分，杂志起先以从各种本土语言翻译并发表民间故事为主。后来由于稿件的增加，影响力扩大，《鼓》围绕的焦点也由早期的农村故事变成了颇具特色的城市描绘，营造出先进的城镇的氛围。安东尼·桑普森成为该杂志的编辑，汇聚了一系列才华洋溢的新兴黑人作家，先后有艾斯齐亚·姆法莱勒、奈特·卡萨、亨利·恩杜马洛、凯西·莫齐西、卡恩·滕巴、布洛克·莫迪萨内、亚瑟·迈马内、刘易斯·恩科西、托

---

① 请参见 Abrahams. Tell Freedom，pp. 250-251。此文说明亚伯拉罕斯（Abrahams）信仰马克思主义，但又心存矛盾的心理。

② 转译自 Chapman. Southern African Literatures，p. 229。

③ 转译自 Abrahams. Tell Freedom，p. 311。

德·马特辛奇撒、理查德·瑞夫、亚历克斯·拉·古玛和詹姆斯·马修斯。从上述名单中可以看出，其中许多作家都曾受到马克思主义思潮的影响（详细人员参见附录一）。

这本杂志的全盛时期是 20 世纪 50 年代。正是在这一时代建立并孕育了其出版高质量作品的声誉，同时还保留了颇受欢迎和令人兴奋的特色。严肃小说同揭露种族隔离制度下黑人生活状况的作品并行于世——后者包括被迫劳作于白人农场的生活、监狱境遇和种族隔离在宗教方面的施行。

《鼓》正是凭借高质量的小说、幽默专栏和调查与煽情并存的新闻成为那个年代颇有影响力的杂志。这种"民粹主义"和严肃的新闻报道的矛盾混合物也体现在该杂志的思想中：它展示了一种热情的渴望，渴望了解新的黑人无产阶级的需求和愿望，同时又充斥着美国人的生活和文化的魅力形象。例如，杂志里不仅有严肃小说、有关当时政治时局的文章，还会刊登"真情告白"之类的爱情故事，以及当地美女的画像，以增加其趣味性和吸引力。

除了这种混杂的思想以外，《鼓》最重要、最持久的贡献是它提供了一个表达向往新思想、新体制的平台，让那些新兴的、不受主流白人报刊和杂志业青睐的黑人作家们找到了文学出路。黑人作家寻找出版空间的热情空前高涨，这在《鼓》于 1951 年 4 月举办的"国际短篇小说大赛"中可见一斑。杂志社为每个获奖作品颁发 50 英镑，每个值得出版的故事也能获得 4 英镑。卡恩·滕巴是这次比赛的冠军。该比赛连续举办了许多年，吸引了多达 1683 个参赛作品，1957 年赛事达到了鼎盛时期。①

《鼓》里刊登的作品反映了杂志从聚焦传统的非洲文化转向当代的都市作品。早期的作品，如南非口头民间传说的翻译版，被莫迪萨和腾巴等作家的无论是在风格还是内容上都更为生动精彩的小说取代。20 世纪 50 年代在索菲亚城及类似地区流行的乡镇俚语被很好地运用于作品中。20 世纪 50 年代的《鼓》，作品风格以托德·马特辛奇撒的评论文章和凯西·莫齐西的专栏为代表，打破了早期如普拉杰和德洛莫兄弟等教会学校的作家保守的写作模式，为年轻的黑人作家开辟了新的可能性。《鼓》的大胆创新也具有政治上的优势：它悄然抵制着由新当选的国民党政府给南非黑人营造的形象，为黑人知识分子发挥其独立思想提供了空间。

索菲亚城是位于约翰内斯堡西北部的种族混杂区域。它作为《鼓》的时代象征，抵制政府新颁布的种族法案，反对阶级和种族的界限。其特有的爵士乐和地下酒吧文化（腾巴曾如此形容）具有强大的活力和顺应力。1957 年，索菲亚城被毁，这个时代也宣告结束。许多居住在索菲亚城并为《鼓》撰稿的作家于 20 世纪 60 年代被流放，伴随该杂志和索菲亚城而生的文学运动的根基就此被毁。

《鼓》所处时代是南非文学文化发展的重要时期。那个时代的作家并不是 20 世纪 50 年代班图教育系统的产物。他们成长在一个更自由、更微妙的社会里，享有更好的教育（教会学校）。这使得他们能够掌握英语语言，而他们接触到的文化会为后世的作家所

---

① 数据参见［南非］康维尔等：《哥伦比亚南非英语文学导读（1945—　）》，蔡圣勤等译，武汉大学出版社 2017 年版。

抵制。20 世纪 50 年代末期到 60 年代初期政治态度的进一步强硬使得随后十年间的黑人作家变得更具抗争性，因此，《鼓》代表了无情地走向政治化的南非和 20 世纪后半叶的一段非常短暂但收获颇丰的过渡期。给《鼓》供稿的作家逐渐成长，后来成为黑人英语写作中不可忽视的主力军。在后一个时期，他们中许多人继续为争取平等和自由不懈地努力着。

另外一本杂志《跨杆者》(Staffrider)，最早出现在 20 世纪 70 年代末，比《鼓》更为激进。像《鼓》一样，它也催生了大量的有才华的黑人作家，其中大多数是短篇小说家。《跨杆者》第一期发表了姆图图泽里·马舒巴 (Mtutuzeli Matshoba)、姆布勒娄·姆扎马尼 (Mbulelo Mzamane)、莫托比·穆特娄斯 (Mothobi Mutloatse) 和恩加布罗·恩德贝勒 (Njabulo Ndebele) 等人的作品。《跨杆者》杂志的出版商，后来也出版了他们的故事集。其中包括马舒巴的《不要叫我男人》(Call Me Not a Man，1979)、姆扎马尼的《姆扎拉》(Mzala，1980) 和穆特娄斯的《妈妈恩蒂亚利拉》(Mama Ndiyalila，1982)。这些作品都关注现实主义模式下严酷刻板的黑人生活，往往吸收非洲的口头文化元素而试图摆脱西方文学的影响。恩德贝勒的作品《傻瓜和其他故事》(Fools and Other Stories，1983) 比《跨杆者》同时代其他作品更经久不衰。他的故事细节丰富，主要描写了一个敏感的年轻人所渴望的城镇生活。

总之，像《鼓》《跨杆者》一类的进步杂志，一个时期以来成了聚集南非本土黑人作家用英语创作的集中阵地，许多新生的知识分子通过发表短篇小说显露了创作才华。这些杂志的政治倾向性培养了他们的觉醒意识、抗争意识，其激励作用不言而喻，为南非文化开创或回归口头传统、宣扬斗争思想作出了重要贡献。

第三章

抗争的文学：
种族隔离时期的小说创作压抑性

广义上讲，"抗争的文学"并不是 1976—1994 年这一时期才产生的。整个 20 世纪，从早期到世纪末，南部非洲大地的抗争从来就没停止过。20 世纪前期南部非洲一直处于殖民统治和后殖民时期，种族矛盾经常性地激化，文学作为愤懑情绪的表现形式表达了非洲大地上的压抑和抗争的情绪，特别是本土黑人的创作，这类主题从来没有中断过。但是，南非的"种族隔离制度"是逆世界潮流而为的无耻行为，国际上可以使用"臭名昭著"来形容。这一时期，不仅仅是本土的黑人创作，大多有良知的、具有开阔视野的白人知识分子也纷纷加入其中。因此，"压抑的文学"与"抗争的文学"一同在南非形成了有别于世界文坛其他区域的独特的文学景观。

一、种族隔离时期英语小说的生态

依照体例，我们仍将这一时期的英语小说创作划分为白人写作和黑人写作两个大的部分。诚然，这种划分还是带有一定的"种族歧视"之嫌。但是本书本着客观描述事实的态度，从白人写作（殖民者后裔）的文化身份上不同于本土黑人写作这个现实出发作出这样决定。而且它由多个历史客观原因所致：首先，白人英语作家的母语多为英语，也包括那些用英语从事职业工作而母语为南非荷兰语（阿非利卡语），其作品以南非荷兰语为主的作家，如布林克等；其次，白人的文化身份及殖民者后裔的地位决定了其斗争的不彻底性，往往还寄托于白人的自省、忏悔，寄托于通过改良来解决民族隔阂和民族矛盾；其三，尽管许多白人作家旗帜鲜明地反对"种族隔离制度"，但多数人不反对全盘西化和代表西方文化的宗教；第四，即便白人作家和黑人作家都在一定程度上受西方马克思主义的影响，但在作品中表现形式大为不同。鉴于上述原因，请恕笔者仍分为白人写作和黑人写作之两大阵营进行描述。

1. 种族隔离时期的白人写作

把约翰·马克斯韦尔·库切作为典型代表，也有其必然原因。不仅主要是其文化身份的特殊性(参见拙作《孤岛意识》①),更重要的是其对南非的白人写作有深刻的研究,曾以"白人写作"为题发表学术型著作②。在赛洛特的《牛在屠宰场的吼叫》发表的那一年,库切在开普敦大学当英语讲师,之后他一直就职于该大学直到 2000 年退休。库切生于 1940 年,开普敦人,在开普敦及伍斯特附近的小镇长大。有关他年轻时的情况,我们可以从他的"自传体小说"《男孩》(Boyhood)③中窥见一斑。之后他前往英国求学,在英国和美国工作了一段时间,并获得了德克萨斯大学奥斯汀分校的博士学位。

库切在 1974 年发表了他的第一部小说《幽暗之地》(Dusklands)。这部小说由两个内在关联的故事构成,一个以当时的越南战争作为故事背景,另一个则是有关 18 世纪南非边境地区的殖民者探险的故事。小说揭露并谴责了殖民暴力就是西方生活中潜在的病态精神的产物,是传统认知模式和人际关系模式中根深蒂固的笛卡尔二元论的产物。在其 1977 年发表的小说《内陆深处》(In the Heart of the Country)中,一位孤独的、上了年纪的白人处女一直在寻找一种具有共性的语言来摆脱她在空寂无人的卡鲁农场上的生存状况。然而,在《等待野蛮人》(Waiting for the Barbarians,1980)中,在一个无名的帝国里有一位开明的地方行政官,当他被迫在忠于上级与保护上级所宣称的敌人——"野蛮人"之间作出选择时,他陷入了道德危机。

这一时期的小说,"压抑性"显而易见。从不断解密的库切手稿和最近出版的《库切传》中,我们可以了解到,为了让作品能够在南非发行,库切的创作和修改达到了前所未有的极致。《幽暗之地》两个故事的压抑的和爆发的精神状态,《内陆深处》中白人女性压抑的意识流般的心理独白,加上一个仿照《等待戈多》似的无聊的等待,等等,都使这种压抑性到达了爆发的边缘。

在这些及随后的小说中,库切突破了"现实主义"这一术语的限制,真实地描述了南非的现况,他认为历史的话语只是在强调现状的权威性。然而这种表现社会现状与政治现实的传统小说写作方式对于那些经历了 1976 年 6 月的"莱索托事件"的南非读者而言是远远不够的,他们要求作家们用文学作品表现他们为赢得自由而进行的艰苦的斗争。1988 年,文学评论家迈克尔·查普曼(Chapman)对库切的小说《福》(Foe)进行了批评,他评论说《福》没有"与非洲对话",只不过是提供了"一种自我安慰般的释放方式,以此来释放知识分子团体欧洲化的梦想"。④ 当时的气氛十分紧张,因此查普曼否定了文学存在的意义,他声称:"在紧急状态中(1986 年,面对日益严重的国内动乱,南非

---

① 蔡圣勤:《孤岛意识:帝国流散群知识分子的书写状况——库切文学创作及批评思想研究》,外语教育与研究出版社 2011 年版。

② Coetzee, J. M. White Writing: On the Culture of Letters in South Africa. New Haven and London: Yale Uni Press, 1988.

③ Coetzee, J. M. Boyhood: Scenes from Provincial Life. London: Secker & Warburg, 1997. 讲述他作为一个年轻人在伦敦工作的经历,请参见 Youth. London: Secker & Warburg, 2002。

④ Michael Chapman. "The Writing of Politics and the Politics of Writing: On Reading Dovey on Reading Lacan on Reading Coetzee on Reading…(?)" Review of Teresa Dovey, The Novels of J. M. Coetzee: Lacanian Allegories, Journal of Literary Studies 4, No. 3, 1988, p. 335.

总统 P·W·博塔宣布全国进入紧急状态），成为中心力量的是经历的权威性而不是将经历进行转化后的文学。"①

实际上，库切在《进入暗室》（*Into the Dark Chamber*）和《当今小说》（*The Novel Today*）②这两篇文章中对查普曼的的批评进行了反驳。这两篇文章的部分内容被收录于 T·W·阿多诺（T. W. Adorno）写于 1962 年的散文《承诺》（*Commitment*）之中，该文捍卫它们是"有主见的"文学作品，而非显而易见的"坚定的"文学作品。③ 在《当今小说》中，这种差异被看成历史补充式小说与历史竞争对手式小说间的差异，历史竞争对手式的小说是"根据它自己的程序与问题进行总结，而不是根据历史进程来进行总结并经得起历史的考验（正如学生的作业得经得起老师的检验一样）"④。当面对库切所说的"历史的偏好"时，⑤ 这种美学价值的言论便成了一种典型的现代主义观点，在这种观点看来，库切的作品和卡夫卡、贝克特的作品一样，都属于先锋派的作品，而这一点正是阿多诺大加称赞的。⑥ 所以，《福》无疑是库切的一种后现代改写，而后现代本身就是一种对传统、对已有的秩序和习俗的颠覆和批判。库切通过解构经典完成了自我表达（此观点详细论证参见拙作《神话的解构与自我解剖》⑦一文）。

与此同时，在南非以外的国家，库切的作家地位上升到了一个新的高度，他的著作获得了一个又一个世界级文学奖项。在那个时期，他最著名的小说应是获得布克奖的《迈克尔·K 的生活和时代》（*Life & Times of Michael K*, 1983）。该小说以陷入内战的南非为背景，风雨飘摇的政府把穷人和失业人员驱赶到"集中营"生活，以防止人们发起反抗运动。小说的主人公迈克尔·K 被关进了集中营，但他无法忍受失去自由的状态，于是他设法逃离了集中营并一度藏身于一个废弃的农场，之后躲进了山林，成功地避开了当时外面所发生的一切：

> 但是当夏天走向结束的时候，最主要的是，他正在学会爱上懒惰悠闲，这种懒惰悠闲不再作为自由的延伸，要靠偷窃从这里、那里的不甘心情愿的劳动中去获

---

① Michael Chapman. "Writing in a State of Emergency," *Southern African Review of Books* (December 1988-January 1989, p. 14. 同样请参见 Chapman, "The Liberated Zone: The Possibilities ofImaginative Expression in a State of Emergency," *English Academy Review* 5 (1988), pp. 23-55.

② "Into the Dark Chamber: The Writer and the South African State" 最早出现在 *New York Times Book Review*, January 12, 1986, 后来以扩展形式再版在 *Doubling the Point*, pp. 361-368. "The Novel Today" 是 1987 年《每周邮报》（*Weekly Mail*）上的主题，并且在 *Upstream* 6, no. 1 (1988), pp. 2-5 刊发。

③ 详见 *The Essential Frankfurt School Reader*, ed. Andrew Arato and Eike Gebhardt (Oxford: Blackwell, 1978), pp. 300-318。

④ 参见 Coetzee. "The Novel Today," 第 3 页。另见纳丁·戈迪默的著作内容，历史补充式小说也许是南非小说最好例子。

⑤ 出处同上。

⑥ 对库切小说影响最明显的，可能是卡夫卡（Kafka）和贝克特（Beckett）。

⑦ 蔡圣勤：神话的解构与自我解剖——再论库切对后殖民理论的贡献，《外国文学研究》2011 年第 5 期，第 29-35 页。

得，也不是暗中窃取的能享有在花坛前坐在自己的后脚跟上，让一把叉子挂在自己的手指头上荡来荡去的快乐，而是一种把他自己交给时间，交给一种像油一样在寰宇间、在世界的表面缓缓流动的时间，它冲刷着他的身体，在他的腋窝和腹股沟间旋转着，搅动着他的眼帘。①

在大自然里的逗留中，他意识到他并不是为了自由而战的勇士，而是一个"园丁"。当别人为了保卫家园而战斗时，他却"留在后方"，因为"必须有人留在后方，使种瓜种菜培植花草继续存在，或者至少使关于种瓜种菜培植花草的想法继续存在；因为一旦这根绳索断裂了，大地就会变得坚硬，就会忘掉它的孩子们"。② 迈克尔·K 后来又被抓了，还被遣送到开普敦的康复集中营，在那里他碰到了一个对他的个案很感兴趣的女军医。在军医看来，寻找真正自由的关键就在迈克尔·K 的沉默里，也许他的沉默里还隐藏着生活本身的秘密。

小说中主人公拒绝为自己辩解使他变得更加让人捉摸不透。读者试图从多个方面来诠释 K 所代表的寓意。对于战争年代的作家或者艺术家来说，K 就是一个小说人物；对于小说中 K 以外的人而言，K 就是一个符号；K 是人和其他生物和平共存的可能性的体现。然而，K 成功地逃离了小说中的"集中营"，小说中，那段逃离神秘又令人心酸，叫人难以忘怀。

小说《福》于1986年继《迈克尔·K 的生活和时代》之后发表。在小说《福》里，女主人公苏珊·巴顿(Susan Barton)向丹尼尔·笛福(Daniel Defoe)讲述了自己与寡言少语的仆人星期五的故事，而丹尼尔·笛福对苏珊的经历进行了改写，最终创作了《鲁滨逊漂流记》(*Robinson Crusoe*)。1994 年库切发表的小说《彼得堡大师》(*The Master of Petersburg*)也采用了类似的手法，它虚构了俄国小说家陀思妥耶夫斯基(Dostoyevsky)的生活经历。库切发表于1990 年的小说《铁器时代》(*Age of Iron*)以 20 世纪 80 年代后期南非紧急状态下的开普敦为背景，该小说与库切后来获得多种奖项的小说《耻》(1999)一样，采用了一种现实主义的写作手法，表现了南非白人普遍遭遇的道德困境。

由于滥用权力而导致的白人主体(殖民者)和"他者"(被殖民者)之间、男人与女人之间、人类与动物之间关系的破裂和爱的丧失是库切小说中反复出现的主题。库切最核心的理想是公平正义的人类的核心价值，然而在现代社会中，尤其是在南非"种族隔离"社会中，这种价值常常被人们所忽略。③ 后来，元小说逐渐成为库切小说的主要类型。库切被元小说的自我反思性吸引，用它来表现自己关于创作、表述以及自我之间的神秘关系的沉思。

从那一时期开始，其他白人作家的作品倾向于用更为直白的方式来反映种族隔离带来的影响。在那一段时间里纳丁·戈迪默发表了《自然资源保护论者》(*The*

---

① 转译自 Coetzee, J. M. *Life & Times of Michael K.* London：Penguin, 1985, p. 115。
② 转译自 Coetzee, J. M. *Life & Times of Michael K.* London：Penguin, 1985, p. 109。
③ Coetzee. Doubling the Point, p. 248.

Conservationist，1974）和《七月的人民》（*July's People*，1981），这两部小说是戈迪默最具政治敏感性的小说。她还发表了她最为著名的小说《伯格的女儿》（*Burger's Daughter*，1979），通过主人公罗莎·伯格（Rosa Burger）的选择，小说反映出政治已经侵入到了南非人民生活的方方面面。《七月的人民》的题词源自西方马克思主义流派的代表人物安东尼奥·葛兰西（Antonio Gramsci）所著《狱中札记》（*The Prison Notebooks*）中的一篇文章："旧的正在死去，而新的却不能诞生，在新旧更迭时期，到处都是病态的症状。"1982年，戈迪默在纽约发表了一次题为"过渡时期的生活"（"Living in the Interregnum"）的演讲，声称"南非已经陷入了不可逆转的革命进程"。直到1990年的2月以前，知识分子和时事评论员对这一论断进行了各种理解，戈迪默这一大胆论断还被频繁引用。

在这一时期，大部分南非白人作家的作品表现的主要是各种各样的"病态症状"：犯罪、愤怒、人与人之间的疏离、恐慌、囿于嘲讽。美国人类学家文森特·克莱潘扎诺（Vincent Crapanzano）捕捉到了南非白人平民的整体情绪，他写道："白人有意无意地在等待什么事情发生，任何事情都可以。他们陷入了一种独特的瘫痪状态的等待。南非人民所经历的等待是乏味的，这种乏味的等待既令人惋惜也体现了人性。"①

另一位作家戴维·穆勒（David Muller）的小说《白人社会》（*Whitey*）是这类小说中的典型。《白人社会》记录了一个白人水手的周末生活状态。他偶然来到开普敦一家面向有色人种的地下酒吧，并在那里喝得烂醉。从大部分已经被摧毁的黑人生活区来看，《白人社会》与拉·古玛的《沿着第二大道》以及阿契迈特·丹戈尔（Achmat Dangor）的《等待雷拉》（*Waiting for Leila*）同属一类。《白人社会》描写了一个醉鬼身处绝境，身体上衰退，精神上堕落，这些刻画既让人震惊，又令人信服，② 淋漓尽致地展现了南非这一时期的现实状况。

与此同时，正如诸如《新币诗刊》（*New Coin Poetry*）一类的杂志所宣称的一样，也有一些南非白人诗人继续痴迷于南非粗犷的山川河流，继续执迷于他们城郊花园里的花草虫鸟（尤其是变色龙们）③。诚然，随着时间的推移，对于他们与土地生活的关系，他们越来越焦躁不安，自我怀疑。从这个时期开始，几位社会关注度较高的诗人用错综复

---

①　转译自 Victor Crapanzano. *Waiting*：*The Whites of South Africa*. New York：Vintage，1986，p. 43。这一时期的作家作品还包括 Christopher Hope，*A Separate Development*（Johannesburg：Ravan，1980）和 *Private Parts and Other Stories*（London：Routledge & Kegan Paul，1982）；Peter Wilhelm，*At the End of a War*（Johannesburg：Ravan，1981），*Some Place in Africa*（Johannesburg：Ad Donker，1987）和 *The Healing Process*（Johannesburg：Ad Donker，1988）；Sheila Roberts，*Outside Life's Feast*（Johannesburg：Ad Donker，1975）和 *This Time of Year and Other Stories*（Johannesburg：Ad Donker，1983）；以及 Damon Galgut，*Small Circle of Beings*（Johannesburg：Lowry，1988），*The Beautiful Screaming of Pigs*（London：Scribners，1991）。限于篇幅，不能尽述，列举于此，供有兴趣者参考。

②　David Muller. *Whitey*. Johannesburg：Ravan，1977. 其 1969 年环境背景作者可能参考了主角遇到青少年嬉皮士或佩花嬉皮士（指 20 世纪 60、70 年代反对战争、主张和平与爱的年轻人）时的表现。

③　在"Jerusalem Prize Acceptance Speech"（1987）文章里，库切尖刻评论道，"在南非世袭主人不自由的内心中，是爱的无能。他们无休止地谈论对国家土地的热爱，却对这土地上的山川河流、花草虫鸟视若无睹"。（*Doubling the Point*，p. 97）

杂的方式对黑人爱国主义运动后的社会危机与民族主义政府的即将灭亡作出了反应。① 不过，在这段时期内，人们最关注的是现代抒情诗歌特有的领域，即，个人经历、在冷漠又不确定社会整体中个人的归属。

唐·迈克伦南(Don Maclennan)创作诗歌的时间相对比较晚。他在 48 岁那年，也就是 1977 年，发表了第一本诗集《生命之歌》(Life Songs)。《生命之歌》无疑是迈克伦南最好的诗集，此诗集着眼于审查制度之后的时期——从作品异常多产的 20 世纪 90 年代持续到现在。然而，最能体现迈克伦南的声音是反映极简主义的《聚集黑暗》(Collecting Darkness, 1988)。② 在该诗集中，作者的用词充满爱意却不虚华；表达的是忏悔，是谦虚，却也宽容。诗歌《瓶子中的信》(Letter in a Bottle)极为精练，但观念保守。

> 所有我曾经想要做的———/ 些许声明/ 有关于爱，有关于死/
> 有关于我们无法伪造的一切事情。③

在南非所有城市中，开普敦最受诗人的青睐。1986 年，斯提芬·沃森(Stephen Watson)发表了他的首部诗集《在此城中》(In This City)。在此诗集以及他后来的诗作中，沃森试图去捕获城市的风光之美，捕获他眼中的城市以及城市居民的精神"悲哀"。"一边是明朗得虚无的天空，一边是人们无法用言语描述的哭声，我在这情景里痛苦抉择，左右为难。"④沃森运用浪漫又伤感的诗歌韵律和夸张的叙述诗行刻画了难以忘怀的城市形象。他诗中的城市既充满了多灾多难的历史进程中的各种痛苦，又有个人在找寻归属感的过程中所遇到的物质上的不平等。由此可以看出，这一时期的诗与小说一样处于黑暗压抑、呼唤光明之中。

2. 种族隔离时期的黑人写作

这一时期的黑人创作，不像白人小说家那么多元化。总体来说，黑人写作几乎全是愤懑表达。1972 年，詹姆士·马修斯(James Matthews)的诗集《怒吼》(Cry Rage!)面世，表现了政治主张与南非黑人作家作品之间不可调和的紧张关系。⑤ 马修斯曾评论说：

---

① 请参见 Kelwyn Sole. *The Blood of Our Silence* (Johannesburg：Ravan，1988)，*Love That Is Night* (Durban：Gecko Poetry，1998)；Ingrid de Kok. *Familiar Ground* (Johannesburg：Ravan，1988)，*Transfer* (Cape Town：Snail Press，1997)。

② 库切、戈迪默、莱辛、布林克、穆达等为本书重点研究作家。其他作家的史料和数据性资料大部分来源于哥伦比亚大学出版社出版的 Gareth Cornwell 等三位教授编著的 *The Columbia Guide to South African Literature in English Since* 1945 一书。

③ 转译自 Maclennan. *Letters*. Cape Town：Carrefour Press，1992，p. 50。

④ 转译自 Watson. "Coda," *In This City*. Cape Town：David Philip，1985，p. 34。

⑤ James Matthews. *Cry Rage*! Johannesburg：Spro-Cas，1972. 原版版权授予格拉迪斯(Gladys) 和托马斯(Thomas)；在 *Cry Rage：Odyssey of a Dissident Poet* (Athlone：Realities，n. d.) 再版，却并未提及她。

1972 年对我来说发生的事情太多，安置区迪姆巴扎斯（Dimbazas）、伊林格斯（Ilinges）、萨达斯（Sadas）、里莫西尔斯（Limehills），还有被饥饿和病痛夺去生命的孩子们；平民无家可归，成批死去；人们被以各种理由关押，在拘留所中含冤而死。这对我而言太沉重了……我创作的并不是散文。批评者像鬣狗般嚎叫着，他们宣称我的创作并不是诗歌，而我从没有说过我的创作是诗歌，我只是在表达人们的情感。①

这样，马修斯通过用英语创作自觉地回避了文学传统的形式与功能。诗集中的最后一首诗歌就是一个例子：

说我的创作是诗歌/ 说我是个诗人/ 这如同当时发展的设计者一样/ 是自欺欺人的/ 我记录了受迫害者们的悲痛/ 那是他们悲伤的低语/ 因残暴的法律所致/ 受迫害者们站在镣铐的一边/ 悄悄地相互询问/ 下次它不会成为火吗？

虽然马修斯"情感的表达"中仅有一点传统的诗学技巧，然而不可否认的是，用"情感功能"与"意动功能"来取代"诗学"或者美学功能明显地使得他的这部诗集以及其后的诗集得以解构（回归到罗曼·雅各布逊的结构主义术语）。② 虽然马修斯在《怒吼》中所宣泄的"情感"明显源自对美国黑人文学创作的解读，源自美国民权运动的胜利，但是这种"情感"却唤醒了"普世"的人权话语意识。这无疑是觉醒和抗争的"怒吼"和召唤，是压抑的爆发。

两年后，马修斯的诗歌和散文对黑人觉醒的观念表现出了一种新的狂热的忠诚，致力于受压迫者的心理修复，致力于为了受压迫者的自由而斗争。③ 史蒂夫·比科（Steve Biko）是黑人觉醒运动的思想领袖。黑人人民大会（Black Peoples' Convention）和南非学生组织（South African Students' Organization）的大部分工作就是完善与宣传黑人觉醒运动的观念，"黑人啊，你得靠你自己"（"You're on your own, Blackman"）是黑人觉醒运动的标语。

"比科事件"成了这一时期黑人作家集体发声的导火线。更确切地说，不仅是黑人作家，包括库切、戈迪默、布林克在内的进步知识分子的白人作家也参与了怒吼的表达。1977 年 9 月，史蒂夫·比科被安全警察折磨至死，这件事情激怒了全世界人民，并导致了反种族隔离制度国际运动。比科的演讲词与他的随笔都收录在《我写我所

---

① 转译自 James Matthews. "James Matthews," in *Momentum: On Recent South African Writing*, ed. M. J. Daymond, J. U. Jacobs, and Margaret Lenta. Pietermaritzburg: University of Natal Press, 1984, p. 73.

② Jakobson. "Closing Statement: Linguistics and Poetics."

③ James Matthews. *Black Voices Shout*! Athlone: BLAC, 1974; *The Park and Other Stories*. Athlone: BLAC, 1974.

爱》①(*I Write What I Like*)中，并于他牺牲那年发表。如今，再版的《我写我所爱》在南非依然有广大的阅读群体，该书可能是审查期间由南非黑人发表的最重要的一本书。这本书甚至被下层民众视为号召大家团结斗争呐喊之经典。

因此，在马修斯对"黑人怒吼"②的诗意讽刺中有一条直接线索，始于1976年索韦托"骚乱"与1977年比科之死，一直到1980年莫托比·穆特娄斯(Mothobi Mutloatse)发表反对西方文学传统的文集《迫降》(*Forced Landing*)。该文集的引言部分至今仍常常被人引用：

> 我们将不得不对传统文学予以致命一击——像老派的批评家和读者一样。在我们成功之前，我们献给文学传统的只有我们的粪便和唾沫；我们要把文学又踢又推，又拖又拽，直到把它变成我们想要的形式。我们要去实验，去勘探，不去在乎批评家们会说些什么，因为我们正在寻找真正的自我——以人的身份去发现自我。③

但是如今，从南非黑人是"自由斗争"(在这场斗争中，人们使用文学作为控诉斗争的工具)中的"人民大众"这方面来说，穆特娄斯最后黑人觉醒式的表达为具有革命性的马克思主义者所借鉴。这种激进的政治干预的痕迹在蒙加尼·赛洛特(Mongane Serote)的小说《出生就要流血》(*To Every Birth Its Blood*)④中得以体现。小说主人公岑(Tsi)性格孤僻，1976年的索韦托"骚乱"彻底颠覆了他的世界。他在"斗争"中对"同志"所作出的承诺使得他发现了一个新的更真实的身份。小说第一部分是反讽式的抒情，第二部分是叙述式的颂扬。

《跨杆者》(*Staffrider*)是1978年拉文出版社(Ravan Press)发行的进步刊物。众所周知，该杂志的编辑政策具有激进的民主精神：由非洲作家协会组织的创作团体向《跨杆者》提交素材，该刊物表面上没有对这些素材进行干预或调整⑤，而实际上，该刊物的工作人员和编辑，如同《鼓》一样，不乏共产主义者。这种"草根式"(或曰"无产阶级"，或称"平民阶层")的民主编辑政策确保了年轻作家们的作品能够在大范围内迅速传播。同时，这种编辑政策在推广用英语进行创作，在阐明它作为公共团结与历史中介的见证者与参与者的社会作用中，起着非常重要的作用。穆特娄斯在《迫降》的导言中称赞当前的时代是"能够响亮地表达公众感受的实验性文学时代"，他甚至宣称一种能与英勇

---

① Steve Biko. *I Write What I Like*. London：Heinemann，1978.

② Matthews. *Black Voices Shout*！1979，p. 29.

③ 转译自 Mothobi Mutloatse, ed. *Forced Landing—Africa South：Contemporary Writings*, Johannesburg：Ravan，1980，p. 5.

④ Mongane Serote. *To Every Birth Its Blood*. Johannesburg：Ravan，1981.

⑤ 据康维尔教授的研究表明，大卫·菲利普(David Philip)在这个时候促进南非"政治敏感"的写作。唐克出版社"成就"了索韦托诗人，拉文出版社通过刊物《跨杆者》(*Staffrider*)为新兴黑人读者介绍了新的著作，作出了贡献。

时代相映衬的新文学种类——"糅合散文、诗歌、戏剧为一体的文学"①诞生了。

这种"坚定的"新文学形式在《跨杆者》中出现过几篇，在姆图图泽里·马舒巴（Mtutuzeli Matshoba）的长篇之作《战争的种子》（Seeds of War）②中达到极致。20世纪70年代晚期80年早期，这种新文学形式在一些精心创作的展现城镇生活体验的小说集里体现得更为明显，这类小说包括姆布勒娄·姆扎马尼（Mbulelo Mzamane）于1980年发表的《姆扎拉》（Mzala）（后来再版时易名为《我的表兄弟来到约翰内斯堡》（My Cousin Comes to Joburgand and Other Stories））以及姆图图泽里·马舒巴（Mtutuzeli Matshoba）于1979年发表的《别把我叫男人》（Call Me Not a Man）③。

相比较于诙谐的《姆扎拉》，《别把我叫男人》更热衷于说教，但两部小说集都采用了口语化的叙述方式，并通过一些具有嘲讽意味的乡村生活的片段讽刺了残暴的、摇摇欲坠的种族隔离制度的虚伪与自我矛盾④。面对新一代的黑人读者，两部小说集都对"乡下孩子进城"的主题进行了再创作。随着故事情节的发展，叙述者的表亲姆扎拉（Mzala）在《姆扎拉》的前半部分出现了，当他从特兰斯凯（Transkei）来到约翰内斯堡的时候，他就是个典型的天真无邪的孩子，但是与佩顿的《哭吧，亲爱的祖国》中的阿巴萨拉姆不同，他很快就适应了城市中的方方面面，并粗暴地贬低黑人所屈从的那一套规则与限制。《在幻想泯灭国度的三天》（Three Days in the Land of a Dying Illusion）是故事集《别把我叫男人》中的最后一个故事。在这个故事中，马舒巴倒置了进城者的行程，温文尔雅的叙述者在约翰内斯堡长大，他来到了他的"家乡"——"独立的"特兰斯凯，对"家乡"的贫穷与落后流露出了厌恶之情，在"家乡"，作为一个科萨人，他期望着拥有公民身份。⑤ 该故事不断地揭露了种族隔离制度下地缘政治的腐败。

阿契迈特·丹戈尔的处女作短篇小说集《等待雷拉》⑥也以连载的形式发表在《跨杆者》上。该小说以被当局毁得如同废墟般的第六区（19世纪60年代晚期，开普敦的有色人种遭到暴力驱逐，他们的聚居地后来发展成了"第六区"）为背景。小说里的主人公萨马德整日沉迷于酒精与毒品，那种失去爱的痛楚，马雷社区被摧毁的愤怒，与具有反叛精神的奴隶先辈一样。小说交错的叙述方式演绎了它所代表的历史片段，让人难以忘怀。

丹戈尔、马舒巴和姆扎马尼这三位作家的短篇小说集最初都发表在《跨杆者》上，

---

① Mutloatse. *Forced Landing*, p. 2, 5.

② Mtutuzeli Matshoba. *Seeds of War*. Johannesburg：Ravan，1981.

③ Mbulelo Mzamane，Mzala. Johannesburg：Ravan，1980；Mtutuzeli Matshoba. *Call Me Not a Man*. Johannesburg：Ravan，1979.

④ 请参见 MacKenzie. The Oral-Style South African Short Story in English，1979。

⑤ Matshoba. *Call Me Not a Man*，161："Arrival eNcobo. I had travelled a whole century backwardin the South African Railways' time machine."

⑥ Achmat Dangor. *Waiting for Leila*，Johannesburg：Ravan，1981. 虽然唐克出版社的后期作品更出名，但小说如 *Kafka's Curse*（Cape Town：Kwela Books，1997）和 *Bitter Fruit*（Cape Town：Kwela Books，2001）就比较矫揉造作。

因此，对他们三人最早也是最具有影响力的评论也出现在《跨杆者》上。"团结批判"①被视为那时占有主导地位的批判立场，而且这种批判立场在 1990 年突变前一直具有权威性，并成为普遍接受的批判观念。"团结批判"是一种政治批判观念而非文学批判观念，指的是反抗南非当局"斗争"剧烈化的附带现象。"文化是斗争的武器"的口号是这种批判最纯粹的表述，也就是说作家、艺术家以及其他的"文化工作者们"应该竭尽他们的才能与专长共同来推进政治目的。从这个方面来讲，文学作品的宣传作用越是尖锐而犀利，越是有"效"，越能证明它是好的文学作品。② 这一主张，与中国延安时期的文艺路线不谋而合。根据清华大学蒋晖的研究，中国的革命文艺和毛泽东的延安文艺思想的确影响过非洲。蒋教授在一篇论文里写道：

> 从"万隆会议"之后，社会主义文学开始对非洲作家具有强大的吸引力，高尔基、鲁迅等人的作品，卢卡契等人的马克思主义文论在非洲有一定的传播，20 世纪 70 年代中国的革命文学包括样板戏《红灯记》流传到非洲，毛泽东的《在延安文艺座谈会上的讲话》经美国黑人艺术运动介绍，开始输入非洲，影响了非洲的马克思主义文艺运动。③

目前尚无研究表明这一时期的进步刊物《鼓》和《跨杆者》的工作人员受到毛泽东文艺思想的影响，但至少从英国约克大学阿特维尔教授的《用人生写作的库切——与时间面对面》中关于南非查禁外来小说的描述来看，《毛主席语录》已经成批地进入南非。

> 《黑骏马》遭查禁的幕后故事更有意思：一批书籍空运到约翰内斯堡机场后，检查人员发现虽然它们整齐干净的防尘外皮上都写着"黑骏马"字样，但里面却是中国的《毛主席语录》。不知谁想把毛泽东的书偷偷运进种族隔离的南非，但借用这个书名真是失策。④

---

① Albie Sachs. "Preparing Ourselves for Freedom," in *Spring Is Rebellious：Arguments About Cultural Freedom by Albie Sachs and Respondents*, ed. Ingrid de Kok and Karen Press. Cape Town：Buchu Books, 1990, p. 20.

② 在 20 世纪 30 年代，斯大林(Stalin)和安德烈·日丹诺夫(A. A. Zhdanov)的苏联计划可能会让读者感到震惊，不过，公平地说，日丹诺夫(Zhdanov)和马林科夫(Malenkov)的制度相对比较复杂。请参见 "Comments on Socialist Realism by Maxim Gorky and Others," in *Documents of Modern Literary Realism*, ed. George J. Becker. Princeton：Princeton University Press, 1963, pp. 486-489.

③ 蒋晖：载道还是西化：中国应有怎样的非洲文学研究，《山东社会科学》2017 年第 6 期，第 62-76 页。

④ 转译自 David Attwell, *J. M. Coetzee and the Life of Writing*. Oxford University Press, 2015, p. 82. 另见阿特维尔：《同人生写作的库切——与时间面对面》，董亮译，黑龙江教育出版社 2016 年版，第 74 页。

与其说 20 世纪 80 年代大众民主运动所采用的马克思主义辩证法是辩证唯物主义的一种阐释，不如说它是革命工具的一部分。这种工具的作用已在非洲其他地方和拉丁美洲得以充分展示。与此同时，学者型的马克思主义者们担心马舒巴这样类型作家（小资产阶级）的社会地位，进而担心这样类型作家关于黑人工人阶级感受的表述的合法性；他们谴责这些作家不将整个阶级而将肤色的"人文主义"特权作为社会分析的基本范畴①。

在这种政治氛围紧张、学术氛围沉闷的背景下，恩加布罗·S·恩德贝勒（Njabulo S. Ndebele）的作品的出现具有举足轻重的影响。1984 年，恩德贝勒的文章《土耳其故事和关于南非小说的若干思考》（*Turkish Tales and Some Thoughts on South African Fiction*）发表在《跨杆者》上。② 在这篇文章中，他高度赞扬了土耳其短篇小说家亚沙尔·凯末尔（Yashar Kemal）的小说，称赞凯末尔"坚实地根植于讲故事的传统之中"。凯末尔并没有对故事中所描述的情景作出任何的社会评论或者政治分析，因为他不认为将故事中的人物置于道德的或者政治的争论中就能减低他们的"人性"③。恩德贝勒将这种情况与南非黑人小说的一般性进行对比后指出，南非黑人小说围绕着南非现实的表面现象来展开，结果导致了"机械的表面表述传统"④。

这就是恩德贝勒在著作《重新发现普通：南非新文学》（*The Rediscovery of the Ordinary：Some New Writings in South Africa*）中所探讨的中心观察论，该著作后来成为南非批判文学的经典。⑤ 在该著作的第一部分，恩德贝勒将"壮观的场面"定义为南非黑人"抗议式"小说特有的方式：

> 壮观的场面，档案；它的控诉是含蓄的；相比于内在情感的表达，它更喜欢外在情感的流露，它抹去了细节，让更大的社会问题留在我们脑海中；它通过认知与情感而非通过观察与分析性的思维来进行身份认同；它呼吁的是一种情感而非坚定的信念；它建立的是一种巨大的存在感，却没有提供与这种存在感有紧密关系的知识；它证实了一些东西，却没有对其发出挑战。它是无产者的文学，证实了他们之

---

① 参见 Michael Vaughan. "The Stories of Mtutuzeli Matshoba：A Critique," *Staffrider* 4, No. 3, 1981, pp. 45-47；修订和再版在 "Can the Writer Become the Storyteller? A Critique of the Stories of Mtutuzeli Matshoba," *Ten Years of Staffrider* 1978-1988, ed. AndriesWalter Oliphant and Ivan Vladislavié. (Johannesburg：Ravan Press, 1988, pp. 310-317。这种布林克式的马克思主义修辞在 20 世纪 80 年代在南非大学英语系中广泛传播，部分是因为辩证唯物主义强调阶级的范畴而不是种族，是对白人在政治方面的认可，对黑人意识排他性的追捧。

② Njabulo S. Ndebele. "Turkish Tales, and Some Thoughts on SA Fiction" (review of Yashar Kemal, *Anatolian Tales*), *Staffrider* 6, No. 1, 1984, pp. 24-25, 42-48；在 Oliphant and Vladislavié. *Ten Years of Staffrider*, pp. 318-340 再版。

③ 出处同上，p. 325。

④ 出处同上，p. 333。

⑤ Njabulo S. Ndebele. "The Rediscovery of the Ordinary：Some New Writings in South Africa," *Journal of Southern African Studies* 12, No. 2, 1986, pp. 143-157. 另见再版 Njabulo S. Ndebele. *The Rediscovery of the Ordinary：Essays on South African Literature and Culture*. Johannesburg：COSAW, 1991, pp. 37-57。

所以没有影响力的关键因素。①

恩德贝勒认为"壮观场面的惯例已经走到了尽头",他建议作家们在南非黑人生活的"普通"方面去寻找创作素材。当时,恩德贝勒的评论很大程度上被误认为是对废除自由审美的呼吁,因此他的评论事实上与黑人觉醒运动本质以及他源于知识分子的努力完全一致。他所倡导的文学是具有足够洞察力的,能与日常现实相一致。这种文学能有效地引导读者的心理自由意识与政治自由意识走向成熟。至关重要的一点是黑人应该被刻画成为自由的代理人,而不是消遣对象,避免让他们在并非自己造成的境地里作出反应,或者让他们陷入一种与他们的白人对抗的境地。对于恩德贝勒而言,另一种理解方式就是——作家要按照西方现代小说那样,将普通生活作为文学创作取之不尽的源泉,来阐明黑人的生活既愚钝又错综复杂,而且还带有一种能像普通人一样可以治愈的观念。然而,另外一种(虽然值得怀疑但是至少是恰当的)解读恩德贝勒的批判的方法就是——这种批判是在为他1983年底发表的短篇小说集《傻瓜们》(Fools and Other Stories)营造一种适宜的、读者可认同的氛围。②

《傻瓜们》是一部短篇小说集,它由5个故事组成。该小说集的前4个故事按照非常标准的教诲功能小说模式来记录一个男孩在获取了社会想象力之后意识的成长,而约克大学的大卫·阿特维尔教授曾巧妙地将其描述为"一种社会想象,这种社会想象有可能衍生出一种以合适的主题为中心的行为主义"③。为了与这个中心保持一致,小说强调人物刻画的内心世界,并坚持个体独特感受的重要性。但是,这种个体独特感受只在个体属于社区而且个体的命运无法脱离于该社区的历史环境时才具有重要性。正如阿特维尔所说,通过适应他的要求,适应西方文学现代主义的形式与内容,恩德贝勒"代表南非黑人,主张采用能象征现代个性的物品"④。

小说《傻瓜们》的高潮部分,通过对黑格尔修辞关于主人/奴隶的依赖性的改写,深刻地捕捉到了关于身份、关于赢得权力的情节。恩德贝勒曾将这种权力称为"最高权力——即通过我们的思想和双手能决定未来的权力"⑤。故事的叙述者扎马尼(Zamani)不巧用石头砸了一个南非白人的车。车里的"布尔人"挥舞着鞭子下了车。扎马尼的伙伴们四散逃窜了,但是当鞭子落下来抽打他时,扎马尼依然站在原地不动,他心想"(他)不会让那个布尔人觉得他就这样得逞了"⑥。扎马尼就这样坚定地挨着那个布尔人的鞭子,直到那个布尔人开始哭起来。

① 出处同上,pp. 149-150.
② Njabulo S. Ndebele. *Fools and Other Stories*. Johannesburg: Ravan, 1983. "The Rediscovery of the Ordinary"是1984年11月在英联邦研究所举行的"非洲新写作:传承和变革"会议上的主旨演讲。
③ David Attwell. *Rewriting Modernity*, p. 181.
④ 出处同上.
⑤ Njabulo S. Ndebele. *Fine Lines from the Box: Further Thoughts About Our Country*. Cape Town: Umuzi, 2007, p. 269.
⑥ Ndebele. *Fools*, p. 275.

似乎那个布尔人的哭声越大，他鞭打的力量就变得越弱。

鞭打停止了，我知道我已经将他彻底击败了。我用我站在那儿不动的力量将他击败了。我在那里，并且会一直在那里：在没有我的地方，成为他失败的永恒的象征。他走向他的车，毫无活力。①

恩德贝勒在评论《重新发现》中将乔尔·马特娄(Joël Matlou)所创作的三个故事确定为对"普通人"的新关注。到目前为止，《与自己作对的人》(Man Against Himself)是这三个故事中最有意思的一个。在《与自己作对的人》和其他收录进小说集《家居生活及其他故事》(Life at Home and Other Stories)的故事中，马特娄都表示出了一种自反性，这种自反性夹杂着天真与世故，让人难以理解；这种自反性事实上超出了"普通人"的范围②。就像那些能引人产生幻觉的自传里的章节一样，这些偶尔离奇的故事再现了南非黑人背井离乡，努力构建自我身份的过程中上演的一幕幕分离与混乱的场面。《我的丑陋面孔》(My Ugly Face)毫无疑问最令人难忘，它是一个关于疏离、关于救赎的令人忧心的寓言故事。在这个故事里，叙述者似乎最终还是认同了自己的种族身份，当他沉浸在与长期失散的母亲重逢的喜悦中时，他也忘却了他那张"丑陋的面孔"。

黑人女作家在这一时期也作出了重要贡献。20世纪60年代晚期，贝茜·海德(Bessie Head)以她在博茨瓦纳赛罗韦的流亡生活为背景进行文学创作，成为为南非文学作出贡献的先锋黑人女性作家③。她很快在国际上享有声誉，不过她那质量参差不齐的作品可能还不如她那独特的生活经历以及由她的作品所引起的身份政治的话题更值得关注。1975年，米里亚姆·特拉里(Miriam Tlali)发表了《穆里尔在大都会》(Muriel at Metropolitan)，该作品是第一部由南非黑人女性作家用英语写作的小说。《穆里尔在大都会》讲述的是一位年轻黑人女性在一家家具公司当职员的经历。④ 特拉里和其他黑人女性作家不仅从性别视角来展示读者至今仍然熟悉的主题——压迫与斗争，她们还开始要求归还家庭空间，把家庭领域作为合法的场所来进行精神性的治疗。在《你不会在开普敦迷路》(You Can't Get Lost in Cape Town, 1988)中，佐伊·薇康姆(Zoë Wicomb)对故事中女主人公成熟的虚构性自我意识进行了敏感的探索。为了便于南非以外的读者的理解，薇康姆从未停止对她的那些影射与假设进行解释，但是她的短篇小说对20世纪70年代有色人种社区复杂的困境提出了既易于理解又深刻的见解。另一位值得一提的女作家是艾伦·库兹瓦约(Ellen Kuzwayo)，她于1985年发表了自传《请叫我女人》(Call Me

---

① 具有讽刺意味的是，这个场景不正是（津巴布韦）恩德比利人（Ndebele）谴责南非文学"特定的"应变象征吗？

② Joël Matlou. *Life at Home and Other Stories*. Johannesburg：COSAW，1991.

③ 参见 *When Rain Clouds Gather*. London：Gollancz，1968；*Maru*. London：Gollancz，1971；*A Question of Power*. London：Davis-Poynter，1974.

④ Miriam Tlali. *Muriel at Metropolitan*. Johannesburg：Ravan，1975. 贝茜·海德（Bessie Head）是混血儿；非洲黑人诺丽（Noni Jabavu）在20世纪60年代初出版了两卷自传。

Woman)。尽管这本自传中政治性的字眼比较少，但是正如纳丁·戈迪默在《请叫我女人》一书的序言中所称赞的，"从一个女人的角度来说，艾伦·库兹瓦约就是历史"一样，在人民为了更好的生活而进行的长期斗争中，库兹瓦约作出了具有典范性的贡献。①

20世纪80年代，黑人具有创新性的表达方式——如具有特色的"托依托依舞蹈"(toyi-toyi dancing)、黑人式的敬礼、必胜主义者的豪言壮语——也愈加频繁地出现在激烈的公开对抗场所。在政治集会上，在工会集会中，以及在那些政治暴力中丧命的牺牲者的葬礼上，公众诗歌(亦名表现诗歌)已然成为一种必不可少的特色。英格尔佩勒·马丁戈尔纳(Ingoapele Madingoane)以及后来的姆兹瓦基·姆布里(Mzwakhe Mbuli)是表现诗歌最为著名的代表诗人。马丁戈尔纳的《黑人审判》(Black Trial)是一部再现黑人艰辛劳动场面与唤起黑人胜利意识的叙事诗，很多事实已证实了这首诗歌所具有的深远影响力。②

来自南非全国总工会(COSATU)德班当地工人文化组织的三位祖鲁族"工人诗人"出版了表现诗歌集《崛起的黑色曼巴：战斗中的南非工人诗人》③。很明显，在这部诗集中，黑人觉醒运动与工人利益至上的民众民主运动被巧妙地结合起来。这种诗歌，尤以阿尔福莱德·坦巴·夸布拉(Alfred Temba Qabula)的诗为代表，以普遍引用英雄典故和传统祖鲁颂歌(izibongo)的形式而闻名。

到了20世纪80年代末，随着国家紧急状态持续至第5个年头，南非被卷进不断升级的内战中。就像政治组织会组织军队一样，南非非洲人国民大会(即曼德拉所在的组织)已经构建了强有力的指挥系统，拟定了严谨的政治草案，其中还包括为"文化工作者"树立了激进战斗的观念，后来还组织了武装斗争的"民族之矛"。在1989年卢萨卡(Lusaka)举行的关于文化内部研讨会上，资深的南非非洲人国民大会活动家奥比·萨克思(Albie Sachs)所准备的立场文件引起轩然大波。在《为自由而准备》(Preparing Ourselves for Freedom)中，萨克思强烈谴责政治观念对艺术所产生的消极影响，他建议是时候废除"文化是一种斗争武器"的口号了。尽管萨克思的言论以自由政治的语言表述出来，但它实质上是为艺术自由、为作家以及其他艺术家被赋予优先进行艺术创作而非传递政治信息的权利而做的一次请求。④ 非国大组织开始本着"非暴力不合作"的宗旨进行活动，但随着矛盾的计划也不得不组织旨在武装斗争的"民族之矛"。在公开场合宣称自己仍然秉承"非暴力"宗旨也只是一种策略。

非国大组织不管出于什么原因，一直声称自己并非共产主义分子。但非国大的领导

① Gordimer, preface to Ellen Kuzwayo, *Call Me Woman*. Johannesburg：Ravan, 1985, p. xi.

② Ingoapele Madingoane. "Black Trial,"*Africa My Beginning*. Johannesburg：Ravan, 1979, pp. 1-32.

③ Alfred Temba Qabula, Mi S'dumo Hlatshwayo, and Nise Malange. *Black Mamba Rising*：South *African Worker Poets in Struggle*, ed. Ari Sitas. Durban：Worker Resistance and Culture Publications, 1986.

④ "Preparing Ourselves for Freedom"在1990年2月的"每周邮报"(*Weekly Mail*)上发表并且在 de Kok and Press, *Spring Is Rebellious*, pp. 19-29 再版。

人与南非共产党组织有着千丝万缕的联系。事实上，非国大主要成员包括曼德拉在内，都被指控过违反《反共产主义法案》而被捕入狱。萨克思的观点并非其原创，而是源自南非非洲人国民大会一位有影响力的代表，他的言论引起了广泛的争议，人们将辩论的结果编辑成两本长篇的册子并予以发表。① 当大多数"文化工作者"（学者、评论家、作家与艺术家）认为萨克思的言论与全国范围内的解放精神相一致的时候，南非非洲人国民大会内部组织以及其他左翼政治阵营的人对他的言论都持怀疑态度，到了 20 世纪 90 年代，他们依然认为艺术是自由的手段，而艺术本身不是一种自由形式。尽管如此，种种迹象表明，南非文学史的新时代——"抗争的文学"即将来临。

二、布林克小说中的人性异化和逃离自由

南非当代著名小说家兼批评家安德烈·布林克的作品通常表现出强烈的社会批判性。他的多部小说在宏大的历史框架中揭露种族隔离制度的罪恶，挖掘错综复杂的人性。这里从西方马克思主义批评理论视角出发，结合布林克不同时期的作品《风中一瞬》《风言风语》和《菲莉达》进行分析，探讨其作品中揭示的南非现实社会结构中人性的异化扭曲、公共领域的逃离与重建，以及种族阶级的歧视压迫等不平等的现象。对上述三个方面书写现象的分析旨在证明，布林克的创作实践体现了西马思潮的深刻影响。②

安德烈·布林克与约翰·库切和纳丁·戈迪默并称为"南非文坛三杰"，被英国《每日电讯报》誉为"南非最伟大的小说家之一"。自 1964 年出版第一本作品《大使》以来，布林克笔耕不辍，至今已经创作了 20 余部小说，每部作品风格迥异、颇具特色。布林克擅长在历史的洪流中揭露南非的种族阶级问题，针砭时弊，印证了他所言的"探索政治行为或政治不作为的本质，以及专制政权下作家或是艺术家的责任"③。尽管鲜明的政治意识决定了布林克对种族隔离、阶级压迫等政治社会问题的聚焦，但"其作品核心仍然是人道主义导向的，是对全人类，对那些被羞辱、被边缘化、被侵略、被压迫、被扭曲的人的代言"④。

《风中一瞬》(An Instant in the Wind，1975)以白人女性伊丽莎白和逃亡黑奴亚当惊心动魄的爱情故事为主线，揭露了奴隶制度对人类的身心戕害。《风言风语》(Rumors of Rain，1978)的主人公马丁用第一人称的口吻叙述了周遭的暴力血腥、动荡不安，彰显

---

① *Spring Is Rebellious* 包括来自各种贡献者的二十三个书面反馈，以及一系列访谈，*Exchanges*：*South African Writing in Transition*，ed. Duncan Brown and Bruno van Dyk. Pietermaritzburg：University of Natal Press，1991.

② 这一部分及以下部分文字作为课题的前期成果已发表。参见蔡圣勤，张乔源，"论布林克小说中的人性异化和逃离自由"，载《山东社会科学》2016 年第 4 期，第 85-92 页。

③ Kossew，S. *Pen and Power*：*A Post-colonial Reading of J. M. Coetzee and Andre Brink*. Amsterdam：Rodopi，1996，p. 30.

④ Isidore Diala. "André Brink and the Implications of Tragedy for Apartheid South Africa，" *Journal of Southern African Studies*，2003(29)，pp. 903-919.

了种族隔离制度下人性的扭曲异化。这些特色在后来的《菲莉达》(*Philida*, 2012)中再次体现出来。《菲莉达》将黑人女奴主人公饱经折磨、追寻自由的坎坷一生刻画得淋漓尽致,同时也折射出处于底层的黑人对自由的无限渴求。这三部作品都力求展现南非真实的历史语境,将宏大的历史框架和个人经历紧密结合,"充斥着一种'根系'意识,不论是在人类集体历史抑或是私人历史"①。尽管这三部作品创作风格迥然相异、创作背景相去甚远,但它们在挖掘人性的扭曲异化、展现南非种族阶级压迫的邪恶本质,以及探寻自由之路、逃离公共领域等方面有着异曲同工之妙。

基于西方马克思主义批评理论视角,这一部分拟从弗洛姆诠释的马克思主义的人性异化论、哈贝马斯的公共领域理论,以及西马中的阶级种族理论三个角度分析这三部作品,探讨布林克不同时期作品中所体现的高度一致的对种族阶级压迫的无情鞭挞、对人性扭曲异化的深思,以及对自由平等的憧憬。下文试图证明,布林克作品中无论是对种族阶级问题的深刻探讨,对逃离公共领域的细致刻画,抑或是对人性异化的深入思考,都跃动着南非的时代脉搏,烙上了深深的西方马克思主义思想的印迹。

1. 遍布于不同时期小说中人性的异化

布林克认为南非的书写"危险在于整个南非文化都被批判种族隔离这一狭窄的框架所限制,而广义的人道主义却被南非文学排除在外"②。因而,他在创作过程中十分重视对人内心矛盾纠葛的挖掘以及对人性的扭曲异化的揭露。通过多元化的叙事视角、虚实结合的历史叙事形式和灵活多变的写作技巧,布林克将南非特定历史环境下金钱至上的人欲纠葛、人与人之间的冷漠无情以及劳动本质的异化歪曲铺陈在读者眼前。《风中一瞬》《风言风语》和《菲莉达》三部作品虽然创作年代和背景不尽相同、故事情节千差万别,但在揭示南非奴隶制、种族隔离制度等对人类精神的腐蚀、人际关系的畸变疏离以及劳动本质的异化方面却有着惊人的相似性。正如法兰克福学派代表人物弗洛姆所言,"人性包括生理的需要和精神的需要,只有在满足生理需要的基础上,满足各种心理需要,人才有可能健全与快乐"③。异化则是"一种体验方式,主要是人作为与客体相分离的主体被动地、接受地体验世界和他自身"④。由此可见,布林克笔下竭力展现的是动荡血腥社会中,人的生理需求和精神需求得不到最基本的满足,进而导致人性的压抑异化和人格的扭曲变态,以此来抒发他对南非现存政治制度的质疑不满以及对人类生存困境的深刻反思。

(1)劳动的异化

---

① Kossew, S. *Pen and Power: A Post-colonial Reading of J. M. Coetzee and Andre Brink.* Amsterdam: Rodopi, 1996, p. 30.

② Brink. A. "After Apartheid: Andre Brink," *Times Literary Supplement*, 1990(2), p. 472, 481.

③ [美]弗洛姆:"马克思关于人的概念",出自《西方学者论〈1844年经济学-哲学手稿〉》,复旦大学出版社1983年版。

④ 复旦大学哲学系现代西方哲学研究室编译,《西方学者论〈1844年经济学-哲学手稿〉》,复旦大学出版社1983年版,第57页。

在《1844年经济学哲学手稿》中，马克思提出"自由的有意识的活动恰恰就是人的类特性"①，并首次提出劳动异化理论。马克思认为人的本质是劳动，劳动的异化导致了人本质的异化扭曲。弗洛姆继承并深化了马克思的劳动异化理论，认为"劳动是人的自我表现，是他的个人的体力和智力的表现。在这一真正活动的过程中，人使自己得到了发展，变成了人自身；劳动不仅是达到目的即产品的一种手段，而且就是目的本身，它是人的能力的一种有意义的表现。因此劳动带来愉快"②。然而，布林克作品《菲莉达》中的劳动却是机械异化的。黑人奴隶在白人奴隶主的鞭笞下麻木地劳作，无法抱怨，更无需思考，毫无主观能动性，更遑论劳动的愉悦性。可见布林克作品中的劳动已然沦为一种对劳动者(尤其是黑人奴隶)精神和肉体的双重折磨。在异化的劳动中，劳动者的激情、创造性和自由活动的权利被压抑遏制，身为人的尊严价值和生命意义被彻底否定，进而导致人本质的异化。

布林克笔下的劳动异化首先体现在反复沉重的体力劳动对肉体的摧残和劳动价值的丧失。《风中一瞬》和《菲莉达》背景设立于17世纪中期到18世纪初期的南非。黑人奴隶在奴隶制度的压迫下被迫承担各类繁重的体力劳动。他们在烈日下开垦荒地，在酷寒中运输物资，同时还要承担庄园里各种琐碎杂事，身体受到极大摧残。正如菲莉达所言："我们弯腰劳作，直到背脊断裂，喉咙窒息。胃在饥饿地哀鸣，我的手却在一刻不停地编织着。"③沉重的体力劳动给黑人奴隶带来的不是基本物质需求的满足，而是对肉体的折磨和摧残。由此不难发现，布林克作品中，劳动已然异化成白人奴隶主掌控、利用和戕害黑人奴隶的手段，早已不再是实现个人意义和价值的本质途径。《风言风语》中奴隶虽然得到"解放"，但残酷的种族隔离制度依然在南非横行。黑人为了生存不得不在工厂、矿场等极其恶劣的生存环境下劳动谋生。黑人们"在工厂里就像动物被关在该死的动物园里一样"，"他们被关在带刺铁丝网后面，周围除了漫天灰尘和枯草外什么都没有"。④ 黑人在非人的环境中整日与机器为伍，无需思考的重复劳动让他们沦为机器的奴隶和附属物。这些现象均印证了弗洛姆所言，"人在机器生产中的劳动异化比在手工制造业和手工业中的异化强烈得多"⑤。布林克将南非社会中劳动的异化赤裸裸地展现在读者眼前，无止境的体力劳动换来的是肉体的苦难折磨和精神的空虚迷茫，人不再是劳动的主宰，反而沦为机器的附属物。

布林克作品中的劳动异化还体现在劳动者创造性的缺失和被剥夺。《菲莉达》中女主人公菲莉达是一名颇具想象力和创造力的编织女奴，曾经耗尽心血和脑力设计和编织了一件毛线衫。然而，当她把这件独具匠心的作品展示给她的白人女主人后，却遭到了

---

① 《马克思恩格斯文集》(第1卷)，人民出版社2009年版，第162页。
② [美]弗洛姆："马克思关于人的概念"，第78页。
③ Brink, A. *Philida*. London：Vintage, 2012, p. 29.
④ Brink, A. *Rumors of Rain*. Chicago：Sourcebooks Landmark, 2008, p. 40.
⑤ 复旦大学哲学系现代西方哲学研究室编译，《西方学者论〈一八四四年经济学一哲学手稿〉》，复旦大学出版社1983年版，第62页。

怒骂和毒打，并被喝令当面把毛衣拆毁。"你在这的目的不是为了思考，而是干活并且必须依从我们的吩咐行事。"①可见，劳动已经成为一种僵化零散的、纯体力性的生存手段，而非实现自身存在价值和主观能动性的途径。这一点在《风中一瞬》和《风言风语》中也得到了很好的体现。白人女性被局限在家庭和舞会这一狭窄的框架中，"唯一的用处就是保持美丽，吸引优秀男人的目光"②。劳动作为人的本质，是人与动物相区别的本质特点，而白人女性却丧失了创造性劳动的权利，只能充当男性的玩物，失去了人的尊严和独立性。弗洛姆在《逃避自由》一书中说道："爱的、创造性的和独立的人就等于一个'自由的'人。"③女性的创造力和主观能动性被扼杀，导致她们逐渐沦为男性的附庸，失去了做人的价值和尊严，最终异化为非人。

人区别于动物的本质属性是劳动。布林克通过书写异化的劳动大量揭示和彰显南非特定历史下人性的扭曲畸形。他的作品中劳动已经不再是实现人生价值的有意义的活动，而是强制的、被迫的、丧失创造力和主观能动性的生存手段。他所展现的劳动"不再是自由地发挥自己的体力和智力而是使自己的肉体受折磨、精神遭摧残"④。劳动的异化是对人类本质的否定，压抑了人类特有的创造性和独特性，进而导致了人类本质和个性的扭曲畸变以及人类精神世界的空虚苦闷。布林克小说彰显的是异化劳动背后人类自主意识的丧失和人性的扭曲。

（2）人际关系的异化

布林克笔下的南非社会充斥着血腥和暴力，人与人的关系已经沦为彻底的暴力制约关系，其表现就是无止尽的谋杀或强暴。正如另一位南非文学巨匠库切所言："事实上，我所害怕是我们既没有过去也没有未来，我们所处的是一个永恒的现在，我们在死人身下喘息，感受着耳边刀锋的寒意，清洗着死人的遗容。"⑤亦如马克思所指出："人同自己的劳动产品、自己的生命活动、自己的类本质相异化的直接结果就是人同人相异化。"⑥布林克在《风中一瞬》《风言风语》和《菲莉达》这三本小说中栩栩如生地刻画了殖民语境中的南非的暴力血腥和人性的泯灭，人与人之间不再是相互依存的同伴关系，而是彻底的冷漠相处和金钱利益关系。

纵览布林克的诸多作品，我们不难发现其作品中人与人之间总是隔阂重重，充斥着疏远冷漠，甚至敌对轻视，这不仅体现在白人与黑人之间，也体现在白人与白人之间，甚至黑人与黑人之间。在种族隔离制度的阴霾和白人至上观点的熏陶下，白人与黑人是主奴关系，白人任意驱使折磨黑人，黑人则或是任劳任怨或是心怀怨恨、奋起反抗。黑人与白人之间缺乏最基本的信任和尊重，仅余下赤裸裸的暴力和冷血。《菲莉达》中黑

---

① Brink，A. *Philida*. London：Vintage，2012，p. 11.

② Brink，A. *An Instant in the Wind*. Chicago：Sourcebooks Landmark，2007，p. 45.

③ ［美］弗洛姆：《逃避自由》，刘海林译，国际文化出版公司 2002 年版，第 182 页。

④ ［德］马克思：《1844 年经济学哲学手稿》（单行本），人民出版社 2000 年版，第 152 页。

⑤ J. M. Coetzee. *In the Heart of the Country*. Johannesburg：Raven Press，1978，p. 116.

⑥ 《马克思恩格斯文集》（第 1 卷），第 163 页。

人奴隶盛怒之下杀死白人奴隶主，不明缘由便被割下头颅，曝尸荒野以警示众人。《风中一瞬》中白人贩卖奴役黑人，黑人如牲畜般沦为白人牟取暴利的工具。《风言风语》中白人与黑人相恋曝光被投入监狱，最终被逼双双自杀身亡。布林克通过诸多细节揭露了南非社会中白人与黑人之间不可调和的对立关系。白人视黑人如货物，肆意倒卖黑奴，压榨黑人劳动力；黑人则视白人为仇敌，恨不得喝其血啖其肉。尽管这三部小说描写时间跨度长达200余年，但白人与黑人的关系并未得到改善，依然充斥着无法掩盖的血腥和暴力。

布林克笔下人际关系的异化不仅体现在白人与黑人之间，而且体现在白人与白人之间日益疏远冷漠的关系之上的例证更能说明这一异化。维系父子关系的不再是深厚的亲情，而是共同的家庭利益和家庭责任；婚姻也不再建立在纯粹的爱情之上，而是考量双方利益的结果，从侧面揭露了"维系家庭的纽带并不是爱，而是隐藏在财产共有这一件外衣下的私人利益"①。《菲莉达》中农场主之子弗朗斯深爱菲莉达，却为了维持农场开支决心迎娶白人女性。《风言风语》更是将人与人之间相互利用的利益关系展现得淋漓尽致：主人公马丁谈论到他的朋友们时坦言道，"我们很好地保障了彼此的利益"②。似乎证明，所谓的朋友也只是彼此利益的守护者，人们之间是完全的物化关系，彼此相互利用又相互提防。恰如弗洛姆所言："人与人之间的关系已丧失了那种坦率的、符合人性的特征，渗透着互相利用、互相操纵的精神。"③非但如此，感情也成为被利用的对象，不论是父爱母爱、兄弟手足之情抑或是夫妻之爱都成为利益的牺牲品。《风言风语》中，马丁为了牟取暴利，利用母亲对他的爱和弟弟对他的信任，未经他们允许便将世代相传的农场转手卖人。由此可见，布林克笔下的南非社会中已经不存在纯粹真挚的情感，唯有永恒不变的利益，人与人之间的关系已然异化为物与物的关系。

布林克在《风中一瞬》《风言风语》和《菲莉达》中不遗余力展现的正是在南非特定历史环境下，人际关系的疏远冷漠和畸化变形。物化的人际关系导致人们之间失去纯粹的感情，仅余冷漠和疏远、怀疑和不信任，人的孤独寂寞之感日益深化，进一步导致人性的异化。布林克用铿锵有力的笔触勾勒出南非现实社会的冷酷无情、血腥暴力，将默然疏远的人际关系展露无遗，以此有力抨击了南非现存政治制度和社会制度的不合理性。

（3）伦理法则的异化

除劳动异化和人际关系异化外，布林克还在作品的字里行间透漏了南非社会更深层次的伦理法则异化。本应引人向善的宗教成了维护种族隔离制度的屏障，本应举案齐眉的夫妻成为相互漠视的陌生人，本应情深意重的友人成了相互倾轧的仇敌。在南非特定的社会条件下，伦理道德秩序被彻底扭曲异化。伦理不再是将人类从愚昧野蛮推向文明世界的标志，而是已然异化为维护邪恶统治的工具。正如马克思所批判的："它把坚贞变成背叛，把爱变成恨，把恨变成爱，把德行变成恶行，把恶行变成德行，把奴隶变成

---

① 《马克思恩格斯全集》第 2 卷，人民出版社 1979 年版，第 152 页。

② Brink，A. *Rumors of Rain*. Chicago：Sourcebooks Landmark，2008，p.127.

③ Fromm，E. *On Disobedience and Other Essays*. London：Routledge & Keganpaul Plc，1984.

主人，把主人变成奴隶，把愚蠢变成明智，把明智变成愚蠢。"①

《风中一瞬》《风言风语》和《菲莉达》这三部小说虽然时代背景不同，但却不约而同地展现了奴隶制度，乃至种族隔离制度下伦理秩序的异化和道德的沦丧。《风中一瞬》中黑人奴隶马丁负责监督整个农场的工作，在主人的命令下他必须惩罚其他奴隶。"我从来不想这样，不想鞭打我自己的族人，但是我只是个奴隶，我无权违抗我的主人。后来，祖母冻死了只因主人不允许我去给她送柴火。"②可见，在当时的伦理环境下，奴隶听从主人的命令已然成为首要伦理需求，是维持白人至上社会秩序的工具。人性中不可磨灭的同胞之情、浓于水的血缘亲情都不得不让步于异化的伦理秩序，即白人至上、黑人听命于白人。《风言风语》还彰显了种族隔离制度的残压下伦理道德的沦丧。伯纳德作为一名律师，深感南非社会制度的不公和压迫，成立了一个秘密组织反抗政府的残酷统治。当他被当庭审问时却腹背受敌，惨遭朋友的背叛和指控。一位饱经牢狱折磨的友人在法庭上道出了他的苦衷，痛骂道："我恨这个法庭！我恨你们所有人！我恨这个迫使我背叛朋友的肮脏体制！"③非但如此，洪水肆虐后一名年轻黑人却眉开眼笑，毫无灾后的震惊和哀伤，只因记载他姓名地址的通行证未被冲走。通行证成为他的"最高优先考虑项"（highest priority），甚至比他的生命、亲人更加重要。由此不难推断，南非种族隔离制度的阴影下，传统的伦理道德均已覆灭，对生的渴求以及亲情、友情、爱情都已沦为牺牲品，残存的仅是对当权者和现存制度的畏惧。

布林克以平淡无奇的口吻将南非社会的伦理异化、道德沦丧刻画得栩栩如生。伦理纲常、道德秩序均让位于残酷的种族隔离制度，最显著、也是最痛心的例子便是同胞手足相残、朋友相互倾轧背叛。"伦理的核心内容是人与人、人与社会以及人与自然之间形成的被接受和认可的伦理秩序，以及在这种秩序的基础上形成的道德观念和维护这种秩序的各种规范。"④南非特定社会条件下伦理的异化必然导致社会秩序的混乱和人性的泯灭。

综上所述，布林克从劳动价值和创造力的丧失，人际关系的利益至上、冷漠畸变，以及伦理道德秩序的沦丧等多个方面不遗余力地展现了南非种族隔离制度下人性的扭曲异化。安妮特·皮尔特斯曾经说过："在布林克眼中，南非社会表面的风平浪静、秩序井然背后是无尽的混乱动荡，这使南非社会成为一个悲剧社会，因为他坚信秩序和混乱嵌入在悲剧的本源之上。"⑤布林克着力描写的正是暴力镇压下看似平静的社会背后人性的冷漠疏离和畸形扭曲，正如弗洛姆所言，"一个人是否精神健全，从根本上讲，并不

---

① 《马克思恩格斯全集》（第 3 卷），人民出版社 2002 年版，第 36 页。

② Brink，A. *An Instant in the Wind*. Chicago：Sourcebooks Landmark，2007，p. 94.

③ Brink，A. *Rumors of Rain*. Chicago：Sourcebooks Landmark，2008，p. 120.

④ 聂珍钊："文学伦理学批评：基本理论与术语"，《外国文学研究》2010 年第 1 期，第 13-22 页。

⑤ Pieterse. A. *Between Order and Chaos-The Tragic and the Deconstruction of the South African Reality in the Political Novels of Andre P. Brink*. Pretoria：University of Pretoria，1989.

是个人的私事，而是取决于他所处的社会结构"①。因此，我们可以说，布林克通过描写人性的异化所体现出的社会冷漠和扭曲，正如西方马克思主义流派的批判性一样跃然纸上，触目惊心。

2. 南非社会公共领域的逃离与重建

布林克的作品在关注人性，为被羞辱、被边缘化、被压迫的人代言的同时，也"充斥着一种'根系'意识，不论是人类集体历史抑或是私人历史都得以体现"②。他的笔下，一一展现了南非动荡的历史、残酷的政治制度和个人的反叛挣扎。布林克吸收了法兰克福学派代表人物哈贝马斯的公共领域理论，描写了人们对标志着种族歧视、阶级压迫的所谓"文明社会"的逃离，刻画了有识之士对现存社会政治制度的质疑和重建"言说性、批判性、开放性、调节性及民主性"③公共领域的举措。通过书写公共领域的逃离与重建，布林克猛烈抨击了南非现存的社会政治制度。

（1）公共领域的逃离

哈贝马斯在《公共领域结构转型》中，对"公共领域"有如下定义："所谓'公共领域'，我们首先指我们的社会生活的一个领域，在这个领域中，像公共意见这样的事物能够形成。公共领域原则上向所有公民开放。公共领域的一部分由各种对话构成，在这些对话中，作为私人的人们来到一起，形成了公众。"④可见，公共领域应该具有开放性、民主性和批判性。然而，在种族隔离制度的阴霾下，公共领域已然沦为维护种族隔离的工具，公共领域的意义异化为白人的特殊利益。布林克在作品中深刻揭示了公共领域的虚伪性和欺骗性。严苛的文字审查制度下，任何反抗当权者、质疑社会制度的报道或作品都遭禁，作者甚至被囚禁、审判、处死。《风言风语》中伯纳德因为发表了反对种族隔离、提倡种族平等的言论，最终被判终身监禁。由此可见，文学和艺术作品被剥夺了基本的批判功能，仅剩"白人至上、黑人至下"的内在法则，成为迎合白人利益的导向性文化。恰如哈贝马斯所言："为了公共使用理性而培植的文化阶层所具有的共识基础坍塌了；公众分裂成没有公开批判意识的少数专家和公共接受的消费大众。于是，公众丧失了其独有的交往方式。"⑤宗教亦已沦为维护种族主义的工具，《菲莉达》和《风中一瞬》中白人奴隶主锲而不舍地宣扬基督教教义、吟诵《圣经》故事，以此确保种族歧视主义在潜移默化中被不断扩大和接受。"《圣经》在典型的非洲人眼中只是一种白人神

---

① [美]弗洛姆：《健全的社会》，孙恺详译，贵州人民出版社 1994 年版，第 54 页。

② Kossew, S. *Pen and Power*：*A Post-colonial Reading of J. M. Coetzee and Andre Brink.* Amsterdam：Rodopi，1996，p. 30.

③ 王淑琴："中国和谐社会语境下的公共领域问题探析"，载《兰州学刊》2006 年第 10 期。

④ [德]哈贝马斯："公共领域"，载汪晖、陈燕谷《文化与公共性》，生活·读书·新知三联书店 2005 年版，第 125-126 页。

⑤ [德]哈贝马斯：《公共领域的结构转型》. 曹卫东等译，学林出版社 1999 年版，第 200 页。

话,是用以支撑种族隔离的工具。《圣经》被扭曲成为种族主义辩护的工具"①。不难发现,在布林克笔下,公共领域作为一种工具性的"公共舆论领域"已然沦为维护种族隔离制度的途径,失去了原有的民主性和批判性。

面对公共领域以及公共舆论的异化,布林克笔下的人物以逃离的方式追寻象征平等自由的乌托邦,对种族主义进行反叛。《风中一瞬》中黑人奴隶亚当不堪主人的肉体摧残和精神虐待以及"白人至上"的舆论压迫,选择逃离所谓"文明社会"的开普敦,藏匿于原始森林中与自然为伴。"我并非出于自愿而逃到这片荒野,我只是不得不这样做。在这里,我像动物般求生,但我不是动物,我是人。"②由此可见,唯有逃离以维护白人利益为核心的公共领域,黑人奴隶才得以解放,成为真正的自由人。这也是黑人反抗白人统治和种族主义的仅有途径之一。《菲莉达》中黑奴解放后,黑人女奴菲莉达和拉本毅然决然地离开了安身立命的庄园,开启了漫长的寻找盖瑞普的旅行。尽管1834年英国宣布奴隶正式解放,但公共领域中暗含的种族主义倾向并未消失,因而获得自由的唯一方式便是逃离现存的社会环境,寻找"我们的乐土"(our Promised Land)盖瑞普。综上所述,布林克通过书写公共领域的逃离揭露了南非特定历史社会环境下公共领域的虚伪性和欺骗性。公共领域通过公众的话语交往,如基督教教义的传播、广播报道对白人至上论的宣扬,形成公众舆论,并将其转化为白人阶级的意识形态,以此维护白人利益。在一定程度上,布林克作品中人物对现存"文明社会"的逃离和对乌托邦的寻觅有力抨击了蔓延在南非的种族歧视、阶级歧视和性别歧视,尤其是对"白人至上"的公众舆论的无情驳斥。

(2)公共领域的重建

布林克笔下无论是文化公共领域还是政治公共领域,都彻底沦为维护白人统治阶级利益的工具,印证了哈贝马斯所言:"公共舆论实际上是把统治和它演变而成的纯粹理性等同起来,而在公众舆论里,阶级利益通过公开批判具有一种普遍利益的表象。"③白人阶级利用大众传媒等方式使"种族主义"成为"共识",导致公众舆论进入误区。为了改变这一现状,布林克笔下的众多人物对现存公共领域进行了反叛,试图重建公共领域,恢复公共领域应有的社会批判性、开放性和民主性。

《风言风语》中伯纳德本是受人敬仰的律师,但却在一次次案件中看透了种族隔离制度的虚伪残酷本质,黑人因与白人相恋被处以死刑,白人强暴黑人却不了了之。伯纳德感叹道:"为了在南非生存下去,我们必须闭上双眼、抛弃良知。我们必须学会不去感知不去思考,否则便难以忍受。"④面对当权者的黑暗统治,伯纳德奋起反抗,成立了

---

① Isidore Diala. "Biblical Mythology in André Brink's Anti-Apartheid Crusade," *Research in African Literatures*, 2000(31), pp. 80-94.

② Brink, A. *An Instant in the Wind.* Chicago: Sourcebooks Landmark, 2007, p. 95.

③ [德]哈贝马斯:《公共领域的结构转型》,曹卫东等译,学林出版社1999年版,第141-142页。

④ Brink, A. *Rumors of Rain.* Chicago: Sourcebooks Landmark, 2008, p. 121.

秘密组织并频繁举行抗议活动。在组织中，不论黑人白人都拥有"单纯作为人"的对南非社会问题，尤其是种族主义展开公开讨论的平等权利，以此达成共识反抗南非社会等级制度的权威。在被捕入狱、遭受审问时，伯纳德面对法官的诘问并未退缩，反而坦然道出自身经历，猛烈抨击了当权者的残酷统治。"我必须在这个国家发生的一切变成不得不忍受之前，承担起责任参与到其间。""如果在战争期间人们有权反抗政府，那么现在也是如此。"①伯纳德的庭审吸引了社会的广泛关注，借助广播媒体和新闻报道，伯纳德将禁忌的种族问题变成了"公众普遍关注的世俗问题"。正如哈贝马斯所言："这些问题不被国家和教会所垄断，它们（文化财富和所有那种信息）不再是教会或宫廷公共领域代表功能的组成部分，这就是说它们失去了其神圣性，它们曾经拥有的神圣特征变得世俗化了。"②伯纳德用自己的自由换来了公众对种族问题的普遍关注和深思，在一定程度上打破了"白人至上"的公共领域的统治，推动了以"批判性、民主性、开放性"为核心的新型公共领域的建立。

布林克用有力的笔触书写了先驱对南非"白人至上"公共领域的逃离和重建，无论是菲莉达对自由平等乌托邦的追寻、亚当对所谓"文明开端"的开普敦的逃离，抑或是伯纳德对种族制度的公开驳斥，都彰显了布林克对南非现存政治制度的质疑和批判。虽然这些人物最终都以悲剧收场，但正如布林克所言："对那些像伯纳德一样被迫沉默的人，有无数人来顶替。"③布林克用他们的悲剧唤醒了一代南非人民，使当局残酷镇压下的南非人民获得了人应有的尊严和骄傲。这种自豪的来源"正是像我们自己一样缺点重重的普通人尽管身处邪恶的世界却走向了成功，从中我们学会了蔑视命运，并以不屈不挠的态度和想象自己是悲剧主角的心态去面对它"④。布林克对公共领域的细致描写和不自觉应用也反映了他在创作过程中受到西方马克思主义的深刻影响。

3. 作品中种族阶级的压迫和反叛意识

西方马克思主义提倡文学意识形态批评，旨在揭示一切文学作品的意识形态性质。恰如伊格尔顿所言，意识形态指的是"那些与社会权力的维护和再生有着某种联系的感觉、评价、理解和信仰的模式"⑤。文学本质上是意识形态性质的，作家利用文学隐蔽或鲜明地抒发对社会的批判和关怀，布林克作为一名政治意识鲜明的南非作家更是如此。他的作品往往跨越数代人的历史，涉及错综复杂的种族、阶级乃至性别意识形态问题。布林克用悲怆的笔触勾勒出一幅南非黑人的苦难血泪史，彰显了其对种族对立、阶级压迫和性别歧视的有力抨击。

---

① Brink, A. *Rumors of Rain*. Chicago：Sourcebooks Landmark, 2008, p. 89, 92.

② ［德］哈贝马斯：《公共领域的结构转型》，曹卫东等译，学林出版社 1999 年版，第 41 页。

③ Brink, A. *Rumors of Rain*. Chicago：Sourcebooks Landmark, 2008, p. 498.

④ Leech, "The Implications of Tragedy", in L. Lerner（ed），*Shakespeare's Tragedies*, pp. 285-298.

⑤ Eagleton. *Literary Theory：An Introduction*. Beijing：Foreign Languages Teaching and Research Press & Blackwell Publishers, 2004, p. 13.

（1）种族阶级压迫的根源

马克思曾明确指出经济基础决定上层建筑，"物质生活的生产方式制约着整个社会生活、政治生活和精神生活的过程。不是人们的意识决定人们的存在，相反，是人们的社会存在决定人们的意识"①。经济基础与上层建筑的辩证关系在西方马克思主义批评理论中得到了进一步深化。伊格尔顿曾在《马克思主义与文学批评》中点明："要理解一种意识形态，我们必须分析那个社会中不同阶级之间的确切关系，而要做到这一点，又必须了解那些阶级在生产方式中所处的地位。"②作为一名对种族主义深恶痛绝的作家，布林克在诸多作品中全方位展现了黑白种族间不平等的矛盾关系，揭示了种族主义的罪恶根源，即经济基础。自南非沦为殖民地以来，建立在奴隶制基础上的白人种植园经济蓬勃发展，导致了白人与黑人间不平等的主奴关系。正如《菲莉达》中黑人女奴菲莉达所言，"这是白人的农场，而我们是劳作的双手，是踩榨葡萄的双脚"③。在南非的种植园经济体系下，黑人是被奴役的对象，是主要劳动力和生产力的核心。然而，由于黑人生产地位的低下，他们无法享受应有的产品分配，进而导致了南非社会生产关系的异化。这一点在奴隶制度废除后依然没有得到改善，黑人依然是白人经济的附庸，黑白种族不论是经济地位抑或是社会地位都天差地别。《风言风语》中黑人无论教育水平、能力高低都依然被视为"劣等民族"，只能在工厂、矿场充当廉价劳动力。正是南非特有的物质生产方式和经济体系导致了黑人的物化，使黑人沦为"非人"，可以被随意买卖、丢弃。

总而言之，南非不公正的制度和经济体系导致黑人失去对自己身体的支配权，沦为白人的奴隶乃至客体化财产。黑白种族的优劣之分和所谓的宗教本源也仅仅是遮掩经济剥削本质、维持植物园经济的华丽外衣。布林克在作品中深刻批判了南非的经济体系，揭露了南非种族主义意识形态的根源。

（2）种族阶级的压迫

言及文学与意识形态辩证关系时，伊格尔顿认为，"文本并不反映历史真实，而是通过意识形态作用来产生真实的'效果'""文学创作的过程就是作家以意识形态为材料（而不是'现实'），以想象的形式重新加工这些材料的过程"④。作家在创作时不可避免地受到社会主流意识形态的影响，同时又对其进行想象加工。布林克身处南非这一特定写作语境之下，亲身经历了种族隔离，认清了种族主义主流意识形态的虚伪本质。因而，他持之以恒地在作品中批判种族隔离制度，书写南非白人对黑人的歧视压迫，以及男性对女性，尤其是对黑人女性的倾轧摧残。鲜明的反种族主义意识形态为布林克的作品注入了持续不断的活力。

《风中一瞬》中黑人奴隶遭受身体和心灵的双重摧残。犯错的奴隶被驱赶到荒无人

---

① 《马克思恩格斯全集》（第3卷），第82页.

② [英]伊格尔顿：《马克思主义与文学批评》，文宝译，人民文学出版社1980年版，第10页。

③ Brink, A. *Philida*. London：Vintage, 2012, p.29.

④ [英]塞尔登：《当代文学理论导读》，刘象愚等译，北京大学出版社2000年版，第124页。

烟的流放地罗本岛砍柴取水；相爱的恋人被转卖他人，无缘再见；至亲死亡，却不能送终。布林克通过细致刻画黑人奴隶的悲惨遭遇再现了种族主义笼罩下南非社会的方方面面。种族主义作为南非主流意识形态潜移默化地荼毒着每个人的心灵。《菲莉达》中，奴隶是"一无是处"（good-for-nothing）的代名词，"奴隶连狗都不如"①。《风言风语》则将种族隔离制度下黑白种族间不可逾越的鸿沟刻画得淋漓尽致：白人与黑人不得通婚，不得就读一所学校，"作为朋友，我们甚至不能一同在饭店或旅馆里共进晚餐或喝杯茶"②。由此可见，尽管跨越数百年，种族主义并未在南非消弭，反而愈演愈烈。"白人至上"和"黑人低下"的心态是南非社会的真实写照，导致了黑人与白人间的无形屏障和不可逆转的种族悲剧。与此同时，布林克在创作过程中十分重视黑人女性的苦难境遇。黑人女性遭受种族和性别的双重歧视，沦为满足男性性需求的工具。"非洲土地被描绘成隐秘的性激情，被塑造成宛如堕落的伊甸园般的非洲神话。"③《菲莉达》中女主人公菲莉达正是黑人女性受害者的典型代表。菲莉达在怀孕期间遭受强暴，却反被诬蔑为到处厮混的娼妇。面对"白人的话就是圣经"的社会，她无权也无力反驳。菲莉达的悲惨遭遇是所有黑人女性的缩影。在种族主义和父权制的双重桎梏下，黑人女性不仅要承受身体的折磨，更惨遭心灵的摧残。布林克深刻挖掘了在种族主义主流意识形态的潜移默化影响下，白人对黑人的虐待歧视，赤裸裸地揭露了南非特定社会历史背景下种族阶级的对立与压迫。

布林克在众多作品中将矛头直指南非种族阶级问题，深度挖掘了南非种族对立和阶级压迫背后的深层意识形态原因。他用真诚细腻的语句描写了南非黑人的坎坷经历，记录了数百年来白人对黑人的排挤打击。他的作品依托于历史，勾勒出南非错综复杂的种族矛盾和阶级纠葛，恰如巴赫金所言，"不再是一个抽象的语法范畴体系，而是渗透着意识形态（性、政治、经济和情感层面）的语言"④。

除以上例证外，布林克的现实经历和批评文本中也充斥着西马的印迹。布林克曾多次公开表示阿尔贝·加缪是他的人生导师。"对我的作品产生深远持久影响的正是阿尔贝·加缪"⑤，"加缪在情感和道德上彻底征服了我"⑥。由于加缪曾加入共产党，退党后也一直从事共产党"文化之家"工作和演出，因而加缪在工作生活中势必受到西方马克思主义思想的浸润。由此不难推断，布林克在品读加缪作品时必然潜意识地接受了西方马克思主义思潮的熏陶。与此同时，布林克 1968 年赴法游学时，亲眼目睹了被誉为

---

① Brink, A. *Philida*. London：Vintage, 2012, p. 128.

② Brink, A. *Rumors of Rain*. Chicago：Sourcebooks Landmark, 2008, p. 104.

③ Michael Rice. "Fictional Strategies and the Transvaal landscape," *History Workshop Paper*, University of the Witwatersrand, 1981, p. 5.

④ Bakhtin. M. *The Dialogical Imagination*, trans. Caryl Emerson and Michael Holquist, ed. Holquist Austin：University of Texas Press, 1981, p. 75.

⑤ Isidore Diala. "History and the Inscriptions of Torture as Purgatorial Fire in Andre Brink's Fiction," *Studies in the Novel*, 2002（34）, pp. 60-80.

⑥ Isidore Diala. "André Brink and Malraux," *Contemporary Literature*, 2006（47）, pp. 91-113.

"西方马克思主义理论第一次践行的启始和它全部理论逻辑终结的发端"①的法国"红色五月风暴"。这场红色抗议风潮不仅让布林克不自觉地接受了西方马克思主义思想熏陶，更预示着他写作的分水岭。"我认识到身为作家我不能孤身一人自怨自艾，更要融入社会中。因而我回到了南非，尽管困难重重，我也要挖掘这个国家的历史以及真正发生的一切。"②西方马克思主义思潮对布林克的影响并非直接的接受，而是通过一种综合影响和微妙联结的过程实现的。通过查证布林克的现实经历和批评文本，我们似乎可以断定，布林克早年游学欧洲各国期间和反复阅读加缪作品的过程中，已经潜移默化地接受了西方马克思主义思潮的影响，而这种影响也已然自觉不自觉地渗透到他的小说创作和社会批评的文本之中。

布林克虽然著作繁多，但大多指涉耕作和浪游、白人主人和黑人奴隶、男权与女性、文明与野蛮、殖民与被殖民、顺从与背叛等二元对立性质的母题。通过描写家族的兴衰、社会的变革，布林克在作品中深刻揭示了南非种族主义下人性的异化扭曲、人际关系的冷漠疏远、伦理道德沦丧，进一步展现南非种族阶级压迫的邪恶本质，并试图探索追寻自由平等的途径。布林克作品中所展现的对人性异化的深思、对公共领域的探索、对自由的不懈追寻以及对种族阶级对立的反省都与西方马克思主义批评理论息息相关。而布林克对加缪的推崇和他目睹法国"红色五月风暴"的经历也进一步印证了这一点。由此可见，布林克在创作过程中必然受到了西马的影响，且这种影响是不自觉的、潜移默化的。在西马思潮的熏陶下，布林克的作品不仅体现了对南非社会政治制度的反思，而且彰显了更深层次的人道主义关怀。

三、布林克小说中的文化质疑和乌托邦畅想

迄今为止，布林克已创作 20 余部小说，2 部随笔集，1 部回忆录和 1 部文学研究专著。代表作品包括《风中一瞬》《干白季》《余音袅袅》《恐怖行动》等，这些作品已被翻译成 30 多种文字，得到了世界文坛的广泛认可和赞誉。布林克曾三度获得南非 CNA 最高文学奖，《风中一瞬》和《风言风语》分别入围 1976 年和 1978 年布克奖短名单，且 8 次获得其他国际文学奖项，如法国的美第奇外国小说奖、英国的马丁·路德·金纪念奖等。自 20 世纪 80 年代以来，国际上对安德烈·布林克的研究便层出不穷，呈现出研究角度多元化且不断深入的趋势。其研究范围涉及文化身份的混杂性、文学与历史权威的对抗、文化政治霸权、比较研究、叙事研究、后殖民主义研究等。尽管研究角度颇具多样性，但鲜有人从西方马克思主义这一 20 世纪新兴的理论视角对布林克的创作与批评思想进行研究。并且，对布林克的研究尚局限于其前中期作品，对其近期作品，尤其是

---

① 张一兵：走向感性现实：被遮蔽的劳动者之声——朗西埃背离阿尔都塞的叛逆之路，载《马克思主义与现实》2012 年第 6 期，第 15-23 页。

② John F. Baker. "André Brink：In Tune with His Times," *Contemporary Literary Criticism*，1996 (25)，pp. 50-51.

2012 年发表的新作《菲莉达》的研究更是屈指可数。

已近耄耋之年的布林克依然在文学道路上奋勇前进。又一次成功入围布克奖长名单的《菲莉达》再度获得世人关注。《泰晤士报》评论认为《菲莉达》"情节丰富，错综复杂"；《每日电讯报》称赞其"感人至深，震撼人心"；《经济学人》则评价道，"在布林克的笔下，南非土地仿佛在呼吸，充满生命力"。这部小说的叙事场景依然在南非，且聚焦于开普敦。小说讲述了在 19 世纪的开普敦赞府列特庄园，黑人女奴菲莉达历经重重磨难后坚定追求自由的坎坷历程。1832 年，奴隶制虽尚未被废除，但殖民主义和奴隶制的根基已濒于坍塌，奴隶解放已成必然。奴隶和奴隶主都深刻意识到一切将在不久的未来发生天翻地覆的变化，熟悉的一切将不复存在，因此双方都焦躁不安、殚精竭虑。

安德烈·布林克身处南非这一特定写作语境之下，亲身经历了种族隔离，并持之以恒地在作品中批判种族隔离制度，探索后殖民及后种族隔离时期各民族和谐共处、共同发展的途径。布林克自己也曾说过，"每一个非洲作家，从最本质上来说，都是文化精神分裂者"[1]。可见身为白人作家的布林克深受南非创作环境的影响，处于两种不可调和的文化夹缝之中。这一点也在《菲莉达》中得到了完美诠释，西方文化和南非本土文化相互对立交织，种族的对立、阶级的对立、文化的对立，乃至性别的对立跃然纸上。同时，布林克作为一名学者型作家，其娴熟的写作技巧也为本书增色不少：叙事视角的频繁转换，打破了传统叙事一个中心叙事人的框架；象征手法的运用，使小说情节更加跌宕起伏，充满后现代主义色彩。布林克在写作技巧上向更为复杂的象征主义的转变"开辟了一种超脱非洲本土的视角，也使南非作家得以寻找一种除欧洲传统以外的不一样的关注点，这是南非小说在过去二十年所取得的至关重要的发展"[2]。小说结局，菲莉达历经千辛万苦，跋山涉水所寻找的正是梦想中的乌托邦。在这里没有种族之分、男女之别，所有人和谐共处，日出而作日落而息。以上所述，无论是西方文化与南非文化的冲突，种族、阶级、性别的对立，抑或是写作形式的千变万化，乃至梦寐以求的乌托邦，皆在西方马克思主义批评理论中有迹可循，使小说通篇打上了不可磨灭的西马印记。

小说结尾，菲莉达和拉本带着孩子开启了一场漫长的寻找盖瑞普的旅程。盖瑞普被菲莉达称作"我们的乐土"，是一块没有种族之分、阶级之分、男女之分，人人和平共处的安逸之地，是理想中的天堂，即乌托邦。在拉本的好友福洛里斯的口中，盖瑞普是沙漠中的绿洲，在这片沃土上人们与日月星辰作伴，与自然和谐共处。人的本质得以实现，人的潜能得以发挥。这里的盖瑞普显然不是传统马克思主义所推崇的"未来社会的蓝图，企图精确规划人们的生活"，相反它契合了西方马克思主义的乌托邦思想，"允

---

① Kossew, S. *Pen and Power: A Post-Colonial Reading of J. M. Coetzee and Andre Brink*. Amsterdam and Atlanta: Rodopi Publications, 1996, p. 6.

② Paul Rich. "Tradition and Revolt in South African Fiction: The Novels of Andre Brink, Nadine Gordimerand J. M. Coetzee," *Journal of Southern African Studies*, 1982(9), pp. 54-73.

诺的是一个完全不同的和谐而幸福的未来",其本质是人类对和谐幸福的神秘渴望。①同时,西方马克思主义把人的自由解放视为乌托邦的核心,强调人的自由解放是乌托邦的最终目标,并着重探讨人的解放与自然的解放等方面的关系。西方马克思主义的代表人物之一马尔都塞虚构了人类解放的三条途径,把人的解放与爱欲的解放、劳动的解放和自然的解放紧密结合在一起。而小说中菲莉达持之以恒、不懈追求的正是自由解放,她和她所代表的黑人奴隶寻找的乌托邦——盖瑞普也正是自由的象征。

1. 主人公的爱欲解放

马尔都塞所说的爱欲并不是简单的性欲,它是人的本质、人的总体冲动,是人生命的本能,正如《爱欲与文明》中所总结的,"爱欲作为生命的本能,蕴含着更多的内容,既包括性欲,也包括食欲、休息、消遣等其他生物欲望"②。爱欲包含性欲,是性欲的升华,从单纯的身体需要扩展到了广泛的物质和精神领域。《菲莉达》中,黑人奴隶无论是性欲,还是基本的口腹之欲都无法得到满足,因而黑人奴隶的解放与爱欲的解放密不可分。

黑人奴隶,尤其是黑人女奴往往被视为白人的性玩具,性给她们带来的只有痛苦和折磨,毫无快乐可言。因而她们的性欲被无限压抑和遏制,这一点无论是在菲莉达还是在拉本的妻子身上都得到了有力印证。菲莉达与弗朗斯长达8年的性关系纯粹是建立在弗朗斯允诺给她自由的基础上。小说中不乏对性的细致刻画,但"刺入"(penetrate)、"流血"(bleed)、"叫喊"(cry)这些词让人联想到的是血腥和暴力,无疑会让菲莉达对性欲产生抗拒和排斥。不仅如此,康纳里斯为了杀鸡儆猴,命令菲莉达当众脱光衣服,躺在木椅上任由两名黑人男奴侵犯。此时黑人男奴的行为也是出于被迫,甚至还没有高潮就被打断,性欲被变态的手段压抑扭曲。可见,黑人女奴和男奴的性欲都掌握在白人手中,因而他们的性欲一直处于被压抑状态,从未获得解放。性欲为爱欲的重要组成部分,被压抑的性欲无疑是自由解放的一大阻碍。相较之下,盖瑞普是一个"对孤家寡人的男人没有丝毫仁慈"的地方,在那儿"男人没有女人是糟透了的事"。虽然言语隐晦,但不难看出盖瑞普男女关系之密切,男女之情、男欢女爱是再正常不过的事了,可见在盖瑞普性欲得到了解放。非但如此,在盖瑞普各种各样的人聚居在一起,有牧师、逃亡者、杀人犯,等等;有白人、黑人、黄种人。然而大家却能够和谐共处,"快乐"地生活在一起,一起开垦荒地,种植粮食。经济基础决定上层建筑,和谐社会的形成必然建立在经济富足的基础之上。由此可以判断盖瑞普的人们必然能够吃饱穿暖,基本的物质需求和肉体需要得以满足,这也是爱欲解放的必然条件。然而最终菲莉达和拉本却未到达盖瑞普,"墨绿的灌木丛"近在眼前,"许多声响,人们谈笑,有些在呼喊,有些在打架,女人在哭喊"响在耳边,但他们却选择过门而不入,返回了庄园。这是因为盖瑞普

---

① 汪行福:《乌托邦精神的复兴——西方马克思主义对乌托邦的新反思》,载《复旦学报》2009年第6期,第12-18页。

② 马尔库塞:《爱欲与文明》,黄勇等译,上海译文出版社2005年版,第260页。

的一切美好都建立在福洛里斯的转述和菲莉达的幻想之上。幻想中盖瑞普是人间的乐土，没有种族之分、阶级之隔，也没有男女差异。然而幻想终究是幻想，所以菲莉达选择回头，不去打破自己的希冀和幻想。因为正如马尔都塞所说，爱欲的解放是从幻想开始的，幻想超越现实的压迫和苦难。在想象中把欲望和现实、幸福和理性结合起来，以一种极端化的方式超越现实原则，消解现实中人被压抑的状态，从而实现"爱欲的解放"这一目标。可以说菲莉达所苦苦追求的乌托邦盖瑞普正是幻想的产物，是人类潜在的期待、希望、追求美好境界的乌托邦精神。

2. 人与自然的和解

马克思主义历来关注人与自然的关系，探讨"自然的人化"和"人的自然化"。马克思在《巴黎手稿》中甚至把共产主义视作"人和自然界矛盾的真正解决"或"人同自然完成了的本质的统一，是自然的真正复活，是人实现了的自然主义和自然界的实现了的人本文义"①。而西方马克思也一定程度上继承了马克思的观点，把人的解放和自然的解放紧密相连，认为解放自然是解放人类的必要条件，最终是为实现人与自然和谐共处。《菲莉达》字里行间闪现出菲莉达对自然的亲近依赖之情，而大自然也为菲莉达提供栖息之所，二者形成了和谐互利的关系，这也是菲莉达最终实现心灵解放的重要原因之一。

小说中，菲莉达似乎永远在长途跋涉，先是从赞第府列特庄园千里迢迢步行到奴隶保护处，接着又铩羽而归，被送往深在内陆的奴隶拍卖场。直到1834年英国政府宣布奴隶解放，她又开启了寻找"乐园"盖瑞普的漫漫长旅。然而，这一路上菲莉达并不孤独，她化身为大自然的一分子，为沿途的石头、树木、山坡命名。在她看来，风是好的，因为"风教会树跳舞"。这看似天真的话语揭示的却是菲莉达对自然的尊重和喜爱，无论是风还是树在她心中都是活生生的，富有生机。小说中的动物更是颇具灵性，无论是始终陪伴菲莉达的小猫克兰凯特，还是庄园里只会啼叫不会下蛋的母鸡，抑或是福洛里斯带回的变色龙，都充满人情味。菲莉达经常郑重其事地和它们交流，而小动物们也用其他方式给予回应，彰显了菲莉达与自然的和谐共处。其中，小猫克兰凯特贯穿小说始末，象征的是不仅是生命和希望，更是大自然对人类的馈赠。小猫颇通人性，会提老鼠或摘花放在菲莉达床头，会伏在菲莉达膝头轻轻磨蹭安慰，凸显了自然与人类之间的和谐共存。而小说中反复涉及的南非黑人传统故事，如水鬼——山顶泉水中的女鬼艾尔，象征了人死后灵魂与自然融为一体。可见，黑人文化不似白人文化一般把自然视为牟利的工具、征服的对象。在黑人文化中，自然是伟大的，人应当尊重自然，与自然和谐共存，这一点与西方马克思主义的观点不谋而合。正如戴尔拉所言，"布林克的小说中黑人文化被描绘成人类美德的化身，尽管被边缘化，被羞辱，被嘲笑，被束缚，黑人文化就像永不熄灭的火焰，用星星之火照亮了全人类"，在《菲莉达》中黑人口头文学的

---

① 陈振明：是从乌托邦到科学，还是从科学到乌托邦——评"西方马克思主义"的现代乌托邦理论，载《东南学术》1994年第4期，第50-55页。

流传和改编便是对人与自然关系最原始却至关重要的思考，发人深省。

在《菲莉达》中自然不再是被征服的对象，它是活生生的，"土地仿佛在呼吸"，一草一木，一山一水都充满了勃勃生机，这无疑是对自然的解放。如马尔库塞所言："自然的解放就是恢复自然中的活生生的向上的力量，恢复与现实生活相异的、消耗在无休止的竞争中的感性的美的特性，这些美的特性表示着自由的新的特性。"①唯有通过自然的解放，人的生命本能才能得到释放，才能获得更大的主动性和能动性，也就是人的自由解放。

综上所述，《菲莉达》中体现的乌托邦思想与爱欲的解放和自然的解放密切相关，其实质是对人的自由解放的追求，对人类和谐幸福的渴望。而小说中菲莉达不懈追寻的盖瑞普正是幻想中的乌托邦，因为它不曾实现，或许也永远无法实现。然而它的意义在于一种希望，一种人类对克服自我发展道路上的障碍和走向未来的期待。布林克在《菲莉达》中倾注大量笔墨描写"希望之乡"盖瑞普，是对西马乌托邦思想的极佳印证。

如上文所述，布林克早年游学并流连于法国和其他欧洲国家，其间，他深受西方马克思主义思潮的影响，而这种影响也已然渗透到他的小说创作和社会批评的文本之中。《菲丽达》只是他最近的小说中的一部，而作者的其他近期小说，如《风中一瞬》《干白季》《余音袅袅》《恐怖行动》等，似乎也都有或多或少的西马影响印迹，这些在上文分析里已经表述，不再赘述。

四、"监狱文学"：南非英语小说的奇葩

本书前文在描述赫尔曼·查尔斯·博斯曼（Herman Charles Bosman）时，已经提及"监狱文学"这个称谓。但"监狱文学"在南非不是个别特有的现象。在种族隔离时代，在《反共产主义法案》的迫害下，在《通行法》严管中，在禁止不同种族间婚恋行为下，尤其是在"文字审查"制度下，南非知识分子中许多人入狱。下面列举几位典型的作家，以示在南非种族隔离时期的文学"压抑性"和"抗争性"之一斑。

博斯曼用超小说体形式创作的监狱回忆录《冰冷的石罐》（Cold Stone Jug，1949），经常被视作南非监狱文学的开山之作。创作于20世纪60年代之后的监狱回忆录带有强烈的政治性，与《冰冷的石罐》截然不同。博斯曼是名普通罪犯（谋杀了自己同父异母的兄弟），他也从未试图否认这一点，后来这一流派的作家也总是因为政治犯罪而被监禁。博斯曼按照时间顺序记录了他在比勒陀利亚中央监狱的4年牢狱生活，最初他担心自己会被处以绞刑，但最后他被判处10年苦役监禁。尽管博斯曼不是政治犯，他所记录的监狱生活的特点——残忍、无聊以及对于罪犯所有仁慈和个性的否定——在南非的所有监狱小说中都得以体现。事实上，杰里米·克罗宁（Jeremy Cronin）（服刑7年的政治犯）在评论中写道：博斯曼能够与这一流派中的其他作家形成一致主要是因为他描写

---

① 张康之：当代乌托邦是一种艺术追求——评马尔库塞的乌托邦理论，载《中州学刊》1998年第2期，第39-43页。

的关于监狱生活的细节直至现在都未曾改变。不过，克罗宁认为有一个很重要的不同点：博斯曼能够真实地将监狱生活描写为不寻常的经历，但大多数当代作家无法逃脱描写体系的道德后果，为了拓展南非社会的范围，他们将监狱生活变成了普通的经历。

有很多南非人因为政治活动和轻微犯罪（主要是违反了《通行法》）而被监禁，这一事实意味着很多南非文学即便不是监狱回忆录也会涉及监狱生活的部分。阿索尔·富加德（Athol Fugard）的《岛》（*The Island*，1973）描述了罗本岛上的政治犯的生活，而 20 世纪 50 年代，作者在约翰内斯堡本地专员法院担任办事员时也目睹了《通行法》的破坏性影响。根据《通行法》，许多在城市找工作的普通人也被判处有罪。戏剧《西兹韦·班西死了》（*Sizwe Bansi Is Dead*，1972）反映了这一现象。其他关于监狱生活的小说作品：克里斯多夫·霍普（Christopher Hope）的《学习飞翔》（*Learning to Fly*，1976）；贝茜·黑德（Bessie Head）的《戴眼镜的犯人》（*The Prisoner Who Wore Glasses*，1973）和《宝物收藏家》（*The Collector of Treasures*，1977），在这篇故事里女主人公因自卫杀害了虐待她的丈夫而被判处终身监禁；纳丁·戈迪默（Nadine Gordimer）的《伯格的女儿》（*Burger's Daughter*），其最后一部分描写了罗莎·伯格的监狱生活；穆图图泽里·马特肖巴的《奴隶的一瞥》（*A Glimpse of Slavery*，1979）和《马卡纳岛的朝圣》（*A Pilgrimage to the Isle of Makana*，1979），其中写到了在农场接受劳动改造的政治犯，主人公前往罗本岛去看望被关押在那儿的亲戚；J·M·库切（J. M. Coetzee）的《等待野蛮人》（*Waiting for the Barbarians*，1981），通过刻画阴险的约尔上校这一人物探索了拘留和折磨的心理学，而且也描写了行政官被捕入狱而饱受酷刑的场面和情节；米利亚姆·特拉利（Miriam Tlali）的小说集《米洛提》（*Mihloti*，1984），其中描述了"绕道到拘留"。这些只是南非众多关于监狱生活小说中的几个例子。

第一部完整的政治监狱回忆录是鲁斯·弗斯特（Ruth First）的《117 天：讲述南非九十天法定拘留下的监禁与审问》（*117 Days: An Account of Confinement and Interrogation Under the South African Ninety-Day Detention Law*，1965）。弗斯特是与里沃尼亚组织相关的唯一一名女性，她于 1963 年在没有受审的情况下被拘留了 90 天。《117 天》讲述的不止是她个人的经历，还是其他来自不同种族和不同阶级的政治犯们的共同经历，这也使人们意识到有必要扩大对种族隔离状态的政治性抵抗。弗斯特描述了她被释放后人格逐渐崩溃走向堕落的过程，最终只有再次被拘留。这一细节在很多监狱回忆录中都有迹可循。

艾尔比·萨克斯（Albie Sachs）是当时的一位年轻律师。他在《艾尔比·萨克斯日记》（*The Jail Diary of Albie Sachs*，1966）中写道，他试图用沉默原则来回应审讯人员。萨克斯在没有接受审判的情况下被拘留了 168 天。像弗斯特一样，他在被关押了 90 天后释放，随后又再次被捕。萨克斯的叙述是一种深刻的个人经历，他反映了未受审就被单独拘禁所造成的心理影响。

丹尼斯·布鲁特斯（Dennis Brutus）的《致玛莎的信和其他南非监狱的诗歌》（*Letters to Martha and Other Poems from a South African Prison*，1968）由一系列写于狱中的诗歌组成，这与其他作家的作品截然不同。人们在布鲁特斯写给妹妹的信件中发现了这些诗歌，随后将它们集合成诗集并出版。通过个人思考，布鲁特斯试图抓住并解释因为政治信仰而被关押的深层意义，这种关押摧毁的不仅是个人精神，还摧毁了监狱外面的人的生命。

兹维龙科(D. M. Zwelonke)的《罗本岛》(*Robben Island*，1973)最值一提的不是它的文学艺术，而是它对读者产生的有力的影响。叙述者丹尼通过小说的形式讲述了他在岛上8年的经历。尽管他的叙述支离破碎且逻辑混乱，但作者对囚犯的痛苦经历的直接描写十分引人注目。

休·勒温(Hugh Lewin)曾是南非学生联合会(NUSAS)的领导人之一，因参与破坏组织"非洲抵抗运动"而被判处7年监禁。1974年他出版了《匪盗：南非牢狱的七年》(*Bandiet*：*Seven Years in a South African Prison*)，记录了他的牢狱生涯。"Bandiet"在非洲荷兰语中意为"罪犯"(尽管它也有强盗或歹徒的意思)。在被转移至专门关押政治犯的监狱前，勒温和普通犯人一起在博斯曼的比勒陀利亚中央监狱被关押了一段时间，他叙述了其对普通犯人的内心和动机的审视。

杰里米·克罗宁的《里面》(*Inside*，1983)是一系列尖锐且有力的诗歌，讲述了他1976年因恐怖活动被捕之后的7年狱中生活。在他服刑期间，他的妻子去世了，克罗宁未能获准参加妻子的葬礼。和博斯曼、布鲁特斯和布莱顿巴赫一样，克罗宁将渐渐消逝的监狱经历转换为精妙的艺术写作，展现了非凡的技能。

20世纪80年代出现的其他与监狱经历相关的作品①：英德尔·奈杜(Indres Naidoo)的《铁链岛屿：犯人885/63在罗本岛上的十年》(*Island in Chains*：*Ten Years on Robben Island by Prisoner 885/63*，1982)；莫莱费·费托(Molefe Pheto)的《夜晚降临：南非政治犯回忆录》(*And Night Fell*：*Memoirs of a Political Prisoner in South Africa*，1985)，作者将它形容为"对于一场在南非监狱持续了281天的噩梦的描述，其中有271天是单独拘禁"；特沙努瓦尼·西蒙·法利塞尼(Tshenuwani Simon Farisani)的《南非监狱日记》(*Diary from a South African Prison*，1987)；迈克尔·丁加克(Michael Dingake)的《我与种族隔离制度的对抗》(*My Fight Against Apartheid*，1987)；凯萨里安·科纳·马克霍尔(*Caesarina Kona Makhoere*)的《没有小孩玩耍：种族制度下的监狱》(*No Child's Play*：*In Prison Under Apartheid*，1988)。马克霍尔在1976年学校和小镇动乱之后被拘捕，表明当局开始用监禁这一方法控制政治犯，正如奴隶时期的奴隶主用契约控制奴隶。艾玛·马西尼尼(Emma Mashinini)遭受了极为残酷的拘禁和审讯，以至于她花了很长时间才完成了《打击追随了我一生：一部南非自传》(*Strikes Have Followed Me All My Life*：*A South African Autobiography*，1989)。的确，她在丹麦康复中心接受了针对被折磨的受害者的治疗才逐渐摆脱了曾经经历的创伤。最初她甚至无法回忆起她小女儿的名字。通过治疗，她开始用文字叙述她的痛苦经历。

很多杰出的南非作家的自传中都写到了南非当局对政治活动者的拘禁。其中包括：纳尔逊·曼德拉(Nelson Mandela)的《艰难自由之路》(*No Easy Walk to Freedom*，1965)、

---

① [南非]康维尔等：《哥伦比亚南非英语文学导读(1945—)》，蔡圣勤等译，武汉大学出版社2017年版，第197-198页。

《漫漫自由路》（*Long Walk to Freedom*，1994），温妮·曼德拉（Winnie Mandela）的《我灵魂的一部分》（*Part of My Soul*，1984），弗兰克·奇凯尼（Frank Chikane）的《毫无生机的我：一部自传》（*No Life of My Own*：*An Autobiography*，1988），戈万·姆贝基（Govan Mbeki）的《罗本岛的教训：戈万·姆贝基的监狱写作》（*Learning from Robben Island*：*The Prison Writings of Govan Mbeki*，1991），以及莫西乌·帕特里克·乐科塔（Mosiuoa Patrick Lekota）的《致女儿的监狱信件》（*Prison Letters to a Daughter*，1991）。

关于拘留和监禁的作品也出现在自传材料的选集之中。戴安娜·拉塞尔（Diana Russell）的《生活的勇气：新南非的妇女》（*Lives of Courage*：*Women for a New South Africa*，1989）部分涉及了这一主题，而芭比·施赖纳（Barbie Schreiner）的《冰水中的蛇：南非妇女的监狱写作》（*A Snake with Ice Water*：*Prison Writings by South African Women*，1992）则完全在讲述这个主题。被扣押者的家长支持委员会出版了《自由的恸哭：南非被拘留的妇女》（*Cries of Freedom*：*Women in Detention in South Africa*，1988），另外，唐·福斯特（Don Foster）、丹尼斯·戴维斯（Dennis Davis）和戴安·桑迪尔（Diane Sandier）还共同创作了《在南非的拘禁和折磨》（*Detention and Torture in South Africa*，1987）。

值得一提的是布莱顿·布莱顿巴赫所著《一个白化病恐怖分子的真实自白》（*The True Confessions of an Albino Terrorist*，1984），该书最值得称道的是它的自反性，它是监狱文学具有影响力的典型代表。提及"监狱文学"，我们当然还不可绕过南非传奇人物曼德拉。下面以布莱顿巴赫和曼德拉为例，进一步说明南非种族隔离时期文学的"压抑性"及其表现出的"抗争性"。

1. 真实告白：布莱顿巴赫与监狱文学

布莱顿·布莱顿巴赫（Breyten Breytenbach）出生在西开普省，就读于开普敦大学，学习美术。布莱顿巴赫于1960年移居巴黎，并与人合伙创办了名为"Okhela"（祖鲁语"点燃火焰"）的反种族隔离团体。1975年秘密访问南非时，布莱顿巴赫因触犯《预防恐怖主义法》而被逮捕，遭监禁7年。之后他回到巴黎，但仍然定期访问南非。

布莱顿巴赫主要以南非荷兰语进行写作，偶尔也自行将作品翻译成英语。他出版的英文诗集包括：《沉船布鲁斯》（*Sinking Ship Blues*，1977）、《如文字般苍白》（*Death White as Words*，1978）、《南非的蝇虫亦快乐》（*In Africa Even The Flies Are Happy*，1978）、《犹大之眼和自画像/临终看护》（*Judas Eye and Self-Portrait/Deathwatch*，1988）以及《一号女士》（*Lady One*，2002）。他出版了2本英文小说——《疗养院：小说的镜笔记》（*Mirrornotes of a Novel*，1984）和《雪与尘的记忆》（*Memory of Snow and of Dust*，1989），1部监狱自传——《一个白化病恐分子的真实自白》（*The True Confession of an Albino Terrorist*，1984），撰写了4部游记——《天堂一季》（*A Season in Paradise*，1980）、《重返天堂》（*Return to Paradise*，1993）、《犬之心：一部旅游回忆录》（*Dog Heart*：*A Travel Memoir*，1998）和《脚步的面纱：一个游牧虚拟人物的回忆录》（*A Veil of Footsteps*：*Memoir of a Nomadic Fictional Character*，2008），出版了1部文学政论评集——《扉页：

散文，书信，关于信仰的文章，工作簿笔记》（*End Papers: Essays, Letters, Articles of Faith, Workbook Notes*, 1986），以及 1 部散文小说诗歌集——《革命年代里鸟的记忆》（*The Memory of Birds in Times of Revolution*, 1996）。布莱顿巴赫出版的视觉艺术作品《一匹马的全部》（*All One Horse*, 1990)和《描绘眼睛》（*Painting the Eye*, 1993)结合了图片和文字。他举办过多次画展。布莱顿巴赫获得多次大奖：1967 年、1969 年、1983 年及 1990 年获南非 CNA 文学奖，但因政治立场的原因拒领 1983 年的奖项和 1984 年的赫尔佐格奖；还曾获 1981 年国际诗歌奖、1984 年人权奖、1985 年皮埃尔·保罗·帕索里尼奖、1986 年拉波特奖、1991 年法兰西艺术与文学勋章、1994 年马拉帕尔特奖、1994 年《星期日泰晤士报》阿兰·佩顿奖，以及 1996 年赫尔加德·斯泰恩奖。

布莱顿巴赫的多种艺术形式表现都集中关注了身份难以捉摸的特性。他通过超现实主义、魔幻现实主义和批判现实主义等手法，探索了各种形式的政治和社会的胁迫对人类意识的影响，他力求通过艺术想象力来创造一个自由的空间。布莱顿巴赫在《一个白化病恐怖分子的真实自白》一书中写道，他在秘密返回南非时被安全警察逮捕，且被判在比勒陀利亚最高戒备监狱服刑 7 年。这些细节在他的作品中都有所体现。同时，其《真实自白》也是一部关于审讯和忏悔的超小说体评论。作者在作品的结尾处写道："对南非监狱和审讯室的折磨手法的注释"："被扣押者和审讯者都知道这里存在着一套晦涩的惯例标准，它和他们之间的关系有关，且有着与人类性交一样悠久的历史。"① 这种相对的自由在他的政治性监禁作品《一个白化病恐分子的真实自白》里表现得最明显，作品中囚犯与审讯者，被俘获的自我与有俘获能力的他者形成了一种互通互融的相互关系，而非排他关系。布莱顿巴赫曾表明他在《重返天堂》一书中便提出这种挑战，他希望读者在阅读的过程中穿越自我的界限，并成为一个能意识到自我局限性和自身能力的人，布莱顿巴赫将其称为"旅伴"。

2. 世界奇迹：曼德拉的自由追寻之路

纳尔逊·曼德拉（Nelson Mandela）被监禁了 27 年，出狱后，他没有任何怨恨，反而提倡不要报复，要和 F·W·德克勒克和平共处，建立起兄弟般的情谊。曼德拉不仅有着伟大的才能，他还是一个活的象征。曼德拉出狱后，当选为第一任民选总统。他本身就是一个奇迹。曼德拉的《艰难自由之路》（*No Easy Walk to Freedom*, 1965）和《漫漫自由路》（*Long Walk to Freedom*, 1994），以及温妮·曼德拉（Winnie Mandela）的《我灵魂的一部分》（*Part of My Soul*, 1984）等传记作品也毫无争议地成为南非英语文学的组成部分。

纳尔逊·曼德拉的自传《漫漫自由路》（*Long Walk to Freedom*）与约翰·马克斯韦尔·库切的小说《耻》（*Disgrace*）是后种族隔离时代最为著名的两本书。不过，这两本书之间的差异很大。

曼德拉用一种谦虚的、克制的、有尊严的方式使得《漫漫自由路》的字里行间充满

---

① Breyten Breytenbach. *The True Confessions of an Albino Terrorist*. Johannesberg: Taurus, 1984.

了一种无懈可击的道德权威，他用这种方式来讲述他的英雄故事，这也是关于真相与和解委员会的故事，是关于斗争的故事。尽管从各方面来看，《漫漫自由路》都是一部政治传记，但是很显然它没有受到行业术语和委婉抽象主义的束缚。关于这种行业术语和委婉抽象主义，乔治·奥威尔（George Orwell）曾在《政治与英语语言》（*Politics and the English Language*）中作出过令人难忘的告诫。

在《漫漫自由路》中，尽管曼德拉偶尔也会有怀疑、有担心（大部分与个人角色有关，比如自己作为丈夫、作为父亲、作为朋友的角色），但是他的世界里根本就没有空间来储存含糊不清的东西：正如常言所说，事情都是要么黑要么白，没有黑白不分的。

值得一提的是传记作家玛丽·班森（Benson，Mary，1919—2000）。她是比勒陀利亚人，由于参加政治活动，被软禁在家。20世纪60年代以来，班森一直住在伦敦，并上台表演过阿索尔·富加德的戏剧。在伦敦居住期间，她通过自己的文学创作与电视纪实节目致力于南非的政治变革，后来成了南非英语文学中较有名气的小说家、短篇故事家、传记作家、广播剧作家、纪实作家、编辑，这主要得益于她的政治性传记，特别是有关曼德拉的生平。

她写了三部政治性的传记：《切凯迪·卡马》（*Tshekedi Khama*，1960）、《南非首领艾伯特·卢图利》（*Chief Albert Luthuli of South Africa*，1963）和《纳尔逊·曼德拉：伟人与运动》（*Nelson Mandela：The Manand the Movement*，1986，1990年修订）。尤其是第三部关于曼德拉的传记，其中对现实的详细记录引起广泛关注。书中也道出了曼德拉之所以被长期监禁的原因——与共产主义组织有关。库切在评论玛丽·班森的这部传记时说：

> 如果南非政府在20世纪50年代与非国大达成某种一致，那么接下来他们将要对付的只是小资产阶级社会民主人士为主导的和平运动。但是，他们没有这么做，相反，他们将运动定性为是颠覆政府的，说运动的领导人被国际共产主义所利用。①

因此，无论当事人如何解释，南非当局以及其他知识分子依然十分怀疑，甚至非常肯定，曼德拉就是一个马克思主义者。这也许就是他被反复审查、被坚决羁押的重要原因。正如《共产党宣言》所述：

> 有哪一个反对党不被它的当政的敌人骂为共产党呢？又有哪一个反对党不拿共产主义这个罪名去回敬更进步的反对党人和自己的反动敌人呢？②

除了上述作品外，班森还创作了与南非政治斗争题材相关的散文，如《南非：为了与生俱来的权利而斗争》（*South Africa：The Struggle for a Birthright*，1966，1985年修订）、

---

① 转引自[南非]坎尼米耶：《库切传》，王敬慧译，浙江文艺出版社2017年版，第379页。
② [德]马克思，恩格斯：《共产党宣言》，中共中央马克思恩格斯列宁斯大林著作编译局编译，人民出版社2014年版，第26页。

《太阳即将升起》(*The Sun Will Rise*，1981)，以及《罗本岛之声》(杰尔根·沙德博格出版，1994)中的"罗本岛：以历史记录与犯人证词为依据的纪实剧本"。此外，班森还编制了两部BBC纪实片《纳尔逊·曼德拉与里沃尼亚审判》(*Nelson Mandela and the Rivonia Trial*，1972)和《罗本岛》(*Robben Island*，1993)。她创作了广播剧《索尔·普拉杰》(年份不详)，以及未公开发表的戏剧《荆棘树》，于1989年发表自传《远远地哭泣》(*A Far Cry*)。

《远远地哭泣》体现的是作者由于白人身份在南非面临的种种矛盾，作者通过偶读阿兰·佩顿的《哭吧，亲爱的祖国》，发生了与政治活动家布拉姆·费舍尔、剧作家阿索尔·富加德等一系列的重要偶遇事件，展现了她是如何重塑她的身份。班森发表了小说《在寂静时刻》(*At the Still Point*，1969)，编辑了阿索尔·富加的戏剧《记事本》(*Notebooks*，1983)，著有回忆录《阿索尔·富加德与巴尼·西蒙》(*Athol Fugar and Barney Simon*，1997)等。

据不完全统计，以下作品都直接描述了曼德拉的形象。

法蒂玛·米尔，《曼德拉：尼尔逊·曼德拉传记》(*Mandela：The Biography of Nelson Mandela*，1989)，还原了非洲重要领导人生活的情形。

博埃默，《纳尔逊·曼德拉：简短介绍》(*Nelson Mandela：A Very Short Introduction*，2008)。博埃默作为学术型的作家，客观介绍了曼德拉的生平与思想，该著作在学术界使用较为广泛。

丹戈尔，阿契迈特，《苦果》(*Bitter Fruit*，2001)。曼德拉作为主要人物出现，同时也是一个历史背景的标志。

恩德贝勒，《温妮·曼德拉的泪水》(*The Cry of Winnie Mandela*，2003)，书写了曼德拉的生活与斗争经历。

迈克·尼科尔(Mike Nicol)，《曼德拉：授权的肖像画》(*Mandela：The Authorised Portrait*，2005)，全方位地从他人视角描写曼德拉的形象。

刘易斯·恩科西(Lewis Nkosi)，《曼德拉的自我》(*Mandela's Ego*，2006)，通过事实分析曼德拉艰辛历程。

曼德拉作为一个象征、一个传奇，不仅成为其个人传记的主角，还成为南非文学作品里的人物，或直接或背景，凸显在南非英语文学的叙事之中。应该说，这是历史的必然。正如《库切传》里所示："根据班森的观点，1980年的时候，'罗本岛的曼德拉'这个概念已经取得了近乎神话的效力。"①

---

① [南非]坎尼米耶：《库切传》，王敬慧译，浙江文艺出版社2017年版，第379页。

第四章

胜利的文学：
曼德拉革命及执政期英语小说的繁荣

南非非洲人国民大会（非国大）的不懈奋斗给当地黑人带来了曙光。这个斗争是漫长的，正如纳尔逊·曼德拉（Nelson Mandela）的传记标题，是"奔向自由的漫漫长路"。在西方马克思主义思潮影响下的非国大，其思想和行为都自觉不自觉地向马克思主义靠拢。曼德拉所领导非国大运动被多次指责违反了《反共产主义法案》，虽然他从未承认自己是共产主义者。① 尽管通常所说的"后隔离时代"要追溯到1994年4月27日的首次民主大选，但是在1990年2月，就发生了一些影响深远的、不可逆转的变化：在2月2号的议会演讲上，南非总统德克勒克宣布解除对南非非洲人国民大会及其他组织的禁令，并无条件释放全球闻名的政治犯曼德拉。南非的政治似乎结束了它的历史命运：在等待中毁灭，从毁灭中走向自由。真正具有"革命性的"结局几乎是和平的，它是协商的结果，并非通过武力革命而获取。这一时期，"革命""斗争"似乎成了众多作家的创作主题。如戈迪默继《自然资源保护论者》之后（许多人认为这部小说标志着戈迪默从"自由主义者"到"激进主义者"阶段的过渡②），又创作了《七月的人民》《伯格的女儿》和《我儿子的故事》等具有显著斗争题材的小说，其中部分作品直接描写共产党组织的活动。她的许多创作于20世纪90年代后期的作品，都体现了西方马克思主义思潮的影响。③

一、后种族隔离时代的文学创作

前文已经提到，后种族隔离时代表面上看是自1994年曼德拉当选开始，但实际上可以追溯到1990年。1990年2月也正是奥比·萨克思在约翰内斯堡的《每周邮报》（*Weekly Mail*）上发表其所谓的立场文件的时间，该文件所阐述的一些能促使南非文化自

① 秦晖：《南非的启示》，江苏文艺出版社2013年版。书中多处提到这些事件。
② [南非]康维尔等：《哥伦比亚南非英语文学导读（1945— ）》，蔡圣勤等译，武汉大学出版社2017年版，第111页。
③ 参见胡忠青的系列论文。胡忠青系本课题组成员，后来又独立主持了教育部人文社科项目青年基金课题"西方马克思主义视域下戈迪默英语小说研究"（2017年）。

由的因素已经在那些年间很好地得以实现。萨克思的立场文件对于探讨人们对南非历史当下文化内涵的解读有着非凡的借鉴意义。在一定程度上，萨克思是在为南非的艺术脱离政治（或者说是为了使得南非非洲人国民大会拥有更为广泛的政治理念）而寻找理由，他似乎也是在为破除种族隔离运动曾以二元对立为基础所建立的言论进行辩护。为了替代他所预见到的大主教图图（Archbishop Tutu）"彩虹国家"（rainbow nation）的说法，萨克思提倡，或者说他认识到了新文化具有包容性与多元化的必要性，他说，"黑色人种是美丽的，棕色人种是美丽的，白色人种也是美丽的"①。但是从某种程度上来说，反对种族隔离的言论也就是 1948 年后南非英语文学所理解的那种言论。萨克思的诉求里隐藏着这样一种认知，即南非人民为他们自己所准备的"自由"将会意味着"南非文学"（作为标志性国别文学）的结束。在"反种族隔离"（antiapartheid）这个单词里，不可避免地会出现单词"种族隔离"（apartheid）。从这个层面上来看，人们甚至有可能说，"在传统观念里，南非文学的功能就是将我们的主题定位为历史旅程中种族隔离与反种族隔离的斗争"②。种族隔离制度的消亡、苏联的解体、东欧社会主义体制巨变，以及全球化新时期带给人类主观性前所未有的不稳定性，这些事实都进一步地抹掉了这种特定主题的定位。

但是，对于新南非的文化而言，这曾经意味着什么？现在意味着什么？将来又会意味着什么？这个问题自 1991 年开始就一直引发南非海内外读者与作家的深思，到现在依然没有一个明确的答案（或者说也许是没有一个人想要一个"明确的答案"）。然而，却得到了一些总体性的观察结果。

起初，总有种舞台空荡荡的感觉，有种之前作品中的主人公都离开了的感觉。早期还尝试着借助于被迅速淘汰掉的主张：例如，1990 年 7 月，南非非洲人国民大会的文化部主席芭芭拉·马赛克拉（Barbara Masekela）在一次备受批评的公开演讲中就警示道：

> 自由宪章与宪法纲要明确说明将来任何希望能歌唱自己作品的艺术家都可以自由歌唱，只要他的作品不是那种没有典型性却假装有典型性的作品；那些想要代表南非人民发声的人必须要成为南非人民组织的一部分，这一组织能与南非人民保持一致并能传递南非人民的信息，这样，当他们的发声传递到全世界时，这种发声才能代表我们是一个国家。③

索尔在《南非的民主文化与文学》中说，曾经有段时间，政治家们和学者们为了能从政治原则那里为新南非争取到文化"模型"而努力，只是他们的努力都白费了。④ 然

① 转译自 Sachs. "Preparing Ourselves," p. 27。
② 转译自 De Kock. "Does South African Literature Still Exist?" p. 80。
③ 转译自 Barbara Masekela. "Culture in the New South Africa," *Akal*, October 1990, p. 16。
④ Kelwyn Sole. "Democratizing Culture and Literature in a 'New South Africa': Organization and Theory," *Current Writing* 6, No. 2, 1994, pp. 1-37.

而，1994年以来的这些年里，南非国内总体上从教条主义的方法或者说是独裁主义的方法转向了"文化式生产"。从某种程度上来说，文学或者任何其他形式艺术中的"政党路线"概念在今天看来是一种对个人公民自由明目张胆的侵占。现在回想起来，在20世纪90年代初期，政治构建与政治控制依然支配着文学与文学评论的发展。从这种程度上来看，人们未免会遭受打击。很明显这与武装冲突后缓慢的军事裁员进程有一定的相似性。

此时，另外两次对文学产生广泛影响的政治进程值得一提。第一次是流亡到国外的作家与学者的回归；第二次是快速辞退了国家审查制度的专职人员。到了20世纪90年代中期，残害了南非文学创作与传播的审查制度极大地放宽了限制，许多作家与作品再一次，或者说首次能在南非公开阅读了。《冒犯：论书籍审查制度》(Giving Offence：Essays on Censorship)是小说家约翰·马克斯韦尔·库切以讨论审查制度为主题的论文集，于1996年面世。这两种政策所带来的显著效果之一就是那种在种族隔离年代根深蒂固的"内部"南非文学与"外部"南非文学(由流亡海外的作家、评论家以及学者所创作的作品)的区别不复存在了。不过，令人遗憾的是这个政策对于曾在海外建立起极高声誉的丹尼斯·布鲁塔斯(Dennis Brutus)、亚历克斯·拉·古玛(Alex La Guma)等一批作家来说太晚了。就像许多其他20世纪60年代、70年代"抗议性"与"抵制性"的作品一样，他们的作品很快就过时了，在南非似乎不再有广泛的读者群体。

整个20世纪90年代，人们普遍呼吁南非文学应该有与社会变化相应的新方向与主动权。既然南非小说已然从对抗性、纪实性、斗争性、证据性义务中解放出来了，那么它也应该要摆脱对现实主义的传统风格和套路——用安德烈·布林克(André Brink)的话说，南非小说所面临的挑战是去"重新推测/推测真实"本身。① 确实，许多南非作家不得不按照后现代主义超小说的自我意识风格来创作，或者模仿在欧洲与南美洲先出现的"魔幻主义小说"的式样来创作。② 伊万·弗拉迪斯拉维克(Ivan Vladislavić)所创作的实验性小说可能是最让人印象深刻的，他的创作深受卡夫卡(Kafka)和博尔赫斯(Borges)的影响，但是他用荒诞不经的语言展示了典型的南非画面。弗拉迪斯拉维克早

---

① André Brink. "Interrogating Silence：New Possibilities Faced by South African Literature," *Writing South Africa*：*Literature*，*Apartheid*，*and Democracy*，1970-1995. Derek Attridge and Rosemary Jolly(eds.). Cambridge：Cambridge University Press，1998，p. 24. 平心而论，正如他在这篇文章中指出的那样，这是他早在1979年就做出的解释。也请参见 Elleke Boehmer. "Endings and New Beginnings：South African Fiction in Transition,"ibid. ，pp. 43-56.

② 在这方面，迈克·尼科尔和布林克的小说值得一提，请参见：Mike Nicol. *The Powers That Be* (London：Bloomsbury，1989)，*This Day and Age* (Cape Town：David Philip，1992)，*Horseman* (London：Bloomsbury，1994))；André Brink，*States of Emergency* (London：Faber，1988)，*The First Life of Adamastor* (London：Secker & Warburg，1993)，*Imaginings of Sand*(London：Secker & Warburg，1996)，*Devil's Valley* (London：Secker & Warburg，1998)和 *Praying Mantis* (London：Secker & Warburg，2005)。

期的两部短片小说集《迷失的人们》(*Missing Persons*)和《用纪念碑宣传》(*Propaganda by Monuments and Other Stories*)尤其值得一读。笑话内容本身有趣，可是讲述者的讲述方式太过老套。《愚弄》(*The Folly*)和《不安定的超市》(*The Restless Supermarket*)的前提虽引人入胜，可是故事叙事太长。《戳破了的风景画》(*The Exploded View*，2004)中混合的写作形式与超现实主义的手法显示了这位有趣的作家已经找到了一种方法，将他极为独特的声音叙事与扩展叙事的诉求结合了起来。

当南非黑人作家面临着需要通过写作来证实社会遗留下来的不平等、面临着社会权利丧失的挑战时，当他们将"可用的过去"从政治斗争的年代里剥离出来时，他们发现想要忽视现实主义的主张还真不容易。曼达拉·兰加(Mandla Langa)、蒙加尼·赛洛特(Mongane Serote)以及刘易斯·恩科西(Lewis Nkosi)这些有所建树的小说家们都以创作可靠的"记录片"的形式展开了创作。① 费斯韦恩·迈普(Phaswane Mpe)的首部小说《欢迎来到我们的休布罗》(*Welcome to Our Hillbrow*)和卡贝尔·赛洛·杜伊克(K. Sello Duiker)首部小说《十三美分》(*Thirteen Cents*)在形式上更具有创新性。《十三美分》对一个街头男孩的经历的描写令人难以忘怀，男孩所在的街道在开普平原区，那里经常有盗匪出没，这些情景的描写预示着故事的高潮部分是具有毁灭性的。②

毫无疑问，自 1995 年以来，南非黑人小说最令人关注的是后种族隔离时代的进展。著名的剧作家、小说家扎克斯·穆达(Zakes Mda)极具趣味性的小说《死亡方式》(*Ways of Dying*)和《与黑共舞》(*She Plays with the Darkness*)值得关注。从传统的非洲神话与日常生活经历共存角度而言，他的这两部小说都具有社会现实主义与各种民间传说的魔幻现实主义相融合的特点。穆达的小说有效演绎出了当代非洲文化混杂的活力(而不是当代非洲文化混杂的晦涩与分裂)，为长期受制于关于人命运的狭隘政治观念的文学传统指明了新的方向。《埃塞镇的女人》(又译为《精益求精的圣母雕像》)(*The Madonna of Excelsior*)是对 1971 年臭名昭著的《背德法案》(*Immorality Act*)的控诉。他的《红色之心》(*The Heart of Redness*)依然以南非经历作为主题，并再次回顾了狂欢荒诞的场面。《红色之心》是一部百科全书式的小说，它将 19 世纪科萨人杀牛事件与一种当下的生态观念并列在一起。这种生态观念有关于传统与现代之间的恒久矛盾。不幸的是，有人严厉地指责穆达剽窃他人作品(也就是说，他的作品是一字不漏地借鉴于杰夫·皮尔斯(Jeff Peires)的史料笔记《死者终将站起》(*The Dead Will Arise*))，而他的作品《红色之心》，尽

---

① Mandla Langa. *The Memory of Stones* (Cape Town: David Philip, 2000); Mongane Serote, *Scatterthe Ashes and Go* (Johannesburg: Ravan, 2002); Lewis Nkosi. *Underground People* (Cape Town: Kwela Books, 2002).

② Phaswane Mpe. *Welcome to Our Hillbrow* (Pietermaritzburg, South Africa: University of NatalPress, 2001); K. Sello Duiker. *Thirteen Cents* (Cape Town: David Philip, 2000). 可悲的是，Mpe 和 Duiker 于 2004 年、2005 年相继逝世。

管许多人称赞它为后种族隔离时代的历史小说，但是仍被认为是妥协之作①，后文会继续展开针对穆达小说的具体分析。

恢复南非人民未来感的希望毫无疑问促使许多作家将笔触转向南非的过去。他们通过目前已授权的或者是占主导地位的历史语篇，去找回已被抛弃的记忆，找回被抑制了的感情，找回被压抑了的声音。

白人"忏悔"小说就是非常出名的小说分支之一，它通过对成年经历的描述来探究在种族隔离那种邪恶的年代里白人个体串通一气的根源。在众多的"忏悔"小说中，马克·贝尔（Mark Behr）的《苹果的味道》（*The Smell of Apples*），托伊·布莱克罗斯（Troy Blacklaws）的《卡鲁男孩》（*Karoo Boy*），以及蕾切尔·扎多克（Rachel Zadok）的《宝石压扁托科洛希》②（*Gem Squash Tokoloshe*）都值得一读。

这些著作流露出的后殖民主义姿态——通过回顾过去来重塑现在，并让未来可以想象——通过 1996 年到 1998 年间的真相与和解委员会（Truth and Reconciliation Commission）实现了。尽管侵犯者和受害者在和解规则下为自己作出声明，但是从受害者与受害者家属的角度对过去进行叙述显示出了真正的尊严与重要性，至少是一种情感宣泄与情感治疗的工具。在那十年间，安提耶·科洛戈（Antjie Krog）的《颅骨国家》（*Country of My Skull*，1998）是这类作品中最著名的一部。它是一本记者日记，其中既有对真相委员会工作方式的文献报道，也有对作者面对这些报道时复杂的个人反应的探索。在这本书的开篇部分，作者的朋友科恩德罗教授（Professor Kondlo）试图去解释福特·科勒塔（Ford Calata）的遗孀诺蒙德（Nomonde）在真相与和解委员会的会议初期那无言的哭泣的意义。

> 学者们说痛楚能破坏语言，这种破坏能激发人很快地恢复到前语言状态——见证哭泣就是来证明语言的毁灭，就是意识到要记住这个国家的过去就不得不退回到有语言之前的那个历史时期。要获取有关那段历史的记忆，要用语言来铭记那段历史，要用清晰的影像来捕捉那段历史，就要亲临语言自身诞生的现场。但实际上，这种最终被语言捕捉到的独特记忆再也不会缠绕着你，再也不会左右着你，再也不会让你不知所措，因为你已经能控制它，你甚至可以将这段记忆带到任何你想要带去的地方。所以，这也许就是真相与和解委员会所要做的——为诺蒙德·科勒塔的那种哭泣找到话语。③

---

① 请参见 Andrew Offenburger. "Duplicity and Plagiarism in Zakes Mda's *The Heart of Redness*," *Research in African Literatures* 39, No. 3, 2008, pp. 164-199。穆达（Mda）的反驳并没有说服力：Zakes Mda, "A Response to 'Duplicity and Plagiarism in Zakes Mda's *The Heart of Redness*' by Andrew Offenburger," *Research in African Literatures* 39, No. 3, 2008, pp. 200-203；"A Charge Disputed," *Mail & Guardian*, October 18, 2008.

② Mark Behr. *The Smell of Apples* (London: Abacus, 1995)；Troy Blacklaws, *Karoo Boy* (Cape Town: Double Storey, 2004)；Rachel Zadok, *Gem Squash Tokoloshe* (London: Macmillan, 2005).

③ 转译自 Antjie Krog. *Country of My Skull*. London: Jonathan Cape, 1998, pp. 42-43。

《颅骨国家》披露了"科恩德罗教授"是一个虚构人物，他的一些被科洛戈所支持的声明几乎是从其他地方一字不差地搬过来，而且还未得到认可。这些披露使得《颅骨国家》一书在处理有关真相、权力与责任的概念时，书中的自我意识更为复杂了（有些人说是进一步地妥协了）。① 为了让更多的读者能理解真相与和解委员会的一些证词，科洛戈所做的工作毋庸置疑是有效的，然而有些读者也许会对作者将她那神经性的新闻与有关残暴、屠杀的悲伤记录并列在一起产生质疑。

《颅骨国家》在某种程度上可以说是对早前与之同样知名的自传体小说《我的叛徒心》（*My Traitor's Heart*）的一种回应。《我的叛徒心》由南非白人作家里安·马兰（Rian Malan）所创作，对南非的灵魂进行了探究。该小说以 20 世纪 80 年代多事之秋的南非为背景，是一部关于南非人类行为的道德丑闻沉思录，尤其对南非白人与黑人常常给对方施以野蛮的行为与过度的暴力进行了反思。马兰试图去理解这些行为，因此她的这种想法使她对产生这些行为的历史根源进行了繁杂的刻画，只不过最后这些历史根源只能凸显在无法还原的"人类学"②面前，从而强调了西方理性与西方心理学的局限性。另一方面《颅骨国家》通过持续而又坚定地关注受苦受难的躯体，关注人类的共同特性——这种特性超越了所有对人类差别的歧视，超越了所有对道德审判的至高权力——来消除种族相异的神秘色彩，淡化政治的差别③。

纳尔逊·曼德拉的自传《漫漫自由路》与库切的小说《耻》（*Disgrace*）是后种族隔离时代最为著名的两本书。相比于《颅骨国家》和《我的叛徒心》之间的差异，这两本书之间的差异更大。

在《漫漫自由路》中，尽管曼德拉偶尔也会有怀疑有担心（大部分与个人角色有关，比如自己作为丈夫，作为父亲，作为朋友的角色），但是他的世界里根本就没有空间来储存含糊不清的东西：正如常言所说，事情都是要么黑要么白，没有黑白不分的。另一方面，在库切的小说世界里，所有的事情都充满了怀疑，都具有不确定性、模糊性。库切的《铁器时代》（*Age of Iron*，1990 年）以 20 世纪 80 年代晚期时的开普敦为背景，将城郊白人的生活景象与在黑人棚户区严重的内战景象放在一起。小说《铁器时代》的主人公柯伦太太（Mrs. Curren）身患癌症，不清楚究竟是她那个年代、那个地方、那个种族特

① 请参见 Stephen Watson, "Annals of Plagiarism: Antjie Krog and the Bleek and Lloyd Collection," *New Contrast* 33, no. 2, 2005, pp. 48-61; Colin Bower, "New Claims Against Krog," *Mail & Guardian*, March 3-9, 2006; Antjie Krog, "Stephen Watson in the Annals of Plagiarism," *New Contrast* 34, No. 5, 2006, pp. 72-77。

② 十年后，乔尼·斯坦伯格（Jonny Steinberg）编写了一本关于谋杀夸祖鲁-纳塔尔白种农民的精彩书籍 *Midlands*（Johannesburg: Jonathan Ball, 2002），其中西方和非洲正义，社会习俗和伦理公约以及个人和公共历史的观点的冲突，形成了对标准法医分析的个案史。

③ 相比较之下，库切称："如果回顾我自己的小说，我看到的是一个标准的建立。这个标准即主体。无论如何，去证明它是一种痛苦的过程……在南非，不可能否认自己的权威，因此也不能否认主体。"（*Doubling the Point*, p. 248）。

有的道德疾病给了她致命一击，还是她的仁慈举动能够救赎她，或者，确切地说，还是任何一种救赎都有可能。在对 19 世纪俄国小说家陀思妥耶夫斯基（Fyodor Dostoevsky）的生活进行虚构的小说《彼得堡的大师》（*The Master of Petersburg*，1994）中，这样相似的问题也被提了出来。但是最具有争议也是如今南非小说谈论最多的无疑是让库切第二次赢得布克奖的《耻》（1999）。小说《耻》抛出了令人不安的问题，即，为了争取到加入后种族隔离时代国家社区的许可，白人应该被要求作出什么样的判断？这些判断究竟是可行的还是令人满意的？至于读者从整体上对这本小说作出怎样的反应，很大程度上取决于读者对小说中的主人公大卫·卢里（David Lurie）的同情程度。卢里是开普敦技术大学的一位教授，由于他诱奸了一名有色人种学生，被学校开除了（而且强奸，取决于发生性关系的其中一人的解释）。不知悔改的卢里来到了他女儿露西（Lucy）的所在地——东开普敦格拉汉姆斯顿附近的一家小农场。不久之后，他就被人殴打了，而他的女儿露西被三个为种族仇恨所驱使的黑人强奸了。露西报告说那次袭击就是一次抢劫事件，并以"它纯属私人问题"为由拒绝公开她被强奸的事实，她对她那心存疑虑的父亲解释道：

> 可是，戴维，难道这个问题就不能从另一个角度来看了吗？如果说要是……要是这就是为了在这里呆下去而不得不付出的代价呢？也许他们就是这么想的；也许我也应该这么来想。他们觉得我欠了他们什么东西。他们觉得自己是讨债的，收税的。如果我不付出，为什么要让我在这里生活？①

为了获得她的黑人邻居佩特鲁斯（Petrus）（他似乎参与策划了那次针对露西的袭击）的安全，露西把自己的土地让给了他，甚至同意成为他名义上的第三个妻子。与此同时，她那到目前为止依然自私自利的父亲卢里似乎通过在动物救助站做义工，帮助一些被遗弃的狗进行安乐死，并从处理它们的尸体的劳动中找到了某种救赎的方法。但是，即使这项劳动被小说的标题《耻》所掩盖，小说还是唤起了读者对堕落世界里人类普遍的精神状况的忧虑。

好的作品很少会带来令人高兴的消息，《耻》的阴郁沉重的特点却被另外两部后种族隔离时代的小说运用。戴蒙·加格特（Damon Galgut）的《好医生》（*The Good Doctor*）和贾斯汀·卡特怀特（Justin Cartwright）的《白色闪电》（*White Lightning*），也和库切的《耻》一样，展现出了这种阴郁沉重。这两部小说用不同的方式重温了欧洲同"黑色大陆"激烈对抗的殖民形象，所刻画的形象"或者是残缺不全的，或者是被殴打了的，或者是沉迷于非洲至高无上的暴力的"②。

展望未来，期望南非的作家——黑人作家，白人作家，男性作家，女性作家——继续专注于身份认同问题。在一个正在实现现代化且有着多个民族的国家内，也许这个身

---

① 转译自 Coetzee. *Disgrace*. London：Secker & Warburg，p. 124，158。

② 在威廉·普洛麦尔（William Plomer）的小说 *Turbott Wolfe* 里，这些都是主角的话。见 William Plomer. Turbott Wolfe. London：Hogarth Press，1925；rpt. Oxford：Oxford University Press，1985，p. 117。

份认同问题最好是被看成剩余的种族文化模式同公民原则及公民价值观的一种调和。对于可预见的未来而言，社会想象中的薄弱环节会在不断复苏的非洲民族主义与写入国家宪法的无种族歧视之间造成紧张局势。不光彩的过去仍将要牢记并对它进行再定义，从西方话语的掌控中将非洲大陆抢夺过来的任务仍需要进一步地推进。

因此，对于南非作家而言，他们会遇到前所未有的机遇与挑战。回顾 2005 年，用英语编写《南非写作年鉴》的编纂者认为：

> 文学还将继续移除种族隔离文学的影响，南非作者正日益开拓书写不同的主题和不同的时代。个人身份认同，社会身份认同以及正成为大众主题的艾滋病问题、犯罪问题、暴力问题、贫穷问题以及妇女权利问题，都将成为共同的主题。然而，依然有很多作家还在对过去进行研究，探究关于记忆的观念，关于失去的看法；而其他的作家正在用笔记录着当代南非日常生活中的点点滴滴。①

对于那些长久以来习惯于自由表达的社群来说，以上这些老套话语可能听起来有点失望或者说有点虚假，但对于南非人民而言，它们是真实的消息，这些消息宣告了南非人民的文学终于摆脱了不断述说"民族寓言"②的责任。换言之，迹象已经很明显了——南非文学终于可以享受难得的"平凡"。

二、库切与陀思妥耶夫斯基小说之间的互文性

库切 1994 创作的《彼得堡的大师》（*The Master of Petersburg*）可以作为这个时间段"胜利的文学"的代表作。这一类作品的发表，预示着南非文学不再局限于南非的老生常谈式"种族隔离问题"、后殖民问题、种族之间的斗争问题，开始具备国际化视野。

《彼得堡的大师》的故事背景设置在 1869 年，描述了陀思妥耶夫斯基从德国到圣彼得堡的旅程。而他此行的目的在于试图解开围绕其继子之死（究竟是自杀还是死于当地警方之手，不得而知）的种种谜团。《彼得堡的大师》同《铁器时代》一样涉及历史人物和事件。虚无主义者谢尔盖涅查耶夫曾多次请求将陀思妥耶夫斯基的形象用于其作品中，以此来揭露国家暴力（据称，其继子便是该暴力的受害者），但陀思妥耶夫斯基并不愿意这样做，因为这属于有争议的言辞，会遭到沙皇的镇压。这类小说中提出的关键问题就在于，作家在撰写小说时，如何在不受当局特权的干扰下复原紧迫的历史事件。

1. 库切与陀思妥耶夫斯基的跨时空对话

《彼得堡的大师》从形式到内容均清晰地体现了与俄国文学大师陀思妥耶夫斯基的

---

① 转译自 Crystal Warren. "South Africa," *Journal of Commonwealth Literature* 41 no. 4（2006），p. 181。

② Fredric Jameson. "Third-World Literature in the Era of Multinational Capitalism," *Social Text* 15（1986），pp. 65-88.

《群魔》的互文关系。下文基于互文性的理论及方法通过对两部著作进行对比研究，分析两位文学巨匠在面临文字审查的困境、对现代生活的忏悔与反思，以及运用激进"元小说"的创作手法等方面的相似性，以期揭示陀氏对库切的文学创作理念所产生的深邃的、不可回避的影响。①

库切本人对俄国文学大师陀思妥耶夫斯基极为推崇，曾在开普敦大学进行有关陀思妥耶夫斯基的专题研究。其 1994 年出版的《彼得堡的大师》就是一部以陀思妥耶夫斯基为主人公的小说。小说的主线是俄国作家陀思妥耶夫斯基对继子帕维尔死亡原因的探究以及对儿子的悼念。在彼得堡调查儿子的死因的过程中，他住在儿子生前住过的出租房里，女房东安娜以及安娜的女儿马特廖娜为他提供了一些关于他儿子死因的线索。他向帝国警察局索要儿子的手稿，却被告知部分手稿因为有反政府的内容需要被扣留接受文字审查。滞留彼得堡期间，恐怖组织头目涅恰耶夫也开始不失时机地拉拢他。在混乱的现实和情绪中，陀思妥耶夫斯基开始了小说《群魔》的创作。而众所周知，该小说因涉及反政府，20 世纪 50 年代前一直被禁。小说《彼得堡的大师》中既有陀思妥耶夫斯基的真实生活，又有其作品中的虚构人物。小说最后一章名为"斯塔夫罗金"，这恰好是陀思妥耶夫斯基小说《群魔》中主人公的名字。这样一来，两部小说形成多层次的互文关系。在库切本人的论文集《陌生的海岸》(Stranger Shore) 中，有一篇论文《陀思妥耶夫斯基：奇迹之年》(Dostoevsky：The Miraculous Years) 就是讨论陀思妥耶夫斯基的创作与巴赫金的对话理论，这与小说又形成了另一层面上的互文关系。故而，以《群魔》与《彼得堡的大师》之间的互文关系为切入点，探讨陀氏与库切的跨时空对话，对于理解当代文学大师库切的文学创作倾向、文学接受的艺术影响及其思想来源有着重要的学理性价值。

（1）不同时代的两位文学巨匠

陀思妥耶夫斯基是 19 世纪群星灿烂的俄国文坛上一颗耀眼的明星，和托尔斯泰、屠格涅夫并称为俄罗斯文学"三巨头"，是俄国文学的卓越代表。其代表作有《穷人》《罪与罚》《群魔》《白痴》以及《卡拉马佐夫兄弟》等。《群魔》刻画了俄罗斯早在 19 世纪就已然出现的价值虚无的背景下以斯塔夫罗金为核心的一群虚无主义者群体肖像。斯塔夫罗金成为全书的精神主导，这一地位是通过衬托和补述的手法来实现的。他始终被当成传奇人物来述写，玩世不恭、乖张恣肆，是大家眼中的"疯子"。无神论者基里洛夫是他将来的精神走向，而信徒沙托夫暗示着他从前应当持有的思想。自称为革命者的彼得·韦尔霍文斯基，通过其领导的秘密组织进行恐吓、讹诈、纵火、暗杀等恐怖活动，企图动摇社会基础，以便发起暴动，夺取政权。

陀思妥耶夫斯基曾经被称为"俄罗斯文学的天才"（别林斯基语）。高尔基说过他是"最伟大的天才"，"就艺术表现力而言，他的才华恐怕只有莎士比亚堪与媲美"。村上春树则说："陀思妥耶夫斯基以无限爱心刻画出被上帝抛弃的人，在创造上帝的人被上

_____

① 刘泓，蔡圣勤：《库切与陀氏的跨时空对话》，载《文艺争鸣》2014 第 2 期，第 166 页。此段文字及以下部分系课题组阶段性成果已经发表。

帝所抛弃这种绝对凄惨的自相矛盾之中，他发现了人本身的尊贵。"①陀思妥耶夫斯基影响了很多 20 世纪作家，包括福克纳、加缪、卡夫卡、日本大导演黑泽明等。但是，《群魔》曾被认为是陀思妥耶夫斯基最反动的作品，一部"含血喷人之作"。1935 年 1 月 20 日，苏联《真理报》评论文章称，小说《群魔》是对革命最肮脏的诽谤。因此，苏联直到 20 世纪 50 年代都没出版过单行本。我国 20 世纪 80 年代才出第一个中译本(人民文学出版社 1983 年版，南江译)。

库切曾三次获得南非文学最高荣誉 CNA 奖，并且分别于 1983 年和 1999 年两度获得英语文学最高荣誉"布克奖"，成为历史上第一位两次获得该项大奖的作家。2003 年库切摘取诺贝尔文学奖。库切是英语文学中获奖最多的作家之一。库切身为大学教授，却笔耕不辍，著作颇丰。他的著作包括 15 部小说(包括 3 部小说体自传和 3 部小说体论文集)，6 部文学评论集，以及大量的文学评论文章、诗歌和译作。他的每部作品风格迥异，意义多元，文学形式上推陈出新，其小说"精准地刻画了众多假面具下的人性本质"。瑞典皇家颁奖委员会在其颁奖辞中，指出库切的获奖理由为："在人类反对野蛮愚昧的历史中，库切通过写作表达了对脆弱个人斗争经验的坚定支持。"②从 20 世纪 80 年代开始，西方出现了研究库切的热潮，库切获诺奖后学界才开始从后殖民理论和后现代性等角度对库切及其作品进行解读。

从库切的许多作品来看，库切是深受陀思妥耶夫斯基影响的一位现代作家。本节通过比较两位作家的作品《彼得堡的大师》和《群魔》，对两位作家进行影响研究，深入探讨陀思妥耶夫斯基对库切的影响。

(2)文字审查的规避与训练读者

库切的第七部虚构小说《彼得堡的大师》中的作家主人翁陀思妥耶夫斯基(1994)与库切的准虚构的回忆录《青春》(2002)中处于两难的年轻约翰都遭受着困境的折磨。自命不凡却笨拙自闭的约翰怀揣着梦想和追求，一心想成为作家。但作家所必须的自我审查使他痛苦不堪：他能在多大程度上给自己表达的自由，而不违反伦理的界限？《彼得堡的大师》通过一个虚构的陀思妥耶夫斯基，探讨文学大师和他的作品的亲密关系。作品中，继子的手稿迟迟拿不回来，影射文字审查的残酷。正如斯蒂芬·沃森所述，现实生活中的俄罗斯大师被描述为当代的一个"残忍的天才"，是继文学大师屠格涅夫之后的"俄罗斯的萨德"。③

库切在《双重视角》(1992 年)中透露了他对自我审查的问题的关注，那时他援用了纳丁·戈迪默从事写作时的"重要姿态"的观点："一个作家的自由是什么？最明显的威胁来自官方的文字审查。但更潜在的威胁来自作家'期望的非同寻常认同感'还需符合

---

① 中文百科在线：*http：//www.zwbk.org/MyLemmaShow.aspx？lid*=85972 2013.5.7。

② 原文是：Who in innumerable guises portray the surprising involvement of the outsider. 详见 http：//www.nobelprize.org/nobel-prizes/literature/laureates/2003/press.html Oct 2. 2003。

③ Watson, Stephen. "The Writer and the Devil：J. M. Coetzee's *The Master of Petersburg*," *New Contrast* 22.3, 1994, pp. 47-61.

'反对正统'民众需要。"①

虽然自我审查有其存在的必要，但它阻碍的可能不仅是一部文学作品的道德和政治力量，而且阻碍其审美。有关作家式的承诺和正在进行的文化辩论表明，在种族隔离的南非，这样的问题有一定的市场：它往往由作家自我强加，以抵制官方的力量。库切认为，写作是永远的自传体，"只在自传肯定的事实是，一个人的自身利益，将在位于盲点"②。

虽然，我们会说，这个盲点是库切在描述陀思妥耶夫斯基时有意识地建造的，它可能是用于测试库切自己的作家式做法。

1994年，在南非历史从种族隔离向民主过渡的变革时刻，库切没有选择书写《群魔》那样背负有特定的政治包袱的小说。他告诉了我们一个问题，即作家自己在揭示什么，相反地，他在审查自己什么呢？通过回避文字审查和审查自我的辩证主题的相互作用，《彼得堡的大师》努力培养具有批判和自我反思能力的阅读群体。库切非常清楚地意识到，这至关重要的历史关头，也是南非成为完全的后殖民状态的起点。

正如弗朗茨·法农预见性地警告说，所有新的后殖民国家（新殖民主义）容易陷入"民族意识的陷阱"，即新政权承诺改变，但在现实中却留恋于旧体制的利益。他们很快忘记了人民的需要，一旦宣布独立，"领导者，就会揭开他内心的目的：成为该公司的、急不可耐地索取回报的民族资产阶级投机商董事会主席"③。我们认为可以用《彼得堡的大师》的方式培养批评团队，正如爱德华·赛义德所述，"这个团队是公众知识分子的中坚，同时这也是一项可以解决新殖民主义问题的有效措施"④。

作者要做的工作是将意义含蓄地表达出来，当遇到了审查或自我审查的文字，像法医工作者那样省略、含浑、遗漏、寓言、编纂和隐喻，拼凑出其非法或隐藏潜文本，让读者在阅读和阐释中来"接受训练"。就是这个原因，在《今天的小说》一文里库切指出，"寓言是站在历史之外的边缘化社区的偏好表述，因为它传达的信息是模糊的"⑤。至于反现实主义小说针对历史和历史小说所重申的现状，库切认为，审查无效且已经失败，"认识到故事进攻性"不在于故事具有违背规则强加于他人的能力，而在于随意改变这些规则本身⑥。

---

① Coetzee, J. M. *Doubling the Point: Essays and Interviews*. David Attwell (ed.). Cambridge, Massachusetts; London: Harvard UP, 1992, p. 382. 另见 Gordimer, Nadine. *The Essential Gesture: Writing, Politics and Places*. Stephen Clingman(ed.). London: Jonathan Cape, 1988, p. 106.

② Coetzee, J. M. *Doubling the Point: Essays and Interviews*. David Attwell (ed.). Cambridge. Massachusetts; London: Harvard UP, 1992, p. 391, 392.

③ Fanon, Frantz. *The Wretched of the Earth*. 1961. Trans. Constance Farrington. Penguin: London, 1990, p. 133.

④ Said, Edward W. *Representations of the Intellectual: The 1993 Reith Lectures*. London: Vintage, 1994, p. 23.

⑤ Coetzee. "The Novel Today" *Upstream* 6. 1, 1988, p. 4.

⑥ Coetzee. "The Novel Today" *Upstream* 6. 1, 1988, p. 3.

然而，库切也质疑文类的规则。如果他们查禁某种读物，在殖民主义和种族隔离的语境下，这些规则类似于系统化地编纂和控制整个过程，实质上与权力和压迫密切关联。詹姆逊认为，解释的行为应该受到仔细审查："每一个评论必须同时又是一个元评论。"①詹姆逊把"元评论"比作"弗洛伊德式的阐释学"，它区分了文本显性特征和隐性特征，区分了隐藏的手段和隐藏的信息。"这个最初的区别，已经回答了我们的基本问题：为什么作品首先需要解释？让它从一开始就清楚明了的出现，通过暗示某种审查的存在，而某些信息必定已悄悄溜过了。"②

对于詹姆逊来说，解释的行为不是为文本的意义的难题找到一个"解决方案"，"而是对存在的问题本身的条件进行评注"③。可以说詹姆逊的论点，提炼了库切的小说"信息"：我们作为读者，必须始终质疑在文本内描述的生活和对话中，我们是什么角色。

因此，我们可以看出，陀氏和库切都巧妙地运用了如詹姆逊所述的"元评论"。所不同的是陀氏《群魔》的评论或者说阐述非常激进，对时事的抨击极为猛烈并且其表述显性化，这也许就是其文本被查禁多年的直接原因；而库切通过跨时空对话，一方面继续汲取和运用"元评论"的实质精髓，另一方面使激进的表述隐性化，尽管库切的作品也曾引起广泛争议，但其巧妙措辞最终让其成为南非唯一一位作品从未被禁的左翼作家④。

我们怎样读自我审查的文本？我们怎样读出文本中并未说出的东西？最重要的，为什么我们需要这样做呢？在《彼得堡的大师》中自我流放的陀思妥耶夫斯基，隐姓埋名从德累斯顿返回圣彼得堡，就是为了找到继子帕维尔的死亡真相，悼念他的早逝，抚慰他的亡灵，理顺作为父亲的他与继子之间的关系，解决他自己的心理矛盾。无论作为一个作家还是一位父亲（唤起做父亲的往事），陀思妥耶夫斯基觉得恢复和记录他继子的记忆责无旁贷："一扇门在他的儿子背后已关闭……要打开那门对他来说需费一番工夫。"⑤尽管如此，陀思妥耶夫斯基被自我意识所提升。作为一个小说家，他始终以自己的专长，将他们之间的关系想像成俄狄浦斯式的争斗，用作家式的眼睛观察继子整个生命和死亡：虽然悲痛，他已经在仔细审视这孩子的过去，这是一个好故事的种子。此外，正如德里克·阿特里奇建议，他在彼得堡居住，远不只是为了给死去的孩子整理遗物：陀思妥耶夫斯基似乎是在等待他尚未明确的东西的到来⑥。

---

① Jameson, Fredric. "Metacommentary." *PMLA*, 86.1, 1971, p.10.

② Jameson, Fredric. "Metacommentary." *PMLA*, 86.1, 1971, p.15.

③ Jameson, Fredric. "Metacommentary." *PMLA*, 86.1, 1971, p.10.

④ 蔡圣勤：《孤岛意识：帝国流散群知识分子的书写状况——库切文学创作及批评思想研究》，外语教学与研究出版社 2011 年版，第 85 页。

⑤ Coetzee, J. M. *The Master of Petersburg*, 1994. London：Minerva, 1995, p.19.

⑥ Attridge, Derek. "Expecting the Unexpected in Coetzee's *Master of Petersburg* and Derrida's Recent Writings." *Applying：To Derrida*. Ed. John Brannigan et al. Basingstoke and London：Macmillan, 1996, pp.26-27.

（3）《彼得堡的大师》与《群魔》的互文关系

库切以互文的方式，用小说逐步展示了陀思妥耶夫斯基《群魔》（1872）的创造性思维的过程①。虚构的陀思妥耶夫斯基的精神期待和孤寂的虚无情绪是库切小说《彼得堡的大师》表现的主旨。现实生活中的陀思妥耶夫斯基最初感觉《群魔》是一个"小册子小说"，且是"寄予厚望的碎片，不过是具有倾向性，而不是艺术感；我要说出一些想法，即使我的艺术性被销毁在这个过程中"。② 根据新发现的陀思妥耶夫斯基对东正教的承诺，开始宣传的文本只是后来转化成有文学价值的作品，正如里德拜罗（W. J. Leatherbarrow）所述，从政治虚无主义到社会和道德的形式上的虚无主义，成为小说的转化的焦点。③ 在《彼得堡的大师》中，库切将《群魔》的虚无主义的表现切实地揭露出来了。

第一，故事删减与补遗之互文关系。《彼得堡的大师》最后一章为《斯塔夫罗金》（Stavrogin），具体设想了《群魔》中《在吉洪那里》（At Tihon's）一章的成因。

陀氏的《在吉洪那里》这一章最初以连载形式刊登时，被《俄罗斯导报》编辑压缩删除了。编辑认为尼古拉·斯塔夫罗金·弗谢沃洛多维奇（Nikolay Stavrogin Vsyevolodovitch）的忏悔中出现了滥用淫亵的女孩玛特约莎（Matryosha），因此不适宜发表。奇怪的是，陀氏本人后来在本书付印时也隐去了这一章，幸亏有一个康斯坦茨·加内特译本，作为该版附录的副本将本章保存了下来。雅莫林斯基（Yarmolinsky）为这个版本撰写前言时指出，他无法在这一点上启发读者，里德拜罗同时认为，陀思妥耶夫斯基根本无法履行该杂志的要求，因此决定完全忽略该章。④

而库切以为，斯塔夫罗金在他的忏悔中经历矛盾的情感，既有"反省"也有"愉悦感"。这种矛盾是导致虚无主义的根源。这一点，在库切的《双重视角》一书中论证的典型的"陀思妥耶夫斯基式主人公的自白"即可得到证明。⑤ 库切认为，赦免，为"关于自我的真相"而追问所取得忏悔的最终目标，却被陀思妥耶夫斯基的忏悔人所遮蔽，他们开始在认罪的行为上获得无偿的乐趣，因此无法找到结局。⑥ 甚至陀氏自己也曾认为这

---

① Attridge, Derek. "Expecting the Unexpected in Coetzee's *Master of Petersburg* and Derrida's Recent Writings. " *Applying*: *To Derrida*. Ed. John Brannigan et al. Basingstoke and London: Macmillan, 1996, p. 35；另见 Pechey, Graham. "The Post-apartheid Sublime: Rediscovering the Extraordinary. " *Writing South Africa*: *Literature*, *Apartheid*, *and Democracy*, 1970-1995. Derek Attridge and Rosemary Jolly (eds.). Cambridge: Cambridge UP, 1998, p. 71.

② Leatherbarrow, W. J. "*The Devils* in the Context of Dostoevsky's Life and Works. " *Dostoevsky's* The Devils: *A Critical Companion*. W. J. Leatherbarrow(ed.). Illinois: Northwestern UP, 1999, p. 24, 27.

③ 同上，pp. 25, 27-28。

④ 同上，p. 43。

⑤ Coetzee, J. M. *Doubling the Point*: *Essays and Interviews*. David Attwell (ed.). London: Harvard UP, 1992, p. 275.

⑥ Coetzee, J. M. *Doubling the Point*: *Essays and Interviews*. David Attwell (ed.). London: Harvard UP, 1992, p. 252。

段故事的重要性。在被压缩的那一章"小刀事件"中，即使斯塔夫罗金认为玛特约莎可能是自杀，他的证词还是隐瞒了他自己的一部分，只强调了女孩的公开指责的错误，而隐瞒了女孩在公开场合遭到羞辱和调戏是其自杀的原因之一。斯塔夫罗金迷恋自己的故事成为自觉，从而美化了他的供词："我注意到这"，他在证词中写道，"因为这是很重要的故事"①。因此，库切决定"补遗"这一章，在《彼得堡的大师》中取名《斯塔夫罗金》，以便揭示斯塔夫罗金的疯癫自虐，且虐人自娱的虚无主义精神世界。

第二，人物与事件改编之互文关系。在《群魔》的《在吉洪那里》一章中，忏悔的人是斯塔夫罗金；而在《彼得堡的大师》里，库切描写的陀思妥耶夫斯基像斯塔夫罗金一样，承认"骄奢淫逸促使忏悔"。他将年轻妻子留在德累斯顿，自己在彼得堡，以追查儿子的死因为由，取悦讨好年轻的女房东。斯塔夫罗金的供词对于陀氏来说好比"对自己的不忠的婚姻正折磨着他们自己"②。当然，库切塑造的陀思妥耶夫斯基虐待女孩玛特约莎，想象她赤裸地躺在床上，他的想象和所作所为与斯塔夫罗金相比是非常不同的。正如劳伦斯为其送检的小说《查泰莱夫人的情人》辩护时写道："文化和文明教会了我们的行为，并不一定遵循思想。"③尽管如此，库切塑造的陀思妥耶夫斯基是有罪的，在库切的故事里，陀氏巧妙地抹去了他的孩子帕维尔基于这方面的经验所撰写的日记。在《斯塔夫罗金》里库切写道，这将成为《群魔》里斯塔夫罗金诱惑玛特约莎的故事："这是一段话，他不会忘记，甚至有朝一日，他会将之改编写入他的作品里去。"④库切的确把它写入了作品；陀思妥耶夫斯基也写入了作品，却不幸被删除了。因此，我们可以看出，基于互文关系，库切将人物与事件进行了改编，从而将《群魔》中斯塔夫罗金的虚无主义表现推衍至陀思妥耶夫斯基的生活与精神追寻的虚无主义表现。

第三，两位文学大师精神的互文关系。英国著名学者阿特里奇和兹尼克（Zinik）将作为作家的陀思妥耶夫斯基的性格和库切的性格进行了全面比较，并指出，无论是生活在 1869 年的德累斯顿，被俄罗斯秘密警察监视，还是被其债权人追讨无法自由返回彼得堡，陀思妥耶夫斯基的真实生活，像他虚构的对象一样遭受着嗜好赌博却又面临危险的折磨。而库切本人因反对越战被美国政府列入黑名单并拒绝其永居权的申请，且被秘密监视，多少与陀氏有些相似性。不仅如此，1994 年以后，白人在南非随时处于生存危险的担忧之中，他们开始各种形式的逃离。这种精神压抑的相似性为互文写作提供了可能性。

陀思妥耶夫斯基的《群魔》写作开始于 1869 年 12 月，库切把《彼得堡大师》的结局设置在一个月后。和他书中的主人公一样，现实生活中的陀思妥耶夫斯基也有一个名叫

① Dostoyevsky, Fyodor. *The Possessed*. Trans. Constance Garnett. Foreword Avrahm Yarmolinsky. New York：Modern Library，1872，p. 704.

② Coetzee, J. M. *The Master of Petersburg*. 1994. London：Minerva，1995，p. 62.

③ Lawrence，*A Propos of Lady Chatterley's Lover*. London：Mandrake Press，1930，pp. 9-10.

④ Coetzee, J. M. *The Master of Petersburg*. London：Minerva，1995，p. 24.

帕维尔的继子需要他在经济上供养。两个陀思妥耶夫斯基都患有癫痫病，被认为是由占有欲所致，正如阿特里奇发现的"自我怀疑，自我诋毁和自我编撰，占据了主角的太多的精神世界，而饱受折磨，这些是我们在陀思妥耶夫斯基小说和书信中所熟悉的"①。而我们普通读者所不熟悉的是，现实中库切也有丧子之痛。库切把这种痛写入《彼得堡的大师》，让陀思妥耶夫斯基陈述这种丧子之痛，并在追寻其子帕维尔的遗物中替他抒发这种情感。如果用后结构主义者的观点，两个人的丧子之痛可以被"文本化"，两位大师的精神状态也已经"文本化"，通过书写陀思妥耶夫斯基这个小说人物，库切就已将两位文学大师的精神世界放置于互文关系之中了。

（4）后现代"忏悔"与"激进的元小说"

在以反思现代性为主潮的文学创作中，作家作为新的公众知识分子创作了大量以忏悔为主题的小说，从人类灵魂深处诉说以利益权力追寻为目的的现代人的异化、变态，以及背离真善美的终极原则的光怪陆离的当代社会现象。如托马斯·曼的《菲力·克鲁尔的忏悔》(*Confession of Felix Krull*, 1954)，苏格兰作家威廉·柏以德的《新忏悔》(W. Boyd, *The New Confession*, 1987)，艾丽萨·李碧的《血缘的忏悔》(Alisa M. Libby, *The Blood Confession*)，等等。

库切作为后现代思潮的领军人物之一，在理论探索和创作实践中都关注和运用了"忏悔的心灵"之追寻主题。在《彼得堡的大师》里，陀思妥耶夫斯基向他的"忏悔人"安娜和玛特约莎表白他的悲痛。帕维尔可以大致等同于陀思妥耶夫斯基的小说中向被虐女孩玛特约莎忏悔的斯塔夫罗金。谢尔盖·涅恰耶夫(Nechaev)是臭名昭著的真实历史人物，涅恰耶夫认为虚无主义学生成员伊万诺夫可能背叛组织，涉嫌谋杀了他②。在《群魔》中，陀思妥耶夫斯基隐去了涅恰耶夫就是彼得·维尔霍文斯基(Verkhovensky)，伊万诺夫就是伊万·夏托夫(Shatov)。库切在小说里自由地将他们揭露出来。然而，库切也对历史真实作了有意义的疏离，实际上在现实生活中，帕维尔比陀思妥耶夫斯基活得时间长③。因此库切的小说先假定读者具一定的知识，且能够理解占主流地位的、复杂的欧洲经典。正是这些欧洲经典，为西方国家叙事服务，为追寻资本利益最大化服务，同样也为"人的异化"服务，一步步将人类引向"工具理性"歧途。库切在小说中创作的这种"陀氏忏悔"，使剧情在结构铺垫中升华了美感，使读者阅读时获得了心灵的震撼。

① Attridge, Derek. "Expecting the Unexpected in Coetzee's *Master of Petersburg* and Derrida's Recent Writings." *Applying*: *To Derrida*. Ed. John Brannigan et al. Basingstoke and London: Macmillan, 1996, p. 24.

② Offord, D. C. "*The Devils* in the Context of Contemporary Russian Thought and Politics." *Dostoevsky's* The Devils: *A Critical Companion*. Ed. W. J. Leatherbarrow. Illinois: Northwestern UP, 1999, p. 68.

③ Attridge, Derek. "Expecting the Unexpected in Coetzee's *Master of Petersburg* and Derrida's Recent Writings." *Applying*: *To Derrida*. Ed. John Brannigan et al. Basingstoke and London: Macmillan, 1996, pp. 24-25. 另见 Zinik, Zinovy. "The Spirit of Stavrogin." *TLS* 19, 4 March 1994, p. 19。

"激进的元小说"（radical metafiction）是后现代叙事的小说中又一被广泛运用的手法。① 它利用激进的反宏大叙事的创作手法揭示文艺作品中的权力话语成分，同时在小说讲述故事的过程中反复插入"元叙事"，使读者从虚构的故事中解脱出来保持清醒的头脑，促使其对叙事本身的反思、对权力话语进行反思、对西方传统经典进行反思。库切的早期小说《雅各布·库切的叙述》是激进的反讽，《福》（Foe）是揭示经典小说帝国叙事的元小说，这些早已为读者熟知。②

库切早期的"激进元小说"《福》是对18世纪文学经典笛福的《鲁滨逊漂流记》的后现代反讽式改写③，这一点一般读者可以清楚地看出。但读者对《群魔》的熟悉程度远远不如《鲁滨逊漂流记》，更不用说《群魔》那被压缩删除的一章，正如阿特里奇所述，"是不太可能熟悉的"④。然而，从事小说创作，还要有效地规避审查，库切技术上设置了对文字审查的逃避，将读者定位到《彼得堡的大师》这部小说上。检查员或批评家若要弄清其中关系，还需弥补"遗漏"章节的互文文本，如同在《福》里，作为批评家的读者被挑战性地定格为作品的"敌手"（Foe）一样，就会走进了作者设定的迷宫。因此，库切的激进的批评锋芒又一次被隐含了，又一次成功地规避了文字审查，为后现代叙事增添了一个良好的范例。

综上所述，陀氏对库切的影响已经清晰可见。无论从世界文学发展的历程，还是从比较文学的发展历史来看，文学对话首先是建立在具体的历史联系之上的。在一定文化框架中，寻求另一文化里自己所需要的东西，本身也是一种对话，一种自身文化与外来文化的对谈与比较。在对话中了解对方，也更加深入地在他者之镜中看清楚自身。没有跨文化文学之间的相互影响与接受，文学对话就不能发生，更无法深入。也正是在这个意义上，文学影响与接受的过程，同时也是一个文化过滤的过程。因为所谓文化过滤，指的是根据自身文化积淀和文化传统对外来文化进行有意义的选择、分析、借鉴与重组。接受与影响中最重要的因素有时不一定是影响源本身，而恰恰是被影响者所处的环境及其时代的要求。"拿来"与"扬弃"并重，"显性"与"隐性"共存，这才是文学大师的"范儿"，更是文学大师的妙！

2.《彼得堡的大师》中的忏悔与反思

库切的小说《彼得堡的大师》和陀思妥耶夫斯基的《群魔》在许多方面都形成了互文关系，这一点在许多前人研究中都得到了证实。库切作为白人知识分子和当代文学巨

---

① Coetzee, J. M. *Doubling the Point*: *Essays and Interviews*. David Attwell（ed.）. London: Harvard UP, 1992, p. 86.

② 蔡圣勤：《孤岛意识：帝国流散群知识分子的书写状况——库切文学创作及批评思想研究》，外语教学与研究出版社2011年版，第90页。

③ 同上，第50页。

④ Attridge, Derek. "Expecting the Unexpected in Coetzee's *Master of Petersburg* and Derrida's Recent Writings."*Applying*: *To Derrida*. John Brannigan et al.（eds.）. Basingstoke and London: Macmillan, 1996, p. 32.

匠，其书写特征极具流散性，小说中多体现为对殖民史的忏悔和反思。库切通过模仿陀思妥耶夫斯基的创作，从小说的艺术虚构与历史真实、小说的历史语境与话语挑战、针对历史事实的质疑，以及话语权人的忏悔与反思四个方面，像陀思妥耶夫斯基一样，替话语权者进行进一步的忏悔与反思。①

在反思现代性为主潮的文学创作中，作家作为新的公众知识分子创作了大量以忏悔为主题的小说，从人类灵魂深处述说以利益权力追寻为目的的现代人的异化、变态，以及背离真善美的终极原则的光怪陆离的当代社会现象。既然在多数"后殖民文学"史书或者百科全书中，库切已被赫然列为"后殖民作家"②，他就有义务作为白人知识分子替人受过、代人忏悔和反思。库切在他的《当今小说》中指出："在当今意识形态的高压之下，小说和历史共存于同一空间，就像两头奶牛处于同一牧场，互不干涉没有交集。但我却认为，小说只有两条路可走：要么补充历史，要么挑战历史。"③1987 年 11 月，库切曾在开普敦书展上表明这一观点，而当时南非正处于民族主义运动甚至是政权更迭的国家紧急状态(1986—1989)的风口浪尖上。库切从帝国流散群的白人知识分子的视角出发，通过对西方中心文化及经典概念本身的解构，对帝国文学神话的解构，以及对帝国内部意识的自我解剖，建构起他的后殖民语境下的文学思想：殖民主义不仅伤害了殖民地的被殖民者，对殖民者后裔，即帝国流散群体(夹缝人)也带来了不可挽回的伤害，两者共同处在文化的选择与困惑之中。④ 作为白人代表的库切也通过这些书写，替帝国殖民史作了深刻的忏悔与反思。而忏悔和反思必定涉及"历史"——即所谓"宏大叙事"里大写的历史。艺术作品的书写与历史真实的关系必须厘清；宏大叙事里的"历史语境"与当时的话语权人必须走向前台接受质疑。也只有这样，忏悔与反思才能得以实施。

机敏的语言大师库切为了有效规避当权者的文字审查，通过模仿陀思妥耶夫斯基的小说《群魔》的创作，巧妙地将这种忏悔与反思寓于《彼得堡的大师》之中。因此本节基于两位文学大师创作中的互文性，从小说的艺术虚构与历史真实、小说的历史语境与话语挑战、针对"历史即事实"的质疑和话语权人的忏悔与反思四个方面阐述"忏悔与反思"这一写作主题。以期在"忏悔与反思"这一视角下洞悉库切的文学理论表述和虚构作

---

① 蔡圣勤："《彼得堡的大师》中的忏悔与反思——基于库切与同斯托耶夫斯基小说的互文性比较研究"，载《江汉论坛》2016 年第 1 期，第 108-112 页。此段以及以下部分文字作为课题的前期成果已发表。

② Innes, C. L. *The Cambridge Introduction to Postcolonial Literature in English*(London：Cambridge Uni Press, 2007, p. 244；Ross, Robert. *Colonial and Postcolonial Fiction*：*An Anthology*, New York：Routledge, 1999, p. 3；Benson, Eugene and L. W. Conolly (ed). *Encyclopedia of Post-Colonial Literaturesin English* (2ⁿᵈ Edition)(Routledge, 1994, pp. 58-59, 255)；Boehmer, *Colonial and Postcolonial Literature* (London：Oxford University Press, 2005)等都把库切贴上了"后殖民作家"的标签。

③ Coetzee, J. M. "The Novel Today. "*Upstream* 6：1(1988), pp. 2-5.

④ 蔡圣勤："神话的解构与自我解剖——再论库切对后殖民理论的贡献"，《外国文学研究》2011 年第 5 期，第 30 页。

品的写作实践。

（1）小说的艺术虚构与历史真实

忏悔题材的小说离不开心境，所书写的虚构不能脱离历史。呈现在读者面前的故事叙述亦真亦幻，为了达到忏悔与反思的效果，书写必须做到一定程度地"疏离"，适当拉开时空距离。1994年初，当时库切的最新小说《彼得堡的大师》刚出版，而相较1987年，此时政治局势发生了不可预计的逆转——在第一次民族选举的国民大会上，曼德拉当选为南非总统。挑战历史的小说对于库切来说，其意义之重要似乎是一如既往，作为白人知识分子的库切，并未因曼德拉当选总统标志着民主进程取得了决定性胜利而停止质疑和反思，相反他继续以批判为己任，进一步揭露历史的虚伪和平民人物在历史中的无奈。《彼得堡的大师》将小说时间设定在1869年，叙述了一位俄罗斯小说家在德累斯顿从自我放逐中走出来，回到圣彼得堡收集已故继子的文稿和其他财物，并模仿继子的身份体验和延续继子生前的生活方式。一直读到小说的第33页，我们才发现，文中所指的小说家不是别人，竟正是陀思妥耶夫斯基本人，但是机警的（以及认真阅读了的）读者应该早就猜到了。

库切并没有直接刻画一位艺术家。尽管虚构小说里的陀思妥耶夫斯基与历史上的陀思妥耶夫斯基有相似之处，比如：为了逃债，一直流亡于德累斯顿；患有癫痫，并且沉溺于赌博；第二任妻子名叫安娜·沙吉维那·陀思妥耶夫斯基，原姓斯尼特金娜；第一任妻子留下的继子，巴维尔·亚历山德罗维奇·伊伐诺夫。

但是两者间也存在显著的不同之处。最大的不同之处在于，陀思妥耶夫斯基的养子巴维尔并非死于1869年。实际上，巴维尔死于1901年，即陀思妥耶夫斯基去世20年后。根据目前所了解的资料，直到1871年，陀思妥耶夫斯基才从逃亡地德累斯顿返回俄国。当他还身处德累斯顿时，听闻一名大学生伊万诺夫死于政治谋杀，凶手正是他的"革命同志"兼恐怖分子涅恰耶夫，这一事件极大牵动了陀思妥耶夫斯基，并最终促成《群魔》（1871）创作的完成。但在库切的《彼得堡的大师》中，继子巴维尔死于自杀或是他杀，或是警察所为（正如陀思思妥耶夫斯基后来慢慢相信的），抑或涅恰耶夫所为，等等，三种可能都似乎存在。

集蜚声国际文坛的小说家与著名大学教授的学术身份为一体的库切，曾多次发表研究陀思妥耶夫斯基的学术论文，其中一篇论文标题即为"忏悔与双重思考：托尔斯泰、卢梭和陀思妥耶夫斯基"[①]。应该说，其对陀氏的生平与创作了如指掌。创作一部以陀氏为主人翁的带有半传记色彩的《彼得堡的大师》，不应该犯有"常识性"的错误。唯一的解释就是，这本身即为艺术家有意而为之，将艺术虚构与历史真实混合一处，让读者去品味一个不一样的或者是陌生化的陀思妥耶夫斯基。亦真亦幻的艺术构思，为质疑"历史"、挑战话语当权，更为忏悔与反思提供了反面文本，也为书写主题做好了铺垫。

---

① Coetzee, J. M. "Confession and Double Thoughts: Tolstory, Rousseau, Dostoevsky." *Comparative Literature* 37：3(1985)，pp. 193-232。另在库切的文学评论集《陌生者的海岸》（汪洪章译为《异乡人的国度》）一书中也有一篇讨论陀氏的论文。

（2）小说的历史语境与话语挑战

在深究库切更改"历史"事实要素的原因之前，有必要明白小说要"挑战"哪些历史。英国约克大学英文系主任戴维·艾特维尔教授指出，库切提出的议题是"不幸的摩尼教"，无论这一概念是对历史的补充或挑战，是写实或杜撰，"就他与其他南非作家及读者之间的关系而言，库切付出了相当大的代价，尤其对那些习惯了政治化的诉求，并希望有现实文件证明人们过着受压迫生活的读者而言"①。然而我们必须清醒地意识到，库切在他的作品中将这些概念政治化了。所谓"历史"的概念，并非等同于"过去发生过的事实"，而是话语权者站在自身的立场的表述。因此，这个表述宏大叙述的大写历史其实就是话语权者本身。我们发现小说可能与现实中发生的情况完全不同，所描绘的政治图景甚至更加复杂。我们还要认识到，库切会为"历史"一词进行申辩，至少他认为，历史一词不等同于通常意义上或是现实经验中我们所公认的事实，它并非指某个固定的选举日期，一场战斗，一次罢工，或法例的某条具体内容。相反，库切用"历史"特指"历史话语"或者称为"历史语境"。而我们知道的历史通常是已经发生过、既成的事实，并且只能通过文本或话语寻其释义。

对于小说题材的争议，库切认为应该"在某特定的历史时期下，为读者提供大量的第一手生活模型，向读者展现不同角色之间的争斗，以某种特定视角填充读者的生活经验"②。许多《群魔》的研究者，一直纠结于小说的描述对象影射了俄国大革命本身，从而遭到禁版几十年的命运。而陀氏所书写的"斗争"和"生活经验"正是一种话语权的表述，简言之，正是陀氏某种立场的对历史的挑战。到了《彼得堡的大师》这里，话语权转到了库切手中，对于如何描绘他笔下的陀氏，拥有了完全的话语权。于是库切会故意"卖个破绽"，用几个读者熟悉的错误常识，规训读者的挑战话语权的能力，这样反思和忏悔才能进一步实施。

另一方面，库切批评一些自然主义小说过于轻率，比如：蒙甘·西罗特的《浴血而生》（1981）和西弗·塞巴拉的《乘风破浪》（1981）。他认为，这些小说"本可以构建信息中心，却在结构上留下了败笔"。这种小说类型，用恩德贝勒的话说，"因为只需要读者有认知能力，没期望转变读者意识。认知并不代表转变：它只是去证实"③。相比之下，库切"期望转变读者意识"，明确地将自己的小说定位于挑战历史的文本体系之中。只有敢于挑战历史，认清宏大历史叙述与历史本真的关系，才能清醒地认知殖民史。这一点，任何历史书写者不会自我忏悔，不会自我反思，这一责任只能由有良知的知识分子通过艺术创作这一亦真亦幻的小说来体现。正如库切在论文中指出：

---

① Attwell, David. "The Problem of History in the Fiction of J. M. Coetzee." *Poetics Today* 11.3 (1990), p. 579, 582.

② Coetzee, J. M. "The Novel Today." *Upstream* 6：1(1988), pp. 2-5.

③ Ndebele, Njabulo. "Turkish Tales, and Some Thoughts on S. A. Fiction." Review of YasharKemal's *Anatolian Tales. Stajfrider* 6：1 (1984), pp. 42-48.

　　　　小说以自身进程而非历史进程开端，按自身轨迹而非历史记载结束（如同家长
　　检查小孩作业一般）。尤其当小说有自身的框架模型和故事情节时，也许随着故事
　　推进（这里是真正"挑战"意义上的重点，即使可能会介入对立的一面），我们能辨
　　别出历史的虚构成分，换句话说，就是揭开历史的神秘面纱。①

库切使用像"挑战"和"对立"这样的词汇的真正动机仍待商榷，如此激进的字眼，意味
着虚构与现实之间彻底决裂。如果小说只是小说，不对现实产生任何影响，那么写小说
的意义又何在？

　　可以想象，库切对"只是小说"这种称谓十分不满，因为他曾提及将历史诉求置于
"首位"是创作的"必然性"，甚至是语篇语境的主要形式。当然，毋庸置疑，很难想象
人们会跑去买几本库切的获奖小说《等待野蛮人》，并从中了解南非当前形势的内幕。
同样，读者更不会手持《彼得堡的大师》去验证陀思妥耶夫斯基的生平。库切小说的着
重点并非在此，并非在"补充历史"或"挑战历史"的二元对立关系上。相反，库切在一
次演说中，将此作为唯一的论点，用以批判"阶级冲突、种族冲突、性别冲突或任何其
他的对立结构，均出自历史或历史学科中的术语体系"的所谓史学观点。② 不可靠的史
学观只强调了阶级、种族和性别，而忽略历史虚构的本身。书写历史的话语权者，是否
才真正是始作俑者？是否才更应该忏悔与反思？

　　事实上，正如艾特维尔所证实的，库切小说其实是"以十分特殊的方式保证了历史
的真实"③。例如，通常每部小说，包括《彼得堡的大师》，都有意通过撰写或叙述的方
式，解释并让读者理解在一场斗争中人物的角色或所处环境。如在《群魔》中一样，安
娜·沙吉维那的处境、巴维尔的处境，甚至涅恰耶夫的处境都尽量在历史中可循。尽管
库切坚称，"书中生命的意义，不同于现实中生命的意义，并非难易问题，只是不
同"④（"深掘思想蕴涵"），但他专注于解释某些特定的例子，这一举动似乎说明，我们
所有人都试图将一切意义归因于我们的生活，不同的言语、不同的文化，以及我们所深
陷其中的不同的历史。艾特维尔引自罗伯特·西格勒《自省诗学》（1986）的句子，假定
小说中自反性和自我意识的元素，是"结构诗学"的关键元素，诗学也就是：

　　　　一门针对创作、阐释、建构等方面的机制和假定的指导性的学科。诗学是一
　　门专门化的应用，它在更大范围内研究文化，无论是文学中的，还是表现在科
　　学、哲学，或是一般意义上的文化符码，创造其文化身份，并建构个人与机构相

---

　　① 转译自 Coetzee, J. M. "The Novel Today," *Upstream* 6：1(1988), pp. 2-5。

　　② Coetzee, J. M. Waiting for Barbarian. London：Vintage, 1983, p. 3.

　　③ Attwell, David. "The Problem of History in the Fiction of J. M. Coetzee," *Poetics Today* 11. 3
(1990), p. 588.

　　④ Coetzee, J. M. "The Novel Today," *Upstream* 6：1(1988), pp. 2-5.

联的文化世界。①

通过虚构与真实交织的艺术构思，库切在《彼得堡的大师》中构建的文化世界正是作者为了替人受过、代人忏悔的虚构的"历史真实"，它一定程度上成为标靶，为自我批判或成为自我解剖奠定了基础。

（3）针对"历史即事实"的质疑

相对于现实主义或自然主义小说试图打造出某种程度上的"纯粹"，库切的元小说、解构主义小说不以所谓可控的"信息中心"为界，却十分积极主动地挑战各式各样的模式，用以诠释或解读人们所处的环境。正如大家所熟知，库切的小说创作涉及面广，想象事物有一定的自我意识——其中包括身体发现自己是一具身体，语言能自己言说，政治和文化环绕着它且凭借语言阐述自身观点，自己其实是历史的一部分，接着让其自行运作，开口说话，不受任何直接干预或强加意识形态的干扰。但这些需考虑到各方面条件的可行性和思想边界的局限性。

库切通过另一种方式，即人与人的隶属关系，呈现出传统的小说书写均表现为"历史即事实"。而这一组传统表达在《彼得堡的大师》中被轻松地解构了。阅读过《群魔》的读者或者了解陀氏生平的读者，在阅读库切的新作时能正确地判断"历史"并非完全"事实"，有时候还恰恰相反，它是权力立场的表达。赛义德在其论著《世俗批评》中指出，"这种从一个失败的想法，或父子关系，到一种补偿秩序的过渡，无论它的形式是一个政党，一个机构，一种文化，一种信仰，甚至是一种世界性的眼光，都为男女关系提供了一种新型模式，它既是一种隶属关系，也是一个新系统"②。陀氏与巴维尔的父子关系特别是人物生平被重构了，陀氏与女房东的男女关系也被重构。艾特维尔还认为，库切的前两部小说《幽暗之地》和《内陆深处》，批判了这种让南非知识分子感到如桎梏加身般的父子关系。而且当时库切没有加入任何政党和组织，也没有任何宗教信仰。在库切的小说中，社区或团体形式只在介绍作者或小说创作类型和批评实践中出现过暗示。

文学本身的互文性似乎使得库切对"形式"的追求更加自由，即使只是重新思考的自由，也被他称为可供自己支配领域的自由。然而，若没有小说本身的历史叙事形式，这种对自由的追求便难以从小说中看出端倪，这种历史叙事形式不仅承担着叙述故事的任务，也呈现出作者自由发挥的领域……换种表述方式来说，若没有历史叙事这种形式，库切也会利用材料的自身结构、灵活运用语言来构建主体，将他们以神话、意识形

---

① Attwell, David. "The Problem of History in the Fiction of J. M. Coetzee," *Poetics Today* 11. 3 (1990), pp. 579-615.

② Said, Edward. "Secular Criticism," The World, The Text, and The Critic. London: Vintage, 1991, p. 19.

态等的形式呈现出来。因为这些形式涵盖了历史中真实生活的各种限制和可能性。① 这种文学的互文性，可以使库切在《彼得堡的大师》和《群魔》之间自由地穿梭，可以在历史真实与艺术虚构之间来回跳跃。而其真实目的，就是可以让认真严肃的读者正确把握话语权者的权力与叙述的关系，有利于撇清"历史即真实"抑或"历史亦虚构"的命题。

库切小说《彼得堡的大师》中描写的社区关系与"历史即真实"也有着间接联系。即这种社区关系内既包含文学意识形态和文学历史的共谋关系，也包含了文学批评甚至历史批评的丰富内涵。这与作者长期致力于探索和质疑的"历史虚构论"②方向完全一致。这个过程或多或少地涉及一定程度的情节或叙述形式。因此《彼得堡的大师》也不例外。

(4)话语权人的忏悔与反思

仅从上述表达中，我们还很难认同库切对历史话语"挑战"，或者用此"挑战"来书写小说就是描述库切的最佳途径。那么，让我们看看库切的同事，且为库切研究专家、约克大学英文系主任艾特维尔的观点。艾特维尔认为第三种选择，即"补充史料"，则能更贴切地诠释库切小说的动态性。他重新思考了历史意识这种特殊形式，并尝试突破其限制。③ 即回到我们开始提出的问题——为什么库切要在《彼得堡的大师》中改变陀思妥耶夫斯基传记的方方面面？为什么要将自己与陀思妥耶夫斯基相联系？他要探索的意识形式是什么，其局限性又有哪些？库切所选择的历史或历史话语是如何对"真正的"陀思妥耶夫斯基"真实的"生活进行史料补充或重新思考的呢？

这些问题困扰了许多《彼得堡的大师》的评论员。角谷美智子在《纽约时报》上抱怨，"库切在处理事实和小说之间非常灵活，但也十分任意"，并为他惋惜声称，"这般人才不应该将天赋浪费在如此奇怪的领域"（C35 版）。④ 帕特里克·麦格拉思在《纽约时报》书评中将其描述为"一本不起眼的书……迷宫般的情节，基调忧郁，小说中的每个转折点都晦涩难懂"⑤（G 版）；理查德·埃德尔在《洛杉矶时报》中声称"主旨虽引人入胜但描写不足"⑥。吉尔伯特在《新政治家和社会》指责库切的"羞怯"，直到第 33 页才披露陀思妥耶夫斯基的"真实身份"⑦；批评家巴里昂斯沃斯在《观察家》感到"怀疑的萌芽贯

① Attwell, David. "The Problem of History in the Fiction of J. M. Coetzee," *Poetics Today* 11. 3 (1990), p. 601.

② 蔡圣勤：《孤岛意识：帝国流散群知识分子的书写状况——库切创作与批评思想研究》，外语教学与研究出版社 2011 年版。

③ Attwell, David. "The Problem of History in the Fiction of J. M. Coetzee," *Poetics Today* 11. 3 (1990), p. 592.

④ Kakutani, Michiko. "Dostoevsky's Life as a Departure Point," Review of *The Master of Petersburg*, *New York Times* 18 Nov. 94, p. 35.

⑤ McGrath, Patrick. "To Be Conscious Is to Suffer," Review of *The Master of Petersburg*, *New York Times Book Review* 20 Nov. 94, p. 9, G 版。

⑥ Eder, Richard. "Doing Dostoevsky," Review of *The Master of Petersburg*, *Los Angeles Times* 20 Nov. 94, p. 3, 11.

⑦ Gilbert, Harriett. "Heir Apparent," Review of *The Master of Petersburg*, *New Statesman and Society* 25 Feb, 1994, p. 41.

穿整部小说让他十分困扰”①。

作为一种后现代书写，在许多人看来，库切写《彼得堡的大师》目的十分模糊，至少不像《福》（1986）的颠覆性那样清晰明了，《福》是库切第一部描述具体的历史人物（也是作家）的小说，改写了笛福的《鲁滨逊漂流记》（1719），让历史和文学发出异样的声音。乍一看，这似乎与重写陀思妥耶夫斯基背后的动机没有密切相关的联系。

也许以下这些就是库切和陀思妥耶夫斯基之间的相似之处：两位作家生活（过去生活）在各自国家政治动荡的时期（并且有审查制度对他们的创作进行威胁）；回祖国之前，都有自愿流亡到国外一段时间之经历；在社会某些阶级受压迫时，都曾被指控为反动派的同谋。

革命组织在两个国家的运作也大致相若，都有“地下牢房”，利用恐怖手段来攻击企图奴役他们的社会力量。在南非声讨白人的民族主义运动中，马克思主义思潮占了相当大的比例，尤其在 20 世纪 60 年代到 70 年代，库切经历了被共产主义团体欢迎到后来又已经被共产主义群体孤立的历程，他们攻击库切的写作缺乏政治参与度。正如陀思妥耶夫斯基强烈反对俄国的暴力革命，被某些前共产主义组织和虚无主义者夸大宣传和批判，并因此《群魔》长期遭禁。小说中性格狡诈凶残的彼得·斯捷潘诺维奇·韦尔霍文斯基，便是以现实生活中涅查耶夫为人物原型。《群魔》中韦尔霍文斯基高喊：

> 那些能力较强的人们最后都成了暴君，他们一直在做恶而非行善，他们应该被流放或被处决。西塞罗的舌将被割掉，哥白尼的眼睛将被挖出，莎士比亚将被乱石砸死……没人需要教育，我们已经受够了科学！②

在《彼得堡的大师》中，陀思妥耶夫斯基批驳了这种反智主义僵化顽固派，谴责他们单纯地破坏和制造混乱的行为，质疑他们拒绝学习，并将艺术和科学视为不切实际的观点。库切小说中陀思妥耶夫斯基问涅查耶夫：

> 我算什么？我在你的乌托邦里又如何自处？如果主没有遗弃我，那我能自由自在地打扮得像个女人，或者装扮成一位年轻、穿着白色西装的花花公子，或者允许我拥有自己独一无二的名字、住址、年龄和出身门第吗？……我仍然有自由能做自己想做的人吗？比如，作为一名年轻的男性，在空闲时间，不被不喜欢的人支配，和意淫着无情地惩罚他们？……或者我应该铭记你在日内瓦说的话：我们已经受够了哥白尼们，如果再有一个哥白尼出现，我们就把他的眼珠子挖出来？③

---

① Unsworth, Barry. "The Hero of Another's Novel," Review of *The Master of Petersburg*, *Spectator* 26 Feb, 1994, p. 31.

② 转译自 Dostoevsky, Fyodor M. *Devils*. 1871 Trans. Michael R. Katz. Oxford：Oxford UP, 1992, pp. 442-443。

③ Coetzee, J. M. *The Master of Petersburg*. London：Secker and Warburg, 1994, p. 185.

　　库切隐藏在这篇演讲背后的声音，表达了他对暴政和某些"形式共产主义"和民族主义虚伪的担忧。也许这是他在南非拒绝宣誓效忠和服务任何团体或者宗教的"原因"。虽然事实如此，然而我们作为普通读者却很难分辨库切在小说中到底站在哪一方，这正是他的"无排他性"立场。他是躲在虚构与历史之间的模糊身影，藏在陀思妥耶夫斯基身后指责（虚构的）涅查耶夫的宣言，与小说《群魔》中的韦尔霍文斯基相呼应呢，还是通过韦尔霍文斯基的演讲，直指（现实中的）涅恰耶夫，将陀思妥耶夫斯基对现实的批判变成小说的内容呢？这里也可看作苏联的大区域化与欧洲殖民主义扩张野心的对比和暗示。是否可以这样看，库切把以苏俄为中心的社会主义化的东欧的大区域，看作如同殖民地扩张推行自己的意识形态一样的暗喻。再说，库切从未真正明确过小说的叙述与现实事件之间的联系。他小说的背景时间并非十月革命之前和之后，即便如此，十月革命的前后政治氛围笼罩着全书，他作为一个可能带有政治极端主义的先知，通过陀思妥耶夫斯基和涅恰耶夫的对话，影响读者的观念，不论是黑人或白人，不论是自称所谓共产主义者或殖民主义者，抑或民族主义者或"民主"主义者（后者是《幽暗之地》（1974）中，美国侵略的见证者）。

　　然而，这些相似处和联系点虽不能完全合理地解释库切对陀思妥耶夫斯基作为主角的选择，或成为改变传记部分内容的原因，但解开《彼得堡的大师》之谜的途径之一可能就藏于自身的标题中。"圣彼得堡"，正如陀思妥耶夫斯基在其《地下室手记》（1864）中描述的那样，"整个世界中最抽象、最具有深意的城市"①。主人公一类的地下人饱受抽象和意愿的煎熬：他试图忏悔，用无止境的迷宫性思维徒劳地解释着他的动机和行为，即使在讲到最有说服力的论点时，他仍会解释这个论点背后的动机："说话就像一本书"②——"如今我的眼泪就快夺目而出了，尽管我十分清楚这一切都是西尔维奥莱蒙托夫的伪装"③。"他"是一个典型的例子，用巴赫金的话说，"他开始配合自己"④；他不能直截了当或自然地自我表现，因为他的自我意识已经达到一种深度，他会不断地关注自己，无论自己说什么或做什么，任何可疑或有欺诈性背后的动机，他都不会放过。他不仅先入为主地判断读者对故事的判断（"你觉得我现在是在向你忏悔吧，不是吗？……我相信你肯定这样认为。我向你保证如果你确实是这样想的，那我也一样认为你是这样想的。"⑤），而且还要判断自己下的判断，然后再判断自己判断的判断，这样无限循环下去。

　　这表面上是对小说话语权人的忏悔与反思，实质上是启发读者对"历史书写者"的反思，尤其是对帝国殖民史书写者的反思，用以完成后殖民作家的良心和义务所赋予的

---

　　① Dostoevsky, Fyodor M. *Devils*. 1871 Trans. Michael R. Katz. Oxford：Oxford UP, 1992, p. 17.

　　② Dostoevsky, Fyodor M. *Devils*. 1871 Trans. Michael R. Katz. Oxford：Oxford UP, 1992, p. 100.

　　③ Dostoevsky, Fyodor M. *Devils*. 1871 Trans. Michael R. Katz. Oxford：Oxford UP, 1992, p. 83.

　　④ Bakhtin, Mikhail. *Problem of Dostoevsky's Poetics*. Trans. Caryl Emerson. Manchester：Manchester UP, 1984, p. 117.

　　⑤ Dostoevsky, Fyodor M. *Devils*. 1871 Trans. Michael R. Katz. Oxford：Oxford UP, 1992, p. 16.

责任。它借助《群魔》中的虚无主义者和极端主义者的叫嚣的描写，避开文字审查，去实现影射殖民主义者虚构"历史的真实"的书写者话语权者。

综上所述，库切的小说《彼得堡的大师》通过对俄罗斯文学巨人陀思妥耶夫斯基《群魔》互文写作，借用俄国大革命爆发前的历史背景，虚构了陀氏和与其相关的一系列人物群像，借虚构人物之口影射南非的社会历史现状，并对当权者（以警察为代言人）的所作所为进行了无情的揭露，也对无政府主义和纯粹民族主义的行径进行了有力的批判。这或许是我们对陀氏和库切的忏悔题材的作品进行对比研究的最大收获。

三、穆达小说中的伦理意识及社会批判

黑人作家扎克斯·穆达（Zakes Mda，1948—　）是这一时期的突出代表。穆达在南非具有多重身份，他是剧作家、小说家、诗人、批评家、画家、记者以及大学教师。他生于东开普省，成长于索维托，在莱索托上学，并在那里和父亲一起流亡。他曾在瑞士和美国的大学求学。在俄亥俄大学获得戏剧硕士学位，并于1989年获得开普敦大学的戏剧博士学位。1984年他在莱索托大学英语系授课。20世纪90年代初期，在回南非担任威特沃特斯兰德大学客座教授之前，他曾担任杜伦大学的特聘作家和耶鲁大学的研究员。如今他是全职作家、画家以及戏剧和电影导演。

穆达出版了三部戏剧集，第一部戏剧集《扎克斯·穆达的戏剧》（*The Plays of Zakes Mda*，1990），包括《穷途末路》（*Dead End*）、《我们应该为祖国歌唱》（*We Shall Sing for the Fatherland*）、《黑暗之声的响动》（*Dark Voices Ring*）、《山丘》（*The Hill*），以及《公路》（*The Road*）。第二部戏剧集《身着周日礼服的姑娘们：四部戏剧》（*And the Girls in Their Sunday Dresses：Four Works*，1993），包括《身着周日礼服的姑娘们》、《禁令》（*Banned*）、《最后的舞》（*The Final Dance*）和《战争的喜悦》（*Joys of War*）。第三部戏剧集《四部戏剧》（*Four Plays*，1996），包括《修女的浪漫故事》（*The Nun's Romantic Story*）和《你这傻瓜》（*You Fool*）以及《蓝天如何坍塌？》（*How Can the Sky Fall?*）。穆达还出版了一部诗集《信息碎片》（*Bits of Debris*，1986）。

他著有小说《与黑共舞》（*She Plays With the Darkness*，1995）、《死亡方式》（*Ways of Dying*，1995）、《嚎叫》（*Ululants*，1999）、《红色之心》（*The Heart of Redness*，2000）、《埃塞镇的女人》①（*The Madonna of Excelsior*，2002），《唤鲸人》（*The Whale Caller*，2005）以及《后裔》（*Cion*，2007）。穆达将社会评论和魔幻现实主义、慈悲与残忍、农村和城市相结合，他的作品因为人物性格敏感、故事情节有创意而备受推崇。《死亡方式》讲述的是开普半岛的小镇上的一个专业哀悼者与一位被关在家中的女孩之间的爱情故事。他们通过丰富的想象力重塑他们的生活。《红色之心》穿插着两个故事，一个故事讲述的是19世纪50年代科索萨兰德的屠牛事件，另一个故事记录了过去是如何影

---

①　某些网页译名"精益求精的圣母雕像"，查阅一些发表的论著后，此处仍仿用"埃塞镇的女人"这个译名——笔者注。

响现在的。

穆达获得了 1978 年和 1979 年阿姆斯特尔年度剧作家奖，1984 年美国戏剧协会克里斯蒂娜·克劳福德奖，1995 年桑勒姆文学奖，1996 年奥利弗·施赖纳奖，以及 1997 年 M-Net 图书奖。①

文学伦理学批评不是封闭的理论体系，尤其是它产生于各种"后学"在中国被广泛应用之后。学者常把文学伦理学批评的方法与西方传统的道德批评结合起来使用。正如前文所述，西马代表人物萨特的"希望本体论"和"基于兄弟关系的道德共同体"中大量论述了道德和伦理问题；在哈贝马斯的"行为交往理论"中，以商谈伦理为特征的话语政治里，多次讨论伦理和道德问题，而且伦理和规范密不可分。②

在论述文学伦理学与 19 世纪文学批评倾向以及同萨特的存在主义马克思主义之间的关联时，聂珍钊教授认为"有黑格尔代表的简历在德国古典哲学基础上的伦理学，后来经过费尔巴哈的扬弃，逐渐摆脱唯心主义而走向人本主义，并最后转向唯物主义"③。19 世纪文学关注道德问题和表现道德主题的倾向是那个时代文学的总的特点。在马克思主义理论指导下，使用文学伦理学的批评方法让我们可以从政治违伦、交往违伦和宗教违伦三个方面分析南非著名作家扎克斯·穆达的小说《与黑共舞》《红色之心》以及《埃塞镇的女人》等作品中所反映的社会伦理问题。这些小说中人物的各种违反伦理的行为反应了他们在当时的南非社会所面临的种种伦理困境，表现了作者强烈的伦理意识，以及试图揭示导致这一系列伦理悲剧的根源。④

扎克斯·穆达是南非著名作家，揽获多项英国与非洲的文学大奖。南非首位诺贝尔文学奖得主纳丁·戈迪默评价称："穆达精妙的叙事技巧将过去强有力地呈现在他笔下角色所处的、我们所面临的以及我们所生活的现在。"⑤下文主要探讨穆达的三本代表小说：《与黑共舞》(*She Plays with the Darkness*)，《红色之心》(*The Heart of Redness*) 以及《埃塞镇的女人》(*The Madonna of Excelsior*)。《与黑共舞》是穆达于 1995 年出版的小说作品。它以 20 世纪下半叶为背景，讲述了在南非和莱索托两国政局动荡不安的时间环境下，人民的生活与心理随之扭曲异化。《红色之心》于 2000 年出版，讲述了一个家族中兄弟两人分别带领信仰派(Believers)和发展派(Unbelievers)的不同人生境遇：信仰派坚持传统文化，发展派笃信改革甚至西化，双方斗争不断，直至最后白人政府接管了村庄。《埃塞镇的女人》于 2002 年出版，讲述了以妮姬(Niki)为代表的 19 名黑人女工在和

---

① 关于穆达的资料参见[南非]康维尔等:《哥伦比亚南非英语文学导读(1945—)》，蔡圣勤等译，武汉大学出版社 2017 年版，第 162-163 页。

② [德]哈贝马斯:《在事实与规范之间》，童世骏译，生活·读书·新知三联书店 2003 年版，"前言"第 2 页。

③ 聂珍钊:《文学伦理学批评导论》，北京大学出版社 2014 年版，第 121 页。

④ 此段以及后面部分文字作为阶段性成果已经发表。参见蔡圣勤:"穆达小说对南非社会违伦现象的反思与批判"，载《华中学术》2017 年第 4 辑，第 10-21 页。

⑤ 《与黑共舞》封面，参见 Zakes Mda. *She Plays with the Darkness*. New York: Vivlia Publishers & Booksellers (Pty) Ltd, 2004。

白人雇主发生关系诞下混血婴儿之后以破坏"道德法案"的罪名被抓捕以及后来她们的命运。三部小说中均充斥着各种违伦情节。这些境遇在穆达的描写下不仅给人带来心灵的震撼，更让读者陷入对人性的思考。

以文学表达伦理现象至今已有数千年历史。早在古希腊，柏拉图在其经典作品《理想国》中就制定了一套伦理制度，开辟了伦理研究的方法论基础。自阿伯拉尔、黑格尔、弗洛伊德，到马尔库塞、弗洛姆等理论家，无不涉及伦理思考与讨论。聂珍钊教授在2004年提出了文学伦理学批评，"它以文学文本为主要批评对象，从伦理的视角解释文本中描写的不同生活现象"①。下文拟从政治违伦、交往违伦和宗教违伦三个方面分析三本小说的社会伦理问题，探讨了小说人物所面临的伦理困境以及导致这一系列伦理悲剧的根源，以期剖析作品背后所蕴含的深层文化内涵以及穆达的伦理观念。

1. 政治违伦：穆达作品直接抨击的对象

《与黑共舞》《红色之心》和《埃塞镇的女人》中的故事情节均以真实历史事件为基础，其中关于政治矛盾的情节俯拾皆是。这些矛盾发生在国家党派之间、文化派别之间以及种族之间。在政治夺权之中对于违反伦理的描述更是不胜枚举。例如《与黑共舞》中警察强奸、滥用暴力、屠杀无辜等现象。最触目惊心是，作为执法者的警察，逼迫反对党领导人和其女儿乱伦；《红色之心》中信仰派的杀牛运动导致信徒饿死，甚至偷宰发展派的耕牛以及烧掉其房屋财产，将他们赶入深山；《埃塞镇的女人》中，黑人和白人两个种族之间也是矛盾重重。这一系列的矛盾究其根源是当时的政治体系中存在太多违伦现象。在20世纪的南非甚至其周边地区，政治格局一度出现混乱，政治体系下的各个机构也因此由社会秩序的维护者变成了破坏者。

（1）行政机构的违伦现象

南非及其周边国家的行政机构、政府部门，在20世纪都处于较为混乱的状态。莱索托（Lesotho）是处于南非国土包围之中的小国。在《与黑共舞》中有很多关于莱索托内部政府两党争权以及莱索托和南非的政府矛盾的情节。1970年莱索托发生两党之争，从而导致政变，全国进入了紧急状态。1986年，莱索托和南非又均发生了政变，并且两国之间也矛盾重重。国家内部的党派之争给当时的南非和莱索托人民制造了一系列悲剧。《与黑共舞》的故事情节正是基于这一真实的历史背景而展开的。"文学伦理学批评强调回到历史的伦理现场，站在当时的伦理立场上解读和阐释文学作品，寻找文学产生的客观伦理原因并解释其何以成立，分析作品中导致社会事件和影响人物命运的伦理因素，用伦理的观点对事件、人物、文学问题等给以解释，并从历史的角度作出道德评价。"②在19世纪，莱索托为了抵御布尔人统治，倒向英国，成为英国殖民地，后来独立后又成为英联邦成员国。因为特殊的地理位置以及环境的影响，在当时南非的动荡、

① 聂珍钊：《文学伦理学批评导论》，北京大学出版社2014年版，第5-6页。
② 聂珍钊：《文学伦理学批评：基本理论与术语》，载《外国文学研究》2010年第1期，第14页。

布尔人的觊觎、英国政府的扶持三方因素的影响下，莱索托内部处于一个极不稳定的状态。在这种动荡的情况下，某一党派若想长期掌权也并非易事。当时的国民党领导人莱布阿(Leabua)为了保住政权便选择了最简单的办法——暴力。他宣布全国进入紧急状态，便是为了将所有公民关入囚笼，以便自己更好控制，即便致使社会秩序混乱也在所不惜。正如穆达所述，"压迫是那些有权有势的人们的特权，因为他们偏执得害怕失去一切"①。这样的政治体制必然引发一系列伦理混乱，必将引发政治违伦现象。

《红色之心》中的英国殖民者不仅操纵政府，冷眼旁观当地人分成"信仰派"和"发展派"而相互争斗，还欺骗愚弄当地民众。他们向当地人许诺了将城镇改造成赌城之后的种种好处，然而正如小说中卡玛古对政府官员所说：

> 你讲了这些交通工具和所有美好的东西，但是谁才是受益人呢？现在坐在这里的这些村民们可以从中得到什么呢？他们的小孩儿可以乘坐那些旋转木马和过山车吗？可以乘坐缆车和游船吗？当然不会！他们可付不起这些。这一切只供富人享用，而那些富人将会来污染我们的河流和海洋。②

《埃塞镇的女人》中，白人统治的政府起初将居民按照种族隔离开来，白人雇主往往可以得到优待，政府甚至设立了《道德法案》(Immorality Act)，以防止白人雇主与黑人女佣通奸。尽管如此，仍有19名黑人女佣因此被捕，虽然她们大多是受到白人雇主的引诱，哪怕她们已经生下了"混血孩子"，白人的律师仍坚称："这些男人都是无辜的，他们是被黑人陷害了。"③种族隔离制度下的政治机构，对于黑人来说无异于国家机器的监狱。人与人之间的自然关系被违伦的政治体制所绑架，必然导致一幕幕人间悲剧。

综上所述，在当时的南非地区政府机制中，内有党派夺权，外有殖民者干预，社会一直处于一个极不稳定的状态。正是行政机构的不稳定，才导致其无法维护社会伦理秩序，以及伦理悲剧的发生。

（2）执法机构的违伦行为

在小说中，主要的执法机构就是警方和司法机构——法庭。而这些国家机器在故事中也因为政治动荡由执法者、司法者变成了施暴者，以至于做出了许多令人发指的违伦行径。《与黑共舞》中的警察沦为南非邻国莱索托政党领导人夺权的武器。他们由正面的执法者变为残忍的施暴者，肆意欺压平民百姓。在小说中，警察以各种借口肆意鞭打甚至枪杀手无寸铁的百姓；以违反宵禁令的理由将年轻女老师拉上警车轮奸，随后又将她弃之如敝屣，任由她被另一帮警察毒打至奄奄一息；他们将反对党——非国大的拥护

---

① Chijioke Uwah. *The Theme of Political Betrayal in the Plays of Zakes Mda.* English in Africa, Vol. 30, No. 1 (May, 2003)：139.

② Zakes Mda. *The Heart of Redness.* New York：Farrar, Straus and Giroux, 2000, p. 200.

③ Zakes Mda. *The Madonna of Excelsior.* New York：Farrar, Straus and Giroux, 2002, p. 74.

者赶尽杀绝，闯入领导人家中将其"胡子浸泡在汽油中，然后点燃，随后强迫他与自己的女儿发生性关系"①。近现代以来，大多西方政治思想家推崇法制，把法律秩序作为追求的目标，由此政府以及警察自然也就成为秩序的维护者。但是，"一切有权利的人都容易滥用权力"②。在《与黑共舞》中，警察滥用权力，转变成为社会秩序的破坏者，并且引发了一系列的伦理混乱。正义的象征却成为犯罪的黑手，它必将造成一系列悲剧。更可怕的是，这些警察在作恶之后并没有丝毫愧疚之心或是负罪感，以莫所伊为首的警察甚至以此为乐，肆意妄为。小说中莫所伊通过随意打压杀害百姓来证明自己并不是人们眼中的绣花枕头，或者只是一个发泄口，在家中他对妻子唐珀洛洛百依百顺，打不还手，骂不还口。然而走出家门便将唐珀洛洛带给他的伤害加倍施加在无辜的人民身上。正如人们对唐珀洛洛的恳求一样："唐珀洛洛，求你了，不要再打你的丈夫了，他把怨气都发泄在我们身上了。"③

另外，这些政变表面看是因为党派矛盾，但其实背后都有西方势力插手干预甚至鼓动。这些西方势力允许自己支持的党派去打压反对党，为了保住其政权而无所不用其极。虽然《与黑共舞》中没有直接出现来自西方国家的角色，但其实西方殖民者的影响无处不在，甚至可以说这部小说所呈现出的种种矛盾就是西方资本主义和非洲传统文化的矛盾。

从古代希腊开始，几千年来的文学作品中不乏伦理犯罪，例如希腊剧作家埃斯库罗斯的《俄瑞斯忒斯》、美国剧作家尤金·奥尼尔的《悲悼》三部曲。这些作品无一不揭示了违伦、乱伦以及谋杀带来的悲剧后果。而在《与黑共舞》当中，以暴力强迫他人乱伦以及肆意谋杀则是更加残忍的违伦。讽刺的是，违反伦理的恰恰是原本应该维护政治正义的警察。小说中领导暴力犯罪的几个警察代表在1970年政变结束后都失业了。他们要么落魄地孤独死去，要么重伤之后在医院等死。暴力违伦不仅将莱索托的社会秩序推向崩溃边缘，更导致了施暴者的个人悲剧。

另一方面，法庭在审判案件上也做出了很多荒唐行径。《与黑共舞》中莫所伊醉酒之后强奸了多女妈妈(mother of daughters)。在法庭上，受害者多女妈妈也只能坐在证人席上作为"证人"。与其说是证人，倒不如说是"证物"更为恰当。因为她没有资格为自己受到的侵犯发出控诉。不论是法官还是公诉人都没有给她申辩的机会。"公诉人问了她一些关于那晚她被强奸的问题，她很安静地一一作答。但她不明白地方法官所问的问题，那些问题听上去像是在强调她被强奸的时候已经喝醉了。"④这说明审判者在一开始就已经对这一强奸事件有了自己的判断。法官对于这场强奸案的态度也是极尽轻蔑。审

---

① Zakes Mda. *She Plays with the Darkness*. New York：Vivlia Publishers & Booksellers（Pty）Ltd, 2004，p. 36.

② ［法］孟德斯鸠：《论法的精神(上册)》，张雁深译，商务印书馆1982年版，第54页。

③ Zakes Mda. *She Plays with the Darkness*. New York：Vivlia Publishers & Booksellers（Pty）Ltd, 2004，p. 36.

④ Zakes Mda. *She Plays with the Darkness*. New York：Vivlia Publishers & Booksellers（Pty）Ltd, 2004，p. 187.

判时就已主观地在把责任推到多女妈妈身上："这位受害人应该感到受宠若惊吧，毕竟她这一把年纪了还能成为一个年轻帅小伙的目标。""受害者是一位经验丰富的妇女，她在被强奸的时候已经不是处女了，所以她并没受到严重的伤害。她还在案件发生时喝醉了，我们都知道醉酒的女人有时会勾引男人。"①因为在男权社会中多女妈妈所处的弱势地位，强奸犯莫所伊才逃脱了应有的惩罚，竟然得以被当庭释放。而伦理犯罪没有得到公正的审判正是导致莫所伊被怒火难平的女性残害的原因。类似的事情也发生在《红色之心》中库科兹娃身上，她因为砍掉外来物种的树而被捕，可是被告却是她的父亲辛姆。原因只是因为"即便你 30 岁或 50 岁，只要你还没结婚（没有丈夫），那你仍算未成年。"②因此库科兹娃只能坐在证人席上，受到审判的将会是她的父亲。这些现象也说明了在当时的社会环境下，即便是新南非，也无法摆脱旧习俗对女性的歧视。

在当时的南非，法庭所体现的歧视问题并不仅仅停留在性别上，还体现在种族上。《埃塞镇的女人》中 19 名黑人女工及其雇主因为违反道德法案而被捕。200 兰特的保释金对于白人雇主来说微不足道，但是对于贫困的黑人女工，这是一笔巨大的支出。因此对于她们来说，如果没有白人雇主的帮助，她们只能一直被关在狭小拥挤的监狱里。而白人雇主帮助她们的条件则是要她们否认通奸的控诉来保全雇主们的名声。对此，女工们除了妥协别无他法。白人的律师一面在媒体面前抹黑这群女工，指责她们陷害白人，一面操纵着女工用妥协换取自由。而法庭对这一切操作视而不见。因为在当时的南非，种族歧视随处可见，黑人地位之低导致他们对于公平正义已经不抱希望。早在这 19 名女工之前，就发生过有黑人女性因为和白人雇主发生关系而以违反道德法案的罪名被逮捕坐牢，哪怕是雇主强奸，但只要他否认一切，就可以轻松逃脱罪名。

如上所述，执法机构的违伦现象是在性别歧视和种族歧视的基础上发生的。尽管 20 世纪后期的南非种族隔离制度渐衰，但仍旧充斥着矛盾冲突，且在本土传统文化中，女性一直处于弱势地位，面临的困境更是艰难。所以，着重刻画黑人女性角色在当时南非大环境下的生活轨迹也是扎克斯·穆达的作品的一大特点。

2. 交往违伦：穆达作品中反映的社会乱象

穆达的小说作品中对于人际交往异化的描写俯拾皆是。在小说中，人与人之间的交往关系因为政治、文化甚至利益等方面的冲突而产生异化。在 20 世纪的南非，当人类物质匮乏的问题在逐渐得到解决的同时，作为人类社会重要的互动方式——人际交往却变得越来越困难。

（1）小说中不伦的婚恋关系

三本小说中描写了数对男女之情，但这些爱情就和当时的社会环境一样动荡，其中很多地方在现在看来让人无法理解甚至有违伦理禁忌。聂珍钊教授在《文学伦理学批评

---

① Zakes Mda. *She Plays with the Darkness*. New York：Vivlia Publishers & Booksellers（Pty）Ltd，2004，pp. 187-188.

② Zakes Mda. *The Heart of Redness*. New York：Farrar, Straus and Giroux, 2000, p. 213.

导论》中说道：

> 不同历史时期的文学有其固定的属于特定历史时期的伦理环境和伦理语境，对文学的理解必须让文学回归属于它的伦理环境和伦理语境，这是理解文学的一个前提。[1]

因此，我们必须回到 20 世纪的南非地区，回归到当时环境下来分析人物关系。当时西方文化的入侵使得人们逐渐脱离非洲传统文化，进而接受西方教育的浸染。张颐武教授评论齐诺瓦·阿切比的作品《崩溃》"刻画了非洲传统的价值和文化的独特特征，也表现了殖民主义的到来带来的前所未有的冲击"[2]。与此同时，女性开始寻求自身发展，接受高等教育，但在男权社会、政治动荡以及文化冲突的大背景下，女性的地位依旧处于弱势，甚至更加尴尬。与西方文化一起入侵的还有西方工业社会条件下资本主义的种种弊端，比如资本主义商品经济的发展使得物化现象不断加剧，而在经济压迫下人受自己各种造物所累的异化生存状况在过去一两个世纪中不但没有得到缓解和消除，反而呈现出不断加剧的趋势。[3]

《与黑共舞》中的莱迪辛因为第一次政变的打击而丢掉工作一蹶不振，警察莫所伊的妻子唐珀洛洛作为他的同乡，在家乡人面前肆意贬低莱迪辛，数次称其"像块破布一样一无是处"（He is a rag.）[4]。而当莱迪辛成为富豪，莫所伊失业成为他的手下后，唐珀洛洛却转而投向莱迪辛的怀抱，与其通奸。莱迪辛和唐珀洛洛的爱情建立在物质基础上，他们在一起是因为莫所伊已经无法负担唐珀洛洛的物质享受了，而莱迪辛需要通过满足唐珀洛洛的物质要求来证明对她的爱。最后在得知莱迪辛破产之后，唐珀洛洛毫无廉耻地选择了带着孩子离开。由此可见，唐珀洛洛虽然接受了西方高等教育，但同时也受到西方资本主义物欲的熏染。她对感情的追求是以金钱崇拜为基础的，为了满足自己的物欲，她不惜违反婚恋伦理，与他人通奸。这种情感违伦的悲剧究其根源，就是女性的弱势地位。在南非很多地方，女性的身份甚至仅仅停留在取悦男性以及传宗接代的意义之上。正如小说中所描写：很多女性从小开始为了取悦男性而不惜伤害自己的私处使之畸形。[5] 即便如唐珀洛洛这样受过高等教育的人，也并没有独立工作，而是依靠丈夫赚钱来满足自己对奢侈品的追求。她有着先进的思想，而她的弱势身份却早已根深蒂固。

穆达笔下的非洲女性角色并不是完全非洲化，也并不是完全西方现代化，而是二者

---

[1] 聂珍钊：《文学伦理学批评导论》，北京大学出版社 2014 年版，第 14 页。

[2] ［尼日利亚］阿切比：《崩溃》，林克、刘利平译，重庆出版社 2005 年版，引言第 2 页。

[3] 衣俊卿：《西方马克思主义概论》，北京大学出版社 2013 年版，第 17，161 页。

[4] Zakes Mda. *She Plays with the Darkness*. New York：Vivlia Publishers & Booksellers（Pty）Ltd, 2004，p. 50，76.

[5] Zakes Mda. *She Plays with the Darkness*. New York：Vivlia Publishers & Booksellers（Pty）Ltd, 2004，p. 123.

混合的产物。在《红色之心》中，索莉斯瓦·西莉亚去美国接受过六个月的高等教育，回到家乡成为一名女校长。她崇尚西方文化，认为美国是"世界上最好的国家"。① 她鄙视传统文化，却又无法摆脱这种文化对自己的影响，她和周围人一样认为"老人没有资格相爱"②。尽管她努力向西方文化靠拢，但事实上她仍旧夹在两种文化之间，成了一个既非西方化，又拒绝本土化的"夹缝人"。这样的女性角色在当时的时代背景下数见不鲜，西方的影响使得女性有了话语权，且当矛盾发生时，周围人会自觉站在女性这边指责男性。而非洲化的影响则是女性还是处于依附男性的地位，无法独立生活。

《与黑共舞》中唐珀洛洛便是这种女性的代表，她在家中可以肆意指责丈夫甚至对其拳打脚踢，旁人的态度则是"自动自发地站在女方那一边，她才是无辜的那一方。这都是妇女们受到几个世纪的压迫的报应，女人永远都是完美的"③。但是她没有工作，只顾追求物质享受，倚靠着丈夫来满足她的物质需求。这也注定了她与莱迪辛这段违反情感伦理的爱情会以悲剧收尾。同样因为女性的弱势地位导致的违伦悲剧还有莫所伊与其岳母多女妈妈。在他醉酒强奸了岳母之后，村民们愤慨并表示了同情。不过，他们愤慨只是因为莫所伊违反了传统习俗，根据当地习俗，女婿连岳母的手都不能碰，而他竟然强奸了岳母。人们表示同情的对象也只是多女爸爸——"男男女女经过她身边对她视而不见，而是都去对她的丈夫表示同情"④——因为男性家长是一家之主，他带有他的财产以及他的妻子和儿女，妻子儿女也是他的财产，所以真正的作为个体的人格就体现在一家之主身上。⑤ 在村民们眼里，多女妈妈是多女爸爸的财产，如今却被他人玷污。当"财产"被侵犯的时候，他们理所应当地应该去安慰财产持有者。对于受害者多女妈妈，村民们却选择熟视无睹。作为丈夫，多女爸爸对多女妈妈更是没有表示任何安慰，这是因为对于当时的人们来说，夫妻的结合并不一定意味着爱情，娶个女人只是意味着有个女人可以满足他的基本生活需求。

> 一个男人没有女人该怎么活啊？且不要说缺少了很多男欢女爱，没了女人他要如何度过自己做饭、自己打扫的日子呢？……还没听说有哪个男人的双手会去干那种累人的体力活儿呢。⑥

在《埃塞镇的女人》中，这种情感违伦表现得更为明显，有家室的白人雇主同黑人

---

① Litzi Lombardozzi. *Harmony of Voice: Women Characters in the Plays of Zakes Mda.* English in Africa, 2005(2), p. 215.

② Zakes Mda. *The Heart of Redness.* New York: Farrar, Straus and Giroux, 2000, p. 4.

③ Zakes Mda. *She Plays with the Darkness.* New York: Vivlia Publishers & Booksellers (Pty) Ltd, 2004, p. 194.

④ Zakes Mda. *She Plays with the Darkness.* New York: Vivlia Publishers & Booksellers (Pty) Ltd, 2004, p. 185.

⑤ 邓晓芒：《西方伦理精神探源》，载《社会科学论坛》2006 年第 17 期，第 99 页。

⑥ 转译自 Zakes Mda. *The Sculptors of Mapungubwe.* New York: Maple Press, 2010, p. 2.

女工通奸，正如她们所说："我们能怎么办呢？白人总会爱上我们。他们说我们比他们的妻子更美丽。我们披着毯子的模样更震慑人心。"①在当时种族隔离制度影响深刻的大环境下，面对白人雇主提供的一些诸如钱或食物之类的好处，黑人女工往往心甘情愿地达成交易。

穆达小说中的黑人女性形象，有的在高等教育中受到西方文化影响，有的可以自己干活出力来体现自己的价值，她们已经有意识要摆脱成为家庭男性成员"附属品"的命运。但是即便如此，在当时的社会下，她们仍旧无法独立，仍旧处于"受支配"的弱势地位。不仅如此，她们的婚姻不再是爱情的结晶，而是出于物欲或利益的考量。这也揭露了"维系家庭的纽带并不是爱，而是隐藏在财产共有这一件外衣下的私人利益"②。且作为黑人女工，她们不仅要受到家庭的束缚，还要充当白人雇主的玩物，用肉体来换取利益。人与人之间真挚纯粹的感情因为利益而变成了物与物之间的关系，正是这种物化关系致使人们的婚恋伦理观扭曲，从而导致人性走向畸化异变。

（2）小说中扭曲的雇佣关系

雇佣关系也是交往关系中一个重要的分支，尤其在当时阶级制度区分明显的南非地区，雇主和劳工的关系异化尤为严重。劳动是道德起源的首要前提。劳动创造了人本身，也创造了社会，创造了社会关系，创造了人的道德。③ 在小说中，20 世纪的南非地区，阶级分化严重，贫富差距相当大。这时占统治地位的道德形态是资产阶级道德。资产阶级以追求利益最大化为目标，他们的道德原则就是个人主义和利己主义。④ 在金钱和物质面前，道德观念就要给其让路甚至被抛弃，人与人之间的劳动关系也会随之扭曲。

《与黑共舞》中的莱迪辛在马里布手下当第三方保险代理，他必须一刻不停地奔向各个事故现场，劝死者家属签署委托书，哪怕身体不适也要带病上岗。然而大部分的利益落入了老板的口袋，莱迪辛的工资少得可怜。甚至在他终于支撑不住病倒在家的时候，他的老板因此将他开除，还抱怨道："你病得可真是好时候。"⑤在《埃塞镇的女人》中，妮姬在雇佣关系中不仅受到压榨，更是受到了赤裸裸的歧视。妮姬的女雇主为了防止佣人偷自家的肉，规定每天佣人们上工和回家前都要称体重。"任何（体重）误差都意味着有欺诈存在。"⑥妮姬因为回家前的体重比早上重了一千克而被女主人怀疑偷了肉，

---

① Zakes Mda. *The Madonna of Excelsior*. New York：Farrar, Straus and Giroux, 2002, p. 60.

② 中共中央马克思恩格斯列宁斯大林著作编译局：《马克思恩格斯全集》（第 2 卷），人民出版社 1979 年版，第 152 页。

③ 李德炎：《人的自由与解放——马克思伦理思想研究》，吉林大学 2015 年学位论文，第 45页。

④ 李德炎：《人的自由与解放——马克思伦理思想研究》，吉林大学 2015 年学位论文，第 47页。

⑤ Zakes Mda. *She Plays with the Darkness*. New York：Vivlia Publishers & Booksellers（Pty）Ltd, 2004, p. 68.

⑥ Zakes Mda. *The Madonna of Excelsior*. New York：Farrar, Straus and Giroux, 2002, p. 39.

甚至被迫当众脱衣接受检查以证清白。当证明妮姬的清白后，女主人也只是说："玛格缇格·妮姬，（既然你没有偷东西）那么那一千克是怎么来的呢？"①并以此当作玩笑来作乐，可见她并没有把女佣的人格当回事，肆意践踏女佣的自尊。黑格尔认为，我们有一项积极的义务去主张自身的人格和在正当的范围内行使自身的自由。② 然而小说中的女主人并没有给予妮姬这一自由，妮姬也因为自己黑人女佣的身份失去了主张自身人格这一权利。

马克思主义认为，商业所产生的第一个后果是：一方面互不信任，另一方面为这种互不信任辩护，采取不道德的手段来达到不道德的目的。③ 正如小说最后，莱迪辛背叛马里布，冒充律师自立门户，最后也因此自食其果，事业一落千丈。《红色之心》中妮姬与男主人通奸的原因之一也是为了报复女主人对她的羞辱。这些正印证了马克思主义对资本主义的抨击，正是由于劳动关系中雇主的不信任，从而引发了这两段关系中劳工通过不道德的手段进行反抗。

3. 宗教违伦：穆达作品中鞭挞的扭曲现实

小说中多次出现与宗教有关的字眼，如"教堂""神父""祷告"等。基督教和非洲传统的信仰贯穿着这三本小说。在很多非洲文学作品中，西方宗教与非洲传统文化的冲突比比皆是。西方国家利用枪支、工业农业技术以及政府改革来攻陷非洲，同时还用精神攻击来征服非洲。这里的"精神攻击"指的便是西方利用基督教来征服非洲人民，瓦解他们的非洲传统信仰。基督宗教并非起源于西方，但过往漫长的历史上，它在构建西方历史、精神世界、价值体系乃至政治思想和艺术生活等方面，都发挥过基石的作用。④美国政治学大师塞缪尔·亨廷顿在其著作《文明的冲突与世界秩序的重建》中列举了当今现存的七到八种文明，把宗教界定为文明的主要特征，即文明的核心要素。⑤ 由此可见宗教是西方世界踏上非洲土地的重要途径，是资本主义摧毁传统文明的关键一击。在齐诺瓦·阿切比的《崩溃》（*Things Fall Apart*）中，基督文化施舍的恩惠收服了当地人的人心，使得传统文化分崩离析，将信奉传统文化的奥孔克沃逼上自杀的道路。除此之外，当基督教沦为西方殖民者扩张势力的工具时，它利用教堂招收信徒，利用教会学校给孩子们"洗脑"。秦晖所著《南非的启示》对于南非的教会学校是这样描述的："进入教会学校后，纳尔逊认识了另一个世界。他感到震惊，因为他发现历史书中只承认有白人的英雄，而把黑人描述成野蛮人和盗牛贼。"⑥这说明西方宗教在给当地人宣传西方文明

① Zakes Mda. *The Madonna of Excelsior.* New York：Farrar, Straus and Giroux, 2002, p. 40.
② Allen W. Wood：《黑格尔的伦理思想》，黄涛译，知识产权出版社 2016 年版，第 156 页。
③ ［德］马克思，恩格斯：《马克思恩格斯全集》（第 1 卷）. 人民出版社 1995 年版，第 448 页。
④ Ella Brown. Reactions to Western Values as Reflected in African Novels. Phylon（1960—   ），1987，48(3)，p. 216.
⑤ ［美］亨廷顿：《文明的冲突与世界秩序的重建》，周琪等译，新华出版社 2002 年版，第 32 页。
⑥ 秦晖：《南非的启示》，江苏文艺出版社 2013 年版，第 10 页。

的同时，还会诋毁传统文明。在小说中，人们披着宗教的外衣做着很多违反道德伦理的事情。而这些违反伦理的行径也是导致悲剧的根源。

（1）人与人关系异化

宗教信仰不仅为殖民者开启了文化统治的大门，且对于人与人之间的关系也产生了巨大的影响。不论是与非洲本土信仰的冲突，还是西方宗教的信徒之间，都因为基督教本身带着不纯的目的为信徒灌输信仰，且很多人也是为了各自的利益才信仰基督教，宗教伦理秩序也因此被打乱。

在《与黑共舞》中，妹妹蒂珂莎作为非洲传统文化的化身，见证着传统文化逐渐被西方文化侵蚀，并被受到西方影响的人们所摒弃的整个过程。她的哥哥莱迪辛便是那些受西方文化影响的代表。他因为获得神父的资助才得以进入莱索托天主教高中求学，因此曾发誓成为神父，为上帝服务。可事实上他却在莱索托的城市里沉沦于对名利的追逐，将曾经的誓言抛之脑后。恪守传统文化的蒂珂莎与在两种文化冲击中苦苦挣扎的莱迪辛也因此分道扬镳，不论是生活轨迹还是精神层次都相去甚远。不仅如此，莱迪辛虽然信仰基督教，但实际上违反了诸多宗教规定。他在发家之后与下属的妻子通奸，这违反了《圣经》十诫中的第九诫——毋愿他人妻；他在做保险第三方代理时，每天随时待命，违反了《圣经》十诫中的第三诫——守瞻礼主日；他在帮别人处理第三方保险的时候谎报受害人家庭状况并且私吞部分赔偿金，这违反了《圣经》十诫中的第八诫和第十诫——毋妄证、毋贪他人财物。他的这些行为不仅违反了信仰准则，更是违反了基本的宗教伦理。宗教信仰也因此沦为他破坏社会秩序的工具与保护伞。除此之外，他在为自己寻找第三方代理的客户时，数次装扮成神父以祷告为借口去寻找客户线索；他破产后为了能东山再起而奋力一搏，再一次以神父身份参加受害人家庭的葬礼；为了哄骗受害人妻子签下委托书，他不惜以上帝的名义发誓，声称是上帝派他前来的。这不仅违反了《圣经》十诫中的第二诫——毋呼天主圣名以发虚誓，更是凸显出莱迪辛为了达到自己的物质目的而不择手段，不惜违反基本宗教伦理的丑陋面目。

在小说的结局，莱迪辛以上帝为名的谎言被受害人亲属无情地戳穿，他被扔出屋外，这使得他东山再起的希望彻底破灭。莱迪辛被自己种种违反宗教伦理的行径逼到走投无路，与人关系的异化、滥用宗教之名是他个人悲剧的根源。同样，他的前任老板马里布虽然声称自己是基督教徒，做祷告的时候也是相当虔诚，但事实上，他所做的保险工作却是骗取他人钱财的勾当。阿伯拉尔将罪按大小区分为可宽恕的罪和当受诅咒的罪。……其中受诅咒的罪为使之绝不可能因遗忘而生的罪，比如作伪证、杀人和通奸等。这些罪是处心积虑、精心计算的结果。我们知道这些罪是上帝所禁止的，却明知故犯，是对上帝的极大轻视，不可饶恕。① 可见这里无论是莱迪辛还是马里布都犯了不可饶恕的罪。在《埃塞镇的女人》中，雇主不仅跟女佣通奸，甚至作伪证撒谎声称自己是受害者，是遭人陷害。雇主之一李文尔德甚至说这都是恶魔的过错。恶魔把黑人女性送来引诱他，诱使他偏离正道。恶魔总是派遣黑人女性来引诱南非白人。① 李文尔德的这

---

① 周小结：《阿伯拉尔伦理学研究》，浙江工商大学出版社 2014 年版，第 68 页。

段"忏悔"其实是打着基督教的旗号，将过错都推到女方身上，甚至将黑人女性这一个受害群体抹黑，使她们变成加害者。

在小说中，宗教信仰沦为物质生活的陪衬，甚至是人们为了满足自己欲望时披着的外衣，用来遮掩外衣下违反道德伦理的丑恶行径。在西方资本主义中，"金钱是人的劳动和人的存在同人相异化的本质；这种异己的本质统治了人，而人则向它顶礼膜拜"①。通过小说所描述的情节，我们可以看到，在当时的南非地区，受到物质生活的影响，人们内心的欲望压倒了更高层次的精神追求，这种欲望逐渐使人异化，从而丧失了基本的道德观念。

（2）人与宗教关系变异

与此同时，南非地区人们对于传统宗教的背弃，以及和西方宗教关系的扭曲，在小说中也得以凸显。《与黑共舞》中，在远离城市的村庄里，非洲的传统信仰在与西方宗教的碰撞中也逐渐没落。一直坚持按照传统文化的方式来装饰房子的小村子被众人嫌弃遗忘。妹妹蒂珂莎用同样的方式装饰自家屋子，结果却惹来母亲的一顿打骂。非洲传统所信仰崇尚的"力量之舞"也被当地人民所摒弃。更令人惋惜的是，这一舞蹈的神灵"野兽女舞者"原本是从洞穴里的壁画上被召唤出来的，后来这一洞穴沦为城里人的旅游景点，人们肆意在墙壁上乱写乱画想要留此存念，最后导致"野兽女舞者"灵力越来越弱，以至于被那些胡乱涂鸦和签名封锁在墙壁上，只能永远地留在壁画里了。

《与黑共舞》中的蒂珂莎扮演着非洲传统文化的"圣女形象"，她作为本土文化的传承者，却被周围人甚至自己的母亲所疏远，这表明村民已经在逐渐背离传统文化。他们在基督宗教和传统信仰中摇摆不定，在这场宗教冲突的夹缝中艰难生存，充当着西方宗教侵蚀本土信仰的见证者。他们很多人正在逐渐脱离本土传统信仰，为了更好的学习机会或者更大的利益诱惑而选择了基督教，这并不纯粹的宗教动机导致了这些人往往会为了自己的某种欲望而毫不犹豫地抛下那并不坚定的信仰，也背弃了传统信仰的神灵。

《红色之心》中一个所谓"先知"带领大家看到的幻象就可以轻易击破"信仰派"的心理防线，开始相信"神"的指引，并因此展开大规模的"杀牛运动"。然而当骗局被揭穿时，"信仰派"中诸多信徒早已因饥饿而死了。说明人对神的信仰偏执且脆弱，一个谎言就可以控制人心并引起巨大反应。

在《埃塞镇的女人》中，妮姬的女儿波比最爱的一张明信片上面的耶稣是黑人。妮姬却认为这都是谎言，她坚称耶稣就像教堂里画的那样是白人。虽然西方的基督教在南非盛行，但这个"白人的宗教"与非洲本土的黑人还保持着距离，作为政治工具的西方宗教在此对于黑人信徒也只是起到招揽和统治的作用。

综上所述，这三本小说都审视了以基督教为核心的西方文化作为一种主导权利的现象，西方文化巧妙而普遍地渗透到了社会生活的各个方面，成为日常惯例和常识，从而

---

① ［德］马克思，恩格斯：《马克思恩格斯全集》（第3卷），人民出版社2002年版，第194页。

在南非促成了以西方文化为主题的文化氛围。① 在当时深受种族隔离制度影响且阶级分化明显的南非地区，基督教在充当着击垮传统信仰至其岌岌可危的武器之时，渲染的文化也是"白人至上"的观念。一旦冲突发生，宗教的伦理法则便会被弃置一边，天平也会自然而然地倾向白人或是上等阶级。这也使得非洲本土信徒与基督教之间的关系表面看似和平，实则早已无信仰可言了。

综上所述，《与黑共舞》《红色之心》以及《埃塞镇的女人》都是以真实历史事件为背景的小说作品，讲述了南非地区人民的生活随着政治变化而起伏。作者更关注的是当时动荡环境下的对人性的探讨。在南非地区极不稳定的社会格局下，违反社会伦理的行径竟然变得司空见惯。故事中的人物在此历史大环境下多次违反了政治伦理、交往伦理以及宗教伦理，并因此造成了悲剧。"文学的基本功能是教诲功能"，其根本目的"在于为人类提供从伦理角度认识社会和生活得到的范例，为人类的物质生活和精神生活提供道德警示，为人类的自我完善提供道德经验。"②正如扎克斯·穆达本人所说："我不希望我的作品最后只得到一些社会评价，我希望我的作品也能承载对我们所处环境的批判分析。"③由此我们可以确定，扎克斯·穆达正是借由他的这三部小说作品，通过描写南非社会中人物命运的跌宕起伏来审视当时环境下的人性与道德伦理，通过对人物和事件的细致刻画来传达自己的价值判断与伦理意识，真正地实现了文学的教诲功能，实现了文学和社会批判的效用。

四、穆达小说中历史的重构与文化的杂糅

鉴于上述分析，从西方马克思主义视域来讨论，穆达也自觉不自觉地受到西马思潮的影响。《红色之心》与《与黑共舞》都是穆达最具代表性的作品，既然西化是不可避免的，那么南非文学就得承担起未来文化构成的责任。

这两部小说通过重写南非科萨族的历史，将过去与现在两条时间线索并进、现实与魔幻两种舞台交织并置，实现了故事情节的独特陈述及其后殖民话语的愤懑表达。本书依据后殖民谱系里霍米·巴巴的混杂理论来对这两部小说中的文化混杂现象进行分析，以探讨作品中表现出来的殖民话语体系二元对立的消解，宗教土壤变化的异质，以及主人翁文化身份的杂糅。通过剖析作品，笔者试图证实作者穆达利用后殖民语境下南非社会"混杂性"的特征，揭露殖民权力的片面性，表现其对宗主国文化统治地位的反抗和颠覆的书写倾向。④

① 蔡圣勤，张乔源：《论布林克〈菲莉达〉创作中的西方马克思主义思潮的影响》，载《中国社会科学院研究生院学报》2015 年第 5 期，第 117 页。

② 聂珍钊：《文学伦理学批评导论》，北京大学出版社 2014 年版，第 14 页。

③ M. K Holloway. *Zakes Mda's Plays：The Art of the Text in the Context of Politics*, University of Natal，1988，p. 307.

④ 蔡圣勤，芦婷："历史重构与文化杂糅：穆达小说之后殖民解析"，载《贵州大学学报》2017 年第 4 期，第 152-159 页。此段及后面部分文字系本课题阶段性成果，已发表。

在南非实现民主政治十年之后，《时代》周刊记者唐纳德·莫里森对南非作家扎克斯·穆达作出评价，认为他同像纳丁·戈迪默、约翰·马克斯维尔·库切、布莱顿·布莱顿巴赫以及安德烈·布林克这类先锋作家一样重要。①《红色之心》(The Heart of Redness)初版于 2000 年，是穆达的第三部小说。小说中，穆达重写南非科萨族的历史，将过去与现在两条时间线索交织、现实与魔幻两种舞台背景并置。《红色之心》于 2001 年获《泰晤士报》小说奖以及非洲地区英联邦作家奖。《纽约时报书评》评论称，《红色之心》"很精彩……一类新小说：融合了《百年孤独》的魔幻现实，讽刺社会现实的政治狡黠以及南非过去的批判性重写"②。《与黑共舞》的创作与《红色之心》有许多相似之处。在穆达的叙述之中，南非遭受殖民的历史，以及科萨族反抗并追求自身独立的历程都深刻表现出殖民和被殖民过程之中二者文化身份的复杂变化与混杂。

霍米·巴巴是当代著名后殖民话语"三剑客"中的重要一员，是后殖民理论的主要代表人物。混杂性(hybridization)是霍米·巴巴理论中的重要组成部分。巴巴在巴赫金"复调"理论基础上，将"混杂性"与后殖民研究结合起来。他指出，"混杂性"是在殖民活动中，不同种族、种群，意识形态，文化和语言相互混杂的过程。阿皮亚曾说，是霍米·巴巴将"混杂性"这一术语引入文化研究领域，并使之流行起来，成为后殖民批评术语词典里不可或缺的重要概念，甚至导致了一个复杂思想体系的建立。③ 霍米·巴巴批判性地发展了赛义德"东方"与"西方"的二元对立模式，强调殖民者与被殖民者之间既吸引又排斥的的矛盾关系，并从文化身份的角度说明不同文化之间并不总是相互排斥，而是在不断的碰撞中出现混杂化的特点。本节拟从穆达《红色之心》和《与黑共舞》中所表现出的殖民二元对立的消解、宗教土壤变化的异质，以及公民文化身份的杂糅三方面来剖析作品中后殖民语境下南非社会的"混杂性"特点，并试图解读出作者希望通过混杂揭露殖民权力的片面性，颠覆宗主国殖民文化的统治地位的文学书写倾向。

1. 殖民二元对立的消解：从魔幻现实中突破重围

作为以历史为素材的小说家，穆达在《红色之心》和《与黑共舞》里不可避免地对殖民者和被殖民者进行了书写。不同背景、不同身份的人物轮番登场，他们在南非这块广袤的、备受苦难的土地上扮演着各自的角色。错综复杂的矛盾之下，殖民权力不再是铁板一块、坚不可摧的。殖民主体的分裂和被殖民他者的反抗正是霍米·巴巴混杂理论的立论前提，也是"殖民主体"概念得以被认可的关键。

（1）对立双方文化的相互渗透

《红色之心》作为对南非科萨族历史重写的文本，选取的是自 150 年前的白人入侵和殖民时期至 1994 年南非民主大选这段时间的历史，总体上分为现在与过去两条线索。

① Donald, Morrison. "Race, Gender & Work：Pathway to Power. " *Time* 14 Nov. 2005, pp. 58-59 (58-63).

② 见《红色之心》封面，Zakes Mda, New York：Picador, 2000.

③ Appiah, Kwame Anthony. "The Hybrid Age?" *Times Literary Supplement*, *TLS* 27 May1994：5(5).

所以小说中既包含新殖民时期的殖民者和被殖民者，也包含了传统意义上的白人殖民者和黑人被殖民者。一般情况下，我们在提及殖民者与被殖民者时，两者之间的关系是处于二元对立的状态的。但在霍米·巴巴看来，这种笼统绝对的二元对立是不可靠的。殖民入侵必然伴随着反殖民斗争。反殖民斗争中对主导权利的反抗证明殖民者和被殖民者之间的交流理应是双向的，而并非外来权力的绝对权威和强势，或者被殖民者的绝对被动和受害，它们的关系是复杂暧昧的。

在《红色之心》中，小说前几章提及了一场南非开普地区人民反殖民侵略的战争。战争虽然以被殖民者失败告终，但也为殖民侵略的曲折未来埋下伏笔。战争过程中，殖民者见识到了被殖民者的"负隅顽抗"，他们的游击策略常常让殖民者措手不及；而被殖民者也见识到殖民者军事力量的强大和对土地、财富的极端占有欲。巴巴在其所著《文化的定位》第三章《他者的问题》(The Other Question) 中指出，殖民者和被殖民者之间的文化、历史和种族隔离实际上是一种臆想的二元对立。① 被殖民者作为他者形象其实是殖民者的制造品，殖民者并没有真实地看待这一他者，而是转而将他们描述成野蛮落后的魔鬼。在《红色之心》中，大英帝国的殖民代理人哈利·斯密斯爵士(Sir Harry Smith)，即所谓的"科萨族地区伟大的白人领袖"，在科萨族广阔的土地上以英国维多利亚女皇的名义为所欲为。他强迫当地人行吻鞋礼(boot-kissing ritual)，强硬地在当地推行英帝国的法律和秩序，甚至免职了科萨当地的国王桑迪乐(Sandile)。② 殖民地人民成为殖民者的奴仆。殖民者一方面对他们嗤之以鼻，一方面又以其为自身荣耀的代言。这即是"在否认和固定的行动中，殖民主体被返归于想象界的自恋主义以及其对理想自我的认同——既是白的，又是完整的"③。"他者"既是欲望的客体，又是被贬抑的客体。④ "他者"的力量在殖民入侵的过程中并非被抛弃，而是无时无刻不纠缠阻挠着殖民霸权。殖民者在开普推行的强硬镇压手段不但不会奏效，还成为哈利爵士镇压"杀牛"(cattle-killing)失败和遭受当地领袖强烈反感排斥而最终被取而代之的原因之一。

在《与黑共舞》中，白人虽然没有直接出现，但高楼林立的莱索托城市里到处都是教堂，到处都是参加党派之争的新教徒和福音派信徒。他们就是白人，整个莱索托城市里充斥着白人的影子。而来自哈沙曼农村的莱迪辛懵懵懂懂地进入到了这个影子里。他不关心政治，不关心非国大或者国民党，人人都在谈论的时候，他只是个"他者"。而这个"他者"在受到政府爪牙的迫害之后则是"浴火重生"，一方面融入了这个丑陋的金钱城市，一方面在精神上走向了空洞与虚无。被撕扯的个人就如同被撕扯的殖民地。无论是殖民时期还是后殖民时期，殖民者都无法完全掌控被殖民者。他者的主体性精神不

---

① Bhabha, K. Homi. " The Other Question: Difference, Discrimination and the Discourse of Colonialism." *Literature, Politics and Theory: Papers from the Essex Conference*. Ed. Francis Barker et al. London and New York: Methuen, 1986, p.76.

② Zakes Mda. *The Heart of Redness*. New York: Picador, 2000, p.18.

③ Bhabha K. Homi. *The Location of Culture*. London and New York: Routledge, 1994: 76.

④ 同上，p.76。

断消解着殖民者的主体地位，使之不再作为中心的位置而存在，而是与被殖民者之间呈现出一种既吸引又排斥的复杂关系。而作为被殖民者，其在面对殖民文化过程中呈现的并不是完全被动的状态，而是一种痛苦纠结的状态。黑人在不断成为"制造品"这种恶性循环中，一方面带有憎恶反感的情感，另一方面却又颇具讽刺，像《黑皮肤、白面具》里带着白色面具的黑人一样，一定程度地认同了自己"制造品"的身份。

（2）以魔幻现实为手法的消解

在《红色之心》中，作者无论是对历史场景的选择还是对当前问题的探讨都或多或少体现出了霍米·巴巴的殖民二元对立消解的概念。首先，大英帝国殖民者在入侵南非开普地区的时候，呈现的是一种水土不服的状态。这种水土不服正是殖民地文化给予外来文化以阻挠并试图进入外来文化的初期表现。在哈利爵士离任之后，凯思卡特爵士（Sir Cathcart）接管开普，以武力镇压当地殖民反抗。在凯思卡特死于俄国入侵者之手后，乔治·格雷爵士（Sir George Grey）接管这一地区，并开始了他的殖民政策。这位经验老道的殖民统治者被称为"给十条河流命名的人"（the man who named ten rivers）。从他的统治方式可以看出，殖民者在殖民地碰壁之后不再以莽撞的方式来对待来他们所认为的手无寸铁、野蛮原始的当地黑人，而是转而以"文明"为借口，抓住当地对"高级文明的憧憬"进行收买，特别是像耐得（Ned）和穆具扎（Mjuza）这样具有很高声望的当地人。他们声称："他（格雷）曾是澳大利亚和新西兰的地方长官。他们说，他的文明开化政策为当地做了很多好事。""文明是需要不小的代价……他甚至为他们的十条河流和连绵的山峦起了名字。"①于是，殖民话语与它所统治的被殖民文化的接触往来，必将导致一种摧毁被殖民文化从而一统天下之局面的矛盾状态。②殖民地话语已经在作为殖民手段的过程中成功进入了殖民话语体系之中，帝国统治者为了满足统治欲望而不得不利用他们所不齿的野蛮人的文化习俗达到其统治目的。

除此之外，在面对与"文明"对立的"杀牛"问题上，统治者的态度和被统治者的遭遇也使两者不再是纯粹对立的，甚至可以说他们之间形成了一种共谋关系。像耐得和穆具扎这样反对"杀牛"迷信并且崇拜殖民文化的当地人和像特温-特温（Twin-Twin）这样既反对"杀牛"，又对殖民统治始终抱有强烈敌意的"异教徒"，在面对不被本族文化所接纳的境况下，他们只能寻求殖民者的保护。"道尔顿（Dalton）不得不采纳他们的建议，因为这对当地人，特别是像特温-特温这样的当地异教徒来说，只要站在大英帝国这一边，他们就会受到绝对的保护，把这一点展示出来很重要。"③于是，殖民双方既抵抗又共谋的关系就不是简单的二元对立能够解释的了。他们的关系用哈得特的话来说就是：在一种错综复杂的身份秩序中，被殖民者和殖民者相互依存。④这种错综复杂的秩序是

① Zakes Mda. *The Heart of Redness*. New York：Picador，2000，p. 84.
② Ashcroft，Bill，et al.（eds.）. *Post-Colonial Studies：The Key Concepts*. London and New York：Routledge，2000，pp. 12-14.
③ Zakes Mda. *The Heart of Redness*. New York：Picador，2000，p. 124.
④ David Huddart. *Homi K. Bhabha*，London and New York：Routledge，2006，p. 3.

作者在选取"杀牛"习俗的刻意为之。巫术、先知文化和超自然力量成为"杀牛"活动的主要原因。这些带有当地传统的奇异、神秘和怪诞的色彩在以西方殖民者侵略为背景的现实之下变得更加难以捉摸。不同的文化产生了强烈的碰撞，并在碰撞中出现了矛盾、排斥、渗透和融合等多种复杂情况。同样，《与黑共舞》中，在洞穴里同祖先共舞的蒂珂莎也是在超自然的"力量之舞"中达到与异世界的沟通，甚至神奇地获得了容颜不老的力量。这实际上是穆达以魔幻现实的手法来消解殖民二元对立。正如陶家俊所言："以拉美魔幻现实主义为例。它刻意强调本土化、政治化与历史化，提倡殖民与被殖民双方的对话意识。这一艺术手法既挑战西方传统文学类型，又抵制帝国中心与启蒙理性。加拿大作家玛格丽特·阿特伍德、印度籍作家萨尔曼·拉什迪、拉美作家加西亚·马尔克斯等人，纷纷运用魔幻现实主义形式，进行大胆新颖的批判重建。"①

以150年前的当地人面对殖民者的态度为例，作者更多地表达出了殖民地人民的迷惑不解和排斥。在穆兰杰林(Mlanjeni)之战中，特温和特温-特温两兄弟在游击战时发现一小队英国士兵正在割死去的科萨战士的耳朵。于是兄弟俩不禁发问："他们在做什么？他们是巫师吗？"②他们并不是巫师，这种做法只是白人在收集自己的战利品，在黑人的血躯上耀武扬威，显示自己的强大。像割耳朵、煮头颅这样极其残忍的做法，作者借特温-特温之口说出"他们也是食人者"③。他们在文明的皮囊之下实施的是野蛮行径，这些事让殖民地黑人对所谓的西方"高度文明"产生强烈的质疑。随着抵御和反抗的产生，殖民话语也就不可能完全进入被殖民者的可接受范围之内，它在二元对立中的主体地位便不复存在。

（3）文化混杂形成后的出路

在南非大选之后，殖民时期的伤痛并未消退。南非后种族隔离时期的政策仍然没有给这片黑色的土地带来光明，但穆达在表现南非社会政治经济黑暗的同时，却仍是抱有信心的。《红色之心》中浓墨重彩描写了开普省以泽姆(Zim)和博克(Bhonco)为首的当地人，对所谓文明和进步态度的不合作、不买账，白人跨国公司永远居于高位的强压状态也不复存在。当地人分为两个阵营：以博亨克为代表的"不信仰者"(Unbeliever)主张西方所谓的文明和进步，期望以此来提高经济水平，打破传统经济模式并逃离历史遗留伤痛；而以泽姆为代表的"信仰者"(Believer)主张维持目前的状态，反对建立象征殖民者文明和进步的大赌场和水上乐园，反对破坏可供当地人免费享有的生态资源，更加不屑于通过赌场和乐园增加当地就业、提高生活水平的美梦。最后，在卡玛古(Camagu)这位流亡国外多年后回国的知识分子的努力下，赌场和乐园没有建立，反而是当地人以广袤的土地本身为依托自主经营的旅游成就了发展。

值得注意的是，"信仰者"的信仰源泉正是来自"杀牛"运动中的本地先知传统。这

---

① 陶家俊：《理论转变的征兆：论霍米·巴巴的后殖民主体建构》，载《外国文学》2006年第5期，第85页。

② Zakes Mda. *The Heart of Redness*. New York：Picador，2000，p. 19.

③ 同上，p. 20。

种代表超自然力量的传承正是作者将魔幻与现实、现代与历史结合表征。在另一部代表作《与黑共舞》中，穆达也同样表达出对西方经济文化试图侵略莱索托低地，并改变当地原有生存模式的批判。莱迪辛在城市里作为车祸死者家属的代理律师，成为第三方而发了大财。发财之后，他在家乡修建了一栋豪宅，这栋豪宅墙面"被漆成白色，屋顶是红色瓦片。村里的人见过的最好的房子屋顶都是波状钢，而不是瓦片。房子有很多玻璃窗，有的甚至比门还大，地面上铺着地毯，柔软得好像新毛毯一样"①。新式的豪宅仿自西方的现代建筑。但豪宅在莱迪辛家乡的待遇却是"空荡荡"的，是只有他母亲一人独居的荒废的教堂似的房子。可见，当地人更在意、更坚持的还是传统的生活方式——传统的茅屋，就像他母亲说的："我一个人住在这么大的房子里，我害怕鬼魂，即使我小声说话，它们还是会传来回声，我想念以前的生活，我喜欢将牛屎糊在地板上，而不是整天清洗地毯擦净瓷砖。"②可以说，在当地人的争执与矛盾中，殖民者的强权政策逐渐被消解。在看清殖民真相的同时，像道尔顿那样代表白人政府统治地位的人实际上已经不能控制他们所谓的"我的人民"。正如巴巴指出：殖民者对他者的表述的构建绝不是直截了当或者天衣无缝的。无论压迫者和被压迫者在政治上和伦理上的权利是多么不平等，在权威结构中，总是有某种策略上的模糊性和矛盾状态，而受压迫者通过指向并运用这些模糊性和矛盾状态，实际上是增势了，而不是将权利表述为一种同质的霸权性的整块。③ 西方所表述的殖民地"他者"在远离西方的土地上显然是不适用的，其缺陷的显露就给了被殖民者以可乘之机。特别是对有见地的被殖民者而言，他们在反抗的同时，更是能把握机会，不断思索新的出路，不断提升自己的地位。

综上所述，在《红色之心》和《与黑共舞》中，殖民者与被殖民者双方不再是密不透风的两块铁板，而是既渗透又反抗的关系。同时，作者以魔幻现实的手法突出了它们的对抗与融合，并站在被殖民者的立场上为其出谋划策，试图在环境复杂的殖民地找到其发展的出路。

2. 宗教土壤变化的异质：在揣摩不透的实现中改写

宗教是殖民活动中不可忽略的一股力量。然而，在这股力量远离本土，进入其他文化之时，则不可避免地会受到其他土壤的"滋养"，发生变异。《红色之心》和《与黑共舞》都集中体现了这种宗教伦理的变异。文化的杂糅以西方宗教和本地原教混杂的形式逐渐在南非大地铺展开来。

（1）宗教在殖民地的尴尬处境

霍米·巴巴对殖民二元对立的消解成为其"混杂"（hybridization）或者是"杂交"理论

---

① Zakes Mda. *She Plays with the Darkness*. New York：Picador，2004，p. 61.

② Zakes Mda. *She Plays with the Darkness*. New York：Picador，2004，p. 61.

③ Bhabha，Homi K. "Between Identities." *International Yearbook of Oral History and Life Stories：Volume III：Migration and Identity*. Rina Benmayor and Andor Skotnes（eds.）. New York：Oxford University Press，1994，p. 185.

的基础。哈得特在解读巴巴时说："就文化身份而言，混杂性是说不同的文化之间不是分离迥异的，而总是相互碰撞的，这种碰撞和交流就导致了文化上的混杂化；巴巴在这里更强调的是混杂化的过程。"①因此我们可以理解为殖民话语在其流传过程中必然会遭到本土文化改写而发生变异。这种变异是多方面、多角度和多层次的。在《红色之心》中，表现最为明显的变异之一便是宗教。西方殖民最早是以传教为起点。宗教作为西方文化的集中体现，在殖民侵略过程中扮演着重要角色，但其传播之路必然不是一帆风顺，结果也不见得总是好的。巴巴在《被视为奇迹的符号》一文中指出，"'那本英语书'，其实是被永久物化了的符号，它颂扬欧洲霸权认识论的中心位置，而同时又是殖民地矛盾状态的一个象征，显示出了殖民话语的弱点"②。"那本英语书"便是《圣经》。《圣经》代表了一种以基督教为核心意识形态的帝国主义话语，而这一文本在殖民地流传过程中却遭遇改写与变形，这正是文化混杂的具体表征，也是巴巴想要通过不断混杂的过程来消解殖民话语，颠覆宗主国文化统治地位的目的之所在。

穆达在《红色之心》中对西方宗教传播历程的描写也正契合了巴巴所揭示的文化混杂性。在南非开普地区，基督教的传播进程是在渗透伴随着抵抗、接纳伴随着排斥中进行的。小说第二章，在卡玛古于 1994 年回到南非的第四个年头里，他在约翰内斯堡的修布罗参加了一场葬礼。葬礼上，她（指诺玛拉夏，NomaRussia）唱的是《更近我主》（Nearer My God To Thee）。她离上帝更近了一步了。③《更近我主》这首歌是 19 世纪一位叫莎拉·亚当斯的女士与她的妹妹一起为配合牧师讲题创作的圣歌。莎拉去世前与妹妹一起一共创作了 62 首圣诗歌曲。除此之外，还有"阿门"（amens）、"哈利路亚"（hallelujahs）以及"赞美我主"（Praise my Lord.）等一系列明显的基督教词汇都多次出现在葬礼之上。可见基督教的传播在南非地区获得了一定程度上的成功，《圣经》所推崇的宗教行为得到了人们一定程度的接纳。而另一方面，无论是现在还是过去，当地民众的排斥态度也很明显。他们坚持民族本土信仰，虽然这些信仰是错综复杂，甚至是相互对抗的。但他们仍是铜墙铁壁般地守护着固有的传统。以博亨克为代表的"不信仰者"哀悼伤痛的方式是："现在，他们所有人都在悲叹哀嚎，小声念叨着人们常说的那些事。但他们的方式并不是基督教所常用的方式。"④追溯以往，特温更是表明："我们有自己的先知，他们正和我们的祖先同在……然后，我们有纳科斯泰尔（Nxele），他说我们有自己的祖先……我们不需要白人虚伪的先知和假惺惺的上帝。"⑤《圣经》中的上帝变为虚妄之人，为赎罪而亡的耶稣得不到任何溢美之词。如此一来，文化的吸收和排斥就导致殖民意识在进入殖民地的过程中面临一种尴尬的境地：殖民者达不到完全掌控殖

---

① David Huddart. Homi K. *Bhabha*. London and New York：Routledge，2006，p. 17.

② Bhabha，Homi K. "Signs Taken for Wonders-questions of Ambivalence and Authority Under a Tree Outside Delhi. "*Critical Inquiry* 12. 1(1817)，pp. 102-103.

③ Zakes Mda. *The Heart of Redness*. New York：Picador，2000，p. 25.

④ 同上，p. 73。

⑤ 同上，p. 49。

民地的目的，而被殖民者也在被标榜为高人一等的外来文化面前感受到威胁。双方共同出现的缺失成为改写和异质出现的契机。此时，所谓压迫式的宗主国文化地位受到挑战，作者期许的解构和颠覆的目的也就达到了。

同样在《与黑共舞》中，穆达对宗教的反抗也表达得很明显。蒂珂莎说："他们不仅剥夺了她上学的机会，还把自己的名字随意涂写在巴瓦洞穴的墙壁上。这中间还有一些福音派官员，他们头顶教士头衔却丝毫没有感到羞愧。在她眼中，这群人就是一群文化艺术遗产的破坏者。"①蒂珂莎憎恶神父。首先是因为神父重男轻女，没有把她这个最聪明的小女孩，而是把她资质平平的小男孩哥哥送出去念高中。其次是因为神父这一群人无视当地传统，在绘有神圣壁画的洞穴里随意涂写名字。巴瓦洞穴是蒂珂莎的秘密基地，她在那里能通过舞蹈与祖先交流，从而获得无限的舞者灵感与精神上的满足，因此蒂珂莎可以被视为当地传统文化的代言人，她对神父的憎恶亦是传统文化对西方宗教的憎恶。

（2）宗教在殖民地遭到改写

随着异质契机的出现，基督教到达南非后无法发挥其在欧洲领土上所具有的约束力，对稳固统治无用了。《红色之心》里白人的圣母变成了黑色的，黑人女子库克子娃（Qukezwa）能像白人圣母一样独自生孩子；《与黑共舞》里，单身妈妈似乎凭空就有了莱迪辛和蒂珂莎兄妹。此外，到达殖民地后黑人的传教士也不再是虔诚的基督徒了。《红色之心》中的马拉卡扎（Mhlakaza）就是其中一例。第三章里，作者这样写道："这是先知们的领地。后来，相信福音书的人们来了。马拉卡扎首先归顺了福音书。然后又成为先知的陪伴者。"②小说中，马拉卡扎在历史上，包括在"杀牛"运动中一直扮演着重要角色。他在教堂受洗，然后改名为威廉姆·歌利亚（Wilhelm Goliath）③。在成为基督徒之后，他跟随着白人神父履行着传教的职责。但他并非虔诚的基督徒。其一，他的宗教意志转换得过于随意——"但不久，他就抛弃了他卫理公会的朋友，转而把心思都放在圣公会信徒身上了……他公开表示自己更喜欢圣公会式的私人告解方式"④。其二，白人宗教更多地成为他实现自己地位的手段，而不是精神上的依靠。在发现神父一家把他当作奴仆，而不是同等的基督徒对待的时候，他愤然离开，回到故土，并且坚决禁止人们再叫他威廉姆·歌利亚，而只能叫他的本名——马拉卡扎。从这里就可以清楚地看到白人宗教经典已经被改写了。一方面，他能吃苦耐劳，掌握并践行传教的技巧、内容和手段；另一方面，宗教教义于他而言只是流于表面的生活手段，就像霍米·巴巴分析的那样：对本土符号的坚持玷污了神的权威语言，在施行统治的过程中，主人的语言变成了非此非彼的杂交之物。揣摩不透的被殖民主体总是亦默许亦反对，让人放心不下，这

---

① Zakes Mda. *She Plays with the Darkness*. New York：Picador，2004，p. 12.

② Zakes Mda. *The Heart of Redness*. New York：Picador，2000，p. 40.

③ Goliath 即《圣经》中被大卫杀死的巨人。

④ Zakes Mda. *The Heart of Redness*. New York：Picador，2000，p. 48.

就产生了一个殖民文化权威无法解决的文化差异问题。① "非此非彼"，殖民者自我的实现在依靠被殖民者的过程中已经失去其独立性，既不可能完全保留原有的符号特征，也不可能完全溶于被殖民地他者，边界变得含混不清，矛盾冲突越演越烈；而"揣摩不透的被殖民主体"，以马拉卡扎为代表的本地人并不是一味地服从或者反抗，他们发挥主观能动性，以改写达到目的，而此时，白人所期待的宗教作用，无论是教化、约束或是稳固都会大打折扣。

　　之后，马拉卡扎返回家乡，"他放弃了白人的宗教，反而投向了他父辈所坚信的真主的怀抱"②。他通过将自己的养女（Nongqawuse）和妻妹（Nombanda）塑造成能与祖先通话的女先知形象，发起了浩浩荡荡的"杀牛"运动，并宣称"杀牛"能医治由白人带来的肺痨疾病，达到驱逐白人意识、唤醒祖先的目的。马拉卡扎作为受过白人宗教洗礼之人，在他构建的迷信世界里，现世是一个处处有魔鬼和诱惑的危险之地。而小女孩先知们来自由陌生人统治的另一个世界，她们像是被派遣到现世的纯洁羔羊，能从纳帕哈卡达（Naphakade）③那里获得信息，并引导众人按照陌生人的旨意杀牛，然后获得重生。陌生人和纳帕哈卡达如同上帝一般具有至高无上的力量。白人的肺痨就是上帝对虔诚信徒的考验和历练。通过考验才能走进上帝的羊圈获得逝去之人的重生。于是白人的上帝就不再是上帝，而是大写的陌生人了。上帝在南非的领地已经被改写得面目全非。"杀牛"运动不仅给殖民地的人民造成了永久的伤痛，还搅得殖民者们焦头烂额。他们不仅没有达到预期控制殖民地的目的，反而在镇压杀牛过程中激化了矛盾。穆达对"杀牛"历史的重构中所带有的宗教本质色彩正与巴巴理论中的这一议题不谋而合：由于殖民关系总是矛盾的，这样它就为自己的毁灭埋下了种子。④ 南非领土上殖民者宗教被挪用、被歪曲和被异质回指了殖民者本身，原殖民意图变为泡影，殖民权力在此过程中便被消解了。

　　值得注意的一点是，《红色之心》和《与黑共舞》虽为英语小说，但其中却有很多由语言引发的文化误读。以《红色之心》中"基督徒"一词为例，作者这样写道："那些变成吉克博哈卡（amaGqobhoka）的人——变成基督徒的人，开始相信格雷。"⑤"吉克博哈卡"便是"基督徒"在科萨语中的表述，这里宗教英语词汇被翻译成本土科萨语。更明显的还有"医生"（doctor）一词，两部小说里都提到了当地人对这个词汇的理解偏差。《与黑共舞》里写道："她获得的是博士学位，虽然博士学位和医生是同一个英语单词，可她并不会治病，博士是指人们学位的最高水平。她这样对于博士的解释还是让大家很疑惑，有的人嘟囔着'博士和医生是一个单词，却不会治病，那博士还有什么用呢？'"⑥

---

① ［印］霍米·巴巴：《献身理论》，载罗钢、刘象愚《后殖民主义文化理论》，中国社会科学出版社 1999 年版，第 194 页。

② Zakes Mda. *The Heart of Redness*. New York：Picador, 2000, p. 53.

③ 永生之人，科萨语版《圣经》中常用词。

④ 生安锋：《霍米·巴巴的后殖民理论研究》，北京大学出版社 2011 年版，第 104 页。

⑤ Zakes Mda. *The Heart of Redness*. New York：Picador, 2000, p. 84.

⑥ Zakes Mda. *She Plays with the Darkness*. New York：Picador, 2004, p. 27.

英语里面这样一词多义的用法造成了迷惑和误解，不同的文化习惯之间产生了矛盾。而在巴巴看来，这种矛盾是因为文化翻译的过程会打开一片"间隙性"空间，它既反对返回到一种原初性"本质主义"的自我意识，也反对放任于一种"过程"中无尽分裂的主体。① 这也解释了为什么宗教在南非的传播受到阻碍，书写的反复必然受到输出国和输入国双方文化意识形态的影响。除了以上举例外，两部小说中还有不少用科萨语表述英语词汇，或用英语解释科萨词汇的例子，作者这样煞费苦心，无疑是想要从更直观、更明确的层面表明改写和异质的存在，表明"琢磨不通"的殖民主体并不是一味的被动接受，而是不断发挥主观能动，实现突围。

3. 公民文化身份的杂糅：海外流散回归后完成颠覆

个人文化身份往往是群体文化身份的一个代表。在《红色之心》和《与黑共舞》中，不同种族和不同身份的人各自代表着社会的不同侧面。他们的文化身份在西方意识形态和传统价值观的共同作用下呈现出复杂动态的特征。这种特征集中体现在两部小说的主人翁身上。

（1）卡玛古的美国身份

"混杂"的指向与霍米·巴巴本人的生活经历有着极大的关系。巴巴出生于印度孟买的一个商人家庭，是波斯地区逃到印度的祆教徒后裔，从小受印度学校的教育，后来在英国求学，师从著名的马克思主义理论家特里·伊格尔顿。这种"混杂"的身份使得他在研究民族和文化身份以及少数族裔文学和文化方面有着切身的经历，因而有很大的发言权。② 巴巴的生活经历同出生于南非，后来背井离乡就读于瑞士和美国的穆达有着许多相似之处。他们都是从边缘来到中心，从他者趋向主体的一类人。生活中所获的经历必然造就了他们敏感复杂的情感，这种情感也必然会出现在他们的作品中。

作为理论家的霍米·巴巴就是在此基础上构建了他的混杂性理论。《文化的定位》（*The Location of Culture*）可以说是巴巴从后殖民语境下对文化进行评述的主要体现。他对关于文化、他者、边缘、模拟、混杂、居间等一系列问题都作出了解析。巴巴将混杂性定义为"一个殖民地话语的一个问题化……它逆转了殖民者的否认，于是被否认的知识进入了主宰性话语并疏离了其权威的基础"③。罗伯特·杨是较早对巴巴混杂性概念作出界定的学者，他指出巴巴的混杂性话语不仅能瓦解殖民地权威，而且可以产生能动的抵抗形式。④ 特别是在借鉴了拉康精神分析和法农心理状态分析之后，巴巴通过将矛盾性定位于他者和边缘，然后通过展示这种矛盾性是中心的自身的一部分，避免了对熟

① Bhabha, Homi K. *The Post-colonial Question：Common Skies, Divided Horizons*. London：Routledge：1996, p. 204.

② 王宁：《叙述、文化定位和身份认同——霍米·巴巴的后殖民批评理论》，载《外国文学》2002 年第 6 期，第 49 页。

③ Bhabha, K. Homi. *The Location of Culture*. London and New York：Routledge, 1994, p. 114.

④ Robert Young, J. C. *White Mythologies：Writing History and the West*. London：Routledge：1990, pp. 148-149.

悉的二分法的简单逆转。① 这样，混杂就不是简单的二元走向多元，而是二元走向渗透。这与前文所提及的殖民二元对立和宗教异质实则是一脉相承，都是巴巴想要解构帝国，解构边缘化，努力使颠覆成为可能。而作为小说家的穆达，他的这种混杂性则表现在其作品之中，特别是作品人物的文化身份之上。在《红色之心》中，有一句对男主人翁卡玛古的表述："他记得在 1994 年的时候，他是怎样离开自己的工作，回到南非参加选举的，这已经是他离开南非的第三十个年头了。"②卡玛古在一定程度上可以看作穆达自己的化身。他们都出生于南非，都在美国接受高等教育。在 1994 年南非大选，曼德拉成为首任南非黑人总统之际，作品主人翁卡玛古的回归则更加是作者渴望回归本土、为民族尽绵薄之力的表现。卡玛古文化身份中的复杂特色可以说是巴巴混杂理论在具体文本中的实践。

作为从美国回归的高级知识分子，卡玛古带有美国式的锐意进取和理性自由的精神。他义无反顾地放弃了美国优渥的生活而返回故乡，执意投身于后种族隔离时期南非轰轰烈烈的建设大潮之中。"他被现在欢欣鼓舞的氛围所洗涤，他决心再也不要回到纽约去了。他会留下来，为他祖国的发展贡献一切。"③但南非政局的混乱和黑暗却打碎了他的美梦。整整四年，他没有谋得任何职位。黑人政府不接受他，因为他不会跳象征黑人的自由之舞；白人的私营企业不接受他，因为他是学富五车的黑人知识分子。于是，自由之舞变成了禁锢之舞，博士学位变成了求职的绊脚之石。曾经，美国是他逃离压迫的避难所；现在，却是使他得不到认同和接受的始作俑者——"对他而言，最好的选择就是再次被放逐。"④美国于他而言不再是至高无上的象征。具体的情境下，卡玛古的身份由于不同势力的渗透而产生变化，变得难以定性、含混暧昧。此外，从他与博亨克女儿的交流也可以看出他对真实美国的见地实际上是与美国的完美形象大相径庭的。博亨克的女儿是大名鼎鼎的临海科罗哈中学（Qolorha-by-Sea Secondary School）的校长西丽思娃·西米娅（Xoliswa Ximiya）。她是当地名人，在福特海尔大学获得文学学士学位，并在美国某所学院获得了将英语作为第二语言的执教证书。她挚爱美国，美国是她眼中无与伦比的乐土，"那是一个童话般的国家，人们都是美丽可爱的"⑤，"它是世界上最棒的国家。我希望有一天能再到那儿去"⑥。无疑，美国在南非，特别是南非知识分子身上的宣传策略是成功的：它把自己塑造成了世界中心，它把殖民地塑造成了"他者"，还在"他者"的认同中强化了其边缘身份。然而，在美国待了 30 年的卡玛古却说："不要让她（西米娅）对美国的奉承误导了你。除非你认为对其他国家实施种族歧视和武力政策是件好事。"⑦这里卡玛古通过打破美国殖民意识形态，将所谓的"大国文明"还原

---

① Robert Young, J. C. *Colonial Desire*. London：Routledge，1990，p. 161.
② Zakes Mda. *The Heart of Redness*. New York：Picador，2000，p. 29.
③ 同上，p. 29。
④ 同上，p. 31。
⑤ 同上，p. 64。
⑥ Zakes Mda. *The Heart of Redness*. New York：Picador，2000，p. 65。
⑦ 同上，p. 66.

为文化侵略手段，揭露了殖民者本质的殖民欲望。此时他的身份变化成被殖民的主体，具体地说就是"受教育的他者"，他明确地对"文明和非文明"的二元对立发起了正面的挑战。

（2）回归者的南非身份

《红色之心》中卡玛古身上不仅有着对美国的复杂情感，还兼具着南非民族深植于他血脉之中的传统。初到科罗哈，他欣喜于人们仍旧穿着传统服饰，却为穿着这种服饰的人数量很少而惋惜；当地自然原始的风光成为他决心留下的一大因素；对这片土地的喜爱和依赖时时流露在他的言语和行为之中，特别是当代表部落身份的蛇出现在他的卧床之上时，他就完完全全属于南非这片土地了——"他曾听说过关于蛇会拜访每个新生的婴孩的故事；它有时也会拜访部落里被选中的人，把好运带给它们。今天他就是那个被选中的人。"①这些特质在他身上难以抹去，就算在美国待上了 30 年，卡玛古还是一位南非人。在《与黑共舞》中也有对蛇的描述。女主人翁蒂珂莎与蛇对峙、与蛇共舞，而蛇作为食物链上的一环，还会成为女主的食物，这些都是南非土著特有的标志。然而，就算深爱这方土地，卡玛古也烦恼，甚至厌恶处于"信仰者"和"不信仰者"之间针锋相对的局面。这种历史遗留下的问题是不能通过他美国式的理智劝说解决的。此外，在受到"不信仰者"启发后，结合他对美国在新殖民主义时期经济文化殖民模式的理解，卡玛古对科罗哈人民盲目欢迎以赌场和游乐园为代表的殖民经济表示失望。同对美国的态度一样，认同和争议同时出现在卡玛古身上。但穆达在这一方面与巴巴有不同的侧重点。他不仅要挑战对殖民者身份的解构，还要挑战对被殖民者身份的解构，作为流散海外的南非作家，他更希望在为南非发声的同时，为南非自主的发展谋求一条正确的出路。

当然，卡玛古在南非和在美国的经历是不可分割的。南非塑造了他，美国改变了他；南非养育了他，美国教化了他。千丝万缕的联系和无处不在的渗透正是其混杂性如此鲜明的主要原因。亦如《与黑共舞》的男主人翁莱迪辛一样，在莱索托低地飞黄腾达，看惯了都市繁华，时政变迁的他回到破破落落的小村庄时，他想要满足的却只是同幼年时一样，成为牧牛童的心愿。大都市的文明让他对小村庄的闭塞落魄和"野蛮"嗤之以鼻，但他内心属于小村庄的愿景却从未改变。这些斩不断的联系全都是人物复杂文化心理形成的因素，无论是政治上、文化上还是种族上，我们能看到各方势力的博弈以及他自身心理依托的选择，同时以他为标杆，我们还能看出无论是白人商人，黑人知识分子，还是黑人平民，他们都在局势变换不定、强权压迫不断的现实下以自己的方式不断咀嚼历史，谋求自身定位，甚至是民族定位。这也正契合了巴巴对文化特征描述中那些稳定的、自我统一的特征的质疑，他声称混杂性为积极挑战当前流行的对于认同和差异的表述提供了方法。② 静态的、僵化的、对立的两分法不足以考虑文化认同，文化的接

① Zakes Mda. *The Heart of Redness*. New York：Picador，2000，p. 98.

② Bhabha K. Homi. *The Location of Culture*. London and New York：Routledge，1994，p. 225.

触、侵略、融合和断裂的复杂过程才是巴巴所关注的。① 而最终，卡玛古通过海产品帮助当地人，特别是当地妇女完成自产自销，实现经济独立，以及坚持反对发展大赌场和水上乐园，转而通过当地原生态旅游来推动发展。可以看出，他在寻求定位，在文化认同和融合的过程中是完成了颠覆的，以他为代表的科罗哈人民通过自己的努力找回了属于自己的声音，白人的经济文化侵略终成泡影。那么莱迪辛呢？莱迪辛则是失去了所有，亲情、爱情，甚至是事业，都像那被偷走的一百万兰特一样消失了。事情虽然发生在一夜之间，但却是早有预谋。大雨瓢泼的山顶上，他看着容颜不老的蒂珂莎，想着曾经深爱他的老祖母，一切的一切都变得虚无缥缈了。他辨认不清楚自己了，莱索托的城市和哈沙曼的村庄都不再是他的心灵皈依之处。他的回归被雨水打得七零八落，他的寻找必将是遥遥无期了。

综上所述，以霍米·巴巴混杂性理论为基础来分析穆达的代表作《红色之心》和《与黑共舞》中的后殖民色彩，让我们更清楚地看到，扎克斯·穆达笔下的这两部具有魔幻现实色彩的作品，都是通过对历史的重构和文化的杂糅去消解殖民地文化的二元对立。一方面混杂性的合理存在，可以通过宗教的异质和身份的杂糅，将混杂性投注到作品的人物身上；另一方面，以作品人物为依托，将这种混杂进而投注到整个后殖民文化自身之上。这些重构和混杂，对解读后殖民语境下南非社会"杂糅性"的特点，揭露殖民权利的片面性，颠覆宗主国文化的统治地位具有重要的启示性意义。

五、戈迪默后期作品的异化主题

纳丁·戈迪默，南非白人作家，逝于 2014 年 7 月 13 日，生前和库切被并称为南非的"文坛双星"。她一生作品颇丰，仅长篇小说就有 15 部之多。因其作品对社会现实的关注，戈迪默获得了 1991 年诺贝尔文学奖。她的前期作品多集中于对南非社会现实的批判，尤其是对种族隔离制度的控诉。1994 年曼德拉当选总统后，戈迪默的创作迎来的新的时期。纵观她的后期作品《无人伴随我》《家有藏枪》《偶遇者》《新生》《空前时代》②，不难发现，通过这五部小说，戈迪默尖锐地指出：种族隔离制度的废除和黑人当权并不意味着南非从此走上了安定和谐的发展之路。"旧的在消亡，而且不可再生。在这个过渡时期，产生了很多病态特征。"③而众多"病态特征"中最为内化的问题即人的异化。

异化一词始于神学。19 世纪，该词被引入哲学领域。第一个明确使用异化概念的

---

① Nikos Papastergiadis. "Restless Hybridity," *Third Text*, 6. 32(1995), p. 17.

② 这五部作品的英文名分别为 *None to Accompany Me*, *The House Gun*, *The Pickup*, *Get a Life*, *No Time like the Present*。其中有三本被译为中文：金明翻译的《无人伴随我》、梁永安翻译的《偶遇者》和赵苏苏翻译的《新生》。

③ Nadine Gordimer. "Living in the Interregnum". *The Essential Gesture*：*Writing*, *Politics*, *Places*. New York：Penguin, 1989, pp. 285-300.

是黑格尔，后经过了费尔巴哈和赫斯的发展。与黑格尔同时代的马克思批判继承了以上三人的异化理论，在《1844 年经济学哲学手稿》中提出了异化劳动概念和异化劳动的四种表现形式。此后，卢卡奇、阿多诺、弗洛姆、列斐伏尔等哲学家继承并发展了马克思的异化理论。众多哲学家虽然对于异化概念和形式的划分各持己见，但是概念的核心是统一的，概而言之，即"哲学上的异化是指对立的社会关系或社会状态。在这里，人们通过物质活动和精神活动创造出来的产品，如商品、国家、宗教和意识形态等，总是和人的主观愿望相背离，成为与人对立的异己力量。这种力量反作用于人，给人的生活带来灾难或破坏性的影响"①。作为社会主体的人的异化主要体现在四种关系的异化：人的自我异化、人与他人关系的异化、人与社会关系的异化，以及人与自然关系的异化。鉴于人与自然的关系在戈迪默的后期五部作品中的体现不多，下文将重点分析其后期作品中展现较多的前三种关系。

1. 小说主人公之自我异化主题

戈迪默后期作品中的主人公们总是不断在"本我"与"超我"之间徘徊挣扎。在《无人伴随我》小说的封面上有这样一句话："人的一生是从自我到自我的独自行走。"通过对主人公命运浮沉的描写，作者向我们展示了"自我"的多样性和复杂性，而在人的生命历程中，每个人的自我都是孤立的，无人伴随的。这种孤立表现在人与本我之间的疏远对立，"自我"不能很好地协调人与"本我"的关系，人迷失了自我，变得像动物一样生存。

在马克思看来，劳动是人的自觉自由的活动，是有意识的活动。它能丰富人的生活，发挥人的潜力，满足人的物质和精神需求。但在私有制社会，劳动成为人们避而远之的活动。"人（工人）——吃喝、生殖，至多还有居住、修饰等——的时候，才觉得自己在自由活动，而在运用人的机能时，觉得自己只不过是动物。动物的东西成为人的东西，而人的东西成为动物的东西。"②人与动物的根据区别在于人的类特性是自由自觉的活动。异化劳动使得人把自己与类本质的关系颠倒过来了，致使人"把自己的生命活动，自己的本质变成仅仅维持自己生存的手段"③。人的类特性的丧失导致人与自己的类本质（即自我）相异化。

《无人伴随我》的第一个主人公维拉就是一个迷失自我的人。从社会属性看，维拉是一名优秀的白人律师。但是，从生物属性来看，维拉却是一个极其放荡、没有家庭责任感的女人。在第一任丈夫服兵役期间，她与一个叫贝内特的英俊男子发生了婚外恋。离婚后却又与前夫发生了性关系，致使她和贝内特婚后的第一个孩子是前夫与她的儿子。在与贝内特的婚姻存续期间，维拉又与一个名叫奥托的奥地利电视台记者婚外恋。

① 张奎良：《时代呼唤的哲学回响》，黑龙江人民出版社 2000 年版，第 169 页。
② ［德］马克思：《1844 年经济学哲学手稿》，人民出版社 2000 年版，第 55 页。
③ ［德］马克思，恩格斯：《马克思恩格斯全集》（中文 2 版），人民出版社 2002 年版，第 273 页。

维拉反复婚外恋是为了满足她旺盛的性欲。

马克思认为"吃、喝、生殖等，固然也是真正的人的机能。但是，如果加以抽象使这些机能脱离人的其他活动领域，并成为最后的和唯一的终极目的，那它们就是动物的机能"①。"性"是人与动物共有的本能，是本我追求快乐的基本诉求。维拉把对感情生活的追求简单物化为性欲满足，实际上是把自己异化为动物般的存在。但是，从社会属性来讲，维拉是一名优秀的律师，她不仅同情黑人，支持他们的解放运动，而且利用自己的法律知识和律师身份为黑人们争取土地和生存的权利，甚至在受到生命威胁的时候仍然不放弃自己的事业目标。她对事业追求的忘我投入彰显了她的至高道德追求，是向"超我"的不断靠近。由此可以看出，在"本我"的快乐诉求和"超我"的至高召唤之间，"自我"并没有很好地平衡二者的关系，导致人在"本我"与"超我"之间兜兜转转，这是自我异化的直接体现。萨特认为，人有选择的自由。作为一个女人，维拉充分行使了她的选择自由。但是，对男性伴侣的一次次选择并没有帮助维拉找到自己想要的自我。"异化被掩盖在生活表层之下，人们在新的虚假状态中，自认为占有了本质，自认为扬弃了异化，自认为获得了自由，同时却更深地丧失了自我。"②

《无人伴随我》中另一个主人公赛莉是一个在感情上与维拉形成鲜明对比的角色。赛莉与丈夫迪迪穆斯同为革命工作者，被迫流亡国外。丈夫因为地下工作需要长期与家人分离。作为妻子，赛莉对丈夫的工作十分支持，而且对迪迪穆斯非常信任。尽管如此，黑人运动成功后的赛莉同样深陷于自我异化。运动成功之后，夫妻二人回到国内，准备开始全新的生活。对于组织上安排给他们的住处，赛莉非常不满意。她认为以他们现在的身份，"必须要有像样的地方居住"③。和好朋友维拉一起吃饭时，赛莉得意地向维拉炫耀自己的伦敦靴，并有意询问菜单上没有的东西。历经苦难的革命者，在革命成功之后却抱怨自己得不到应有的物质享受。革命者的光环在现实生活面前变得暗淡，失去了进取的一面，变得趋于世俗。本应神圣的革命被赛莉物化为一种满足物质需求的途径。对物质的追求和消费品的占有成为赛莉当下生活的重要内容。

对物的过度依赖必然导致"商品拜物教""金钱拜物教"的普遍流行，进而使得人的追求功利化。对于曾经的革命者赛莉而言，获取物质利益的方式就是权力占有。在解放运动胜利后，赛莉如愿入选为高层领导，获得极大的心理满足。人物理想的褪色源于权力的诱惑。作为一种强势的支配性的力量，权力的诱惑力在于它和利益的密切结合。作为曾经的革命者，赛莉的革命目标是黑人权利与自由的实现，体现了至高的道德追求。但是作为新社会的一员，她的追求则是物质享受和精神满足。曾经对"超我"的追求转换为"本我"需求的满足，这种转换展现的是赛莉的自我异化。

外在的感官追求，物质占有和权力崇拜导致人的自我异化，而在《偶遇者》中，作

---

① ［德］马克思，恩格斯：《马克思恩格斯全集》（中文 2 版），人民出版社 2002 年版，第 271 页。

② 车玉玲：《总体性与人的存在》，黑龙江人民出版社 2001 年版，第 87 页。

③ ［南非］戈迪默：《无人伴随我》，金明译，译林出版社 2006 年版，第 41 页。

者却向我们展示了内在他性所导致的人的自我异化。故事主人公阿卜杜(Abdu)来自一个不知名的阿拉伯国家,接受过高等教育,拥有经济学学位。但是,他并没有留在自己的祖国,利用自己的学识为国家的经济发展贡献力量,而是寄希望于一个新的国度寻找自己想要的生活。他非法移民到南非,从事体力劳动,赚取微薄的薪水。为了逃避移民机构的检查,他不惜改名换姓,蓄意割裂和改造了过去的身份。他的本名为"易卜拉欣"(Ibrahim,意为"先知"),为了留在南非,他把自己的名字改为"阿卜杜"(Abdu,意为"上帝的仆人"),把自己由寓意上的主导身份降为从属身份,实际上是把自我他者化了。

阿卜杜认识朱莉(Julie)以后,朱莉富裕的家庭、舒适轻松的工作和朋友圈子都让他羡慕不已。在收到遣返回国的通知后,他寄希望于朱莉有权势的富裕家庭带给他想要的合法身份,甚至想通过和朱莉结婚来获取合法的居留权。当朱莉决定放弃自己的一切,要和他一起离开时,阿卜杜非常愤怒和不解。他的激烈反应源于他对朱莉原有身份和生活的向往。和朱莉一起回国后,阿卜杜开始使用自己的真实姓名:易卜拉欣。但是,姓名的恢复并没有带给他自我意识的回归,他依然不辞辛劳地努力申请移民到其他国家。而朱莉却想要留在他的国家,利用自己叔叔的帮助在沙漠里种植水稻,帮助当地人民改善环境和生活,实现自己的绿色家园梦想。易卜拉欣对此嗤之以鼻,认为朱莉的努力是徒劳的。朱莉选择留下,在阿卜杜所不屑的国家寻找自我,反衬了阿卜杜的内在他性。他拒绝了叔叔给予的报酬优厚的工作机会,并如愿获得了去往美国的签证。"被殖民者尤其因为把宗主国的文化价值变为自己的而更要逃离他的穷乡僻壤了。他越是抛弃自己的黑皮肤、自己的穷乡僻壤,便越是白人。"①易卜拉欣一次次地逃离本土,追逐帝国文化,寄希望于通过移民到一个富裕的大国来提升自己的主体地位,他的努力注定是西西弗斯式的努力,因为在新的国度,他会再次遭受帝国文化的排斥,在夹缝中艰难求生,边缘人的身份依然无法改变。对本土文化的否定和逃离实际上映衬了他自我意识的缺失,也即主体身份的自我解构。这种对于文化身份的自我否定实际上体现了一个人的内在他性,而内在他性是主体异化即自我异化的表征。

在《家有藏枪》中,主人公的非生产性性格同样体现了现代社会中人的自我异化。弗洛姆认为,"现代人失去了对自身的信念,丧失了个性和自我意识,非创造性性格有增无减"②。娜塔莉(Natalie)没能要回送养的孩子,欲自溺于大海。邓肯(Duncan)救了她、收留她,并请自己的合租朋友卡尔(Carl)帮忙找到了一份适合她的工作。对于这一切,娜塔莉不仅没有感激,反而认为邓肯控制了她的生活,请卡尔找工作也是为了监视她。在他人面前,娜塔莉从来没有表现出对邓肯的好感和关心,取而代之的是讥讽和漠视。为了报复邓肯对自己的拯救,她甚至公然和卡尔——邓肯曾经的同性恋对象,旁若无人地在客厅做爱。而她对卡尔死亡和邓肯入狱的漠视甚至让人觉得她才是受害者。自我虐待并虐待他人、怀疑一切并对抗一切,娜塔莉的非生产性性格表现出的攻击性和破

---

① [法]法农:《黑皮肤,白面具》,万冰译,译林出版社 2005 年版,第 9 页。
② 衣俊卿:《西方马克思主义概论》,北京大学出版社 2013 年版,第 203 页。

坏性实际上体现出了现代人逃避自由的心理机制。人通过自己的攻击性和破坏性行为来逃避自由，是因为"天堂永远地失去了，个人孤独地面对着这个世界——像一个陌生人投入一个无边际而危险的世界。新的自由带来的不安、无权力、怀疑、孤独，及焦虑的感觉"①。这种深层次的异化使人的命运变得更加可悲。

2. 小说主人公之与他人关系的异化主题

人的自我异化必然导致人与他人之间关系的异化。正如马克思指出，"人同自己的劳动产品、自己的生命活动、自己的类本质相异化的直接结果就是人同人相异化。当人同自身相对立的时候，他也同他人相对立"②。换而言之，人与人之间主体间性关系异化为主体-客体关系。这种异化关系体现在人与人之间的疏离、隔膜、相互利用和不平等。

其一，在戈迪默后期作品中，人际关系的异化表现为两性关系的异化。合理的两性关系应当是"男女双方都具有独立、完整的人格，没有交易意识，没有主奴观念。而是在人格对等的情况下，相互付出，相互满足"③。和谐美好的两性关系是人类繁衍的前提，是社会发展的根基。但是在这五部作品中，两性关系不再单纯美好，已经被"淹没在利己主义打算的冰水之中"④。

在《无人伴随我》中，因为性吸引，维拉在第一任丈夫服兵役期间与年轻英俊的贝内特发生婚外恋，并因此离婚，却在前夫回家取东西时再次因为性冲动与之发生性关系，致使她与贝内特婚内的第一个孩子是她和前夫的。贝内特对维拉非常痴迷，以至于没有她不能活。为了让维拉过上更加富裕的生活，贝内特放弃了自己喜欢的泥塑艺术，转而经商。丈夫的牺牲和奉献并没有换来维拉的爱。在与贝内特的婚姻存续期间，为了满足性欲，维拉又与奥托发生了婚外恋。在《新生》中，戈迪默刻画了一个与维拉类似的人物琳赛。和维拉一样，琳赛也是一个美丽的白人律师，事业成功。丈夫阿德里安全心全意地爱着她，为了支持她的事业放弃了自己喜欢的考古。但是琳赛并没有安于稳定的家庭生活。因为丈夫在性生活方面的力不从心，她与一个同行发展了一段长达四年的婚外恋。这两位女性角色婚外情的动机无一不与性欲有关。两性之间应有美好的爱情作为维系良性关系的基础，但是这两位主人公都将应有的爱欲降格为单纯的性欲。马尔库塞认为，"过去，人恰恰是在其满足中，特别是在其性欲满足中，才成为一种高级存在物，并遵从高级的价值标准，性欲因爱获得了尊严"⑤。但是在工具理性和技术理性泛滥的工业社会里，"本我"的快乐原则把前生殖器的泛化的爱欲转变为"生殖器至上的性欲"，这是异化的深层机制。

---

① [美]弗罗姆：《逃避自由》，陈学明译，北方文艺出版社 1987 年版，第 35-36 页。
② [德]马克思：《1844 年经济学哲学手稿》，人民出版社 2000 年版，第 59 页。
③ 赵合俊：《伊甸审判：性爱的异化与理化》，花城出版社 1993 年版，第 42-43 页。
④ [德]马克思，恩格斯：《马克思恩格斯全集》，人民出版社 1995 年版，第 275 页。
⑤ [德]马尔库塞：《爱欲与文明》，黄勇，薛民译，上海译文出版社 1987 年版，第 147 页。

　　《偶遇者》中阿卜杜和朱莉的交往也难免和物质利益扯上关系。"资本主义制度下，人的群体关系恶化，……人们的相互关系失去了道德义务感和情感特征，从而变得靠单一的经济利益来维持。所有的人际关系都基于物质利益。"①因为朱莉富裕的家庭，阿卜杜希望她能帮助自己合法留在南非，从而帮助自己过上想要的富裕生活。朱莉不仅没能成功地帮助他留下，反而要抛弃一切去追随他。阿卜杜的愤怒更多地是表达了他对利用朱莉获取想要的物质利益却失败的失望感。全球化背景下经济发展不平衡和种族关系不对称致使本应美好的两性关系异化为纯粹的利用与被利用关系。

　　在《家有藏枪》中，两性关系的异化体现在人际交往时善良与诚信的完全丧失。娜塔莉对邓肯没有丝毫的关爱、尊重和忠诚，二人的感情是"灾难性地相互选择"②。她从感情上虐待邓肯，视邓肯为敌。恩格斯说，"一句话，每一个人都把别人看作必须设法除掉的敌人，或者最多也不过把别人看作一种可以供自己利用的工具"③。娜塔莉把邓肯当作自我放逐的工具，邓肯同样把她当作体现自我价值的工具。邓肯给娜塔莉取了另外一个名字：娜斯塔西娅。这个名字来自他读过的陀思妥耶夫斯基的《白痴》。在《白痴》中，被人们视为白痴的年轻公爵梅诗金愿意无条件娶受尽屈辱与磨难的娜斯塔西娅·菲里波芙娜为妻，让她深受感动。作者引用了《白痴》中的一段话来描述二人的关系："如果没有我，她早就淹死了……"④按照自己的喜好给娜塔莉重新命名，邓肯"展现了他的性别特权"⑤；把自己比作拯救可怜女人的年轻公爵，邓肯把娜塔莉构建成了一个弱势的他者。在之后二人的共同生活中，邓肯对娜塔莉的忍让和帮助实际上体现了他的英雄主义和自我利他主义。他的助人行为是为了减轻内心的紧张和不安，使自己感到有力量，体会到一种自我价值。这种自我服务的动机是导致他与娜塔莉关系异化的根本原因。

　　故事中的受害者卡尔是一名同性恋者，他生前频繁更换自己的性伙伴，并以此为荣。卡尔曾经和邓肯有过一段同性恋，却又抛弃了他，后来卡尔又与邓肯的女朋友发生性关系，且对此不以为然。他的这种不负责任的态度最终导致了自己的死亡。不管是作为同性伴侣，还是兄弟，卡尔没有表现出基本的道德原则。可以说，卡尔也是自己的受害者。他对伦理道德的漠视和性自由的滥用导致了自己与他人关系的异化。

　　其二，人际关系的异化体现在不同种族人民之间关系的异化。南非在1991年已经从法律上废除了种族隔离制度，黑人开始当家作主。这五部作品发表在1994年及以后，反映的是新南非的现状。但在戈迪默的后期作品中，我们发现，法律上的种族隔离政策废除了，但人们心里的隔离仍在，少数族裔和黑人仍然摆脱不了被他者化的境遇。

　　① 蒋承勇：《现代文化视野中的西方文学》，上海社会科学院出版社2000年版，第26页。
　　② Nadine Gordimer. *The House Gun*. London：Bloomsbury Publishing，1999，p. 153.
　　③ [德]马克思，恩格斯：《马克思恩格斯全集》（第2卷），人民出版社1995年版，第454页。
　　④ Nadine Gordimer. *The House Gun*. London：Bloomsbury Publishing，1999，p. 153.
　　⑤ Cheryl Stobie. Representations of "the Other Side" in Nadine Gordimer's *The House Gun*. *Scrutiny* 2：*Issues in English Studies in Southern Africa*，2007，12(1)，p. 71.

　　《无人伴随我》中维拉与奥托的婚外恋不仅仅是因为性欲，更因为奥托是一个犹太孤儿，一个"希特勒婴孩"。比奥托大15岁的维拉把他当作"一个被驱逐的婴儿，赤裸着躺在这个世界上"，"她要弥补他儿童时期的匮乏。……她要给他玩具和糖果。"①所以即便自己经济条件不宽裕，维拉还是给奥托买了他喜欢的法国衬衣、意大利领带和黄金砝码。维拉无视自己家庭的物质需求，转而努力满足他人的物质甚至是奢侈消费需求，她想要的是给予他人时对方的感激之情。她的被需要使她体会到了自己的价值和主体地位。这与邓肯的自我利他主义如出一辙。没有发自内心的爱，而是对一个身世凄惨的小男孩的怜悯，维拉实际上把奥托他者化了。通过他者奥托的衬托，维拉彰显了自己的主体身份。

　　在《偶遇者》中主人公朱莉和阿卜杜的关系同样异化为他者的相互构建。朱莉与阿卜杜因为修车相识，进而发展为恋人关系。吸引白人朱莉的不是黑人阿卜杜的某一个优点，而是他神秘的东方血统。朱莉把阿卜杜想象成了一个东方王子，把她对东方的幻想投射到了阿卜杜身上。在与阿卜杜的交往中，朱莉总是刻意保护着阿卜杜的自尊，不希望阿卜杜在与自己、与她朋友的交往中有任何种族主义和阶级主义带来的不适感。这种"刻意"体现出了她作为优势主体的优越感和对阿卜杜的他者化。朱莉不惜抛弃舒适的生活，跟随阿卜杜远赴他乡并有志于在那个沙漠地带种植水稻，从而改善当地的环境和经济状况。但是她的水稻计划却是希望通过自己叔叔的关系获得某大国基金的资金扶持。利用第一世界的资金和自由贸易来发展前殖民地国家的经济，从而现自己的绿色家园梦想，构建新的自我。不得不说，朱莉的种族移情仍然是在彰显自己的优势主体身份，凸显来自前殖民地国家的阿卜杜的他者地位。作者对于二人交往细节的描写丝毫没有表现出二人如何相互爱恋，而是聚焦于他们的性行为和去留问题。对于一个非法逗留的贫穷的黑人而言，爱情是阿卜杜承受不起的奢侈品。他对朱莉的爱恋很大一部分源于一个弱势主体对主控权的渴望。虽然在南非，黑白通婚的禁忌早已随着种族隔离制度的结束而成为历史，但是，作为一个弱势男人，阿卜杜对于这样一个优势女人身体的占有可以帮助他树立男性的权威并提升自己的种族地位，因为"人家把我当作白人来爱"②。阿卜杜想利用自己的男性身份把朱莉构建为他者，却不明白这种想法本身就体现了自己的他性。黑白两性的他者相互建构给了读者一种暗示：和谐共存的种族关系还有很长的路要走。

　　《家有藏枪》中白人邓肯杀人后，通过朋友介绍请了一位律师——黑人汉密尔顿（Hamilton）。但是其父母哈拉德（Harald）和克劳迪娅（Claudia）对儿子的辩护律师没有应有的信任。克劳迪娅认为，儿子的辩护律师应该由少数族裔的人来担当，比如犹太人或者印第安人，因为黑人没有律师应有的聪明智慧。因为儿子的坚持，她没能更换儿子的律师。哈拉德通过私人关系去打听汉密尔顿的情况，通过他人对律师的肯定才开始对他半信半疑。邓肯的案件进入庭审程序后，克劳迪娅寄希望于有一个黑人法官来审理儿子

---

　　① ［南非］戈迪默：《无人伴随我》，金明译，译林出版社2006年版，第58页。
　　② ［法］法农：《黑皮肤，白面具》，万冰译，译林出版社2005年版，第46页。

的案件。这种期许并不是因为她对黑人的信任，而是因为她认为白人不会轻易采纳一个黑人的辩护，相同种族的人才会彼此认同。作为一名给人治疗伤痛的医生，克劳迪娅深知黑人白人的血肉是一样的，但是对儿子律师的质疑体现出了她，一名白人中产阶级，对黑人根深蒂固的种族歧视。虽然夫妻二人在自己的工作中也会力所能及地帮助黑人，但是"他们的自由信仰和平日的善举只不过是他们种族主义的一种掩饰和优越感的体现"①。这种自我优越感和对黑人的种族歧视致使不同种族的人民之间关系的疏远和隔离，即异化。

其三，人际关系的异化体现为父母与子女关系的异化。家庭是每个人休憩身心的港湾，是每个人心里最温暖的终点。父母与子女的关系应该是所有人际关系中最纯粹、最真实温暖的。而在戈迪默的小说中，几乎没有关于家人相亲相爱的细致描写，取而代之的是冷静客观的外化描写。在她后期的这几部作品中，父母与子女之间的关系大多疏远冷漠。

在《无人伴随我》中，主人公维拉对"性欲的要求超过了对孩子们的爱"②。为了实现性自由，追寻自我，她对孩子缺乏应有的关心和爱。每次从情人那里满足而归时，她总会看到自己的孩子孤零零地在厨房餐桌旁做作业。女儿从寄宿学校写信回来哭诉自己连买牙膏和基本穿着的钱都没有时，维拉却在花钱给情人买丝绸衬衫、领带和黄金砝码。对孩子长期的漠视导致了她与子女关系的疏离。维拉对性爱的迷恋和频繁的婚外恋致使两个孩子都没能树立正确的婚恋观和家庭观。儿子伊凡希望父母能帮助自己照顾叛逆的儿子亚当一段时间，维拉非常不情愿，她觉得自己的自由被打扰了。孙子亚当最终的离去让她觉得自由和放松。本该和睦幸福的家庭因为维拉的自我追寻而分崩离析。她虽然有自己的家庭，却一直把自己置于家庭之外，孤独地寻找自我。这种自我隔绝最终带来的后果是毁灭性的。马克思主义文化批评家雷蒙·威廉斯（Raymond Williams）认为，"性爱和母婴关系……打破了作为个性全部内容的个人孤独，对它构成了威胁"③。对于维拉而言，孩子成了她追寻孤独自我的威胁。这同萨特的个人主义自由观"他人即地狱"不谋而合。相似的母子关系在《新生》中也有体现，夫妻二人在儿子患病期间刻意与儿子保持的空间距离说明了他们之间关系的疏远。造成这种疏离的原因一方面是交流的缺乏，另一方面源于琳赛曾经的婚外恋对孩子心理造成的隐形伤害。

《家有藏枪》故事的开端就是邓肯的同事朱利安（Julian）登门告知克劳迪娅与哈拉德夫妇他们儿子的被捕。关于自己的案件，邓肯对父母只字不提，反而对自己的律师毫无保留。所以夫妻二人只能通过律师和儿子的朋友来了解儿子的案情。自始至终，他们对儿子的案件都只能观望，不能有一丝参与。夫妇俩甚至想通过看儿子写给朋友的信来了解他。父母与孩子之间仅有的交流和瞬间的真情流露也只发生在探监时的会客室里。造

---

① Cheryl Stobie. Representations of "the Other Side" in Nadine Gordimer's *The House Gun*. *Scrutiny* 2: *Issues in English Studies in Southern Africa*, 2007, 12(1), p. 71.

② [南非]戈迪默：《无人伴随我》，金明译，译林出版社 2006 年版，第 144 页。

③ [英]威廉斯：《现代悲剧》，丁尔苏译，译林出版社 2007 年版，第 107 页。

成这种局面的原因不仅仅是他们法律常识的缺失，更重要的是，长期以来，他们只给予了儿子物质满足，却忽略了情感交流，这使得孩子与父母之间的关系越来越疏远隔离。

3. 小说主人公与社会关系的异化主题

不健全的社会导致人的自我异化以及人与他人关系的异化，这两种关系的异化致使人不能融入他所生活的时代和社会，因而人与社会异化了。马克思认为，"社会是个人彼此发生的那些联系和关系的总和"①，"是人们交互作用的产物"②。而人"是只有在社会中才能独立的动物"③。人的生存和发展离不开他所存在的社会。相互关联的人形成了社会，社会塑造人。弗洛姆认为，"一个健全的社会使人能够爱他人，进行创造性的劳动，开拓自己的的理性和客观认识，在体验到自己的生产性力量的基础上建立一种自我意识。一个不健全的社会使人相互憎恨和不信任，使人变成为人所用和为我所用的工具，使人变成他人的附庸或机械，从而剥夺了人的自我意识"④。在这五部作品中，人与社会关系的异化体现在以下四个方面。

其一，自由被滥用。种族隔离制度下的南非黑人饱受苦难，寄希望于隔离制度的早日结束，从而过上自由民主的新生活。黑人当选总统，种族隔离制度结束后，人民确实自由了，但是人们在享受自由的同时并没有得到相应的教育支持和合理引导，使得自由被滥用。《无人伴随我》中维拉对性自由的追求和《新生》中琳赛的"偶然之爱"都给自己的家庭带来了毁灭性的打击。在《家有藏枪》中，卡尔和邓肯都是双性恋，但卡尔与他人交往随性且不负责任，伦理关系混乱。亚当·马尔斯·琼斯认为，"卡尔对待性的随意态度体现了他的虚无主义"⑤。虚无主义是一种全盘否定各种传统的价值观念甚至道德真理的态度。它的产生源于对社会现实的不满。而对邓肯来说，"双性恋体现了人的焦虑"⑥，这种焦虑源于人在社会中的不安全感。邓肯被卡尔抛弃，他未能从同性的伴侣关系中获取安全感，于是转而寄情于娜塔莉，希望从与娜塔莉的伴侣关系中寻求安慰。而娜塔莉与卡尔的性行为把邓肯对于两性关系的最后的期许也给断送了，于是就有了邓肯枪杀卡尔的过激行为。虽然同性恋得到了当地法律的认可，但是在故事中，合租房内的同性恋被视为一种时尚，性自由被滥用，而不是真正的身心需求。此外，枪是整

①　[德]马克思，恩格斯：《马克思恩格斯全集》(中文 2 版，第 30 卷)，人民出版社 2002 年版，第 221 页。

②　[德]马克思，恩格斯：《马克思恩格斯全集》(中文 1 版，第 27 卷)，人民出版社 2002 年版，第 447 页。

③　[德]马克思，恩格斯：《马克思恩格斯全集》(中文 2 版，第 30 卷)，人民出版社 2002 年版，第 25 页。

④　[美]弗洛姆：《健全的社会》，欧阳谦译，中国文联出版公司 1988 年版，第 204 页。

⑤　Adam Mars-Jones. Murder most secondary to everything else. [EB/OL]. (1998-02-15). http: // books. guardian. co. uk/reviews/generalfiction/0, 98558, 00. html.

⑥　Cheryl Stobie. Representations of "the Other Side" in Nadine Gordimer's *The House Gun. Scrutiny* 2: *Issues in English Studies in Southern Africa*, 2007, 12(1), pp. 71.

个故事的导火索。当地法律规定家庭可以持有枪支，用以维护人身安全。原本人性化的法律规定却因为没有得到合理的管控使得持枪自由被扭曲。保护生命的工具成了残害生命的武器。所以，卡尔的死和邓肯的犯罪与病态社会不无关系。

其二，权力分配不合理。黑人赋权造就了少数权力暴发户，曾经的革命功臣却找不到自己的归属。《无人伴随我》中的迪迪穆斯是黑人为争取政治权利而开展解放运动的领导人之一。为了革命，他和妻子长期流亡国外，过着颠沛流离的生活。而曾经的假死经历使得迪迪穆斯被神化了，他成了一个圣者。戈迪默曾经在《必要姿态》中非常有洞察力地指出，"历史人物到神化角色的转换意味着一种投资，但是这种投资伴随着巨大的社会损失"①。革命成功后，回到祖国的迪迪穆斯坚持不要组织上给他安排的待遇。但是他的自我牺牲并没有获得国家的认同，反而被黑人政权当作自我反思的反面教材。曾经的革命积极分子却在革命成功后无法参与他为之奋斗的事业，而且还成了革命的牺牲品，成为一个彻底的政治旁观者，失去了与他人共享革命成果的机会。与迪迪穆斯类似的一个角色是《空前时代》中的史蒂芬（Steve）。白人史蒂夫与黑人妻子杰布（Jabu）在反种族隔离的战斗中成了流亡者。斗争胜利之后，他们满怀希望地回到国内，憧憬着过上自由、民主、平静的新生活，不承想却看到了暴力泛滥、犯罪频发、政治腐败、贫富差距加大、艾滋病流传等层出不穷的社会问题。在本应是人际关系和谐、经济繁荣发展的空前美好时代里，新社会的疾病让曾经的革命战士手足无措，找不到自己的归属。马塞拉·科尔内霍（Marcela Cornejo）曾指出，"流亡暗示并要求流亡者在东道国的社会文化的再植入，在这个过程中，流亡者需要改变和适应新的生活方式、社会关系、社会地位和个人经历等"②。在流亡过程中，外来者的身份使得他们无法真正融入东道国的文化，而回归后的他们却成了本土的异乡人。"夹在两种文化、两个世界之间，体验到了两种文化在某种意义上分别自圆其说的现实和思维方式，而又很难彻底融入其中任何一个或与之达到较深刻的和谐。"③无所适从的他们计划移民到澳大利亚。曾经的流亡者在革命成功后却踏上了移民的路，寄希望于在一个新的国度重新构建自己的身份。这是对现实社会的最大讽刺。

其三，暴力横行。政治制度的不完善和经济发展的不平衡致使南非各种社会问题层出不穷。为了发展经济，政府把大量土地卖给投机商或者开发商，却没有相应的安置措施来保障当地民众的，尤其是黑人的生活。这些问题在过渡时期尤为突出，"对于国家本身来说，过渡时期的焦虑在于过去的财产权是应该被分散还是应该继续留置，进而威胁新社会"④。为了获得白人力量的支持，政府对资源占有较为集中的白人态度暧昧。

① Nadine Gordimer. *The Essential Gesture*: *Writing*, *Politics*, *Places*. New York: Penguin, 1989, p. 75.

② Marcela Cornejo. "Political Exile and the Construction of Identity: A Life Stories Approach". *Journal of Community & Applied Social Psychology*, 2008, 18(4), pp. 335.

③ 小楂，唐翼明，于仁秋：《关于"边缘人"的通信》，载《小说界》1988年第5期，第132页。

④ David Medalie. "The Context of the Awful Event: Nadine Gordimer's *The House Gun*." *Journal of Southern African Studies*, 1999, 25(4), p. 638.

161

黑人们越来越穷，很多黑人不得不诉诸暴力，走上犯罪的道路。《无人伴随我》中维拉的大部分工作内容就是从政府争取支持，力争从富裕的白人农场主手上为普通黑人争取土地，却在一次外出调查时遭到了一群黑人的抢劫和袭击，黑人奥托因此丧命。曾经惺惺相惜的黑人在革命成功后却为了活命发展到了互相残杀的地步，这种悲剧不是个人的，而是社会的。在《新生》中，琳赛差点在自家的院子里遭到暴力袭击。在《空前时代》中，作者也描述了令人发指的校园暴力。在《家有藏枪》中，"死人新闻如同天气预报一样平常"①。象征暴力伤害的枪成了一件普通的家庭用品，如同小猫或者烟灰缸一样，渗入到了人们生活的每一个角落。此外，很多南非人认为外来的人口抢占了他们的工作机会和发展资源，继而仇视甚至暴力伤害外国人。频发的排外暴力给南非的发展带来了很大的负面影响，在《空前时代》和《偶遇者》中都有体现。比如在《偶遇者》中，阿卜杜打工的那家汽修店老板就是典型代表，他不仅给阿卜杜极低的工资，还骂他是"油猴子"。

其四，犬儒主义泛滥。问题重重、暴力频发的社会容易导致犬儒主义的泛滥，表现在人缺乏应有的关爱意识、法律意识和责任意识，内心不再完整、温暖和敏感。在《家有藏枪》中，邓肯枪杀卡尔后并没有多么惊慌或者去警察局自首，而是回到自己的小屋睡觉，直到警察破门而入。在案件的调查和审理阶段，邓肯承认是自己杀死了卡尔，却从来没有表示出悔恨和歉疚，似乎这件事情和他无关，他只是机械地配合案件的进展。作者在书中如此陈述，"在一个暴力泛滥的社会里，抵制暴力的道德贬值了"②；"施害者和受害者互为一体"③。所以邓肯的律师为他辩护时说，邓肯对生命的漠视不是因为个体本性的残暴，而是暴力风气使得他体会不到生命的可贵，意识不到暴力带给他人的伤害。正如徐曙玉所说，"社会力量无形之中束缚着人、制约着人、残害着人。人在这个强大的社会力量面前变得如此软弱、渺小，以至于不能主宰自己的命运，变得可怜和悲哀"④。法农曾经把后殖民时期的中产阶级比作"旧时殖民主义和新时政府共同宠坏的孩子"⑤。曾经的优越感加上新政府的有意偏袒使得中产阶级成了极度缺乏社会责任感的阶级。邓肯的父母就是典型代表。他们有着不错的职业和收入，但是他们只关注自己的生活，对于社会缺乏应有的责任感。社会灾难只是他们闲暇时光的消遣。因为与他人缺乏交流，无法和他人、和社会建立和谐的互动关系，夫妻俩身在社会却不是社会的一部分。为了让夫妻俩与他人有更多的联系，融入社会，律师有意邀请他们参加邓肯案件的调查过程，并且邀请夫妻俩去自己家里做客，慢慢地，夫妻俩才意识到人不可能脱离社会而存在，"灾难是他们生命中的一部分"⑥。

---

① Nadine Gordimer. *The House Gun*. London：Bloomsbury Publishing, 1999, p. 49.

② Nadine Gordimer. *The House Gun*. London：Bloomsbury Publishing, 1999, p. 226.

③ Nadine Gordimer. *The House Gun*. London：Bloomsbury Publishing, 1999, p. 282.

④ 徐曙玉，边国恩：《20世纪西方现代主义文学》，百花文艺出版社2001年版，第10-11页。

⑤ Frantz Fanon. *The Wretched of the Earth*. Trans. Constance Farrington. New York：Grove, 1963, p. 48.

⑥ Nadine Gordimer. *The House Gun*. London：Bloomsbury Publishing, 1999, p. 28.

通过研究戈迪默后期作品的异化主题，我们可以感知作者细致入微的观察力和悲天悯人的人文情怀。套用弗兰克·科莫德（Frank Kermode）的话说，戈迪默"试图用小说来发现和记录人类世界，这才是小说的真实目的"①。社会在发展，生活在继续，异化还会以新的方式呈现。克服异化是现代人永久的生存主题。马克思指出，异化的根除取决于资本主义私有制的废除；而卢卡奇则认为，异化的扬弃在于人的物化意识的消除。社会制度的革新和人的意识革命都是一个漫长的历史过程。作为社会主体，人的异化产生的主观原因是人把自己的需求放在第一位，忽视了自己同他人、同社会的关联性。因此，卢卡奇建议，扬弃异化的首要任务是人在意识上要恢复总体性认识，"强调总体是具体的，是社会和历史的各种要素的辩证统一体，无论是生产过程，还是社会进程的各组成部分、各种要素，都只有放在社会历史的总体性关联之中才有意义"②。所以，人只有规范自己、尊重他人、融入社会，做一个有道德感和高度社会责任感的公民，才能克服异化，"最终，在全部的社会生活中，人成为自己生命的主人"③。文学巨匠戈迪默在她的后期小说中通过表现异化主题留给世人的警世恒言应该得到重点关注。

① Nadine Gordimer. *Writing and Being*. Cambridge：Harvard University Press，1995，p. 19.
② 衣俊卿：《西方马克思主义概论》，北京大学出版社2013年版，第30页。
③ 张一兵：《西方马克思主义哲学概论》，北京师范大学出版集团2010年版，第149页。

第五章

疏离的文学：
后曼德拉时期的英语小说流散化

20 世纪的南非英语小说家与宗主国英国或美国的英语文学生态大不相同。早期旅居南非的英语写作者的身份极其复杂，有的定居南非，有的在南非生活不久即返回英国。早期的南非英语文学有猎奇性、异国情调化的描写，也有部分作品带着强烈的帝国话语和殖民话语成分。随着国际化程度的提高，南非文学，特别是用英语书写的小说，在 20 世纪八九十年代引起世界文坛的高度关注。臭名昭著的"种族隔离"制度下，曼德拉的抗争蜚声海外，激起世人无限的同情。但是黑人民选总统统治之后，各种针对白人事件的频发又引起英语知识分子的恐慌。因此，与其说 20 世纪早期南非英语作家的"疏离"是由于各种各样的私人原因，不如说是后种族隔离时期南非特殊的政治、文化和历史决定了南非英语小说创作者继续主动"疏离"，这种状态或者说从来就没停止过。

20 世纪早期许多出生于南非、成长于南非，同时又赴欧美接受高等教育后回到南非的英语作家，成名之后就移居英国或海外其他国家。比较有代表性的有：莱辛、布莱顿巴赫、博埃默等。种族隔离的抗争期间，许多作家因为受《反共产主义法案》的迫害，被迫流亡海外，还有的移居拉美的社会主义国家古巴，如彼得·亚伯拉罕斯、拉·古玛等，也包括因反对越战而被列入美国黑名单的库切，他曾一度向中国驻纽约总领馆申请赴中国任教。种族隔离制度铲除之后，又有许多知名作家纷纷离开南非，如库切等（移居海外的英语作家详细索引参见附件二）。下面以早期移居英国的莱辛和后期移居澳大利亚的库切为例，分析英语作家疏离海外且坚持书写南非的情况。

一、莱辛小说中的女性之"逃避自由"

早年生活在南部非洲的作家多丽丝·莱辛（1919—2013）被誉为继伍尔夫后最伟大的女性作家，并于 2007 年获得诺贝尔文学奖。她的许多作品涉猎非洲，其中涵盖了种族矛盾、殖民主义、斯大林主义和两性关系等内容。关注人类生存状况，特别是女性身体感受和生存状况为她的作品赋予了重大的意义。1962 年出版的《金色笔记》作为其代表作融合了作者对人类命运的深切关注和多重思考，这种理念亦体现在她于 1950 年出版的《野草在歌唱》以及 1974 年的《幸存者回忆录》等其他小说之中。下面从《金色笔记》女主人公安娜的梦境入手，根据法兰克福学派代表人物弗洛姆"逃避自由"的心理机制，分析"自由女性安娜"的人格变化轨迹，从她的政治信仰、对异性的情感、对自我的认知等方面解读其生存困境和对自由的逃离。①

莱辛曾谈道，"较之其他事情，我最感兴趣的是我们的思想如何瞬息万变，以及我们面对现实的感知方式怎样不停变换"②，"莱辛的创作从人物、自我和时间体验等方面关注详尽的当代概念，关注人的内心世界，并在一定程度上取得了成功"③。她的作品丰富了传统的写作形式与方法，突破了时间与空间的局限，在自我和时间体验方面实现超越。随着莱辛作品影响的不断扩大和西方对莱辛研究的不断深入，我国学者对莱辛的关注也越来越多，选取的作品及研究方向也呈现多样化发展，"但仍以知名度最高的《金色笔记》为主"④。小说《金色笔记》是作者在时间跨度和内容广度上一个典型且成功的尝试，该作品以黑、红、黄、蓝、金五本笔记及"自由女性"的故事错落穿插组成，这种分裂的叙述形式是小说女主人公分裂人格的映照。"莱辛的小说的长处在于它包含的愤怒与希望"⑤，不同身份的叙述其实是同一个人的人格分裂，这种分裂突出表现在安娜关乎政治信仰、异性情感和自我认知的梦境之中。在小说的"金色笔记"部分，黑、红、黄、蓝部分的分裂不复存在，破碎的态势最终整合，这一点通过"金色笔记"部分的多个梦境表现出来。"人的感觉在梦中是以戏剧性的明确方式表现出来的，虽然并没有指名道姓地说出哪些人让他感到不安"⑥。人所欲求的东西，更是做梦的人格特点，白天在清醒意识控制下的欲望在睡梦中一一呈现。梦是安娜真实内心的一个宣泄口，是安娜对自我人格的探索和对命运的思考。小说中的故事命名为"自由女性"实则是一个辛辣的讽刺，自由与危机的矛盾在其1988年出版的中文节译本《女性的危机》之书名中就已显明。早期人们就意识到"自由女性"是不自由的，她们被分崩离析的社会里的危机重重包围，安娜和朋友摩莉被奉为"自由女性"，因为她们经济独立，敢于结束没有爱情的婚姻，独自抚养孩子。尽管摩莉对此表示认同，并始终认为她们是完完全全的新女性，然而安娜明白"世界上根本不存在新女性"。自由写作的工作、完全独立的经济、没有婚姻的束缚等，看似给了安娜很大的自由，实则加深了安娜的孤独感，恶化了安娜的生存危机，处于这种"自由"中，安娜是痛苦的。现实生活中的她不断被生存依赖和渴望自由的冲突撞击，她感到无能为力，并将生活转向寄托在梦境中"逃避自由"，安娜的梦境折射出了混乱迷惘而多变的时代里一个失重灵魂的探索与生存的挣扎。

① 蔡圣勤，段承颖："论莱辛小说的女性之"逃离自由"，载《中国非洲研究论坛》2018年第一辑（北京大学非洲研究中心编辑出版）。这个部分文字作为课题阶段性成果即将发表。

② Raskin, Jonah. "Doris Lessing at Stony Brook: An Interview by Jonah Raskin". *A Small Personal Voice*, New York: Knopf, 1974, pp. 61-76.

③ 库切：《论多丽丝·莱辛和她的自传》，蔡圣勤、黎珂译，《译林》2008年第2期，第192-197页。

④ 姜红：《中国的多丽丝·莱辛小说研究》，《当代外国文学》2014年第3期，第154-164页。

⑤ 黄梅：《女人的危机和小说的危机——杂谈之四》，《读书》1988年第1期，第64-72页。

⑥ [美]弗洛姆：《逃避自由》，刘林海译，上海译文出版社2015年版，第131页。

　　弗洛姆致力于分析人的心理机制和性格结构，被称为"弗洛伊德主义的马克思主义者"①。他专注于探索深层心理机制和异化的性格结构，他的理论学说呼吁人的主体性，辩驳人道主义，并指出，自由的增长和孤独的增强这双重结果冲突之下的生存境遇，人们容易感到无能为力感，恐惧异常，生成"逃避自由"的心理机制。

1. 对斯大林主义信仰的认同与逃离

　　小说《金色笔记》中时间的跨度为 1950—1957 年，此时正处于第二次世界大战后的冷战时期，世界充满暴力与动乱。麦卡锡主义、朝鲜战争、布拉格事件、军备竞赛、氢弹试验等恐怖因素将世界死死包围。人们遭受深重的精神创伤，原有的价值观念和信仰动摇，社会安全感削弱，传统价值观念幻灭。小说"黑色笔记"部分描述了安娜的生活被"隐隐笼罩在一个由鲜血、凶杀、苦难、背叛构成的历史的阴影"②之中。人格尊严、人生价值和自由观念被极端的思想践踏，不安与怀疑四处蔓延，遏制人们对自由的渴求。因为在摆脱了原来的关系的束缚的同时，也失去了原来的关系带来的安全感和归属感。"新获得的自由成了诅咒，他摆脱了天堂甜蜜的束缚，获得了自由，但却无法自由地治理自己，无法实现个性"③，对孤独的恐惧使人趋向于逃避自由。

　　在莱辛的后期作品之一《幸存者回忆录》中，童年的冷漠与残忍将艾米莉的自我力量吞噬，12 岁的她渴求融入群体，在帮派中建立自己的威望，以弥补长期缺失的价值感。然而在艾米莉所处的群体中，成员都"放弃了个性、个人判断和责任"④，且很大程度上已经失去了人类情感。当群体成员丝毫不顾及艾米莉的感受，开玩笑要杀死雨果时，艾米莉可悲地想到"它原有的气力、能力和活动空间，这一切如今都在容纳它生命和行动的狭小空间里，退化到虚弱无力"⑤，艾米莉在这样一个群体中的自我力量是孤立而虚弱的。

　　　　声望对现代人之所以如此重要，其原因就在于这种"人格"成功成了自我评价的依托。它不但决定了一个人在实际事务中是否能够领先，而且决定了一个人不保持对自己的自我评价不跌入自卑的深渊之中。⑥

雨果的虚弱无力其实是艾米莉的无能为力，这也宣告了艾米莉想在感情空白、人性畸变的群体中建立声望的愿望的落空，她的价值感再次失落，又一次感到孤立而卑微。

　　在"黑色笔记"部分中，安娜坦言自己其实早就没有留在殖民地的必要，没有离开

① 衣俊卿：《西方马克思主义概论》，北京大学出版社 2008 年版，第 186 页。
② ［英］莱辛：《金色笔记》，陈才宇、刘新民译，译林出版社 2013 年版，第 346 页。
③ ［美］弗洛姆：《逃避自由》，刘林海译，上海译文出版社 2015 年版，第 22 页。
④ ［英］莱辛：《幸存者回忆录》，朱子仪译，南海出版社 2009 年版，第 38 页。
⑤ ［英］莱辛：《幸存者回忆录》，朱子仪译，南海出版社 2009 年版，第 40 页。
⑥ ［美］弗洛姆：《逃避自由》，刘林海译，上海译文出版社 2015 年版，第 80 页。

是因为"这种地方提供了耽于享乐的机会"①。安娜信仰共产主义的初衷在慢慢变质。在安娜和摩莉聊到退党的问题之后，安娜做了一个梦，安娜梦见一张由漂亮的织物组成的大网，它"绚丽多彩、色彩斑驳、光泽四溢"②，"我"触摸它时，高兴得哭了起来，当它渗透出去，"我"高兴得泪流满面，但同时心怀忧虑，当它浸入非洲的黑，"我"感到非常恐惧，心情很坏，慢慢的地球好像变成一个幻影，安娜模糊在胜利和喜悦之情的欢乐抑或痛苦之中。当各种颜色相互渗透时，幸福膨胀，直至突然间崩裂、炸开。一片沉寂，而后周围的一切解体、分裂，变成碎片漂浮在空中，到处都是失重的碎片，碎片之中是安娜失重的灵魂。在梦里，安娜的信仰已经化作碎片，这也宣告了她依靠信仰这一权威来"逃避自由"的失败。当安娜醒来，她觉得这个梦已经失去了意义，她不想再费神去想，任何现实或梦境里的挣扎都没有意义。

当社会、经济和政治条件的发展滞后于人的个体化进程，且人与安全纽带相分离，自由便成为"怀疑"，成为一种"负担"，一种难以忍受的折磨，个体生命也将失去意义，没了方向。"于是人便产生了逃避这种自由的强烈冲动，或臣服，或与他人及世界建立某种关系，借此摆脱不安全感，哪怕以个人自由为代价，也在所不惜。"③

安娜的崩溃源于当时分崩离析的社会环境。安娜觉得所有人都在竭力泯灭感情，冷漠这面旗帜从美国揭起，然后席卷英国直至世界各地。人与人之间的关系状态处于"精确衡量的感情，无处不在的冷漠"之中。然而，"逃避自由的心理机制容易造成主体的消解与人格的萎缩。人们以沉溺于内心世界的方式摆脱世界，摆脱威胁和孤独，主动放弃自己的个性和主体性，变成了无主体的'常人'"④。在崩溃的边缘，安娜想通过臣服于身边的异性，与身边的异性恋爱来摆脱恐惧与孤独。她深情地望着身边的迈克尔，迈克尔的微笑让她觉得幸福如温暖、蔚蓝的湖水向她袭来，她逃避自由的冲动转向了对异性的依赖。

2. 对异性情感的依赖与分离

《创世记》中女人是男人身上的一根肋骨。男人离开他的父母，穿透他的妻子，他们将合二为一。在中国传统观念中，天地一体，天代表男人，地代表女人。这种认识说明，中西方的观点都认为两性的结合能实现人的完整性。但是，投向异性情感依赖的安娜并没有获得完整，她在追寻理想的爱情过程中伤痕累累，几乎崩溃。在巨大的自由空间中，她无法安生，被称为"自由女性"的她并不自由，对自由的焦虑不断累积，最终造成她的崩溃。"在现代性语境下，两性之间很难达到和谐互补"⑤。在分裂的社会环

① [英]莱辛：《金色笔记》，陈才宇、刘新民译，译林出版社 2013 年版，第 107 页。
② [英]莱辛：《金色笔记》，陈才宇、刘新民译，译林出版社 2013 年版，第 294 页。
③ [美]弗洛姆：《逃避自由》，刘林海译，上海译文出版社 2015 年版，第 24 页。
④ [德]海德格尔：《存在与时间》，陈嘉映、王庆杰译，生活·读书·新知三联书店 1987 年版，第 160 页。
⑤ 周桂君：《跨越四面楚歌中的危机——〈金色笔记〉中安娜精神崩溃的原因探析》，《外语学刊》2015 年第 1 期，第 127-131 页。

境中，个人的完整成为奢望。小说"黄色笔记"部分，女主人公爱拉的爱情经历是安娜情感变化的记录。在"黄色笔记"部分，爱拉对于自己的离婚进行反思，她做了各种各样的心理剖析，因为她害怕重新经历一次不幸，害怕她的过去因为一个错误的选择而复活。对于异性的情感，爱拉既怕又爱，循环往复地处于痛哭与绝望的怀旧中，"我内心深处的情感，我的真正的情感，仍与某个男人联系在一起"①。从表面上看，安娜在与异性的相处中来去自由，是一个没有羁绊的女子。实质上，安娜是渴望被需要、被珍藏的，她甚至渴求婚姻，一个以爱情为基础的婚姻。然而，爱拉的依赖无法与爱人保罗的玩世不恭达成一致。在对待异性的感情中，爱拉更像一个受虐狂，一个疯狂的受虐狂，"疯子的标志就是明知道事情不合理，仍未能阻止自己去做"②。爱拉的爱情世界，表面上的欢愉与本质上越来越深重的折磨互相冲撞，痛击她的心灵。一方面，她依赖异性的陪伴与抚摸，另一方面她又害怕对方拥有某种权利操控她、折磨她。爱拉与保罗的爱情是安娜与迈克尔爱情的虚拟化呈现，在记录安娜精神轨迹的"蓝色笔记"部分，当安娜在治疗中谈及对迈克尔的感情时，马克斯太太对安娜说，"睡梦中流的眼泪是我们生命中所流的最真的泪，而醒着时流的眼泪只是自怜"③。安娜并不以为然，每当她上床睡觉，并知道自己会哭时，"心里充满了快乐"。在安娜"你不打算暗示我是一个受虐狂吗？"的揶揄中，马克斯太太肯定了安娜受虐狂的心理。

安娜梦境中，她成了一个邪恶的矮子，一个双性人，"以毁灭为乐的法则，而索尔正与我交配，也是不男不女的双性人，是我的兄弟或姐妹，我们在一些巨大的白色建筑下的空地上跳舞，那些建筑里堆满了具有毁灭力量的骇人的黑色武器"④。梦中有一种可怖的如饥似渴的怀恋，那便是对死亡的渴盼。梦境中的安娜与爱人像两个半具人形的怪物，以爱抚来庆祝毁灭。他们彼此折磨，却都不放手。

"金色笔记"中，战争的坦克将玛丽罗斯的哥哥碾成肉酱，也杀死了她的心，楚楚动人的她最终嫁给了一个自己不爱的男人，成为一个"整日郁郁不乐的家庭主妇"。分崩离析的社会给人们造成创伤与迷失，创伤的痛楚在被殖民者间生长，也在殖民者间蔓延，没有人能够幸免。白人知识分子曾是殖民帝国意识的代言人，在后殖民时代，他们成为流散群体，他们作为白人的优越感逐渐丧失，他们承受双重折磨。"在殖民关系结束后，他们既遭受前殖民地非白人的攻击，也深陷对帝国主义殖民恶果的痛苦反思中，他们也是帝国主义霸权导致的受害者和牺牲品"⑤。

殖民地获得独立与解放后，原属固定的关系转变，人们身负创伤，处于迷失之中。安娜不再需要为殖民服务，她是自由的；她失去了原有的关系，她是孤独的。然而，孤

---

① ［英］莱辛：《金色笔记》，陈才宇、刘新民译，译林出版社 2013 年版，第 309 页。
② ［英］莱辛：《金色笔记》，陈才宇、刘新民译，译林出版社 2013 年版，第 221 页。
③ ［英］莱辛：《金色笔记》，陈才宇、刘新民译，译林出版社 2013 年版，第 232 页。
④ ［英］莱辛：《金色笔记》，陈才宇、刘新民译，译林出版社 2013 年版，第 587 页。
⑤ 蔡圣勤：《孤岛意识：帝国流散群知识分子的书写状况——论库切文学思想中的右翼后殖民主义》，华中师范大学 2008 年博士学位论文，第 7 页。

独是令人恐惧的,为了摆脱这种孤独,她穿梭于不同的情人之间,寻求慰藉与温暖,却难逃一次次被抛弃的命运。在与异性的感情中,她仍然没有找到生活的方向,她的创伤非但没有愈合,反而被撕开,无情地暴露在外,潜入她的梦境。安娜认为她梦到的农家木质花瓶与毁灭有关,因为:

> 它代表了某些无法无天的、控制不了的东西,某些带破坏性的东西。然后它变成又矮又丑,更加可怕的老头或老妪,它一心想着致人死命,却生机勃勃、兴高采烈,它是破坏安娜生活的力量,是破坏人类生存的力量。纳尔逊急切而刺耳地对安娜说:"但我一定要听你说一声,我并没有伤害你,你一定得这么说。"①

这犹如一记耳光、一口唾沫、一把尖刀,伤害安娜,撕破安娜生存仅剩的一丝尊严。安娜的爱情生活始终有一团阴影,她感受更多的是一次次被抛弃后又收到虚假关切的"摧残之乐",在危险和摧残之间享受的是"愉快而充满怨恨的笑"。"黑色笔记"部分关于感情的梦境中,她变成那只邪恶的花瓶、变成小老头,然后变成八个驼背的老妪。在投靠异性感情的过程中,安娜没能获得解救,未能实现人格的完整。相反,她的人格更加分裂,而且分裂的形象更加丑陋、更加恐怖。

莱辛在她的处女作《野草在歌唱》中也刻画了玛丽这样一个类似安娜的女主人公,相比于安娜从梦境中获得完整的自我认知,玛丽是从想象中寻求灵魂的寄托并最终导致自己的毁灭。玛丽对爱情的寄托也是无望的,为了逃避周遭的流言,她嫁给迪克,被黑仆摩西的吸引力纠缠,后来又渴望新来的青年人托尼带自己逃离一切。然而,她看不起软弱的迪克、厌恶粗鲁的黑仆摩西、憎恨年轻的托尼。她是冷漠可笑的,她创造的幻想和虚幻的情感依赖加速将她推进毁灭的深渊。"她不知道自己究竟需要什么,她只是模模糊糊地想到,她需要一些更有意义的东西——需要另一种新的生活。"②她偶尔想到要为生活寻找新的意义,要追求新的生活,然而她不知道自己该做什么,不知道怎样让这些想法成为现实。她无法掌控她的生活,她的无助与软弱无处可藏。在黑人当中权力的丧失与转向使玛丽在摩西面前感到羞愧、恼怒,甚至恐慌,"在行将崩溃的生活里,玛丽没有任何立足点,玛丽在精神困境中越陷越深,在两极之间摇摆不定,这一矛盾给她带来她无法适应的痛苦"③。她纠缠在与黑仆摩西的爱情中。周围人的飞短流长使她陷入恐慌,她荒唐地用虚假的爱情来解救自己,在短时期绝望——等待信念——出走死心——重新希望的循环里又一次沉湎于幻想。最终,玛丽以毁灭自我当作对自身最好的救赎。

在《幸存者回忆录》中,分崩离析的社会,冷漠与绝望疯长,流散的是童蒙未开却

---

① [英]莱辛:《金色笔记》,陈才宇、刘新民译,译林出版社 2013 年版,第 488 页。
② [英]莱辛:《野草在歌唱》,一蕾译,译林出版社 2013 年版,第 35-36 页。
③ 李汀:《困境的背后:混乱与分裂——多丽丝·莱辛的〈野草在歌唱〉解读》,《当代文坛》2008 年第 2 期,第 138-140 页。

人性畸变的孩群，艾米莉本是其中一员。她本想依赖杰拉尔德，从杰拉尔德那里得到爱怜与安全感。然而，在与杰拉尔德的爱恋中，她是疲惫的。就像处于已消亡中一个精疲力竭的女人，她知道爱就像一场热病，要受苦，要维系。"'坠入情网'是一种要忍受的疾病，可能导致她违背自己的天性、良好愿望和真实意图的陷阱。"①最终，艾米莉清醒地知道她并不想成为帮派中的王后、拥有"第一夫人"或"强盗的女人"这类虚名，她选择了离开。

3. 对自我认知的怀疑与坚定

逃避自由的基本途径是认同某种权威或组织机构，"这种权威可能是制度规章这类外在权威，也可以是以责任、良知、超我的名义形成的内在权威"②。对于《金色笔记》中的安娜而言，这种权威由对斯大林主义的信仰到对异性关系的依赖再到对自我人格认知三者交杂变化着。价值一旦撕碎，就很难缝补复原。人们面临价值观崩溃、逃避自由的现状。逃避自由的心理机制有三种典型的表现形式，一是受虐狂和虐待狂共生的极权主义，二是攻击性和破坏性，三是顺世与随俗。在梦境中，安娜对斯大林主义这一信仰所持有的态度更多的是批评与攻击；对于异性感情的梦境，安娜像一个受虐狂；对于自我认知的梦境，安娜表现出从随俗到确定积极自由的生存状态。

安娜对自我认知的怀疑与坚定的表现之一是她波折的写作历程。遭受情人一次又一次抛弃与摧残，安娜觉得自己"最好还是通过写作来实现真正的自我"③。然而，混乱与分裂的社会环境使她的写作拙劣、僵化而陈腐。小说《蓝色笔记》部分是安娜自我精神困境的记录和对自我认知的探索，在这部分的梦境中，安娜梦见自己身穿爱德华七世时代的绸衣，像玛丽皇后一样坐在钢琴边，然而，她什么曲子都不会弹。

坐在钢琴旁，弹不出曲子，她是尴尬的；作为作家，写不出作品，她是焦虑的。梦是现实生活的镜子，弹不出曲子，寓意她的写作焦虑，她并非不熟知曲子，而是"缺乏情感"，而缺乏情感其实是在纷繁的感受中不知道如何表达自己的情感；她并不是作为一个作家才智枯竭，而是作为一个人，她的思想在分裂的世界中坍塌。在一个分崩离析的世界中，分裂的情感让她不相信文学的价值了。

小说中的另一个梦境是安娜梦到自己在一个演讲大厅，手捧着一个盒子，大厅里都是商人和经纪人，他们正等着安娜将盒子交给他们。安娜原本为已将盒子交给他们而欣喜若狂，却发现他们根本没有打开盒子，安娜的欣喜演变成了一场闹剧。盒子象征安娜的作品，这些人只想买断作品的版权，将其改编为电影，他们只考虑经济效益。盒子里装的：

---

① ［英］莱辛：《幸存者回忆录》，朱子仪译，南海出版社 2009 年版，第 212 页。

② 转译自 Upchurch, Michael. "Voices of England, Voice of Africa". Earl G. Ingersoll（ed.）. *Doris Lessing: Conversations*. Princeton: Ontario Review Press, 1994, p. 224。

③ ［英］莱辛：《金色笔记》，陈才宇、刘新民译，译林出版社 2013 年版，第 349 页。

一块红土是从非洲来的，一块金属是从印度支那的枪械上卸下来的，更有些毛骨悚然的东西，我认得那是朝鲜战争中被杀害的人的残肢和某个死于苏联监狱的人所佩戴过的一枚共产党的徽章。①

这些东西全是残缺不全的，是一个分裂世界的映射，残酷的现实困扰着她的写作、鞭笞着她的理想。自己就像盒子里的鳄鱼一样，如小丑一般，是众人寻乐的对象，面对思想的流失以及权利与利益的争夺，她内心充满不安，却无可奈何。

"金色笔记"部分是安娜对人生的哲理性总结，在这一部分，破碎的态势最终整合，碎片化的灵魂重新规整，这一过程从关于放映员的梦境中表现出来。这个梦境中，放映员放映的影片超出了安娜的经历，超出了爱拉的经历，超出了笔记的内容，因为"所见到的不再是个别的场景、人物、脸庞、活动和眼光，它们糅合在一起了"②。经历产生融合，安娜也由分裂回归完整。影片中一个女人躺在黑暗里，正在说：不，我不想自杀，我绝不，绝不。这是安娜勇敢地回归现实生活的呼声。即使现实是黑暗的，生活的深处也藏着不公与残忍，但安娜不再恐惧、不再退缩，不再以分裂与毁灭来应对生活，而是以积极的生存状态去面对生活。在梦境中，经过千年的地壳熔化，草叶在氢弹爆炸后残留的钢片铁屑中顽强生长，人类正是需要这种"草叶精神"，在残酷的战争和无耻的利益争夺的硝烟后，重新怀抱希望，努力并珍惜生存。在推石上山的梦境中，放映员对安娜说，"我们这辈子，你和我，我们将竭尽全力，耗尽才智，将这块巨石往上推一寸"③，梦境中石头没有像寓言的原型那样滚下山脚，而是每推一次便上升一寸，这象征着希望，也象征安娜接受了生活本身，做自己力所能及的事情，勇敢地去写作，积极地去生活。过去经历融合，安娜回归完整。安娜对索尔说人应当有足够的勇气维护自己独立的思想，面对直接的自我，而不是"逃避自由"下投射的自我。回归到完整统一的自己，安娜做生活中简单的"推石人"，以分裂求整合，以分离求生存，积极生活。

在《野草在歌唱》中，玛丽唯一得到的人性温存是黑仆摩西给她的关心和让她依赖的吸引力，摩西似乎是解救她的钥匙。而当她梦到自己变成一个孩子时，摩西又像自己的亡父，她不仅受到摩西作为土人的威胁，而且受到亡父的威胁。面对真实的情感，玛丽仍然冷漠、恐惧，并将毁灭作为自己最终的归宿。她的自然情感遭受社会伦理的鞭笞与压制，她只能以冷漠逃避情感，用幻想填补情感的缺失，"她不仅失去了健全的人格，也丧失了爱的能力，因此不断地陷入心灵的孤独之中"④。

莱辛的《幸存者回忆录》被大多数人认为是一部描述人性灾难的作品，预言人类文明的脆弱。在大灾难面前，生活状态与生活方式都无可挽救地回到野蛮时代。对于《幸

---

① ［英］莱辛：《金色笔记》，陈才宇、刘新民译，译林出版社 2013 年版，第 247-248 页。

② ［英］莱辛：《金色笔记》，陈才宇、刘新民译，译林出版社 2013 年版，第 626 页。

③ ［英］莱辛：《金色笔记》，陈才宇、刘新民译，译林出版社 2013 年版，第 559 页。

④ 蔡斌，宋彤彤：《玛丽的伦理悲剧——三维伦理视角下的〈野草在歌唱〉》，《外国文学研究》2011 年第 2 期，第 43-50 页。

存者回忆录》写作的初衷，莱辛在另一部著作中说道："许多年以来，我一直在想是否可以写一本书，一部个人的历史，但通过梦的形式来讲述。"①其他研究者也认为，《幸存者回忆录》穿梭了一个人一生的光阴，"它以梦境的形式，通过消融的墙壁使主人公自由往返于童年、少年和老年三个不同的人生阶段，同时又使不同人生阶段的自我互相审视"②。这本小说描述的是"万物分崩，中心难再凝聚，世界上满目是动荡和混乱"场景："在未来的某个历史阶段里，城市生活陷入崩溃，人们之间没有了沟通"③。因此，我们是否可以这样说，该作品通过时间倒错交叉，在充满回忆和幻想、不时开启的墙与生活的房子这两个空间里，叙述者"我"与小女孩艾米莉表现为一体两面的身份。作品刻画了一个和过去分裂，迷失在未来的艾米莉形象。

> 现在回想起来，仿佛有两种生活方式、两种生命、两个世界，它们并排共存，彼此紧密相连，一种生活排斥另一种生活，我从不奢望这两个世界能彼此接通，我一点都没想到它们能那样，我会说那是不可能的事情。④

人们的生存轨迹被割裂，日常知觉被剥夺，过去和现在相冲突，处于分裂之中。当社会机器崩塌、社会秩序混杂、生活被恐惧和绝望笼罩时，在不可逃脱的命运面前，艾米莉的行李箱里没有《圣经》。她寻求各种依赖，企图逃脱野蛮的生存状态，她试图以苛刻的得体要求自己，求得和"我"一起生活；试图在帮派、群落中建立声望来生存；试图依附群体首领杰拉尔德而存在。她不断尝试，直到最后清醒回到自己原有的世界，凭借恒在的责任与爱而得救，半猫半狗的雨果也因持久的忠诚获得重生。

正如研究者所说，《幸存者回忆录》中，"墙其实代表了叙事人意识与无意识的分隔线。对墙后世界的数度重返模仿了梦境中创伤场景的反复再现，象征了叙事人潜意识深处挥之不去的童年梦魇"⑤。在童年的梦魇中，闷热与悲哭将艾米莉囚禁，叙述者只能造访墙后的个人空间，揭开深藏在潜意识深处的伤痛记忆，反思过往而不再茫然抓紧每一种似是而非的依赖。"我们所有的生活方式，我们的妥协、我们小小的调整，都是权宜之计，没有哪个能保持下去。"⑥非"个人的"场景里可能给人带来沮丧的情绪或必须解决的问题，能给混乱恢复秩序，这个领域有光明、自由和存在可能的感觉。可以逃离，拒绝恢复，选择另一个场景；也可以选择包容，主动行动，使光明和希望重新回归

---

① 转译自 Lessing, Doris. *Under My Skin*. New York: Harper Collins Publishers, 1994, p. 28。

② 朱彦：《灾难已经发生，何须预言？——解读莱辛小说〈幸存者回忆录〉》，《苏州大学学报》2015 年第 3 期，第 168-174 页。

③ 陈红薇：《〈幸存者回忆录〉：一个叙述人性灾难的文本》，《北京科技大学学报》2002 年第 3 期，第 91-94 页。

④ [英]莱辛：《幸存者回忆录》，朱子仪译，南海出版社 2009 年版，第 28 页。

⑤ 朱彦：《灾难已经发生，何须预言？——解读莱辛小说〈幸存者回忆录〉》，《外国文学研究》2015 年第 3 期，第 168-174 页。

⑥ [英]莱辛：《幸存者回忆录》，朱子仪译，南海出版社 2009 年版，第 133 页。

生活。墙后世界的延续在于潜意识而不是记忆。记忆来源于无法再更改的过去，而潜意识里隐藏着对现实的感受，对未来的期冀。

> 当艾米莉的本能意识被"权威"窒息而"破门而出"时，这个领域里的景色表现出的是混乱和暴力的灾难；当艾米莉终于和谐地接受自我的本能之声，成为一个真正的人类个体时，潜意识世界里的景色表现出的则是暴风雨过后的无限和宁静。①

艾米莉包容过去，这个图景里有猥亵过她的父亲，有冷酷无情的母亲，有人性畸变的4岁罪犯丹尼斯，有带着愚蠢骑士精神的爱人杰拉尔德，也有持久对她忠诚的狗雨果。他们被包裹、折叠成她完整的过去，这墙后的世界，既消融过去也通向未来，花园是未来属于艾米莉的乌托邦。莱辛用温暖而疼痛的笔触写下一个灵魂的反思与救赎。她为艾米莉弥合过去，构想未来，将一个孩子解救，把希望栽种，使罪恶终结，呼吁持久的忠诚、爱和责任感。

人永远无法以"逃避自由"来获取真实的安全感。积极自由才可能实现自我，才可能使个性和潜能得到充分的发挥。只有当人树立积极自由的生存状态才能掌控真实的安全感。在历经斯大林主义信仰、异性感情依赖到回归自我认知，安娜决定坚持写作，做生活中的"推石人"，以微小的进步来逐步实现自我。而《野草在歌唱》中的玛丽已习惯于留恋往日，沉湎幻想，一切都是虚无的逃避，最终由萎靡走向毁灭的终点。野蛮的生存状态是自由的，但也是荒唐的。《幸存者回忆录》中的艾米莉最终还原了自己的身份特征，不再以他人的期望来严苛地要求自己，她接受自己的过去，认清所处的现在，她将两个分裂的世界整合，期待一个花园般的未来。

> 那个世界，呈现为一千个闪烁的小亮块，小亮块上许多图景杂乱地堆积在一起，所有图景都转瞬即逝，迅速转变成另一幅画面。我们走进去时，这个世界开始折叠，自动包裹起来，逐渐淡去，变小和消失，所有的一切——树木、小溪、青草、房间和人都是这样。但我一直在寻找的一个人还在那里——她在那里。②

艾米莉变换了容颜，从过去解脱出来，成为未来美丽的女子。莱辛以多重的叙述结构描述分裂的多重人格，表达自己不希望事物分离和人格分裂的愿望。安娜逃离自由并寻求积极的生活方式的历程，从梦境推演到现实，承载着作者对完整人格的期冀。

莱辛笔下的女性，包括安娜、玛丽、艾米莉，都在她们各自境况下挣扎，她们都企图"逃离自由"。《金色笔记》里的各种梦境是安娜从精神崩溃到重新获得完整人格这一历程的写照。"作为一个女人、妻子、情人、母亲和政治激进分子，莱辛笔下的安娜无

① 陈红薇：《〈幸存者回忆录〉：一个叙述人性灾难的文本》，《北京科技大学学报》2002年第3期，第91-94页。

② [英]莱辛：《幸存者回忆录》，朱子仪译，南海出版社2009年版，第28页。

法将这些相互矛盾的、对立的因素统一起来，引发一场生存焦虑。"①安娜在积极的探索中安全地度过了这场焦虑，而《野草在歌唱》中的玛丽在主观愿望和客观经历不协调时，以虚假自我欺骗，求幻想自我毁灭。伴随我们一生的都是焦虑，我们总是静观，"窗户后面数以百计的人都明白，在看那些人的同时，我们都在自问我们将来会如何，都在揣度我们的未来"②。墙后世界的梦境消解了过去，融通了现在与未来。太多的观望，太少的探索与行动，太多毁灭性的东西窒息了我们原有的生命力，将我们困于内在孤独之中，成为一批批自我毁灭的不幸人。而《幸存者回忆录》的艾米莉始终葆有责任与爱，不断探索幸存的资源，并最终走出崩塌的世界，进入另一个充满可能性与选择性的地方，与未来相通。

莱辛写分裂以期完整，写崩溃以求治愈，写灾难以愿未来。人生的焦虑并非固定不变的，莱辛在《金色笔记》的序言中谈到分裂的危险性，而小说中的关键是安娜的人格在小说的"金色笔记"部分回归整一。安娜在"金色笔记"部分里有关放映员讲述推石上山的梦境中，将自己的各种经历糅合，将各种身份（人格）融合。在"逃避自由"机制下，安娜对信仰由认同到逃离，对异性情感由依赖到分离，对自我认知由怀疑到坚定。安娜承认生活深处存在不公与残忍，她不再听天由命，而是勇于承担，确定积极的生存状态，对生命进行伟大探索，做生活中平凡的"推石人"。小说分裂的叙述形式正是安娜分裂人格的印证，分裂的系列笔记最终合为《金色笔记》象征她走向完整精神状态。"在此，内容与形式达到了高度契合统一，从而深刻地揭示了生活的本质就是分裂无序，而生存的意义也许就在于在混乱中探索，寻找秩序与意义"③。"当主角表现得如莱辛一样尖酸地坦诚和热情地渴求救赎时，那种场面又是无比伟大的"④。莱辛创作《金色笔记》的本意是想写一部注解自身的作品。不论是小说女主人公还是小说的作者，她们"和我们一样是跌跌绊绊地摸索人生的热肠人，而不是在天边冷漠地修指甲的什么神明"⑤。这些问题与探索不仅是注解安娜的，也不仅是注解莱辛的，更是注解人类生存状况的。

二、疏离期库切小说创作的多元化

库切书写生涯巅峰时期之后的创作中，有许多表征可以证明其创作思想发生了重要转向，主要表现在对于殖民文学经典颠覆书写的延伸、书写模式呈现多元化以及创作空

---

① 朱振武，张秀丽：《多丽丝·莱辛：否定中前行》，《当代外国文学》2008 年第 2 期，第 96-103 页。

② [英]莱辛：《野草在歌唱》，一蕾译，译林出版社 2013 年版，第 44 页。

③ 刘雪岚：《分裂与整合——试论〈金色笔记〉的主题与结构》，《当代外国文学》1998 年第 2 期，第 156-160 页。

④ [澳]库切：《论多丽丝·莱辛和她的自传》，蔡圣勤、黎珂译，《译林》2008 年第 2 期，第 192-197 页。

⑤ 黄梅：《女人的危机和小说的危机——杂谈之四》，《读书》1988 年第 1 期，第 64-72 页。

间跨度大这三个维度。基于上述一脉相承的三维度，下文从后殖民文学理论、后现代主义视角及空间叙事学理论出发，结合库切后期作品《伊丽莎白·科斯特洛：八堂课》《凶年纪事》《夏日》和《耶稣的童年》进行文本分析，以期把握大师创作思想的转向及新书的书写趋势。①

将作家的写作生涯划分为不同阶段的创作进行研究具有操作可能性。笔者将库切的创作生涯大致分三个阶段，其写作生涯起步至 20 世纪 80 年代是第一阶段，笔触集中于后殖民书写，代表作为《幽暗之地》《内陆深处》等，旨在揭露殖民思想对人类的戕害；第二阶段是从 80 年代其作品获得大奖，至其荣膺诺贝尔文学奖期间，可谓其文学生涯顶峰时期，代表作为《等待野蛮人》《迈克尔 K 的生活与时代》《福》《铁器时代》《耻》等，指涉诸多母题；第三阶段是其荣膺诺贝尔文学奖之后至现今创作，有《伊丽莎白·科斯特洛：八堂课》《慢人》《凶年纪事》《夏日》《耶稣的童年》等作品，书写风格迥异、主题嬗变。大部分研究库切的专著结合后殖民文化语境作粗线条的背景评述，或选取个别作品作分析解读。② 目前我国对库切的研究主要聚焦于其创作生涯的前两阶段，尤其是其创作巅峰时期，鲜有对库切书写创作生涯进行逻辑分层并进行统筹的分析研究，进而导致关于其后阶段的创作研究稍显空白。鉴于研究库切后期书写状况对全面研究库切有切实意义，下文从这一角度切入，探析"颠覆模式延伸""先锋形式创作"和"空间跨度书写"三个维度在其后期作品中的具体表征。

1. 库切书写的颠覆模式延伸

后殖民理论的构建历经若干阶段。起始阶段源于对非洲殖民地的黑人和黑人文学的关注，代表人物法农；其后以赛义德为代表，并以东方的后殖民研究为中心；再次以霍米·巴巴和斯皮瓦克为代表，研究点转向次大陆和底层生存状况。此三阶段的后殖民理论构建属于"左翼"阵营。"但殖民文化不仅仅只波及被殖民者，同样波及殖民者自身，尤其是生活在前殖民地的殖民者后裔，两者共同处于两种文化的选择的困惑之中。"③为此，作为流散在异国他乡的殖民者后裔，库切处于两种不可调和的文化夹缝之中，所创作的作品之中充溢着对后殖民理论构建的书写。库切凭借对西方经典进行颠覆创作这一不二法门之径，不仅铸就了适于白人流散人群的后殖民理论建构，而且成就了所谓的"颠覆书写"。

目前，我国对库切的颠覆书写研究范围主要集中于其早期及中期作品。库切的早期和中期作品主要着墨于后殖民书写，如开山之作《幽暗之地》第一部分《越南计划》刻画的尤金·唐恩，便是出于对殖民计划的谨小慎微，最终沦为精神病患者；《内陆深处》

① 蔡圣勤，景迎："论库切后期小说的多元性书写"，载《中国社会科学院研究生院学报》2014年第 4 期，第 92-96 页。该部分为课题组阶段性成果，已发表。

② 庄华萍：《国内外库切研究述评》，《宁波大学学报》2013 年第 3 期。

③ 蔡圣勤：《帝国流散群知识分子的书写状况——论库切文学思想中的右翼后殖民主义》，华中师范大学 2008 年博士论文，第 5 页。

所塑造的老处女玛格达形象则是殖民历史对殖民地本土人及殖民者后裔进行无限戕害的确凿例证。倘若早期作品中人物的种种遭遇充当了库切对殖民史颠覆书写创作模式的载体，那么中期作品《福》便颠覆了西方经典《鲁滨逊漂流记》。库切从女性角度对《鲁滨逊漂流记》进行重写，广为人知的人物形象在其笔尖下命运辗转：鲁滨逊不像之前那样强壮有力、野心勃勃；星期五不再是沉默木讷的黑人奴隶。① 继而，此种书写模式也成为库切完成对欧洲帝国殖民文学神话解构的第一个切入点。②

通过对库切后期作品的细致研读，不难发现库切在后期创作中仍然延续了其在早中期作品中凝练的颠覆书写模式，后期作品中的颠覆元素赫然在目。2009 年，库切在澳大利亚发表了一部颇具有自传性色彩的作品《夏日》，尽管如此，其对殖民主义的愤慨和斥责依旧跃然纸上。社会对黑人的不公、黑人对白人后裔的仇恨，以及欧洲对非洲程式化的想象是《夏日》的统领基调。在作品伊始的笔记中，库切对殖民主义恶果进行了无情的鞭笞。

"凶手看起来好像是黑人，可是有一个邻居听见他们当中有人操着阿非利堪语，因而确信他们是假扮黑人的白种人。"③"……认为那些外国人总是拿轻蔑的眼光看待南非阿非利堪人，而黑人在大肆屠杀阿非利堪人，连妇女儿童都不放过，这倒视而不见了。"④《夏日》的开端便赤裸裸地暴露了殖民史对殖民地的戕害，以及白人后裔和当地黑人之间不可调和的矛盾。"布莱顿巴赫几年前离开这个国家，定居于巴黎，不久娶了一名越南裔女子，也就是说，娶了一个非白种人，一个亚裔，因而使他声誉受损。"⑤可见，驰骋于南非文坛的布莱顿巴赫名誉受损的直接原因竟是娶一个亚裔为妻。而这一微妙的刻画也表明：库切在后期创作中延续颠覆殖民书写。

除《夏日》卷首的笔记之外，书中对几个人的采访仍以传递颠覆元素为主线。后殖民书写闪现在对朱莉亚的采访之中。"奇怪的是，那个时候白人好像不干体力劳动，也不沾手没有技能的活儿。人们通常把这种活儿叫作黑人的差事，你可以付钱找人来干。"⑥"当时只有黑人才会住在灌木地带，真正的树丛里。"⑦此种对黑人的描写手法与库切的开山之作《幽暗之地》中对部落人形象的刻画有异曲同工之妙。对玛戈特的采访中，书中的约翰(书中的库切)与玛戈特就"默韦维尔"是否应该是约翰父亲的养老之地展开了激烈争辩。玛戈特对约翰所选之地不屑一顾。"默韦维尔的邻居都是一些好搬弄是非的家伙。"⑧"我们在世界的这一角不毛之地干什么？如果说生活在这儿的人生毫无

① 段枫：《〈福〉中的第一人称叙述》，《外国文学研究》2010 年第 3 期。
② 蔡圣勤：《〈神话的解构与自我解剖〉——再论库切对后殖民理论的贡献》，《外国文学研究》2011 年第 5 期。
③ ［澳］库切：《夏日》，文敏译，浙江文艺出版社 2013 年版，第 1 页。
④ ［澳］库切：《夏日》，文敏译，浙江文艺出版社 2013 年版，第 4 页。
⑤ ［澳］库切：《夏日》，文敏译，浙江文艺出版社 2013 年版，第 7 页。
⑥ ［澳］库切：《夏日》，文敏译，浙江文艺出版社 2013 年版，第 20 页。
⑦ ［澳］库切：《夏日》，文敏译，浙江文艺出版社 2013 年版，第 21 页。
⑧ ［澳］库切：《夏日》，文敏译，浙江文艺出版社 2013 年版，第 133 页。

意义，如果人类在这儿的整个生存一开始就是一场恶作剧，我们为什么还要以枯燥的劳役在这儿消耗生命？"①玛戈特通过这句话表达了她对默韦维尔、南非，甚至整个非洲的看法，即将非洲视为不毛之地。"他是透过浪漫的烟雾来看非洲的。他对非洲有一种人格化的想象，某种程度上，它很久以前就迷失在欧洲了。"②

由此可见，"他"对于南非及整个非洲的认识仍浸润于欧洲对非洲的程式化想象之中。在对阿德瑞娜的采访中，阿德瑞娜一直对女儿英语补习学校中的英语老师约翰持有不满情绪："我要她学习正宗得体的英语，有正宗的英国口音。"③阿德瑞娜之所以对约翰不满是因为约翰并非英国本土人，不能教授给女儿真正的英国口音。《伊丽莎白·科斯特洛：第八课堂》是以伊丽莎白·科斯特洛为中心展开的八个故事集合，它也毫无例外地沿袭了库切在早中期创作中所惯用的颠覆书写模式。

第一，颠覆经典。"不过严肃地说，我们不可能永远寄生于经典作品中。我自己正在摆脱经典的负担。我们得从事一些属于我们自己的发明。"④伊丽莎白在谈及乔伊斯等文坛巨擘时，宣扬要颠覆经典，创造属于自己的文学。"不过，也让我们把斯威夫特的语言推向极致，并且承认，在历史上，对人类地位的信奉曾导致这样的结局，即，杀戮或奴役一个神圣的族类或另一个由神创造的族类，并且使我们自己招致诅咒。"⑤在谈及斯威夫特的《格利佛游记》时，伊丽莎白直言不讳地指出格利佛的旅程就是殖民地扩张的步调。"在格利佛开拓性的努力之后，通常情况下，会发生一些事情：紧跟着就会有远征，其目的是把小人国或人马国变成殖民地……"⑥伊丽莎白毫不隐讳地将"殖民扩张"比喻成"诅咒"。至此，库切对于殖民持有反对态度，表露无疑。与颠覆书写的《福》相比较而言，《福》是整体创作的颠覆，而《伊》是内容书写的颠覆。

第二，反殖民文学被加以重现。"'自从 17 世纪以来，'扎木托尔写道，'欧洲如同一种癌症，已经扩散到了全世界，起初还是偷偷地，但后来是以集约化的步子扩散；到了今天，这肿瘤正在毁灭人、动物、植物、环境以及语言。'日子一天天地过去，每天都有几种语言消失，被抛弃，或者被压制……"⑦扎木托尔将"欧洲"比喻成"癌症"，"癌症"无尽地蔓延，进而抹杀了世界多元性的存在。这显然是针对西方霸权的抗争书写。第三课《动物的生命》以宣扬维护动物的权利为主线。伊丽莎白将"动物的杀戮"与"第三帝国的集中营"相联系，指明纳粹党对第三帝国人民的杀害如同猎杀动物一般简

---

① [澳]库切：《夏日》，文敏译，浙江文艺出版社 2013 年版，第 148 页。
② [澳]库切：《夏日》，文敏译，浙江文艺出版社 2013 年版，第 240 页。
③ [澳]库切：《夏日》，文敏译，浙江文艺出版社 2013 年版，第 170 页。
④ [澳]库切：《伊丽莎白·科斯特洛：第八课堂》，北塔译，浙江文艺出版社 2013 年版，第 17 页。
⑤ [澳]库切：《伊丽莎白·科斯特洛：第八课堂》，北塔译，浙江文艺出版社 2013 年版，第 117 页。
⑥ [澳]库切：《伊丽莎白·科斯特洛：第八课堂》，北塔译，浙江文艺出版社 2013 年版，第 116 页。
⑦ [澳]库切：《伊丽莎白·科斯特洛：第八课堂》，北塔译，浙江文艺出版社，第 52 页。

单，要求大家起身为"动物的生存权利"而奔走相告。"'他们像绵羊一样被屠杀。''他们像动物一样死去。''纳粹屠夫杀害了他们。'……人们控诉说，第三帝国的罪恶是把人当动物对待。"①

第三，话语权的主导。伊丽莎白深知何谓"话语权的摄取途径"。"尽管我明白，要想获得学术界的承认，对我来说，最好的方式是让自己加入西方的主流话语之中，像支流汇入大河。"②《伊》中来自澳大利亚的伊丽莎白积极应邀出席研讨会、发表演讲等，就是其力图掌握话语权的真实写照。

库切将"颠覆书写"炮制在后期创作《夏》和《伊》之中。《夏》中种种描述，无论是对黑人不公的社会、对亚裔的歧视现象抑或是将非洲纳入欧洲程式化的想象，都隶属于"颠覆书写"的范畴。"颠覆经典创作""反对西方霸权"和"攫取话语权"是《伊》的主论点。以此可见，库切在后期创作中仍继承其在早中期创作中所积淀的颠覆模式书写。

2. 库切创作的先锋形式创作

"库切是第一个将现代主义和后现代主义引入南非的作家。"③库切的书写是后殖民和后现代思潮的融合产物。"在南非国内，库切的创作与南非现实主义的主流创作模式保持着一定距离，保持了文学创作的先锋性特征"④。尽管部分评论家怀疑库切对作品形式的创新力度过大，斥责其未能肩负作家反映现实的社会责任，然而库切作品广泛而深刻的影响正是最佳的反驳。叙事形式作为艺术表达形式之一，承载意义的传达，斑斓的创作形式正是传达作品含义的载体。库切将书写形式的频繁转换与作品内涵有机结合，作品因书写形式的创新反而如虎添翼。

库切在与阿特维尔访谈中所发表的观点彰显其是后现代主义先锋阵营中的一员。库切曾说过："我喜欢把我的写作意图隐藏起来，创造一种情景，让受众自己去深思、去做道德思考或自己下结论。"经历了后殖民、后现代主义两股思潮的洗礼，库切的创作自我映现后现代先锋特征。纵观库切后期阶段的创作，后现代先锋元素熠熠闪现。后现代文学的审美特征主要涵盖以下几方面：一为主体生存状况不再是文学作品关注的中心；二为打破传统叙事结构链，强调片段性、边缘性、多元性；三为美学视域内后现代主义精神的特征——不确定性；四为文本间性或叫作互文性，作品之间的相互指涉。

纵观库切后期书写，不确定性和文本间性两点尤为突出。不确定性是后现代特征之一。赢得西方学术界首肯的美国后现代文学批评家哈桑对西方文坛中后现代主义特征进行了独到剖析，"在哈桑看来，'不确定性'和'内在性'在实际上构成了后现代主义与后

---

① ［澳］库切：《伊丽莎白·科斯特洛：第八课堂》，北塔译，浙江文艺出版社，第73页。
② ［澳］库切：《伊丽莎白·科斯特洛：第八课堂》，北塔译，浙江文艺出版社，第79页。
③ 蔡圣勤：《库切小说〈耻〉中的人性形式解读》，《西南民族大学学报》2005年第11期。
④ 张勇：《话语、性别、身体——库切的后殖民创作研究》，山东大学2013年博士论文，第214页。

现代文学的本质特征"①。诸多"不稳定"因子徜徉于库切后期的创作中，分别是"主旨内涵的流离""情节构造的脱节""文体形式的驳杂"。"打开任何一本库切的书，总会在形式与内容上遭遇新的挑战。"②传统叙事文学试图赋予作品终极意义，或有意让读者渗透或穷尽作品的意义，而后现代文学则将读者置于扑朔迷离的形式构造和内容跌宕的大背景之中。《凶年纪事》《伊丽莎白·科斯特洛：八课堂》及《夏日》，作为库切的后期作品集中体现了库切的先锋创作原则。

《凶年纪事》以简要的两章组成：第一编"论危言"就如文艺复兴时期弗兰西斯·培根所书写的《随笔》，一般关涉生活的诸多方面，总共谈论 19 个话题，话题之间无逻辑脉络；第二编"随礼"分 24 小节展开书写，亦无主论中心。《伊丽莎白·科斯特洛：八课堂》由 8 篇演讲组成，指涉了众多领域，彼此之间无逻辑关联。《夏日》一直被认为是库切的自传小说之一，也是一部形式和内容皆让人耳目一新的作品；然而读者却无法追溯库切所要表达的主旨诉求，这便是所谓的"零主旨"。对于情节的搭建而言，"在传统叙事作品中，叙事结构的有机性和严密性是至关重要的。在以情节为中心的叙事作品里，作者致力于追求叙事的通晓流畅、环环相扣与严密完整"③。相对于传统书写，后现代主义书写方向与其背道而驰，缺乏唯一的情节框架，取而代之的是"情节片段化"，即"情节脱节"。

《凶年纪事》《伊丽莎白·科斯特洛：八课堂》及《夏日》，三部作品中均未浮现稳定的情节结构，后现代先锋元素展露无遗。如上所述，《凶年纪事》是由 19 个话题及 24 个小节凝结而成，但是话题、小节之间无中心可追溯，可称为"情节的片段"。《伊丽莎白·科斯特洛：八课堂》由虚构的主人公伊丽莎白参加学术会议或讲座所发表的 8 篇演讲稿组成，亦无情节搭建可言；此 8 篇演讲稿便是情节闪烁的片段化表征。《夏日》由两大片段组成，一为笔记书写，二为采访稿，其中逻辑性的情节几乎无处可寻。综上所述，鉴于库切早中期创作的作品，例如《内陆深处》《福》《耻》中情节从未如此令人瞠目结舌，在后期创作中，库切有意转向多元化的先锋写作。

若将文体狭义化，文体则等同于体裁一词。"文学体裁是构成文学形式的基本要素之一，它是文学作品呈现在读者前的具体样式，是读者认识和把握文学作品的依据。"④在后期创作中，库切摒弃了传统创作观念，其极具先锋性的文体形式无疑证明了这一点。《凶年纪事》是杂糅而成的作品，由零乱的 55 个小部分砌成，与诗歌、散文、戏剧等文学体裁相去甚远；《夏日》中的笔记和采访稿更是无法从属于任何现有体裁。就文本间性而言，库切的后期作品内包涵大量的互文特质。《凶年纪事》中的第一编第 24 论"哈罗德·品特"，"哈罗德·品特是 2005 年诺贝尔文学奖得主，因身患重病未能前往

---

① 毛娟：《"不确定的内在性"：理解西方后现代主义及其文学的关键词》，《江西社会科学》2009 年第 6 期。

② ［澳］库切：《凶年纪事》，文敏译，浙江文艺出版社 2009 年版，第 1 页。

③ 巫汉祥：《后现代叙事话语》，《厦门大学学报》1999 年第 1 期。

④ 张全廷：《文学体裁的多重意蕴》，《山东社会科学》2007 年第 8 期。

斯德哥尔摩出席颁奖典礼。"①第二编中第 23 论音乐家"巴赫"和 24 论"陀思妥耶夫斯基"，都将现实中的文坛巨擘纳入了文学书写。"你震惊地问道，一个基督徒，陀思妥耶夫斯基，一个基督徒的追随者，怎么能够允许伊凡说出如此富于感染力的言辞——即使这其中还是有着足够的思索空间……"②库切的最新力作《耶稣的童年》也颇具几分互文性色彩，这体现于库切在人物塑造时的仿写之上。结合文本分析，文中的"大卫"天资聪颖过人，与耶稣略有几分相似，而文中所描绘的乌托邦世界与耶稣降临的社会互相映射。"还有，这些都是一些必须填写的表格，你填写之后，你们的户头上就会有钱打进来。你有四百雷埃尔的安置费，这男孩也有。你们每人四百。"③可见，在这个乌托邦社会，有人会来解决新来者的衣食住行、工作等基本生存问题，这与耶稣降临的社会可谓异曲同工。

将与库切的访谈内容进行有机链接，不难发现库切对后现代主义书写持有明确的支持态度。其后期作品中熠熠夺目的后现代先锋元素恰恰说明了这一点。主题的流离、片段的情节、体裁的多元以及文本之间的互文皆是库切遒劲的先锋形式写作的强有力表征。

3. 库切创作的空间跨度书写

叙事学研究中存在时间维度，也存在空间维度，但在传统的叙事学研究(经典叙事学和后经典叙事学)中，人们都有意无意地忽视了后者。④"地点和空间话语也是叙述对话的一部分，能成为一种叙述力量和意义的基本场所。"⑤在后期创作中，库切对空间书写倾注了莫大心血，创造了不少独特的空间叙述策略，而空间性中的异质空间叙事正是库切后期书写的另一个重要特点。根据读者对文本的阅读体验建构而成的异质空间，不同于真实世界中的物理空间。从结构的角度来看，异质空间还表现出异质并置的结构特征。⑥

"美国马克思主义文论家弗雷克里克·詹姆逊(Fredric Jameson)指出，空间意识已经日益取代时间意识成为我们这一时代的主导意识，而且对我们产生着日益深远的影响"⑦，"空间范畴和空间化逻辑主导着后现代社会，就像时间主导者现代主义世界一样"⑧。而《伊》和《夏》中传统时间和地点性的剥离，空间性独占鳌头恰与以上观点不谋而合。于 2009 年问世的《夏日》，其主要组成部分即是采访个人对库切生活细节的回忆。创作的时间元素消失殆尽，仅有采访的地点位置出现在采访稿末端之处。"访谈于

---

① ［澳］库切：《凶年纪事》，文敏译，浙江文艺出版社 2009 年版，第 98 页。
② ［澳］库切：《凶年纪事》，文敏译，浙江文艺出版社 2009 年版，第 157 页。
③ ［澳］库切：《耶稣的童年》，文敏译，浙江文艺出版社 2009 年版，第 3 页。
④ 龙迪勇：《空间叙事学》，上海师范大学 2008 年博士论文，第 1 页。
⑤ 潘纯琳：《论 V. S 奈保尔的空间书写》，四川大学 2006 年博士论文，第 139 页。
⑥ 周文娟：《福克纳作品异质空间叙事解读》，《当代外国文学》2013 年第 3 期。
⑦ 潘纯琳：《论 V. S 奈保尔的空间书写》，四川大学 2006 年博士论文，第 172 页。
⑧ 潘纯琳：《论 V. S 奈保尔的空间书写》，四川大学 2006 年博士论文，第 174 页。

二〇〇八年五月加拿大安大略省金斯顿""访谈于二〇〇七年十二月至二〇〇八年六月南非西萨摩塞特""访谈于二〇〇七年十二月巴西圣保罗""访谈于二〇〇七年九月英国谢菲尔德"和"访谈于二〇〇八年一月巴黎",纷乱的时间与空间在其间交错杂糅。于不同地点、不同时间的访谈构成故事的重要部分。每次的访谈时间、地点皆不尽相同,这番写作的特点被称为异质空间叙事,即在不同空间中的叙事并置成为作品的形成向度。"与传统小说相比,现代小说运用时空交叉和时空并置的叙述方法,打破了传统的单一时间顺序,展露出了一种追求空间化效果的趋势。"①《夏》中的故事情节全然没有时间的干涉,若干故事相互交叉构成小说的主体。二〇〇八年五月在加拿大安大略省金斯顿对朱莉亚的采访,便是在独立的异质空间中完成小说的一部分;在不同时间、不同地点对于玛戈特、阿德瑞娜、马丁及苏菲的采访都在不同的异质空间完成。由不同异质空间的几类叙事而构成的小说,充分说明小说可以通过异质空间的并列展开叙事。

伴随着后现代思潮的洗礼,传统时间观念被突破或颠覆,空间性的维度被提到了一个前所未有的高度。②《伊丽莎白·科斯特洛:第八课堂》中的空间维度取代了时间流成为最显著特征,正是不同空间的相互交织谱写了这部小说。"伊丽莎白·科斯特洛(科斯特洛是她娘家的姓)访问宾夕法尼亚期间,由她的儿子约翰陪着……"③"在晚宴上,伊丽莎白碰到了 X,她已经有几年没见 X 了"④"在她乘坐的航班进入机场时,约翰正等在大门口"⑤。此三段话是全书三章的开头部分,俨然无法为读者提供传统故事时间链。"空间"的重要性却在《伊》中被赋予了前所未有的高度。唯有被告知伊丽莎白所在的地点,读者才会知晓文中所述内容。并置的异质空间强调打破叙述的时间性,将若干时间线索并置,使得文本的统一性归统于叙事空间。在《伊》中,围绕着伊丽莎白而展开的故事情节通过有机衔接,并置地组成了小说的整体。首先,儿子约翰陪伴母亲去宾夕法尼亚威廉姆斯镇的奥尔托纳学院领取斯托奖,物理叙事时间模糊;"1995 年春天,伊丽莎白·科斯特洛曾前往,或者说正在前往……"⑥在时间被忽略的同时,地点却被反复强调。其次,在一次晚宴中,偶遇故人,共同探讨非洲的小说,时间被忽略不提,而地点却清晰可见。再次,伊丽莎白应邀发表演讲,居住在儿子家,何时被应邀发表演讲仍是未知。小说中的每个组成部分都发生在一个异质的空间中,因而只有回归文本的叙述空间中,才能宏观地把握这部作品。在回归文本的叙述空间之旅中,对于"空

---

① 龙迪勇:《空间形式:现代小说的叙事结构》,《思想战线》2005 年第 6 期。

② 龙迪勇:《空间在叙事学研究中的重要性》,《江西社会科学》2011 年第 8 期。

③ [澳]库切:《伊丽莎白·科斯特洛:第八课堂》,北塔译,浙江文艺出版社 2013 年版,第 2 页。

④ [澳]库切:《伊丽莎白·科斯特洛:第八课堂》,北塔译,浙江文艺出版社 2013 年版,第 40 页。

⑤ [澳]库切:《伊丽莎白·科斯特洛:第八课堂》,北塔译,浙江文艺出版社 2013 年版,第 67 页。

⑥ [澳]库切:《伊丽莎白·科斯特洛:第八课堂》,北塔译,浙江文艺出版社 2013 年版,第 2 页。

间"的了解要求达到最高点。

库切在 2013 年发表的新作《耶稣的童年》同样凸显了空间的重要性，无人知晓主人公西蒙和大卫从何处来到这个陌生的国度，而展开的所有叙事皆发生在一个非物理性质的异质空间。"'你好'，他说，'我们是新来的。'"①这是西蒙对接待者说的话，未表明自己来自何方抑或是曾到何处。纵观全篇小说，没有一处提及具体的物理性地点，即使在小说的结尾处，"'就这样。找一个住的地方，开始我们的新生活。'②"在西蒙、大卫和伊妮丝决定驶向新的地方生活时，也未表明将去何地。简而言之，非物理性的异质空间为库切提供了一片广袤的书写天地。

在库切的后期创作中，库切的小说与传统小说的联系被彻底割裂，极具现代小说风貌。"空间性意识"逐步增强，并代替了时间主导一切的传统写作技巧，因此灵活地运用空间创作技巧成为库切后期创作的鲜明特点之一。

库切是 20 世纪至 21 世纪最富有创造力的作家，其每部作品皆匠心独运、颇具特色。鉴于其每部作品风格迥异、主题含义不一、创作手法层出不穷，读者从中获得了非凡的阅读感应。即使库切的创作风格层出不穷，按照逻辑关联，将库切的作品划分为不同的阶段进行研究仍具有一定的可行性，并且可追溯创作阶段之间的脉络继承关系。"颠覆模式延伸""先锋形式创作"及"空间跨度书写"正是库切后期作品中的共性。

三、疏离期库切新作中的西方马克思主义影响

通过观察库切离开南非之后创作的英语小说，笔者认为西方马克思主义理论思想之表征大量存在于这些作品之中，主要表现在三个维度上：批判性现实写照、空间书写形式革新，以及理想乌托邦的构建。下文以此为理论视角和出发点，对库切后期主要作品《伊丽莎白·科斯特洛：八堂课》《凶年纪事》等进行文本的综合分析，试图透过其创作理念中宽容博大的人文关怀，探索大师后期创作向度逐步发生的转变与西方马克思主义思潮影响之间关系。③

20 世纪西方马克思主义思潮的发展和传播，与南非长期持续的反种族隔离和反殖民主义的斗争相融合，孕育了南非英语文学特有的书写形式，并涌现出一批特殊的创作群体，他们用英语写作，不断揭露种族隔离体制。从曼德拉到库切，从政治斗争到思想批判，都透露了西马思潮与这一写作之间的互动关系。国内大多数研究者将库切置于后殖民语境和后现代主义思潮中进行读解，却忽略了库切的书写同西方马克思主义思潮之间的关系。其实认真端量库切的后期创作，人们不难发现，相比早中期作品，其后期创

---

①　［澳］库切：《耶稣的童年》，文敏译，浙江文艺出版社 2009 年版，第 1 页。

②　［澳］库切：《耶稣的童年》，文敏译，浙江文艺出版社 2009 年版，第 299 页。

③　蔡圣勤，景迎："西方马克思主义视域下的库切后期创作读解"，载《华中学术》2015 年第十一辑，第 19-30 页。下面部分文字作为本课题的前期成果已发表。

作更具有批判性：以控诉工业文明携至的诟病为主调，但对未来饱含希望；书写形式以"空间"元素为主，时间、历史元素则被淡化。笔者立足于库切后期创作的这些特点，探索这一变化与西方马克思主义思潮的某种关联。

1. 现实性批判：库切的叙述话语与西方马克思主义思潮

西方马克思主义批评关注文学书写对社会现实境况的批判，"说马克思主义文学批评是一种自成系统的文学研究范式，主要是指与现代文学批评执着于文本审美意义的解读不同，马克思主义批评更关注文学艺术作品审美取向的社会价值及其思想内涵"①。纵观库切后期的虚构作品和文论，人们不难发现他的每部作品都充溢着批判现实的愤慨。

西方马克思主义代表人物霍克海默开创了"文化批判"的理论视域，深刻揭露了启蒙文化的内在实质就在于神化工具理性的作用，以"启蒙"为名剥夺文化的批判能力，使文化成为资本主义社会的附庸，进而消弭文化的创新力，奴化人类思想。有"后殖民文学"作家之誉的库切，在《伊丽莎白·科斯特洛》和《凶年纪事》等作品中，通过人与自然关系的扭曲，痛斥资本主义文化的价值观念："我们的行当无穷无尽，能自我更新，能源源不断地把兔子、耗子、家禽和牲口带到这个世界上来，目的就是要屠杀它们。"②"既然我能设身处地地把自己当成一个从未曾存在过的人，我就能设身处地地把自己当成一只蝙蝠，或一只黑猩猩，或一只牡蛎，我就能跟任何一种生物共享生命之源。"③库切以伊丽莎白之音声讨人类对动物的残害，呼吁大家追求人与自然和谐共处——共享生命之源。《凶年纪事》中的"论禽流感"将库切追求人与自然和谐统一的思想表达得更为深刻细致。"在与病毒的长期对抗中，人类的理性新近所获取的胜利不应该迷惑我们，因为病毒在进化中曾一度占据上风。"④抛掷资本主义工业社会根深蒂固的工具理性，强调人与自然和谐的相处方式方能消灭病毒的存在。

库切深刻地认识到，资本的控制使文学逐渐演化成西方殖民计划的棒槌之一。在西方工业文明造就前所未有的富饶社会的同时，社会、经济和文化中的霸权主义也在疯狂地增值和发展。库切的早中期作品中最为凸显的特质是对西方霸权文学的抨击和解构，这成为其后殖民理论构建的前提。⑤ 而此理论的构建书写延伸至后期创作之中，"颠覆"书写仍是他的总体基调，贯穿于《夏日》《凶年纪事》《伊丽莎白·科斯特洛：八堂

---

① 孙文宪：《回到马克思：脱离现代文学理论框架的解读》，《学术月刊》2013 年第 8 期，第 122-126、123 页。

② ［澳］库切：《伊丽莎白·科斯特洛：第八课堂》，北塔译，浙江文艺出版社 2004 年版，第 74 页。

③ ［澳］库切：《伊丽莎白·科斯特洛：第八课堂》，北塔译，浙江文艺出版社 2004 年版，第 90 页。

④ ［澳］库切：《凶年纪事》，文敏译，浙江文艺出版社 2009 年版，第 52 页。

⑤ 蔡圣勤：《〈神话的解构与自我解剖〉——再论库切对后殖民理论的贡献》，《外国文学研究》2011 年第 5 期，第 29-35、30 页。

课》等作品之中。在《夏日》中，“他是通过浪漫的烟雾来看非洲的。他对非洲有一种人格化的想象，某种程度上，他很久以前就迷失在欧洲了。”①苏菲在采访中被问及库切过去的生活时，苏菲说他对非洲的认识并不客观。实际上，库切正是有意以反写形式表露自己的心声——非洲的形象是被白人话语所建构。在《凶年纪事》“论诅咒”一章中，库切以福克纳的创作主题思想震慑殖民之威。曾掠夺、欺凌他者的殖民者遭到惩罚，终日陷入惴惴不安的生活状态，经受寒栗记忆的折磨。《伊》中主人公伊丽莎白意在扭转“非洲文学”的受众方向，并强调“文学”应该反映本土的精神面貌。“伊丽莎白说，‘首先是英国人写给英国人看的。那是英国小说之为英国小说的原因。俄国小说是俄国人写给俄国人看的。但是，非洲小说不是非洲人写给非洲人看的。非洲小说家可能会写非洲，写非洲的经验；但是在我看来，他们在写作的整个过程中，目光都向着远方，看着那些将要阅读他们的外国人’”②；对经典的颠覆书写模式也成为库切完成对欧洲帝国殖民文学神话解构的第一个切入点。③ 摆脱对经典作品的依赖，开创属于自有的文学未来，也是伊丽莎白解构西方霸权文化的方式之一。“不过，严肃地说，我们不可能永远寄生于经典作品中。我自己正在摆脱经典的负担。我们从事一些属于我们自己的发明。”④伊丽莎白探索文学的未来，脱离经典的怪圈是对解构西方霸权文学所作出的努力。库切将批判西方社会的统治意识形态，摧毁以人类自我为中心的价值观，解构西方霸权文学的书写统筹于后期作品之中，具有肃清“工业文明”对西方社会毒害的意义。从这些方面，都可以看到法兰克福学派“批判理论”对其理解殖民文化的深刻影响。

在对阶级定位的批判方面，作为殖民者白人的后裔，库切虽然出生和成长在殖民色彩浓厚的南非，却并没有将自己的阶级定位于殖民者，而是体恤被殖民者的苦楚，强烈抵触任何形式的殖民统治。西方马克思主义中批判殖民主义的代表人物德里克的“阶级定位”理论，给库切的后期创作打下了深刻的印记，从而使“阶级问题”的定位成为库切后期作品的重要内涵，使其自觉地意识到，处于全球资本主义大环境下的知识者必须认清自己的阶级位置，并对其意识进行批判。⑤ 作为库切“自传体小说”之一的《夏日》，在充分表现其“生前”的历史光辉的同时，仍无法泯灭对殖民思想的不满——驳斥白人对有色人种的诋谑和鄙薄。“尽管如此，《星期日时报》说，部长以他富有同情心的善意准许这对夫妇在这个国家逗留三十日，在此期间，所称布莱顿夫人的那位将享受白人待遇，作为临时的白人，名誉性的白人。”⑥定居巴黎的布莱顿携妻子回国之后，其亚裔妻

---

① ［澳］库切：《夏日》，文敏译，浙江文艺出版社 2013 年版，第 240 页。

② ［澳］库切：《伊丽莎白·科斯特洛：第八课堂》，北塔译，浙江文艺出版社 2004 年版，第 58 页。

③ 蔡圣勤：《孤岛意识：帝国流散群知识分子的书写状况——论库切文学思想中的右翼后殖民主义》，华中师范大学 2008 年博士论文，第 65 页。

④ ［澳］库切：《伊丽莎白·科斯特洛：第八课堂》，北塔译，浙江文艺出版社 2004 年版，第 17 页。

⑤ 赵稀方：《后殖民理论》，北京大学出版社 2009 年版，第 165 页。

⑥ ［澳］库切：《夏日》，文敏译，浙江文艺出版社 2013 年版，第 7 页。

子仅能享受"临时的白人"的待遇。"临时的白人"意味着其亚裔身份低于白人身份，为有色人种提供被白色人轻蔑的确凿证词。"在默韦维尔买度假屋！谁听说过这种事情！默韦维尔的邻居都是一些好搬弄是非的家伙。"①一心为父亲寻求养老之地的库切（作品中的人物），认为默韦维尔是最为理想的修身养息之处。但玛戈特认为当地人都非常低俗，不明是非，强烈反对库切的做法。尽管如此，库切仍未采纳玛戈特的建议。现实中的库切利用作品中的"库切"，通过虚构的自传体小说表现其否定殖民思想的坚定。《伊》中的伊丽莎白将阶级定位于第三世界和非洲，为了纠正第三世界国家和非洲在西方人思想中低下的地位而奔走。"'他们像绵羊一样被屠杀。''他们像动物一样死去。''纳粹屠夫杀害了他们。'对集中营的责骂声四处回荡……人们控诉说，第三帝国的罪恶就是把人当动物对待。"②伊丽莎白反复强调第三世界的人民被殖民、被残害、被剔除的事实，无情鞭笞西方自为主体的思想。"非洲的小说有什么特殊的呢？是什么因素使它变得与众不同，与众不同到要引起我们的关注？"③库切以伊丽莎白之口道出了"阶级定位"是后殖民文学的意义所在。"种族"和"阶级"是西方马克思主义理论中的关键性概念。提倡与有色人种和平共处、正视非洲文学对世界文学的建设性贡献、消除对非洲等地域的歧视，成为库切后期书写中强劲的一翼。

从争夺文化领导权的角度看库切后期作品，不难发现底层市民生活往往被其作为创作背景。《伊》中为非洲文学和第三世界国家的国际地位而奔波的公共知识分子群体、《凶年纪事》里心系社会民主进程的革命志士、《耶稣的童年》中享有共同价值观的底层民众，从对这三个群体的书写上，可以看到库切与葛兰西思想的某种关联；也正是这种关联，使库切的后期创作拥有了批判西方文化霸权，自觉抵制西方中心主义的内涵。"市民社会"（Civil Society）理论是葛兰西争夺文化领导权思想的基础。随后，哈贝马斯将市民社会作为社会发展的重要命题。④ 库切煞费苦心营造的故事情节正是葛兰西所言的"市民社会中领导权的争夺"。他以伊丽莎白为中心辐散出一个市民文化群，使之成为逐步改变人们思想观念，创建文化革命中心的力量。伊丽莎白即使年过古稀，仍奔走于各国各大讲座和会议，发表自己的演说，聆听他人的观点，与知识分子交流，试图改变身边每个人的思想观念。伊丽莎白苦心孤诣地以第三世界所遭受的苦难、殖民主义携来的戕害等作为演讲的主题，其真实意图在于转接文化领导权的中坚力量。

葛兰西所言的文化领导权能打造出政治社会和市民社会和谐统一的制度。《耶稣的童年》的故事地点似乎是幻想中的国度，没有战争、贫困、争端等的侵扰，政治社会和市民社会处于最为和谐的状态。西蒙和大卫作为从其他国度而来的异乡人，其绮念丝毫

---

① ［澳］库切：《夏日》，文敏译，浙江文艺出版社 2013 年版，第 133 页。

② ［澳］库切：《伊丽莎白·科斯特洛：第八课堂》，北塔译，浙江文艺出版社 2004 年版，第 73 页。

③ ［澳］库切：《伊丽莎白·科斯特洛：第八课堂》，北塔译，浙江文艺出版社 2004 年版，第 45 页。

④ R. Weiner, Richard. "Retrieving Civil Society in a Postmodern Epoch", *Social Science Journal*, 3, 1991, p. 307.

未改变身边的人，其思想反而被环境所同化。当西蒙向工头提出可以用工具代替机械劳力的想法时，却被无情地呵斥。这表明《耶稣的童年》中倡导原始的机械人工劳作，纵使有其他思域观念的侵扰，也不可能撼动社会的和谐。这似乎印证了文化领导权具有悟辨异质的外来思想，发扬自我主导文化精髓的功能。

可以说，在后期文集和虚构作品之中，库切蓄志点燃文化批判之火，构建对西方主体性文化的批判书写。

2. 空间写作：库切对形式/内容关系的创新

通览库切的所有作品，方可察觉他的每部作品的书写形式都有创新。正像 2003 年的诺贝尔文学授奖词所言，"打开任何一本库切的书，总会在形式和内容上遭遇新的挑战，……没有两部作品使用相同的创作手法"①。借大卫·阿特维尔的话说，库切创作形式的多样化可称为"松散的创作倾向"②（discursive orientation）。这表明库切始终游走在文学创新形式的最前沿，而空间外化形式书写的理念是其尤为突出的特征。

就空间外化形式书写理念而言，库切后期的每部作品都极具迥异性的书写形式，体现了他对新兴创作理念的诉求。《伊丽莎白·科斯特洛：八堂课》《夏日》《凶年纪事》中的空间形式书写共性成为夺目的亮点。《伊丽莎白·科斯特洛：八课堂》由主人公伊丽莎白参加学术会议和讲座所发表的八篇演讲稿组成；库切编撰的自己死后的虚构采访稿铸成了《夏日》；小说中套有小说的空间形式构成了《凶年纪事》。在《耶稣的童年》中，传统写作中的"时间"与"地点"元素消失殆尽，仅有杳然不可及的"空间"屹立于作品之中。库切书写的这些空间形式，与西方马克思主义者列斐伏尔、詹姆逊和哈维等人阐述的空间理论不无关联，库切也因此成为后现代空间叙事的一个重要代表。

列斐伏尔认为空间不是一个抽象的、空洞的框架，而是一种与社会生产关系和社会实践紧密相连的社会存在，强调"每一个社会，每一种生产模式，每一种特定的生产关系都会生产出自身独特的空间"③。为此，列斐伏尔将空间的结构分成三个层面：空间实践、空间再现与再现空间。《耶稣的童年》营造的社会与共产主义体制有几分相似：第一，生产方式为集体共事，西蒙和其他工人在码头集体工作，工资平分；第二，免费医疗服务、免费交通服务、免费提供食宿；第三，对乌托邦社会的期许。《耶稣的童年》中空间实践以集体共事方式完成物质形成过程；就空间再现而言，来自异乡的底层群众大卫和西蒙并未被忽视和欺凌，反而受到了帮助，住宿和工作问题一一得到了解决，体现了社会主义占主导地位的空间；文中的人物和情节的塑造萦绕着浓厚的乌托邦氛围，是一种精神想象的虚构，为空间实践提供了想象的可能性。库切以暗线方式隐藏

---

① ［澳］库切：《伊丽莎白·科斯特洛：第八课堂》，北塔译，浙江文艺出版社 2004 年版，第229 页。

② David Attwell, *J. M. Coetzee. South Africa and Politics of Writing.* Oakland, CA: California UP & David Philip, 1993, p. 14.

③ 侯斌英：《空间问题与文化批评》，四川大学 2007 年博士论文，第 27 页。

铺垫《耶稣的童年》中的社会主义生产方式，循序渐进地展开了在这个多维空间中发生的故事。

《伊》中最令人难以忘怀的情节，便是年迈的伊丽莎白不辞劳苦辗转于世界各地，发表演讲和参加学术会议。文本开篇，伊丽莎白在儿子的陪伴下，远赴美国领取奖项，"伊丽莎白·科斯特洛(科斯特洛是她娘家的姓)访问宾夕法尼亚期间，由她的儿子约翰陪着……"①其后的若干章节中伊丽莎白被置于不同的叙事空间，"小说家伊丽莎白·卡斯特洛将造访阿波尔顿学院，在三天的访问期间，她将跟约翰一家住在一起"②。"正是因为这个学位，因为要参加学位颁发仪式；她，伊丽莎白，布兰奇的妹妹，来到一个前所未闻的地方……"③故事地点相继被更替，诸多的异质空间被镶嵌于一个叙事之中。颠覆了传统写作时间、地点叙述流的《伊》，形成了以空间形式为主导的书写向度，读者所能捕捉的信息即是稍纵即逝的文本空间信息。

福柯的空间理论最能充分阐释《伊》中繁杂的空间书写交织。伊丽莎白参与不同国度的具有影响力的学术会议和颁奖仪式并发表演讲，是巧夺权力的主要方式。福柯认为空间是知识、话语转为实际权力的关键所在。④ 伊丽莎白代表着政治经济文化地位较低的第三世界和非洲大陆，以中心人物频繁出现权力磁场之中，恰是福柯关于空间、权力理论的确切证实。作为颇具影响力的演讲会和颁奖会中的主要发言人，伊丽莎白试图扭转世界对羸弱的第三世界国家和非洲的认识，希冀能为其争取一份主动权和发言权。后现代地理学家苏贾认为，以传统的观点来看，时间、历史、空间三者之中，前两者是理解社会的主要途径，但现如今空间却被视为客观了解社会过程的核心，强调"我们必须时时注意，空间是以何种方式被人用来掩盖各种结果，是我们对此无法了解；权力和行为准则的诸种关系是以何种方式被深深地引入社会生活明显的纯真空间性……"⑤深思忖度，伊丽莎白穿行的空间场合是库切精心的安排，以此表明如此异质多样的空间，才是人类得以生存的条件。

《凶年纪事》以文体形式驳杂称奇，这种写作模式为读者设置了阅读障碍，且未增添探寻的兴趣，读者能攫取的唯一信息就是书写的"空间性"。准确的物理时间未有提及，仅有模糊大概的时间。"我第一眼瞥见她是在洗衣房里。""那是一个宁静的春日，挨近中午时分，我坐在那儿，看着洗衣机转动着……"⑥《夏日》中的空间形式迂回曲折，叙事的地理空间频繁切换，像电影一样闪映着整体故事框架；彼此之间并不共存于

---

① [澳]库切：《伊丽莎白·科斯特洛：第八课堂》，北塔译，浙江文艺出版社2004年版，第2页。

② [澳]库切：《伊丽莎白·科斯特洛：第八课堂》，北塔译，浙江文艺出版社2004年版，第68页。

③ [澳]库切：《伊丽莎白·科斯特洛：第八课堂》，北塔译，浙江文艺出版社2004年版，第133页。

④ 侯斌英：《空间问题与文化批评》，四川大学2007年博士论文，第63页。

⑤ 侯斌英：《空间问题与文化批评》，四川大学2007年博士论文，第133页。

⑥ [澳]库切：《凶年纪事》，文敏译，浙江文艺出版社2009年版，第1页。

同一空间。每篇采访稿的末端署有故事发生的时间和地点。面对如此杂博的叙事，读者只能把空间作为理解作品的唯一途径。

库切后期作品作为文学试验性和先锋性文体，摆脱叙事时间和故事情节内律的约束，以西方马克思主义的"空间性"作为叙事的基本架构，在松散了主题思想指涉方向的同时，扩大了意旨的阈限。

3. 未来的建构：库切新作中的乌托邦蓝图

乌托邦有着源远流长的历史，代表人类对美好事物的憧憬，亦流露出人类对改革社会现实的希望。古希腊时期，乌托邦是一个静态虚拟的空间，从不与历史相弥合。直至近代启蒙运动的开始，乌托邦被时间概念化，融入了历史的进程，扎根于西方传统文化之中。此后，"乌托邦概念的文学虚构含义渐渐淡化，而它的政治含义却逐渐突出"①。在西方马克思主义思潮中，乌托邦被重新定位，演化成文化政治逻辑。他们肯定乌托邦存在的合理性和必要性，对其进行客观的批判分析，强调现代社会亟需乌托邦精神的滋养。从库切后期作品中迸发的构建乌托邦的强烈愿望中，可以看到西方马克思主义的乌托邦思想给予他的影响。

人道主义是西方马克思主义反复呼求的思想，探讨马克思主义与人道主义的关系成为法兰克福学派的主旨②，明确宣称马克思主义就是人道主义，批判资本主义对人的异化。库切后期的每一部作品都显示了人文关怀的细节描写，指控异化构成其后期书写的重要表征。库切后殖民书写的主题之一就是对种族的异化反思和批判。《伊》旨在强调无论肤色黑或白，经济状况穷或富，大家都享有平等的地位。"是不是我想要装扮成一只猿猴，把自己从自然环境中拉出来，在一群挑剔的陌生人面前，被迫进行表演，我希望不是。我是你们其中一员，不是异类。"③此外，伊丽莎白心系重新定位"非洲文学"的历史性地位而劳顿奔波于各国，呼吁对弱势群体的怜悯之情，强调世界文学和谐凝聚。"非洲人需要活生生的存在、活生生的声音。"④这也正是库切否定"异化论"的深层思想的写照。

《耶稣的童年》中西蒙、大卫、伊妮丝组成家庭，过着幸福美满的日子。但是，因为天生异禀，大卫难以融入常规的班级授课，甚至一度影响整个班级的正常教学，被学校决定送去特殊学校进行教育。⑤ 关于学校将大卫送至特殊学校的决定，这一

---

① 汪行福：《乌托邦精神的复兴——西方马克思主义对乌托邦的新反思》，《复旦学报》（社会科学版）2009 年第 6 期，第 11-18 页。

② 黄楠森：《西方马克思主义与人道主义》，《北京大学学报》（哲学社会科学版）1987 年第 1 期，第 1-9 页。

③ ［澳］库切：《伊丽莎白·科斯特洛：第八课堂》，北塔译，浙江文艺出版社 2004 年版，第 57 页。

④ ［澳］库切：《伊丽莎白·科斯特洛：第八课堂》，北塔译，浙江文艺出版社 2004 年版，第 57 页。

⑤ ［澳］库切：《耶稣的童年》，文敏译，浙江文艺出版社 2013 年版，第 225 页。

"异于他人"的标签让一贯平易近人的西蒙和伊妮丝愤怒不已，而且还成为三人决意离开此地寻求另处生存的直接原因。几经斡旋之后，双方仍不能达成一致协议。伊妮丝决定要去一个无人有权管辖他们的地方，可以在家中自由教授大卫课程，展开一段新的生活。①

库切借以书中人物之声贬谪"异化论"，呼吁人道主义精神的回归。"马克思主义哲学的目的和任务就是要真正实现对人类的价值和命运的关怀，探寻人的自由和解放。"②《伊》和《耶》两部作品的主人公对公正和平等的追求正体现了西方马克思主义对库切文学创作观的实际影响。"西方马克思主义的乌托邦理想，相信人类能够摆脱疏离与异化的历史……"③弗洛姆对乌托邦的期许在库切的作品中得到形象化的诠释。

"社区乌托邦"是库切后期作品中乌托邦书写的另一主题，诉求在人道主义社会中建立人与人和平共处的生活社区。世界上轮番上演的"邪恶问题"事件扰乱追寻和谐世界的轨迹，打乱实现和谐世界的计划。伊丽莎白不遗余力地探究解决这一问题的方法。"她说，在我们周围，日复一日，一再地发生对手无寸铁的群众的屠杀事件；在规模上，在恐怖的程度上，在道义上，这样的屠杀跟我们所谓的大屠杀没什么区别；可是，我们却视而不见。"④正因为大家无视"邪恶"的问题，"邪恶"的势力才越发猖獗。伊丽莎白以作家身份呼吁作家应该以自己坚实的文笔来抵消邪恶势力的膨胀。"因为，如果我们所写的东西能使我们把人变得更好，那么，当然，我们的作品也会把人变得更坏……"⑤伊丽莎白之声表达了库切对"和谐社区、和谐社会、和谐世界"的希冀。他在《耶稣的童年》中精心勾勒出"腾空"的有爱社区。年过半百的西蒙在码头和年轻人做着同样的体力活，他动作迟缓，影响了整个团队的运作速度。然而，西蒙从未被工友们责备、排挤，时常能感受到工友们温暖的关心，从而更有信心和力量去完成工作。⑥马克思主义"各尽所能"的社会组织原则在此得到体现。"'没什么地方比这儿更适合我了，跟你们一起并肩劳动。这段时间我能在这儿待下来，并非有什么工作经验，只是有同伴的支持和同伴的关爱。'"⑦《耶》为《伊》中出现的社区危机提供了最朴实的转变途径，即社区应被人与人的相互理解和关爱所充盈。哈贝马斯提出交往行为理论，主张主体之间相互理解，共同追求理想的生活领域。"哈贝马斯认为，只有交往行动才能同时体现自我、社会和客观世界的要求……只有通过公共领域，重建交往理性，才能解决科学理性

---

① [澳]库切：《耶稣的童年》，文敏译，浙江文艺出版社 2013 年版，第 280 页。

② 王雨辰：《人道主义，还是反人道主义——评西方马克思主义视阈中马克思主义和人道主义的关系》，《青海社会科学》2004 年第 4 期，第 58-61 页。

③ 祁程：《西方马克思主义乌托邦思想研究》，华东师范大学 2013 年博士论文，第 41 页。

④ [澳]库切：《伊丽莎白·科斯特洛：第八课堂》，北塔译，浙江文艺出版社 2004 年版，第 179 页。

⑤ [澳]库切：《伊丽莎白·科斯特洛：第八课堂》，北塔译，浙江文艺出版社 2004 年版，第 196 页。

⑥ [澳]库切：《耶稣的童年》，文敏译，浙江文艺出版社 2013 年版，第 15 页。

⑦ [澳]库切：《耶稣的童年》，文敏译，浙江文艺出版社 2013 年版，第 118 页。

所造成的现代社会的危机。"①《凶》中库切的父亲祈求邻里的和谐，人与人之间的真切关爱，"他和我一样，不愿跟人发生龃龉，不会动怒或是面部愠色，宁愿跟每一个人都相安无事。"②"也就是说，尽管我一辈子都在接受怀疑论的训练，可我似乎仍然相信优胜与美德不可分离。多么古怪！"③库切悉心勾勒于后期作品中的和谐社区与此相互照应。《伊》中伊丽莎白以作家之力消灭国家生活紧张的状态，旨求人与人之间以交往理性为行动指南，力求重建和平共处的生存社区。库切最新力作《耶稣的童年》中所营造的"无矛盾，超世俗"的社区是人类理想社区的缩影。哈贝马斯还指出，阶层之间的和谐是实现社会和谐的基础。④《耶》中工人之间的友好、邻里之间的关照、家人之间的相爱，正是哈贝马斯的交往和谐理论期待的美好画卷。继人道乌托邦、社区乌托邦之后，库切的书写更上升至国度乌托邦的建构层面。

大卫·哈维从地理空间视域出发，对乌托邦做了新的解释——乌托邦以空间形态存在，"乌托邦是一个人工制造的孤岛，它是一个孤立的、有条理地组织的且主要是封闭空间的系统，这个孤岛的内部空间的秩序安排严格调节着一个稳定的、不变的社会过程"⑤。在《耶稣的童年》中，故事背景被置于一个独立于世界之外、自成一体的国度中。缺失背景的主人公西蒙和大卫，不知从何而来此地，不知为何来到此地，也不知此地是何处。但就在这个陌生的国度中，人类得到了解放，即从资本主义生产方式产生的不平等限制中解放。⑥ 这孤立的国度没有资本主义诟病，没有基于机器大工业基础的社会化大生产，没有私有制和剥削，人们生活在"各尽所能、按需分配"的理想社会之中：初来乍到，大卫和西蒙作为来自异国他乡身无分文的流浪汉并没有受到歧视，反而有人为他们安排住宿。在这里，人工运作成为主要的生产方式，大规模机械化生产难以寻觅，西蒙和其他人一同在海边做搬运工。⑦ 他们可以乘坐免费的公交车去救济办公室领取救济费，还可以享受免费的教育和医疗服务。大卫在来到这个国度时与亲生母亲失去了联系，但在此地却有母爱的关照：未婚的伊妮丝愿意将大卫作为自己的亲生儿子来爱护和抚养。西蒙，一个年过半百的单身汉，也在此地找到属于自己的幸福美满的家庭，履行作为父亲的责任……⑧这个无名国度给予他们的幸福，充分体现了库切的乌托邦

---

① 罗志发：《论哈贝马斯交往理论的和谐社会意蕴》，《国外理论动态》2007 年第 8 期，第 86 页。

② ［澳］库切：《凶年纪事》，文敏译，浙江文艺出版社 2009 年版，第 133 页。

③ ［澳］库切：《凶年纪事》，文敏译，浙江文艺出版社 2009 年版，第 135 页。

④ 罗志发：《论哈贝马斯交往理论的和谐社会意蕴》，《国外理论动态》2007 年第 8 期，第 85-89 页。

⑤ 吴红涛：《乌托邦的空间表征——兼论大卫·哈维的乌托邦伦理思想》，《西南大学学报》(社会科学版)2014 年第 4 期，第 114-119 页。

⑥ 张小红：《全球化·身体·辩证的乌托邦——大卫·哈维乌托邦思想初探》，《新疆社会科学》2011 年第 1 期，第 19-21 页。

⑦ ［澳］库切：《耶稣的童年》，文敏译，浙江文艺出版社 2013 年版，第 283 页。

⑧ ［澳］库切：《耶稣的童年》，文敏译，浙江文艺出版社 2013 年版，第 283 页。

理想。

　　《凶年纪事》无情地鞭笞了现实社会的丑陋，迫切寻求治愈社会的良方，表达了库切寻求乌托邦社会的渴望。作品中两部札记内容的组织绝非简单的机械编排。第一编"危言"揭露了社会的丑陋，将伴随我们生存的各种丑恶呈出水面，警醒人们的关注。库切期盼乌托邦社会的意念深藏于内容的编写中。第二编的书写重心倾向于提供肃清现实丑陋的途径，旨在提供通向和谐国度之法。在《夏日》中库切以采访回录式的方式透露了对乌托邦的选择倾向："他期待着有一天政治和国家都走向消亡。我把这个称为乌托邦。"①《耶稣的童年》中的国度无政治、无国名，这与《夏日》中对于乌托邦国度的表述相近。

　　对上述后期作品的读解，使我们大致看出库切创作的某种转向，理解其书写隐含的意向。较之库切早中期的创作而言，可以说他的后期创作在两点上发生了重要转向。其一是西方马克思主义的诸多思想，如对工具理性的批判、对争夺文化领导权的关注以及从关爱弱势群体到企盼美好的乌托邦社会，均体现了西方马克思主义的批判理论对库切写作发生的影响。其二是在作品的形式结构上出现了空间书写的特点，也体现了西方马克思主义在空间诠释上的后现代特色，库切的后期作品正是通过这种形式上的变革，使之力图表达的后殖民生存状况得到了充分的展现。正是从这种内容与形式的呼应关系中，我们发现了库切后期写作深受西方马克思主义影响的迹象。

四、《耶稣的童年》中乌托邦社会的伦理困境

　　通过叙事性小说这一艺术形式，身处澳大利亚的库切的新作《耶稣的童年》以刻画一段移民生活为基石，勾勒一幅"乌托邦社会"场景，进而借此窥察社会中纷繁的伦理现象。下文依据文学伦理学批评方法，从生存伦理、家庭伦理和人际伦理三个共时维度展开，阐释库切在小说中所要传达的伦理选择之思想内核，以及其人文情怀。②

　　库切于《凶年纪事》中宣布封笔的消息，使得读者对其新作不再抱有期许。2009年库切新作《夏日》发表，赋予读者莫大的思想滋养，同时"封笔"的消息也不攻自破，甚为欣喜的是更多佳作亦会映入眼帘。《耶稣的童年》是继《夏日》之后库切的最新力作，以"新移民"的生活为主线，刻画了由一名寂寞男子、一个智力超凡儿童与一位陌生女子组成的家庭在乌托邦社会的生活全景。小说开篇把故事置于乌托邦社会的背景之下，两位从异国流浪于此地的"新者"，西蒙（Simon）和大卫（David），初来乍到就有免费的安置房居住，有人推荐工作，可免费坐公车，等等。安置中心的工作人员安娜（Anna）对西蒙和大卫说起安置费问题时如此表述："作为新来者，照理你们应该住在规定的住

---

　　① ［澳］库切：《夏日》，文敏译，浙江文艺出版社2013年版，第237页。
　　② 此段及后面部分文字系本课题组阶段性成果，已发表。参见胡忠青、蔡圣勤：《耶稣的童年》中乌托邦社会的伦理困境"，载《社会科学家》2015年第9期，第133-136页。

处，或者住在中心。"①流浪于此地的人都会有安身之地。"我没有钱坐公交车。我一分钱都没有。""公交车都是免费的。所有公交车都是免费的。"②尽管公共管理效率低下，作者通过这些描述给定了一个乌托邦社会的背景。但是，此乌托邦社会所在的具体国度位置无从知晓，最令人瞠目的是作者着意模糊的故事发生背景和地点，即使通读作品也未能发掘丝毫线索。然而，作者真实的意图隐匿于小说全篇中所精心勾勒出的乌托邦社会下纷繁的伦理维系现象，它承载着作者的伦理选择。

"文学伦理学批评是一种文学方法，主要用于从伦理的立场解读、分析和阐释文学作品、研究作家以及与文学有关的问题。"③文学伦理学批评强调回到历史的伦理现场，站在当时的伦理学立场上解读和阐释文学作品；分析作品中导致社会事件和影响人物命运的伦理因素。④下文试从此作品中伦理关系表达为依归，从文学伦理学批评的视角系统地分析体现在该"乌托邦"社会中的小说中的生存伦理、家庭伦理和人际伦理，以期揭示作者在着意刻画的乌托邦国度中体现的伦理道德和思想倾向，以及所传达出的对于普世的人文关怀之情。

1. 生存伦理：精神催迫与求生隐忍

生存状态关乎世界上个体的存在处境。追溯自古希腊文学以降，虽途经文艺复兴，至达近代思想文坛博弈，"生存"问题依然不可被剥离，不可置之于不顾。诚然，不同时期对此概念有着不同的见解。就文学伦理学批评而言，生存问题也凸显了伦理限阈里的基本关系。

早年海德格尔针对西方传统哲学中的人的"存在"问题发表了独树一帜的观点。"海德格尔认为，只有人才能追问'存在'的意义，所以研究的入口应该是人。"⑤此观点与伦理批评中关于"人应该如何生存或者如何存在"问题之间存在着息息相关的联系。在《耶稣的童年》中，库切通过西蒙这一外来移民角色，淋漓尽致地驳现了所描绘的乌托邦社会中应该采取何种态度或者生活方式去维持生存。"'生存伦理'所关注和反应的就是生存需要和其他诸事物之间的关系，包括生存与个体生命的尊严、生存与个体的独立和自由、生存需要控制下的个体之间的关系、生存与求生方式等方面。"⑥

西蒙，一名似乎来自"文明"世界的寂寞男人，和一个与妈妈失散的儿童——大卫，在陌生的国度不期而遇，并且开始了一段全新的生活之旅。他们处于全新的生活环境

---

① [澳]库切：《耶稣的童年》，文敏译，浙江文艺出版社 2013 年版，第 7 页。
② [澳]库切：《耶稣的童年》，文敏译，浙江文艺出版社 2013 年版，第 11 页。
③ 聂珍钊：《文学伦理学批评：基本理论与术语》，载《外国文学研究》2010 年第 1 期，第 14 页。
④ 聂珍钊：《文学伦理学批评：基本理论与术语》，载《外国文学研究》2010 年第 1 期，第 14 页。
⑤ 强以华：《西方伦理十二讲》，重庆出版社 2008 年版，第 149 页。
⑥ 修树新：《托妮·莫里森小说中的生存伦理——以〈秀拉〉和〈宠儿〉为例》，载《外国文学研究》2012 年第 2 期，第 109 页。

中，因生活问题不免要与众多人和机构互相打磨，直到可以找到适从的办法。由于切断了与过去生活的种种经历的联系，作者没有叙述两人历史。在踏上一段崭新的生活之旅之际，为了更好地融入新的生活环境，西蒙和大卫在这个陌生的国度努力地重塑自己。

首先，故事中也没有交代西蒙与大卫远渡重洋来到的是哪个国度，仅告知文中的人物使用西班牙语而不是英语进行交流。为了生存，已步入中年的西蒙不得不强迫自己学习西班牙语。"'你好'，他说，'我们是新来的。'他有意说得很慢，每个音节都咬得清清楚楚，他学西班牙语可是花了工夫的。"①主人翁的隐忍跃然纸上：

> 每个人来到这个国家都是异乡人。我来的时候是异乡人，你来的时候也是异乡人，伊妮丝和她的兄弟也是异乡人。我们从不同的地方来到这里寻找新的生活。但现在，我们都在同一条船上。所以，我们必须彼此协作。我们协作的一个方式就是说同样的语言……如果你拒绝这样做，如果你不好好对待西班牙语，坚持说你自己的语言，那你就会发现自己生活在一个孤独的世界里。你没有朋友，你会被遗弃。②

其次，对于衣食住行基本生存中的"住"的问题，西蒙演绎了别致的态度，亦展现了其对生活态度的选择趋向。"一旦里面的东西晃动起来或是麻袋滑落下来，你就玩完。你就做不成装卸工了，只能做一个乞丐，在陌生人后院搭起的铁皮窝棚里瑟瑟发抖。"③每当西蒙看着脚下汹涌的海涛时，甚是害怕，但是为了能和大卫有一个居住之地，不再寄人篱下，还是强迫自己努力做好让人颤栗的工作。

最后，在描写西蒙的码头搬运工的工作时，作者有意强调这样一个事实——其实西蒙甚是惧怕这份工作，但是为了生存，不得不克服心中的惧怕并选择迎难而上。"慢慢地，一次攀一级，每一级都歇一下，一边倾听者自己心脏的狂跳一边往上攀爬。"④将麻袋扛去轮船上，走过摇摇欲坠的窄窄的梯子，西蒙的确感到一丝寒颤，但是仍然努力克服心中的恐惧，争取做好这份工作。"我们都必须做赚取生活费的工作。这是人生状况的一部分"⑤。当大卫懵懂无知地说出，让自己不必去做争取生活费的工作时，西蒙便一再强调做挣取生活费工作的重要性。

由此可见，作品从诸多方面体现了小人物之基本生存伦理。尽管自己步入中晚年，但是为了融入集体不被孤立，西蒙仍孜孜不倦地学习西班牙语；即使害怕工作的危险性或由此导致对身体的伤害，但为了一个居所，西蒙果断选择做好这份工作，绝不逃离；为了不至挨饿而能存活，西蒙只有克服自己对这份工作的畏惧，努力出卖体力挣钱糊

---

① ［澳］库切：《耶稣的童年》，文敏译，浙江文艺出版社 2013 年版，第 1 页。
② ［澳］库切：《耶稣的童年》，文敏译，浙江文艺出版社 2013 年版，第 202 页。
③ ［澳］库切：《耶稣的童年》，文敏译，浙江文艺出版社 2013 年版，第 14 页。
④ ［澳］库切：《耶稣的童年》，文敏译，浙江文艺出版社 2013 年版，第 14 页。
⑤ ［澳］库切：《耶稣的童年》，文敏译，浙江文艺出版社 2013 年版，第 187 页。

口，只有重塑自己才有望在新的环境中谋求生存的一席之地。小人物"忍居"于看似公平美好的乌托邦社会里，其实就是他们的不得不去适应的伦理。

2. 家庭伦理：母爱的光照与感情的皈依

"家庭作为较小范围内的单个人的联合体，是直接的或自然的伦理精神。家庭以爱为其基本规定，体现着自然的和谐。"①这里道出了家庭伦理中的基本精神，也从而映射出家庭的重要性。小说对家庭伦理的陌生化描写更加彰显了乌托邦社会中的传奇。

西蒙帮助大卫寻母是贯穿全篇故事的一根主线。故事沿此主线逐步发展，串起的是一幕幕奇异的成年人两性之间的关系，以及由此组成的人伦家庭。

西蒙与大卫，两个陌生流浪人能像家人一样依附彼此的深层原因只是西蒙想帮助大卫寻找到母亲。"寻找大卫的母亲"作为一个追寻母题，真正的着落点本应该是对于家庭血缘关系的维系，尤其是对于母亲作为家庭主要斡旋者的地位的侧重。在故事开篇，二人在新的国度中找到落脚处之后，西蒙立即问工作人员"有没有帮人团聚的机构"。西蒙如此急切地询问"团聚机构"，就是对家庭寄有浓厚情结的表征。

> "谢谢你。最后再问个问题：这里有没有那种专门帮人团聚的机构？""喏，肯定有许多人在寻找他们失散的家人。有没有那种能够帮助人们——家人、朋友、恋人团聚的机构？"②

在第七章中，其生活日渐殷实，但西蒙仍踌躇着为大卫寻母。"我得准备行动了，他对自己说，我要为这个计划的下一章做好准备。下一章的意思就是寻找男孩的母亲。"③每当有人问起西蒙与大卫的关系，西蒙总是以相同的答案回答——这孩子与自己的母亲走散了，我要帮助他找到母亲。这便是告知大家孩子需要有母爱的滋养与灌溉方能茁壮成长。在 La Residencia 中心，西蒙偶遇伊妮丝，没有任何证据，仅凭直觉主观认定其就是大卫的生母。而面对 La Residencia 中心不允许有小孩子的规定时，大卫说道，"没人敢把一个孩子跟她的母亲分开，无论规矩是怎么定的"④，强调大卫必须与母亲在一起生活。从此往后，大卫就不再跟西蒙居住在一起，而是让大卫与他的"妈妈"——伊妮丝住在一起，享受有妈妈照顾的生活。当社区好友埃琳娜因为西蒙将大卫交给毫无根据误认的母亲伊妮丝而发生矛盾时，在两人之间的争吵中，西蒙说道：

> 我为什么要来到这个举目无亲的国家，在这儿从头学习西班牙语，学习这种压根儿不是源自我内心而只是为了与人交往的语言？为什么我要来这儿扛沉重的麻

---

① 宋希仁：《西方伦理思想史》，中国人民大学出版社 2004 年版，第 373 页。
② [澳]库切：《耶稣的童年》，文敏译，浙江文艺出版社 2013 年版，第 4 页。
③ [澳]库切：《耶稣的童年》，文敏译，浙江文艺出版社 2013 年版，第 57 页。
④ [澳]库切：《耶稣的童年》，文敏译，浙江文艺出版社 2013 年版，第 88 页。

袋，日复一日，像一个负重的牲口？我来这儿就是为了把孩子带给他的母亲，现在，我的任务完成了。①

母亲的关爱对一个孩子的成长固然重要，这种超乎血缘关系的家庭伦理，是作者着力表现的部分。然而，在《耶稣的童年》中，相对于母爱而言，父爱却变成游离不定、可有可无之物。西蒙和大卫在一起生活许久，彼此之间相互依赖，衍生了父子情。然而，当被对大卫的思念之情百般折磨时，西蒙总是会说服自己，甚至麻木自己。"这是一条自然法则。血总是浓于水的。一个孩子总是要跟母亲在一起"②，坦言出孩子总是需要母亲的关爱。

> 因为，你知道，相对于母亲来说，父亲并不那么重要。是母亲把你从身体里带到这个世界上来。她给你喂奶，就像我提到的那样。她把你抱在怀里保护你。而父亲有时可能是一个游来荡去的角色，就像堂吉诃德那样，当你需要他的时候，他并不总在那儿。③

母爱与父爱在一个家庭结构中所具有的重要性应该是相同的。"一个孩子应该属于他的母亲：他任何时候都不想否认这一点"④。为什么在《耶稣的童年》中，母爱被此般"放大"，而同样具有重要性的父爱却被刻意"缩小"？这里是否与作者的生平有关？或许这就是作者所传达的"乌托邦"的伦理道德维系。"家庭另外一点重要性在于，它还是个人情感的归宿"⑤。

大卫在学校的表现十分"另类"的深层次原因也是因为家庭。大卫资质聪颖，但却很难融入现实的教学班级。为此，学校的教师便开始向大卫的"父母"反映。教育专家与大卫交谈之后，主观地断言大卫之所以此般"另类"，是因为没有父母，没有家庭，无法将自己定位。"大卫在课堂里的不安分的行为，是一种——对一个孩子来说——是因为神秘的家庭环境：因为他不能确定自己的身份，他是从哪里来的。"⑥"我所说的真正，是指大卫生命中的缺失。这种真正的感受，包括缺失真正的父母。大卫的生命中没有精神支柱。因此他要退缩到一个虚幻的世界里，他觉得只有在那儿他才能够把握自己。"⑦因此，一个家庭能够给予一个人身份的确定，给予其情感上需有的关怀。

《耶稣的童年》中最为奇异的描写当属西蒙、大卫、伊妮丝所组成的"偶合家庭"。

---

① ［澳］库切：《耶稣的童年》，文敏译，浙江文艺出版社 2013 年版，第 115 页。
② ［澳］库切：《耶稣的童年》，文敏译，浙江文艺出版社 2013 年版，第 103 页。
③ ［澳］库切：《耶稣的童年》，文敏译，浙江文艺出版社 2013 年版，第 238 页。
④ ［澳］库切：《耶稣的童年》，文敏译，浙江文艺出版社 2013 年版，第 99 页。
⑤ 修树新：《托妮·莫里森小说的文学伦理学批评》，东北师范大学 2009 年博士论文，第 62 页。
⑥ ［澳］库切：《耶稣的童年》，文敏译，浙江文艺出版社 2013 年版，第 222 页。
⑦ ［澳］库切：《耶稣的童年》，文敏译，浙江文艺出版社 2013 年版，第 222-223 页。

随着故事的发展，其三者理应瓜熟蒂落地组成幸福美满的家庭。然而，即使在故事的最后，三者也没有共同组建家庭，却是一起坐在车上驶向另一地点，开始新的生活。"'可是我们到那儿以后做什么呢？''就这样。找一个住的地方，开始我们的新生活。'"①虽然三人并没有组成真正意义上的家庭，但是他们三人在一起的生活便体现了家庭的重要性——情感的皈依。"'想想吧，'他最后说，'好好想想。但无论你怎么决定，我会——'他停下来，把冒出来的话咽了回去——'我会跟随你们到天涯海角。'"②这是当伊妮丝为了避免所谓的教育机构强行地从自己身边带走大卫，而决意"逃亡"时，西蒙所表达的心意——无论去哪里，必将跟随至永远。这便是家庭是个人情感的归宿的最佳写照。"'那你是王后，西蒙是国王？我们是一家人了？'他和伊妮丝交换一下眼神。'类似家庭吧，'他说。"③"男孩靠向后背，看起来很开心。"④当西蒙向大卫说道，其实他们三人现在就像一个家庭的组合时，大卫甚是开心。实际上，这便是三者对家庭所萌生出共同的渴望。西蒙和伊妮丝带着大卫踏上逃亡的旅途，西蒙与伊妮丝之间的拌嘴由衷地像多年的老夫妻似的。"真像一对多年的夫妻，他暗自想道，我们从来没有在一张床上睡过，甚至没有接过吻，可是我们吵起架来就像是结婚多年的老夫老妻。"⑤

即使其三人在形式上表现为松散状态，没有组建实质意义上的家庭，但是从上述分析中，可以得知西蒙、大卫、伊妮丝早已有共同的精神归属。其陌生化的描写表现在：其一，西蒙的"寻母"主题竟然以"完成任务"为依托；其二，伊妮丝由惊讶到默认，直至认真地充当母亲的角色，其动机竟不得而知；其三，作为高智商的男童，大卫在认同母子关系时竟然不置可否。所以，西蒙、伊妮丝、大卫的家庭组合，是否彰显了一个崭新的、奇异的存在于空想的乌托邦社会的家庭伦理关系？

3. 人际伦理：关怀的社区与和谐的依存

"从关系的视角来看，人类被认为正在经历着对联系和情感纽带强烈的需求。这种联系以相互性为基础。"⑥在《耶稣的童年》中，关于人与人之间的关系，库切将大部分笔墨都用于描写与他人和谐依存，似乎刻意避免揭露出人际关系中不良的一面。"人与人之间的关系以及对这种关系的领悟和治理其实就是一种伦理关系。"⑦在每一个新的生活环境中，西蒙和大卫都被萦绕在浓浓的社区友爱之中。

码头上的工友互相友爱，互相帮助，绝不探究别人的过去，营造友爱的工作集体。

---

① ［澳］库切：《耶稣的童年》，文敏译，浙江文艺出版社 2013 年版，第 299 页。
② ［澳］库切：《耶稣的童年》，文敏译，浙江文艺出版社 2013 年版，第 283 页。
③ ［澳］库切：《耶稣的童年》，文敏译，浙江文艺出版社 2013 年版，第 279 页。
④ ［澳］库切：《耶稣的童年》，文敏译，浙江文艺出版社 2013 年版，第 280 页。
⑤ ［澳］库切：《耶稣的童年》，文敏译，浙江文艺出版社 2013 年版，第 288 页。
⑥ 修树新：《托妮·莫里森小说的文学伦理学批评》，东北师范大学 2009 年博士论文，第 62 页。
⑦ 张胜兰：《虹中人物之间的伦理关系》，载《"文学伦理学批评：文学研究方法新探讨"学术研讨会论文集》，2006 年，第 320 页。

相比起码头上其他的装卸工，西蒙年纪颇高，相应的身体素质也不比其他人好。因此，在装卸麻袋时，西蒙总是碍着别人；但工友们并没有嘲笑他、讥讽他，而是总鼓励西蒙，给予西蒙精神上的动力。"虽然他总是碍着别人，但他不觉得人家对他有什么敌意。相反，他们总会说几句给他打气的话，或是往他背后上亲热地拍一下。"①"码头上的工友都挺友善，可很奇怪的是他们一点都没有好奇心。没有人过问他们是从哪里来住在什么地方。"②西蒙刚刚来到一个新的工作环境，工友们和善的态度就已经铸就了一个温馨的工作环境；也正是得益于这些同伴们的关爱，西蒙在这个地方得以生存。③ 对于同伴要有爱心和责任心，方能构建一个和谐的集体。"然而，他们是他的同伴，他对他们给予良好的期望，觉得对这些人是有责任的，他劝他们不要循着错误的方向前行。"④面对将一袋袋沉甸甸的麻袋人工搬运到轮船上，西蒙质疑为何不采用搬运机。即使西蒙想到会被同伴们斥责，他也要义愤填膺地将其说出来，改变人工搬运的现状，提高工作效率，减轻工人劳动。

当西蒙和大卫搬进新的社区，埃琳娜和其儿子费德尔热忱地帮助西蒙和大卫。大卫搬进一个新的小区里找到一个好朋友时，西蒙为大卫感到十分开心。"你交了个新朋友这挺好，我很为你高兴。"⑤"'你和费德尔好像处得挺不错嘛。'跟母子俩分手后，他对男孩说。'他是我最好的朋友。'"⑥住进新区之后，他们并没有感到所谓的孤寂，埃琳娜和她的儿子给予了他们极大的关爱。虽然当伊妮丝做大卫母亲之后，就拒绝大卫与费德尔继续来往，这表现了些许自私，作为作品主人公的西蒙旁敲侧击地教导大卫，说道："……费德尔因为你不再跟他玩，感到很伤心呢。在我看来，你对待费德尔的态度很不对。事实上，是你对他太粗鲁。"⑦

人们彼此之间交织的关爱和支持是生活在一个集体社区中不可或缺的重要伦理元素。这种和谐依存的社区伦理关系大大地有别于现代社会的"功利"关系。但当此发生在一个乌托邦似的社会里，是否表现出对未来社会新型伦理关系的期许？

《耶稣的童年》中纷繁的伦理现象直接折射出库切所要表达的伦理抉择。在人世间平凡的生活中，我们应该毅然选择隐忍生活的艰难，坚护情感的归宿——家庭，与邻里保持友爱的良好关系。或许，库切之所以在此作中刻画众多的隐匿伦理学描写，是因为他想要传达的教义正是如此。

---

① [澳]库切：《耶稣的童年》，文敏译，浙江文艺出版社 2013 年版，第 15 页。
② [澳]库切：《耶稣的童年》，文敏译，浙江文艺出版社 2013 年版，第 25 页。
③ [澳]库切：《耶稣的童年》，文敏译，浙江文艺出版社 2013 年版，第 118 页。
④ [澳]库切：《耶稣的童年》，文敏译，浙江文艺出版社 2013 年版，第 123 页。
⑤ [澳]库切：《耶稣的童年》，文敏译，浙江文艺出版社 2013 年版，第 58 页。
⑥ [澳]库切：《耶稣的童年》，文敏译，浙江文艺出版社 2013 年版，第 62 页。
⑦ [澳]库切：《耶稣的童年》，文敏译，浙江文艺出版社 2013 年版，第 189 页。

结语

南非英语小说的现在与未来

南非文学尤其是南非的英语小说在 20 世纪的 100 年里成果卓著，成为世界文学中不可忽视的一支。在南非文学的谱系里不仅有英语文学，还有阿非利肯语文学、南非本地诸语种文学等 9 种本地语文学。在这个清单中，南非英语文学的表现最为突出。一方面，南非曾属于"英联邦"国家，与英国文学有着浓厚的文化渊源；另一方面，南非有一大批用英语创作的作家群和读者群。近年来，用英语创作的戈迪默、库切、莱辛（曾生活在南部非洲）接连获得诺贝尔文学奖，其他还有十数名作家分别获得英语文学布克奖及其他国际大奖，其文化影响力如同潮涌扑面而来。

一、南非英语文学：研究者的新宠

总体而言，我们对南非了解太少。现在是时候让民众，尤其是英语文学研究者关注一下南非了，原因如下：

第一，南非是"金砖国家"成员。中国政府于 2000 年提出召开"中非合作论坛：部长级会议"的倡议，得到非洲国家的热烈响应和广泛支持。中国一贯重视加强同非洲国家的团结与合作，这不仅有利于维护发展中国家的合法权益，而且也有利于世界的和平、稳定与发展。我国与非洲各国的经济与文化合作越来越多，从政府机构到民间企业团体，交流也越来越多，同时交往中也暴露出许多有关文化差异的问题，需要我们关注研究南非。

第二，英语文学领域南非很突出。一直以来，我国对英语世界的研究主要集中在英美国家，文学研究也集中在英美文学。后来学者扩大了研究范围，也只是增添了加拿大、澳洲等地的英语文学，对于其他国别的英语文学研究偏少。这直接导致我国普通民众缺乏有关非洲的文化知识。由于我国普通公民对非洲了解有限，往往简单地使用西方的价值观来替代非洲的价值观，因此在处理文化差异和文化矛盾时，造成误解的事件屡有发生，有的甚至引起群体性事件。

第三，南非的文化影响力极具典型性。在南部非洲，南非是一个非常重要的甚至是起领导作用的国度。南非前总统曼德拉追求自由的漫漫长路、南非举办的盛大的足球世界杯国际赛事、不断涌现的诺贝尔文学奖的获得者，这些可能是国人对南非仅有的理解。对南非文化的多方面构成的理解，尤其是英语文学对其文化影响力的掌握和理解，我们知之甚少。南非英语文学中，小说是最为喜闻乐见的文学创作，因此，致力于南非英语小说文化影响力的研究对全面掌握其文化特征显得特别重要。

二、时代趋向表征：深受西方马克思主义思潮熏染

本书采用以西方马克思主义理论的历史为维度、以不同种族作家创作为经度的"经纬相交"的方法，用马克思主义的唯物史观选取 20 世纪以来南非较有价值的英语小说，研究其创作趋向，考察这些作品对南非文化的影响力，并作出分类型的价值判断。这些优秀的作品不仅影响了南非国内的阿非利肯语文学（南非荷兰语）创作，影响了南非本地诸语种文学的书写，更大层面上还影响了南非国民的价值观，而这种价值观又与英国、美国主流价值观有着本质的区别。

从马克思主义的观点看，南非的 20 世纪，经历了殖民统治、种族隔离、艰苦的人权斗争等历史事件，到世纪末终于获得了不同种族间平等的民主政治体制。而 20 世纪的南非英语小说和小说家不同程度地受到西方马克思主义的影响，真实地表现出南非人民的斗争经历，反映 20 世纪的斗争历史。南非的英语小说肩负着历史责任，不仅向南非的国民，更向世界表达了他们的政治诉求。因此南非这一特殊现象成为整个非洲的典型代表。

本书主要按"历史维度"分阶段研究了整个 20 世纪的南非英语小说。

第一，骄傲的文学：20 世纪早期的南非英语文学。这一时期，是南非殖民地时期，英语小说的文化价值观在两次"英布战争"结束后与"大英帝国"的文化价值观基本一致，是一种"骄傲的文学"。在这一历史阶段里，由于以前的殖民统治和黑人的受教育水平有限，黑人的英文小说没有特别突出的成就，笔者选择白人作家博斯曼作为典型代表进行深入分析。博斯曼在南非英语小说的谱系里有着非常重要的影响力，同时，博斯曼的创作自身也经历了从早期的殖民主义倾向和价值观向反对殖民统治、追求平等的思想理念为书写内容的过渡和转变。

第二，觉醒的文学：世界大战期间的英语小说创作。第一次世界大战和第二次世界大战是 20 世纪全人类最大的历史事件，它们带给人类的痛苦和创伤对世界文学造成极大的影响。尤其是，南非人（包括白人和有色人种）加入宗主国英国的反战阵营，加入反世界法西斯同盟。战争中个体生命的牺牲与奉献，增强了平等意识。这种意识也体现在两次大战期间的英语文学创作上，当然英语小说也不例外。但正是由于两次大战，南非英语文学创作者拓展了国际视野，与殖民时期的文学开始分道扬镳。其特征可以归纳为"觉醒的文学"。笔者选择了多丽丝·莱辛和彼得·亚伯拉罕斯作为这一历史时期小说家的代表。一方面，这两位作家深受马克思主义影响，加入过共产主义组织，其创作期也很长，反映南非社会问题明显；另一方面，他们还分别是白人作家和黑人作家的代表。

第三，抗争的文学：种族隔离时期的英语小说创作。臭名昭著的南非种族隔离制度，使英语小说的创作呈现两个极端。一方面右翼文化代表者与阿非利肯语文学书写的

右翼代表沆瀣一气、同流合污，成为政治的共谋工具；另一方面以"南非的良心"戈迪默、库切、布林克等为代表的左翼作家奋力冲破文字审查，极力抗争，创作出大量的优秀作品。本书关注点当然是后者，以这一时期白人作家安德烈·布林克作为典型代表，因为其作品大量反映了种族隔离时期的不同种族间的矛盾与抗争。布林克的小说《菲莉达》《风中一瞬》《风言风语》在描写人的异化、"逃离自由"、社会批评倾向、乌托邦精神等方面表明作家也深受西方马克思主义影响。除此以外，在这一时期，南非出现"监狱中的文学"(库切语)的特殊现象。笔者选择了黑人杰出代表曼德拉及其传记作品《漫漫自由路》作为分析对象；以及有色人种代表布莱顿巴赫，及其监狱传记《一个白化病恐分子的真实自白》作为分析对象。他们的"压抑的表述"正是这一阶段现实历史的客观反映。尽管曼德拉不承认自己为马克思主义者，但受其思潮影响不容置疑。

第四，胜利的文学：曼德拉革命及执政期英语小说的创作。这一时期的南非英语小说可谓"斗争的文学"和"胜利的文学"。除去"白人写作"的左翼作家的英语小说创作之外，南非黑人和南非有色人种的英语创作的主题出现偏向"复仇"主题的表达，而这种表达一度出现"矫枉过正"，出现底层民众的"胜利的狂欢"。但另一方面，压抑了数百年的黑人的"复仇"，使南非的"农场故事"演变成白人的集体"梦魇"，甚至导致新时期的白人知识分子"疏离"或逃离，对南非文化影响巨大。笔者选择白人作家库切、戈迪默和黑人作家扎克斯·穆达作为典型代表，他们的英文小说创作不同程度地受到西方马克思主义影响，客观地反映了这一时期的英语作家群的创作倾向。特别是库切的《耻》是"农场小说"、黑人"复仇小说"、南非小说转型等的典型代表，这一小说曾引起较大争议。这些思想倾向一定程度上可以看作下一阶段知识分子"海外化"的直接诱因。库切的《彼得堡的大师》与陀思妥耶夫斯基的作品互文，影射了南非的"非国大"的革命现状如同俄国大革命前夕的躁动；穆达用伦理意识与文化杂糅批评社会同时也为未来开出药方；戈迪默也用异化主题反映现实，而且直接在作品中反映共产党组织的艰苦斗争。

第五，疏离的文学：后曼德拉时期的英语小说创作。黑人执政以后的时期，南非英语小说一度"海外化"，甚至出现"疏离的文学"。许多南非英语小说家移居美国、英国、澳大利亚等地，继续为世界文学奉献经典，如莱辛、库切、博埃默等；同时，南非的政治、经济、文化的国际化，尤其是英语小说的创作传统及其文化影响力使本地文学创作继续发扬光大，精品辈出。移居英国后的莱辛仍笔耕不止，库切的《迈克尔 K 的生活与时代》以及最新"耶稣系列小说"依托未知空间设定乌托邦世界，博埃默的《血族》的未来畅想等，都深深地烙上了西方马克思主义的痕迹。但从统计上看，移居海外的主要是白人作家(种族隔离时期被迫流亡海外后因各种原因滞留的除外)，这种现象表明白人知识分子对黑人民主政治的不信任，也从侧面证明西方马克思主义对南非左翼知识分子的信念影响的力度不足。

三、未来研究焦点：尚需深挖和拓展

南非的黑人作家从总体上看，在国际各种大奖里明显少于白人。它首先表明整个世

200

界仍带有各种不同程度的种族歧视，同时，英语文学的价值取向可能仍然是欧洲中心的。复杂的种族问题在南非从来都是文化分析的焦点。从"种族经度"研究，以上各个时期的英语小说创作呈现出不同的特质：

第一，白人写作：白人英语小说写作在不同时期呈现的特质是变化极大。不同时期的白人写作的文化偏向从维护既得利益者、南非殖民者的文化观，到"帝国流散知识分子"的文化抉择的困惑，呈现了多个侧面，这些文化定位的纷争是构成英语小说创作的文化影响力的重要方面。

第二，黑人写作：以穆达、曼德拉、布莱顿巴赫等为代表的南非黑人英语小说创作特征一直是"压抑的文学"或"抗争的文学"。在殖民时期、世界大战时期、种族隔离时期、曼德拉革命及执政期均表现了强劲的斗争姿态。

第三，其他有色人种写作：南非的有色人种的英语小说创作特征以布莱顿巴赫为代表，既与黑人英语小说有共同之处，又有与白人写作文化定位相左的体现。他们的小说创作体现的特征是"困惑的文学"。

由于本书的写作必须统一在"唯物史观"（历史维度）之下，也为了说明各个时段的不同特征，故采用年代时序的逻辑划分章节，成果在表述时，将"种族经度"融入各个历史时期进行描述。即，在每一个历史时期，都关注不同种族的英语作家，并就其受西方马克思主义的不同影响进行了分析。由于精力和视野有限，本书对南非的研究常常挂一漏万，许多作家作品、问题意识尚有分支有待厘清。期望有更多的爱好者加入研究的队伍，使这一视野能够更加扩大，研究能够更加深入。

不管我们愿意不愿意，南非的英语文学已经成为世界英语文学或者世界文学的重要组成部分。在南非，英语是属于西方人的语言，南非的本族语不能用某一种语言进行统一成为通用语。英语作为南非共和国的官方语言之一，同时又兼具国际通用语言的功能，随着全球化浪潮迭起，越来越多的南非人会选择学习英语。研究表明，在21世纪的当代南非，大多说阿非利肯语的人（大多数是白人或有色人中的贵族）已经学习了英语。受到良好教育的黑人和其他有色人种也选择了英语。人的生命离不开文学，而文学影响了政治，影响了人们的价值观，从而影响所有的社会生活。

在20世纪，曼德拉受到西方马克思主义的影响反感"斯大林主义"，采用了"非暴力"、和平过渡，选择了私有制和资本主义，将南非的工业、金融、经济纳入西方体系，投入到西方的怀抱，可南非的社会和经济现状实在不容乐观。21世纪，南非加入了"金砖国家"，参与了"一带一路"，中国的腾飞和复兴是否会影响南非的生活、南非的文学、南非的政治、南非的社会？

附录一　20世纪受马克思主义影响的
南非英语作家索引

英文姓名	中文译名	活动年代	活动方式
Abrahams, Peter	彼得·亚伯拉罕斯	20世纪40年代	与英国共产党组织关系密切
Altman, Phyllis	菲利斯·奥尔特曼	20世纪50年代	受共产党影响流亡海外，为党报《战斗宣言》写小说，宣传马克思主义
Brink, Andre	安德烈·布林克	20世纪60年代	受加缪影响，大量书写种族斗争、政治斗争主题
Brutus, Dennis	丹尼斯·布鲁塔斯	20世纪50至60年代	宣传共产主义
Cronin, Jeremy	杰里米·克罗宁	20世纪70年代	共产党组织内任职
Dangor, Achmat	阿契迈特·丹戈尔	1980年至今	受西方马克思主义影响大量书写种族斗争、剥削压迫主题，为进步刊物《跨杆者》供稿
Gordimer, Nadine	纳丁·戈迪默	20世纪70年代以后	大量描写共产党组织活动
Head, Bessie	贝茜·海德	20世纪70至80年代	供职《鼓》，受《反共产主义法案》迫害流亡海外
Kgositsile, Keorapetse	克拉佩斯·考斯尔	20世纪80年代	受《反共产主义法案》迫害流亡海外
Kirkwood, Mike	迈克·柯克伍德	1978年至今	进步刊物《跨杆者》创始人

英文姓名	中文译名	活动年代	活动方式
Kunene, Danniel	丹尼尔·库尼尼	20 世纪 60 年代	反种族隔离反压迫，受《反共产主义法案》迫害流亡海外
Kunene, Mazisi	马兹西·库尼尼	20 世纪 90 年代	反种族隔离反压迫，受《反共产主义法案》迫害流亡海外
La Guma, Alex	拉·古玛	1948 年至今	加入共产党
Lessing, Doris	多丽丝·莱辛	1945 年至今	加入共产党，同年嫁给德国共产党员莱辛
Maponya, Maishe	麦西·马蓬亚	20 世纪 80 年代	受西方马克思主义影响大量书写种族斗争、政治斗争主题，为进步刊物《跨杆者》供稿
Matlou, Joel	乔尔·马特鲁	20 世纪 80 年代	受西方马克思主义影响大量书写种族斗争、剥削压迫主题，为进步刊物《跨杆者》供稿
Matshikiza, Todd	托德·马特史克扎	20 世纪 50 年代	左翼刊物《鼓》专栏作家
Matshoba, Mtutuzeli	姆图图泽里·马舒巴	1970 年至今	受西方马克思主义影响大量书写种族斗争、剥削压迫主题，为进步刊物《跨杆者》供稿
Mda, Zakes	扎克斯·穆达	20 世纪 80 年代	受西方马克思主义影响大量书写种族斗争主题
Modisane, Bloke	布洛克·莫迪塞尼	20 世纪 60 年代	左翼刊物《鼓》专栏作家、记者
Moseko, Bheki	贝奇·马瑟库	20 世纪 80 年代	受西方马克思主义影响大量书写种族斗争、政治斗争主题，为进步刊物《跨杆者》供稿
Mutloatse, Mothobi	莫托比·穆特娄斯	20 世纪 80 年代	进步刊物《跨杆者》作家，大量书写黑人觉醒、革命主题

续表

英文姓名	中文译名	活动年代	活动方式
Mzamane, Mbulelo	姆布勒娄·姆扎马尼	1980年至今	受西方马克思主义影响大量书写种族斗争、剥削压迫主题,为进步刊物《跨杆者》供稿
Nakasa, Nat	奈特·那卡萨	20世纪50至60年代	左翼刊物《鼓》作家,加入共产党
Nkosi, Lewis	刘易斯·恩科西	20世纪60年代	左翼刊物《鼓》内任职
Paton, Alan	阿兰·佩顿	20世纪60至80年代	加入南非自由党,与共产党多有联系,书写政治斗争主题
Sole, Kelwyn	埃尔温·索莱	20世纪80年代	受马克思主义影响书写政治斗争主题
Themba, Danial	丹尼尔·滕巴	1966年至今	加入共产党
Van Wyk, Christopher	范·维克	1970年至今	在《跨杆者》任编辑,发表斗争主题小说诗歌

附录二 20世纪移居海外的南非英语作家索引

英文姓名	中文译名	生卒年	移居(定居)地
Abrahams, Peter	彼得·亚伯拉罕斯	1919—2017	英国、牙买加
Adams, Peter Robert	彼得·罗伯特 亚当	1933—	英国
Becker, Jillian	吉利安·贝克	1932—	英国伦敦
Behr, Mark	马克·贝尔	1963—	美国新墨西哥
Benson, Mary	玛丽·班森	1919—2000	英国伦敦
Boehmer, Elleke	艾勒克·博埃默	1961—	英国牛津
Breytenback, Breyten	布莱顿·布莱顿巴赫	1939—	法国巴黎
Brutus, Dennis	丹尼斯·布鲁塔斯	1924—2009	英国伦敦、美国丹佛
Camplell, Roy	罗伊·坎贝尔	1901—1957	英国、法国、葡萄牙
Cartwright, Justin	贾斯汀·卡特怀特	1945—	英国伦敦
Christianse, Yvette	伊薇特·克里斯汀瑟	1954—	澳大利亚、美国纽约
Cloete, Stuart	斯图尔特·克洛伊特	1879—1976	英国
Coetzee, John Maxwell	约翰·库切	1940—	澳大利亚阿德雷德
Cope, Jack	杰克·柯普	1931—1991	英国
Couzyn, Jeni	杰妮·卡金	1942—	英国伦敦、加拿大
Dixon, Isobel	伊莎贝尔·迪克森	1969—	英国伦敦
Du Toit, Basil	巴泽尔·杜·托伊特	1951—	英国伦敦
Fairbridge, Kingsley	金斯利·费尔布里奇	1885—1924	澳大利亚
Fugard, Lisa	丽莎·富加德	1961—	美国加州
Hirson, Denis	丹尼斯·希尔森	1951—	法国
Hope, Christopher	克里斯托弗·霍普	1944—	英国伦敦

续表

英文姓名	中文译名	生卒年	移居(定居)地
Jakobson，Dan	丹·雅各布森	1929—	英国伦敦
James，Alan	艾兰·詹姆斯	1947—	澳大利亚
La Guma，Alex	拉·古玛	1925—1985	英国伦敦、古巴
Landsman，Anne	安妮·兰兹曼	1969—	美国纽约
Lang，Graham	格拉哈姆·朗	1956—	澳大利亚
Lessing，Doris	多丽丝·莱辛	1919—2013	英国
Malan，Rian	里安·马兰	1954—	1979年美国，1985年回南非
Matshikiza，Todd	托德·马特史克扎	1922—1968	英国
McClure，James	詹姆斯·麦克卢尔	1940—	英国
Naidoo，Beverley	贝弗利·奈度	1943—	英国
Ngcobo，Lauretta	劳蕾塔·恩格科博	1932—	英国伦敦
Nkosi，Lewis	刘易斯·恩科西	1936—	英国、美国
Nortje，Arthur Kenneth	亚瑟·诺杰	1942—1970	加拿大、英国
Penny，Sarah	莎拉·佩妮	1970—	英国伦敦
Roberts，Sheila	希拉·罗伯茨	1937—2009	美国威斯康辛
Rooke，Daphne	达芙妮·鲁克	1914—2009	澳大利亚
Scholefield，Alan	艾伦·斯科菲尔德	1931—2017	英国英格兰
Skinner，Douglas	道格拉斯·斯金纳	1949—	英国伦敦
Smith，Pauline Jenet	保罗因·珍·史密斯	1882—1959	英国多塞特郡
Swift，Mark	马克·斯威夫特	1946—	英国
Zwi，Rose	罗斯·兹维	1928—	澳大利亚悉尼

附录三　课题组发表的论文、著作、译著

（课题组主持人蔡圣勤和主要成员承担课题期间发表的成果）

论文：

1.《〈彼得堡大师〉中的忏悔与反思——基于库切与陀氏互文性的比较研究》，《江汉论坛》，2016 年第 1 期，第 108-112 页，CSSCI。

2.《穆达小说对南非社会违伦乱象的反思与批判》，《华中学术》，2017 年第 4 辑（总20），第 10-21 页，CSSCI。

3.《论布林克小说中的人性异化和逃离自由》，《山东社会科学》，2016 年第 4 期，第 85-92 页，CSSCI。

4.《论布林克〈菲莉达〉创作中的西方马克思主义思潮的影响》，《中国社会科学院研究生院学报》，2015 年第 5 期，第 115-119 页，CSSCI。

5.《西方马克思主义视域下的库切后期创作读解》，《华中学术》2015 年第 11 辑，第 19-30 页，CSSCI。

6.《论库切后期小说创作的多元性书写》，《中国社会科学院研究生院学报》，2014 年第 4 期，第 92-96 页，CSSCI。

7.《论戈迪默后期作品的异化主题》，《湖北社会科学》，2016 年第 1 期，第 141-148 页，CSSCI。

8.《伦理困境：〈耶稣的童年〉中乌托邦社会的表征》，《社会科学家》，2015 年第 5 期，第 133-136 页，CSSCI。

9.《库切与陀氏的跨时空对话——〈彼得堡的大师〉与群魔的互文关系》，《文艺争鸣》，2014 年第 2 期，第 162-167 页，CSSCI。

10.《论莱辛小说的女性之"逃离自由"，〈中国非洲研究评论〉》，2018 年第 1 辑，北京大学非洲研究中心编辑出版。

11.《布林克新作〈菲莉达〉的文学伦理学解读》，《贵州民族大学学报》，核心期刊，2015 年第 2 期。

12.《历史的重构与文化的杂糅：穆达小说之后殖民解析》，《贵州大学学报》，核心期刊，2017 年第 4 期，第 152-159 页。

13.《〈迈克尔·K 的时代与生活〉之空间研究》，《山东外语教学》，核心期刊，2018 年第 2 期，第 78-87 页。

14.《库切与陀氏小说中的忏悔与救赎——基于互文性的比较研究》，《贵州大学学报》，

核心期刊，2018 年第 1 期，第 139-145 页。

15. 《论戈迪默〈新生〉中的三重伦理关系》，《贵州大学学报》，核心期刊，2016 年第 4 期，第 161-166 页。

16. 《论戈迪默小说〈邂逅者〉的生态美学意识》，《长江大学学报》，2016 年 3 月第 2 期，第 17-22 页。

17. 《多丽丝·莱辛〈另外那个女人〉中的女性形象分析》，《文学教育》，2016 年第 8 期，第 26-27 页。

18. 《南非作家扎克斯·穆达〈与黑共舞〉伦理学解读》，《楚雄师范学院学报》，2016 年第 8 期，第 71-74 页。

19. 《〈天黑前的夏天〉中的西马式乌托邦空间》，《太原大学学报》，2017 年第 2 期，第 80-83 页。

20. 《为被禁言和沉默的历史发声——布林克〈魔鬼山谷〉中的南非历史再现》，《外国语文研究》，2019 年 4 月，第 33-40 页。

21. 《论库切"耶稣系列"小说中乌托邦社会的建构》，《外国文学研究》，2019 年 8 月第 4 期，第 138-150 页。

专著：

22. 蔡圣勤：《论库切写作的实验性创新与现代主义表征》，武汉大学出版社，2017 年 6 月。

23. 罗晓燕：《库切的后期创作与西马思潮的影响》，武汉大学出版社，2017 年 4 月。

译著：

24. 蔡圣勤等译：《哥伦比亚南非英语文学导读（1945——　）》（康维尔等著），武汉大学出版社，2017 年 8 月。

25. 蔡圣勤等译：《食人神话：基于人类学与食人族传说的研究》（美国威廉·艾伦斯著），武汉大学出版社，2018 年 7 月。

获取课题立项：

项目主要成员胡忠青获得：教育部人文社科青年基金项目《西方马克思视域下戈迪默小说研究》（编号 17YJC752008）资助

获奖：

蔡圣勤：论库切后期小说创作的多元性书写，（《中国社会科学院研究生院学报》，2014 年第 4 期）荣获湖北省外国文学学会第九届（2013—2014 年度）科研成果奖论文类一等奖，2015 年 6 月。

参 考 文 献

Abbas, Ackbar. "Metaphor and History," in *Rewriting Literary History*, ed. Tak-Wai Wong and M. A. Abbas. Hong Kong, China: Hong Kong University Press, 1984.

Abrahams, Peter. *Tell Freedom*. London: Faber, 1954.

Andersen, M. C. "Colonialism and Calvinism in Bosman's South Africa". *The European Legacy*, 1997, 2(1): 127-132.

Abdul, R. Jan Mohammed. *Manichean Aesthetics*. Amherst: University of Massachusetts Press, 1983.

Appiah, Kwame Anthony. "The Hybrid Age?" *Times Literary Supplement*, *TLS*, 1994, 5(5).

Ashcroft, Bill. *The Empire Writes Back: Theory and Practice in Post-Colonial Literatures*. London: Routledge, 1989.

Ashcroft, Bill, et al. (eds.) *Post-Colonial Studies: The Key Concepts*. London and New York: Routledge, 2000: 12-14.

Attwell, David. "The Problem of History in the Fiction of J. M. Coetzee". *Poetics Today*, 1990, 11(3): 579-615.

Attwell, David & J. M. Coetzee. *South Africa and Politics of Writing*. Oakland, CA: California UP & David Philip, 1993.

Attwell, David. *The Cambridge History of South African Literature*. London: Cambridge UP, 2012.

Attwell, David. "South African Literature in English", *The Cambridge History of African and Caribbean Literature*. F. Abiola Irele and Siman Gikandi (eds.). Cambridge: Cambridge University Press, 2004: 504-510.

Attwell, David. *Rewriting Modernity: Studies in Black South African Literary History*. Scottsville: University of KwaZulu-Natal Press, 2005.

Attwell, David. "Fugitive Pieces: Es'kia Mphahlele in the Diaspora". *Rewriting Modernity*, 111-136.

Attwell, David. *J. M. Coetzee and the Life of Writing*. Oxford: Oxford University Press, 2015.

Attridge, Derek. *The Singularity of Literature*. Oxford: Routledge, 2004: 111-118.

Attridge, Derek. "Expecting the Unexpected in Coetzee's Master of Petersburg and Derrida's Recent Writings." *Applying: To Derrida*. John Brannigan et al. (eds.). Basingstoke and London: Macmillan, 1996: 21-41.

Baker, John F. "André Brink: In Tune with His Times". *Contemporary Literary Criticism*, 1996(25): 50-51.

Bakhtin, Mikhail. *Problem of Dostoevsky' Poetics*. Caryl Emerson (trans.). Manchester: Manchester University Press, 1984.

Bakhtin, Mikhail. *The Dialogical Imagination*. Caryl Emerson and Michael Holquist (trans.). Holquist(ed.). Austin: University of Texas Press, 1981.

Baker, John F. "André Brink: In Tune with His Times". *Contemporary Literary Criticism* 25, 1996: 50-51.

Bartolovich, Crystal. et al. (eds.). *Marxism, Modernity and Postcolonial Studies*. Cambridge: Cambridge Univeresity Press, 2002.

Benson, Eugene & L. W. Conolly (ed). *Encyclopedia of Post-Colonial Literatures in English*. 2nd ed. Oxford: Routledge, 1994.

Behr, Mark. The Smell of Apples. London: Abacus, 1995.

Bhabha, K. Homi. "The Other Question: Difference, Discrimination and the Discourse of Colonialism". *Literature, Politics and Theory: Papers from the Essex Conference*. Francis Barker et al. (eds.). London and New York: Methuen, 1986: 76.

Bhabha, Homi K. *The Location of Culture*. London and New York: Routledge, 1994.

Bhabha, Homi K. "Signs Takenfor Wonders-questions of Ambivalence and Authority Under a Tree Outside Delhi". *Critical Inquiry*, 1817, 12(1): 102-103.

Bhabha, Homi K. "Between Identities". *International Yearbook of Oral History and Life Stories: Volume III, Migration and Identity*. Rina Benmayor and Andor Skotnes(eds.). New York: Oxford University Press, 1994: 183-199.

Bhabha, Homi K. *The Post-colonial Question: Common Skies, Divided Horizons*. London: Routledge: 1996.

Blacklaws, Troy. Karoo Boy. Cape Town: Double Storey, 2004.

Biko, Steve. *I Write What I Like*. London: Heinemann, 1978.

Bloch, Ernst. *Abschied von der Utopoie*. Frankfurt a. M., 1980.

Bosman, Herman Charles. The Urge of the Primordial. *The Umpa*, 1925, 10(34, 35).

Bosman, Herman Charles. *The Collected Works*. Bergvlei: Jonathan Ball, 1983.

Bosman, Herman Charles. "Jacaranda in the Night". *The Collected Works*. Bergvlei: Jonathan Ball, 1983.

Bosman, Herman Charles. *Mafeking Road and Other Stories*. Cape Town: Human & Rousseau, 1998.

Bosman, Herman Charles. Willemsdorp. *The Collected Works*. Bergvlei: Jonathan Ball, 1983.

Boehmer, Elleke. *Colonial and Postcolonial Literature*. London: Oxford University Press, 2005.

Boehmer, Elleke. "Endings and New Beginnings: South African Fiction in Transition". *Writing South Africa: Literature, Apartheid, and Democracy, 1970-1995*. Derek Attridge and

Rosemary Jolly(ed.). Cambridge: Cambridge University Press, 1998: 43-56.

Bower, Colin. "New Claims Against Krog". *Mail & Guardian*, 2006, 3(3-9).

Breytenbach, Breyten. *The True Confessions of an Albino Terrorist*. Johannesberg: Taurus, 1984.

Brink, André. "After Apartheid: Andre Brink". *Times Literary Supplement*, 1990(2).

Brink, André. *Philida*. London: Vintage, 2012.

Brink, André. *Rumors of Rain*. Chicago: Sourcebooks Landmark, 2008.

Brink, André. *An Instant in the Wind*. Chicago: Sourcebooks Landmark, 2007.

Brink, André. "Interrogating Silence: New Possibilities Faced by South African Literature". *Writing South Africa: Literature, Apartheid, and Democracy, 1970-1995*. Derek Attridge and Rosemary Jolly(eds.) Cambridge: Cambridge University Press, 1998.

Brink, André. *The First Life of Adamastor*. London: Secker & Warburg, 1993.

Brink, André. *Imaginings of Sand*. London: Secker & Warburg, 1996.

Brink, André. *Devil's Valley*. London: Secker & Warburg, 1998.

Brink, André. *Praying Mantis*. London: Secker & Warburg, 2005.

Brown, Ella. Reactions to Western Values as Reflected in African Novels. *Phylon* (1960-), 1987, 48(3): 216-228.

Budhos, Shirley. *The Theme of Enclosure in Selected Works of Doris Lessing*. New York: The Whitson Publishing Company, 1987.

Butler, Guy. *Collected Poems*. Laurence Wright(ed.). Cape Town: David Philip, 1999.

Chapman, Michael. *Southern African Literatures: An Introduction*. London: Longman, 1996.

Chapman, Michael. "The Liberated Zone: The Possibilities of Imaginative Expression in a State of Emergency". *English Academy Review*, 1988, 5(23-53).

Chapman, Michael. (ed.) *The Drum Decade: Stories from the 1950s*. 2nd ed. Pietermaritzburg: University of Natal Press, 2001.

Chapman, Michael. "Writing in a State of Emergency". *Southern African Review of Books*, 1988(12), 1989(1).

Chapman, Michael. "The Liberated Zone: The Possibilities of Imaginative Expression in a State of Emergency". *English Academy Review*, 1988(5): 23-55.

Clingman, Stephen R. *The Novels of Nadine Gordimer: History from the Inside*. Johannesburg: Ravan, 1986.

Clingman, Stephen R. "Novel (South Africa)". *Encyclopedia of Post-Colonial Literatures in English*. Eugene Benson and L. W. Connolly(ed.). London: Routledge, 1994.

Clouts, Sydney. *Collected Poems*. M. Clouts and C. Clouts(eds.). Cape Town: David Philip, 1984.

Cornejo, Marcela. "Political Exile and the Construction of Identity: A Life Stories Approach." *Journal of Community & Applied Social Psychology*, 2008, 18(4): 333-348.

Coetzee, J. M. "Confession and Double Thoughts: Tolstory, Rousseau, Dostoevsky". *Comparative Literature*, 1985, 37(3): 193-232.

Coetzee, J. M. "The Great South African Novel". *Leadership SA 2*, 1983(4).

Coetzee, J. M. "Jerusalem Prize". *Leadership SA 2*, 1983(4).

Coetzee, J. M. "The Novel Today". *Upstream*, 1988, 6(1): 2.

Coetzee, J. M. *Dusklands*. Johannesburg: Ravan, 1974.

Coetzee, J. M. *In the Heart of the Country: A Novel*. Johannesburg: Ravan, 1978.

Coetzee, J. M. *Waiting for the Barbarians*. Johannesburg: Ravan, 1981.

Coetzee, J. M. *Life & Times of Michael K.* Johannesburg: Ravan, 1983.

Coetzee, J. M. *Diary of a Bad Year*. London: Harvill Secker, 2007.

Coetzee, J. M. *Foe*. Johannesburg: Ravan, 1986.

Coetzee, J. M. *Age of Iron*. London: Secker & Warburg, 1990.

Coetzee, J. M. *Doubling the Point: Essays and Interviews*. David Attwell (ed.). Cape Town: David Philip, 1992.

Coetzee, J. M. *The Master of Petersburg*. London: Secker & Warburg, 1994.

Coetzee, J. M. *Boyhood: Scenes from Provincial Life*. London: Secker & Warburg, 1997.

Coetzee, J. M. *Disgrace*. London: Secker & Warburg, 1999.

Coetzee, J. M. *The Lives of Animals*. Amy Gutmann (ed.). Princeton: Princeton University Press, 1999.

Coetzee, J. M. *Youth*. London: Secker & Warburg, 2002.

Coetzee, J. M. *Elizabeth Costello: Eight Lessons*. London: Secker & Warburg, 2003.

Coetzee, J. M. *Slow Man*. London: Secker & Warburg, 2005.

Coetzee, J. M. *Inner Workings: Literary Essays 2000-2005*. London: Harvill Secker, 2007.

Coetzee, J. M. *Stranger Shores: Essays 1986-1989*. London: Secker & Warburg, 2001.

Coetzee, J. M. *White Writing: On the Culture of Letters in South Africa*. New Haven and London: Yale University Press. 1988.

Conrad, Joseph. *Heart of Darkness*. Harmondsworth: Penguin, 1978.

Cornwell, Gareth. "Evaluating Protest Fiction". *English in Africa*, 1980, 7(1): 51-70.

Cornwell, Gareth; Klopper, Dirk; MacKenzie, Craig. *The Columbia Guide to South African Literature in English Since 1945*. New York: Columbia University Press, 2010.

Cronin, Jeremy. "Three Reasons for a Mixed, Umrabulo, Round-the-Corner Poetry". *Even the Dead: Poems, Parables and a Jeremiad*. Cape Town: Mayibuye Books and David Philip, 1997.

Crapanzano, Victor. *Waiting: The Whites of South Africa*. New York: Vintage, 1986.

Davis, Rebecca. *Unstable Ironies: Narrative Instability in Herman Charles Bosman's "OomSchalk Lourens" Series*. Grahamstown, South Africa: Rhodes University, 2006. (MA thesis).

De Klerk, W. A. "An Afrikaner Revolution". *The Afrikaners*. Edwin S. Munger(ed.). Cape Town: Tafelberg, 1979.

De Klerk, W. A. *The Puritans in Africa: A Story of Afrikanerdom*. London: Rex Collings, 1978.

De Kok, Ingrid. *Familiar Ground*. Johannesburg: Ravan, 1988.

Dangor, Achmat. *Waiting for Leila*. Johannesburg: Ravan, 1981.

Dangor, Achmat. *Kafka's Curse*. Cape Town: Kwela Books, 1997.

Dangor, Achmat. *Bitter Fruit*. Cape Town: Kwela Books, 2001.

De Kock, Leon. "South Africa in the Global Imaginary: An Introduction". *South Africa in the Global Imaginary*. Leon de Kock, Louise Bethlehem, and Sonja Laden(eds.). Pretoria: UNISA Press, 2004.

De Kock, Leon. "Does South African Literature Still Exist? Or: South African Literature Is Dead, Long Live Literature in South Africa". *English in Africa*, 2005, 32(2): 69-83.

De Kock, Leon. "'Naming of Parts', or, How Tings Shape Up in Transcultural Literary History". *Literator*, 2005, 26(2): 1-15.

Diala, Isidore. "André Brink and the Implications of Tragedy for Apartheid SouthAfrica". *Journal of Southern African Studies*, 2003(29): 903-919.

Diala, Isidore. "Biblical Mythology in André Brink's Anti-Apartheid Crusade". *Research in African Literatures*, 2000(31): 80-94.

Diala, Isidore. "History and the Inscriptions of Torture as Purgatorial Fire in Andre Brink's Fiction". *Studies in the Novel*, 2002(34): 60-80.

Diala, Isidore. "André Brink and Malraux". *Contemporary Literature*, 2006, (47): 91-113.

Dovey, Teresa. "The Novels of J. M. Coetzee: Lacanian Allegories". *Journal of Literary Studies*, 1988, 4(3).

Dostoevsky, Fyodor M. *Devils*. Michael R. Katz(trans.). Oxford: Oxford University Press, 1992.

Dostoyevsky, Fyodor M. *The Possessed*. Avrahm Yarmolinsky(trans.). New York: Modern Library, 1872.

Eagleton, Terry. *Literary Theory: An Introduction*. Oxford: Basil Blackwell, 1983.

Eder, Richard. "Doing Dostoevsky". Review of *The Master of Petersburg*. *Los Angeles Times* 20 Nov. 94.

Fanon, Frantz. *Studies in a Dying Colonialism*. Haakon Chevalier(trans.). London: Earthscan Publications, 1989.

Fanon, Frantz. *The Wretched of the Earth*. Constance Farrington(trans.). New York: Grove, 1968.

Fanon, Frantz. *The Wretched of the Earth*. Constance Farrington(trans.). Penguin: London, 1990.

Forster, E. M. *A Passage to India*. Harmondsworth: Penguin, 1971.

Fromm, E. *On Disobedience and Other Essays*. London: Routledge & Keganpaul Plc, 1984.

Gilbert, Harriett. "Heir Apparent". Review of *The Master of Petersburg*. *New Statesman and Society*, 1994, 25(2).

Gray, Stephen. *Southern African Literatures: An Introduction*. Cape Town: David Philip, 1979.

Gallagher, Susan VanZanten. "Historical Location and the Shifing Fortunes of Cry, the Beloved Country". *African Writers and Their Readers: Essays in Honor of Bernth Lindfors*. Trenton, N. J.: Africa World Press, 2002.

Gikandi, Simon. *Encyclopedia of African Literature*. London: Routledge, 2003.

Gordimer, Nadine. *The Late Bourgeois World*. Harmondsworth: Penguin, 1982.

Gordimer, Nadine. "Living in the Interregnum". *The Essential Gesture: Writing, Politics, Places*. New York: Penguin, 1989: 285-300.

Gordimer, Nadine. *The House Gun*. London: Bloomsbury Publishing, 1999.

Gordimer, Nadine. *Writing and Being*. Cambridge: Harvard University Press, 1995.

Gordimer, Nadine. *The Essential Gesture: Writing, Politics and Places*. Stephen Clingman (ed.). London: Jonathan Cape, 1988.

Gordimer, Nadine. *Call Me Woman*. Johannesburg: Ravan, 1985.

Greshoff, Jan. *The Last Days of District Six*. Cape Town: District Six Museum, 1996.

Galgut, Damon. *Small Circle of Beings*. Johannesburg: Lowry, 1988

Galgut, Damon. *The Beautiful Screaming of Pigs*. London: Scribners, 1991.

Gorky, Maxim. "Comments on Socialist Realism by Maxim Gorky and Others". *Documents of Modern Literary Realism*. George J. Becker (ed.). Princeton: Princeton University Press, 1963: 486-489.

Heywood, Christopher. *A History of South African Literature*. Cambridge: Cambridge University Press, 2004.

Harris, Michael T. "Outsiders and Insiders: Perspectives of Third World Culture". *British and Post-Colonial Fiction*. Bloomington: Indiana University, 1986.

Hawthorne, Nathaniel. *The Scarlet Letter and Other Tales*. Thomas E. Connolly (ed.). Harmondsworth: Penguin, 1971.

Hammond, Dorothy& Alta Jablow. *The Africa that Never Was: Four Centuries of British Writing About Africa*. New York: Twayne, 1970: 114-115.

Hutchinson, Alfred. *Road to Ghana*. London: Gollancz, 1960.

Nakasa, Nat. *The World of Nat Nakasa*. Johannesburg: Ravan, 1985.

Hope, Christopher. *A Separate Development*. Johannesburg: Ravan, 1980

Hope, Christopher. *Private Parts and Other Stories*. London: Routledge & Kegan Paul, 1982.

Holloway, M. K. *Zakes Mda's Plays: The Art of the Text in the Context of Politics*. Durban: University of Natal, 1988.

Huddart, David. *Homi K. Bhabha*. London and New York: Routledge, 2006.

Innes, C. L. *The Cambridge Introduction to Postcolonial Literature in English*. London: Cambridge University Press, 2007.

Jacobson, Dan. *The Trap and A Dance in the Sun*. Harmondsworth: Penguin, 1968: 140-141.

Jakobson, Roman. "Closing Statement: Linguistics and Poetics". *Style in Language*. Thomas A. Sebeok (ed.). Cambridge, Mass: MIT Press, 1960: 350-377.

Don Mattera. *Memory Is the Weapon*. Johannesburg: Ravan, 1987.

Jameson, Fredric. *Metacommentary*. PMLA, 1971, 86(1): 9-17.

Jameson, Fredric. "Third-World Literature in the Era of Multinational Capitalism". *Social Text*, 1986(15): 65-88.

Wagner, Kathrin. *Rereading Nadine Gordimer: Text and Subtext in the Novels*. Bloomington: Indiana University Press, 1994: 16-18.

Kakutani, Michiko. "Dostoevsky's Life as a Departure Point". Review of *The Master of Petersburg*. New York Times, 1994, 11(18): C35.

Kester, Norman G. *From Here to District Six: A South African Memoir with New Poetry, Prose and Other Writings*. Toronto: District Six Press, 2000.

Kruger, Loren. "'Black Atlantics', 'White Indians' and 'Jews': Locations, Locutions, and Syncretic Identities in the Fiction of Achmat Dangor and Others". *Scrutiny* 2, 2002, 7(2): 39.

Kermode, Frank. *History and Value*. Oxford: Clarendon Press, 1988.

Kossew, S. *Pen and Power: A Post-colonial Reading of J. M. Coetzee and Andre Brink*. Amsterdam: Rodopi, 1996.

Kossew, Sue. *Writing Woman, Writing Place: Contemporary Australian and South African Fiction*. London & New York: Routledge, 2004.

Krog, Antjie. *Country of My Skull*. London: Jonathan Cape, 1998: 42-43.

Krog, Antjie. "Stephen Watson in the Annals of Plagiarism". *New Contrast*, 2006, 34(5): 72-77.

La Guma. *A Walk in the Night*. London: Heinemann, 1967.

Leech. "The Implications of Tragedy". L. Lerner (ed.). *Shakespeare's Tragedies*, 285-298.

Lessing, Doris. *Under My Skin*. New York: Harper Collins Publishers, 1994.

Langa, Mandla. *The Memory of Stones*. Cape Town: David Philip, 2000.

Leatherbarrow, W. J. "The Devils inthe Context of Dostoevsky's Life and Works". *Dostoevsky's The Devils: A Critical Companion*. W. J. Leatherbarrow (ed.). Illinois: Northwestern University Press, 1999: 3-59.

Lawrence. *A Propos of Lady Chatterley's Lover*. London: Mandrake Press, 1930: 9-10.

Lombardozzi, Litzi. "Harmony of Voice: Women Characters in the Plays of Zakes Mda". *English in Africa*, 2005(2): 213-226.

Maclennan. *Letters*. Cape Town: Carrefour Press, 1992.

Maclennan. Don. "The Vacuum Pump: The Fiction of Nadine Gordimer". *Upstream* 1989, 7 (1): 30-33.

Mackenzie, Craig. *The Oral-Style South African Short Story in English: A. W. Drayson to H. C. Bosman*. Atlanta: Rodopi, 1999.

Matshoba, Mtutuzeli. *Seeds of War*. Johannesburg: Ravan, 1981.

Matshoba, Mtutuzeli. *Call Me Not a Man*. Johannesburg: Ravan, 1979.

Matshikiza, Todd. *Chocolates for My Wife*. London: Hodder & Stoughton, 1961.

Matlou, Joël. *Life at Home and Other Stories*. Johannesburg: COSAW, 1991.

Matlou, Joël. *When Rain Clouds Gather*. London: Gollancz, 1968.

Matlou, Joël. *Maru*. London: Gollancz, 1971.

Matlou, Joël. *A Question of Power*. London: Davis-Poynter, 1974.

Masekela, Barbara. "Culture in the New South Africa". *Akal*, 1990, 10(16).

Madingoane, Ingoapele. "Black Trial". *Africa My Beginning*. Johannesburg: Ravan, 1979: 1-32.

Matthews, James. *Cry Rage!*. Johannesburg: Spro-Cas, 1972.

Matthews, James. "James Matthews". *Momentum: On Recent South African Writing*. M. J. Daymond, J. U. Jacobs, and Margaret Lenta(eds.). Pietermaritzburg: University of Natal Press, 1984.

Matthews, James. *Black Voices Shout!*. Athlone: BLAC, 1974

Matthews, James. *The Park and Other Stories*. Athlone: BLAC, 1974.

McDonald, Peter D. "Ideas of the Book and Histories of Literature: After Theory?". *PMLA*, 2006, 121(1).

McGrath, Patrick. "To Be Conscious Is to Suffer. Review of *The Master of Petersburg*". *New York Times Book Review*, 1994-11-20(9).

Memmi, Albert. *The Colonizer and the Colonized*. Howard Greenfeld (trans.). London: Souvenir Press, 1974.

Memmi, Albert. *The Colonizer and the Colonized*. London: Earthscan, 2003.

Medalie, David. "The Context of the Awful Event: Nadine Gordimer's *The House Gun*". *Journal of Southern African Studies*. 1999, 25(4): 633-644.

Mda, Zakes. *She Plays with the Darkness*. New York: Vivlia Publishers & Booksellers (Pty) Ltd, 2004.

Mda, Zakes. *The Heart of Redness*. New York: Farrar, Straus and Giroux, 2000.

Mda, Zakes. *The Madonna of Excelsior*. New York: Farrar, Straus and Giroux, 2002.

Mda, Zakes. "A Response to 'Duplicity and Plagiarism in Zakes Mda's The Heart of Redness' by Andrew Offenburger". *Research in African Literatures*, 2008, 39(3).

Mda, Zakes. "A Charge Disputed". *Mail & Guardian*, 2008-10-18.

Moodie, T. Dunbar. *The Rise of Afrikanerdom: Power, Apartheid, and the Afrikaner Civil Religion*. Berkeley: University of California Press, 1980.

Morrison, Donald. "Race, Gender & Work: Pathway to Power". *Time*, 2005, 11(14): 58-63.

Morawski, Stefan. "The Aesthetic Views of Marx and Engels". *Journal of Aesthetics and Art Criticism* 1970, 28(3): 301-314.

Mutloatse, Mothobi. *Forced Landing—Africa South: Contemporary Writings*. Johannesburg: Ravan, 1980.

Mphahlele, Ezekiel. *Man Must Live and Other Stories*. Cape Town: African Bookman, 1946.

Abrahams, Peter. *Mine Boy*. London: Dorothy Crisp, 1946.

Mphahlele, Es'kia. *Down Second Avenue*. London: Faber, 1959: 105-106.

Mphahlele, Es'kia. "South Africa". *Kenyon Review*, 1969(31): 474, 476.

Mphahlele, Es'kia. "The Argument First Appears". *The African Image*. London: Faber, 1962: 37-38.

Mphahlele, Es'kia. *Down Second Avenue*. New York: Dutton, 1963.

Mphahlele, Es'kia. *Bloke Modisane, Blame Me on History*. New York: Dutton, 1963.

Motsisi, Casey. *Casey & Co.: Selected Writings*. Johannesburg: Ravan, 1978.

Themba, Can. *The Will to Die*. London: Heinemann, 1972.

Mpe, Phaswane. *Welcome to Our Hillbrow*. Pietermaritzburg, South Africa: University of Natal Press, 2001.

Duiker, K. Sello. *Thirteen Cents*. Cape Town: David Philip, 2000.

Muller, David. *Whitey*. Johannesburg: Ravan, 1977.

Mzamane, Mbulelo *Mzala*. Johannesburg: Ravan, 1980.

Njabulo S. Ndebele. "*Turkish Tales, and Some Thoughts on SA Fiction*". Review of Yashar Kemal, Anatolian Tales. *Staffrider*, 1986, 6(1); in Oliphant and Vladislavić, *Ten Years Staffrider*: 318-340.

Ndebele, Njabulo S. "The Rediscovery of the Ordinary: Some New Writings in South Africa". *Journal of Southern African Studies*, 1986, 12(2): 143-157.

Ndebele, Njabulo S. *The Rediscovery of the Ordinary: Essays on South African Literature and Culture*. Johannesburg: COSAW, 1991: 37-57.

Ndebele, Njabulo S. "The Rediscovery of the Ordinary". *Fools and Other Stories*. Johannesburg: Ravan, 1983.

Ndebele, Njabulo S. *Fine Lines from the Box: Further Thoughts About Our Country*. Cape Town: Umuzi, 2007.

Nicol, Mike. *The Powers That Be*. London: Bloomsbury, 1989.

Nkosi, Lewis. *Underground People*. Cape Town: Kwela Books, 2002.

Nikos Papastergiadis. "Restless Hybridity". *Third Text*, 1995, 6(32): 17.

Ndebele, Njabulo. "Turkish Tales, and Some Thoughts on S. A. Fiction". Review of Yashar Kemal's Anatolian Tales. Staffrider, 1984, 6(1): 42-48.

Nuttall, Sarah. *Entanglement*: *Literary and Cultural Reflections on Post-Apartheid*. Johannesburg: University of Witwatersrand Press, 2008.

Offenburger, Andrew. "Duplicity and Plagiarism in Zakes Mda's *The Heart of Redness*". *Research in African Literatures*, 2008, 39(3): 164-199.

Offord, D. C. "*The Devils* in the Context of Contemporary Russian Thought and Politics". *Dostoevsky's* The Devils: *A Critical Companion*. W. J. Leatherbarrow (ed.). Illinois: Northwestern University Press, 1999: 63-99.

Olney, James. "Politics, Creativity and Exile". *Tell Me Africa*: *An Approach to African Literature*. Princeton: Princeton University Press, 1973.

Owomoyela, Oyekan. *A History of Twentieth-Century African Literatures*. Lincoln, NE: University of Nebraska Press, 1993.

Paton, Alan. *Cry, the Beloved Country*: *A Story of Comfort in Desolation*. Harmondsworth: Penguin, 1958.

Pieterse, A. *Between Order and Chaos—The Tragic and the Deconstruction of the South African Reality in the Political Novels of Andre P. Brink*. Pretoria: University of Pretoria, 1989.

Plomer, William. *Turbott Wolfe*. Oxford: Oxford University Press, 1985.

Perkins, David. *Is Literary History Possible?* Baltimore: Johns Hopkins University Press, 1992: 7-8.

Pechey, Graham. "The Post-apartheid Sublime: Rediscovering the Extraordinary". *Writing South Africa*: *Literature, Apartheid, and Democracy, 1970-1995*. Derek Attridge and Rosemary Jolly(eds.). Cambridge: Cambridge University Press, 1998: 57-74.

Pratt, Mary Louise. *Imperial Eyes*: *Travel Writing and Transculturation*. London: Routledge, 1992.

Qabula, Alfred Temba. et al. *Black Mamba Rising*: *South African Worker Poets in Struggle*. Ari Sitas(ed.). Durban: Worker Resistance and Culture Publications, 1986.

Raskin, Jonah. "Doris Lessing at Stony Brook: An Interview by Jonah Raskin". *A Small Personal Voice*. New York: Knopf, 1974: 61-76.

Rich, Paul. "Liberal Realism in South African Fiction, 1948-1966". *English in Africa*, 1985, 12(1): 47-81.

Rice, Michael. "Fictional Strategies and the Transvaal Landscape". *History Workshop Paper*. Johannesburg: University of the Witwatersrand, 1981.

Rich, Paul. "Tradition and Revolt in South African Fiction: The Novels of Andre Brink, Nadine Gordimerand J. M. Coetzee". *Journal of Southern African Studies*, 1982(9): 54-73.

Rive, Richard. *Writing Black*. Cape Town: David Philip, 1981.

Roberts, Sheila. *Outside Life's Feast*. Johannesburg: Ad Donker, 1975.

Roberts, Sheila. *This Time of Year and Other Stories*. Johannesburg: Ad Donker, 1983.

Ross, Robert. *Colonial and Postcolonial Fiction: An Anthology*. New York: Routledge, 1999.

Rubenstein, Roberta. "Briefing on Inner Space: Doris Lessing and R. D. Laing". *Psychoanalytic Review*, 1976 (1): 83-93.

Rubenstein, Roberta. "The Room of the Self: Psychic Geography in Doris Lessing's Fiction". *Contemporary Literature*, 1979 (5).

Sachs, Albie. "Preparing Ourselves for Freedom". *Spring Is Rebellious: Arguments About Cultural Freedom by Albie Sachs and Respondents*. Ingrid de Kok and Karen Press (eds.). Cape Town: Buchu Books, 1990.

Said, Edward. *The World, the Text, and the Critic*. Cambridge: Harvard University Press, 1983.

Said, Edward. "Secular Criticism". *The World, The Text, and The Critic*. London: Vintage, 1991: 1-30.

Said, Edward W. *Representations of the Intellectual: The 1993 Reith Lectures*. London: Vintage, 1994.

Sale, Roger. "The Summer Before the Dark". *The New York Times*, 1974-10-13.

Schadeberg, Jurgen. *Softown Blues: Images from the Black '50s*. Johannesburg: Jurgen Schadeberg, 1994.

Serote, Mongane. *Scatter the Ashes and Go*. Johannesburg: Ravan, 2002.

Serote, Wally Mongane. *Yakhal'inkomo*. Johannesburg: Renoster & Bateleur Press, 1972: 9.

Serote, Mongane. *To Every Birth Its Blood*. Johannesburg: Ravan, 1981.

Smith, Malvern van Wyk. "White Writing/Writing Black: The Anxiety of Non-Influence". *Rethinking South African Literary History* (Ed.). Johannes A. Smit, Johan van Wyk, and Jean-PhilippeWade. Durban: Y Press, 1996.

Small, Adam& Jansje Wissema. *District Six*. Johannesburg: Forntein, 1986.

Sole, Kelwyn. *The Blood of Our Silence*. Johannesburg: Ravan, 1988.

Sole, Kelwyn. *Love That Is Night*. Durban: Gecko Poetry, 1998.

Sole, Kelwyn. "Democratizing Culture and Literature in a 'New South Africa': Organization and Theory". *Current Writing*, 1994, 6(2): 1-37.

Stobie, Cheryl. "Representations of 'the Other Side' in Nadine Gordimer's *The House Gun*". *Scrutiny* 2: Issues in *English Studies in Southern Africa*, 2007, 12(1): 63-76.

Thornton, Robert. "The Potentials of Boundaries in South Africa: Steps Towards a Theory of the Social Edge". *Postcolonial Identities in Africa* (Ed.). Richard Werbner, Terence Ranger. London: Zed, 1996.

Tlali, Miriam. *Muriel at Metropolitan*. Johannesburg: Ravan, 1975.

Tynjanov, Jurij. "On Literary Evolution". *Readings in Russian Poetics: Formalist and Structuralist Views* (Ed.). Ladislav Matejka, Krystyna Pomorska. Cambridge, Mass.: MIT

Press, 1971: 66-78.

Unsworth, Barry. "The Hero of Another's Novel. Review of *The Master of Petersburg*". *Spectator*, 1994, 2(26).

Upchurch, Michael. "Voices of England, Voice of Africa". Earl G. Ingersoll (ed.). *Doris Lessing: Conversations*. Princeton: Ontario Review Press, 1994.

Uwah, Chijioke. "The Theme of Political Betrayal in the Plays of Zakes Mda". *English in Africa*, 2003, 30(1): 135-144.

Vaughan, Michael. "The Stories of Mtutuzeli Matshoba: A Critique". *Staffrider*, 1981, 4(3): 45-47; "Can the Writer Become the Storyteller? A Critique of the Stories of Mtutuzeli Matshoba" (rev.). *Ten Years of Staffrider 1978-1988*(Ed.). Andries Walter Oliphant, Ivan Vladislavić. Johannesburg: Ravan Press, 1988: 310-317.

Warren, Crystal. "South Africa". *Journal of Commonwealth Literature*, 2006, 41(4).

Weiner, Richard. "Retrieving Civil Society in a Postmodern Epoch". *Social Science Journal*, 1991(3).

Watson, Stephen. "Annals of Plagiarism: Antjie Krog and the Bleek and Lloyd Collection". *New Contrast*, 2005, 33(2): 48-61.

Watson, Stephen. "A Version of Melancholy". *Selected Essays 1980-1990*. Cape Town: Carrefour, 1990: 173-188.

Watson, Stephen. "Sydney Clouts and the Limits of Romanticism". *Selected Essays*: 57-81.

Wesen, Mangel. *Ernst Bloch Eine Polistiche Biographie*. Berlin/ Wien: Philo, 2004.

Welsch, Wolfgang. "Transculturality: The Puzzling Form of Cultures Today". *Spaces of Culture: City, Nation, World*(Ed.). Mike Featherstone, Scott Lash. London: Sage, 1999.

Watson, Stephen. "The Writer and the Devil: J. M. Coetzee's *The Master of Petersburg*". *New Contrast*, 1994, 22(3): 47-61.

Watson, Stephen. "*Cry, the Beloved Country* and the Failure of Liberal Vision". *English in Africa*, 1982, 9(1).

Watson. "Coda". *This City*. Cape Town: David Philip, 1985.

Wilhelm, Peter. *At the End of a War*. Johannesburg: Ravan, 1981.

Wilhelm, Peter. *Some Place in Africa*. Johannesburg: Ad Donker, 1987.

Wilhelm, Peter. *The Healing Process*. Johannesburg: Ad Donker, 1988.

Yeats, W. B. *The Collected Poems of W. B. Yeats*. London: Macmillan, 1950.

Young, Robert J. C. *White Mythologies: Writing History and the West*. London: Routledge, 1990: 148-149.

Young, Robert. J. C. Colonial Desire. London: Routledge, 1990.

Zadok, Rachel. *Gen Squash Tokoloshe*. London: Macmillan, 2005.

阿切比 C. 崩溃. 林克, 刘利平, 译. 重庆: 重庆出版社, 2005.

阿特维尔 D. 同人生写作的库切——与时间面对面. 董亮, 译. 哈尔滨: 黑龙江教育出版社，2016.

巴巴 H. K. "献身理论". 罗钢，刘象愚. 后殖民主义文化理论. 北京：中国社会科学出版社，1999：194.

布洛赫. 乌托邦精神. 法兰克福 ：祖尔坎普出版社，1964.

布洛赫，恩斯特. 希望的原理. 上海：上海译文出版社，2012.

蔡斌，宋彤彤. 玛丽的伦理悲剧——三维伦理视角下的《野草在歌唱》. 外国文学研究，2011（2）：47.

蔡圣勤. 孤岛意识：帝国流散群知识分子的书写状况——论库切文学思想中的右翼后殖民主义. 武汉：华中师范大学，2008.

蔡圣勤. 孤岛意识：帝国流散群知识分子的书写状况——库切文学创作及批评思想研究. 北京：外语教学与研究出版社，2011.

蔡圣勤. 库切小说《耻》中的人性形式解读. 西南民族大学学报，2005（11）.

蔡圣勤. 神话的解构与自我解剖——再论库切对后殖民理论的贡献. 外国文学研究，2011（5）：29-35.

蔡圣勤.《彼得堡大师》中的忏悔与反思——基于库切与陀氏互文性的比较研究. 江汉论坛，2016（1）：108-112.

蔡圣勤. 穆达小说对南非社会违伦乱象的反思与批判. 华中学术，2017（4）：10-21.

蔡圣勤，张乔源. 论布林克小说中的人性异化和逃离自由. 山东社会科学，2016（4）：85-92.

蔡圣勤，张乔源. 论布林克《菲莉达》创作中的西方马克思主义思潮的影响. 中国社会科学院研究生院学报，2015（5）：115-119.

蔡圣勤，景迎. 西方马克思主义视域下的库切后期创作读解. 华中学术，2017（11）：19-30.

蔡圣勤，景迎. 论库切后期小说创作的多元性书写. 中国社会科学院研究生院学报，2014（4）：92-96.

蔡圣勤，段承颖. 论莱辛小说的女性之"逃离自由". 北京大学非洲研究中心，编. 中国非洲研究论坛：第一辑. 北京：社会科学文献出版社，2018.

蔡圣勤，张乔源. 布林克新作《菲莉达》的文学伦理学解读. 贵州民族大学学报，2015（2）.

蔡圣勤，芦婷. 历史的重构与文化的杂糅：穆达小说之后殖民解析. 贵州大学学报，2017（4）：152-159.

蔡圣勤，芦婷.《迈克尔·K 的时代与生活》之空间研究. 山东外语教学，2018（2）：78-87.

蔡圣勤，邵夏沁. 南非作家扎克斯穆达《与黑共舞》伦理学解读. 楚雄师范学院学报，2016（8）：71-74.

蔡圣勤. 论库切写作的实验性创新与现代主义表征. 武汉：武汉大学出版社，2017.

康维尔，等. 哥伦比亚南非英语文学导读（1945— ）. 蔡圣勤，等译. 武汉：武汉大学出版社，2017.

威廉·艾伦斯. 食人神话：基于人类学与食人族传说的研究. 武汉：武汉大学出版社，2018.

段枫. 《福》中的第一人称叙述. 外国文学研究，2010(3).

段承颖，蔡圣勤. 《天黑前的夏天》中的西马式乌托邦空间. 太原学院学报，2017(2)：80-83.

车玉玲. 总体性与人的存在. 哈尔滨：黑龙江人民出版社，2001：87.

陈红薇. 《幸存者回忆录》：一个叙述人性灾难的文本. 北京科技大学学报，2002(3)：91.

陈振明. 是从乌托邦到科学，还是从科学到乌托邦——评"西方马克思主义"的现代乌托邦理论. 东南学术，1994(4)：50-55.

邓晓芒. 西方伦理精神探源. 社会科学论坛，2006(17)：94-117.

法农. 黑皮肤，白面具. 万冰，译. 南京：译林出版社，2005.

弗洛姆. "马克思关于人的概念". 西方学者论《1844 年经济学-哲学手稿》. 上海：复旦大学出版社，1983.

弗洛姆. 逃避自由. 刘海林，译. 北京：国际文化出版公司，2002.

弗洛姆. 逃避自由. 哈尔滨：北方文艺出版社，1987.

弗洛姆. 健全的社会. 孙恺详，译. 贵州：贵州人民出版社，1994.

弗洛姆. 逃避自由. 陈学明，译. 哈尔滨：北方文艺出版社，1987：35-36.

弗洛姆. 健全的社会. 欧阳谦，译. 北京：中国文联出版公司，1988.

戈迪默. 无人伴随我. 金明，译. 南京：译林出版社，2006

高文惠. 依附与剥离：后殖民文化语境中的黑非洲英语写作. 北京：中国社会科学出版社，2015.

哈贝马斯. 公共领域. 汪晖，陈燕谷，译. 文化与公共性. 北京：生活·读书·新知三联书店，2005：125-126.

哈贝马斯. 公共领域的结构转型. 曹卫东，等译. 上海：学林出版社，1999.

哈贝马斯. 在事实与规范之间. 童世骏，译. 北京：生活·读书·新知三联书店，2003.

海德格尔. 存在与时间. 陈嘉映，王庆杰，译. 北京：生活·读书·新知三联书店，1987.

亨廷顿. 文明的冲突与世界秩序的重建. 周琪，等译. 北京：新华出版社，2002.

侯斌英. 空间问题与文化批评. 成都：四川大学，2007.

胡忠青，蔡圣勤. 论戈迪默《新生》中的三重伦理关系. 贵州大学学报，2016 年(4)：161-166.

胡忠青. 论戈迪默小说《邂逅者》的生态美学意识. 长江大学学报，2016，3(2)：17-22.

胡忠青，蔡圣勤. 论戈迪默后期作品的异化主题. 湖北社会科学，2016(1)：141-148.

胡忠青，蔡圣勤. 伦理困境：《耶稣的童年》中乌托邦社会的表征. 社会科学家，2015(5)：133-136.

黄楠森. 西方马克思主义与人道主义. 北京大学学报(哲学社会科学版), 1987(1): 1.

黄梅. 女人的危机和小说的危机——杂谈之四. 读书, 1988(1): 64-72.

霍克海默. 批判理论. 李小兵, 译. 重庆: 重庆出版社, 1989(3): 154-164.

蒋承勇. 现代文化视野中的西方文学. 上海: 上海社会科学院出版社, 2000.

蒋晖. 载道还是西化: 中国应有怎样的非洲文学研究. 山东社会科学, 2017(6): 62-76.

坎尼米耶. 库切传. 王敬慧, 译. 杭州: 浙江文艺出版社, 2017.

凯尔纳 D., 等. 后现代理论. 张志斌, 译. 北京: 中央编译出版社, 2004.

库切. 论多丽丝·莱辛和她的自传. 蔡圣勤, 黎珂, 译. 译林, 2008(2): 192-197.

库切. 夏日. 文敏, 译. 杭州: 浙江文艺出版社, 2013.

库切. 伊丽莎白·科斯特洛: 第八课堂. 北塔, 译. 杭州: 浙江文艺出版社, 2013.

库切. 凶年纪事. 文敏, 译. 杭州: 浙江文艺出版社, 2009.

库切. 耶稣的童年. 文敏, 译. 杭州: 浙江文艺出版社, 2009.

莱辛. 金色笔记. 陈才宇, 刘新民, 译. 南京: 译林出版社, 2013.

莱辛. 幸存者回忆录. 朱子仪, 译. 海口: 南海出版社, 2009.

莱辛. 野草在歌唱. 一蕾, 译. 南京: 译林出版社, 2013.

莱辛. 天黑前的夏天. 邱益鸿, 译. 海口: 南海出版社, 2009.

李安山. 中国非洲史研究会文集: 2015. 北京: 社会科学文献出版社, 2016.

李德炎. 人的自由与解放——马克思伦理思想研究. 长春: 吉林大学, 2015.

李汀. 困境的背后: 混乱与分裂——多丽丝·莱辛的《野草在歌唱》解读. 当代文坛, 2008(2): 138-140.

李春敏. 乌托邦与"希望的空间"——大卫·哈维的空间批判理论研究. 教学与研究, 2014(1): 87-93.

李永彩. 南非文学史. 上海: 上海外语教育出版社, 2009.

刘泓, 蔡圣勤. 库切与陀氏的跨时空对话——《彼得堡的大师》与群魔的互文关系. 文艺争鸣, 2014(2): 162-167.

刘泓, 蔡圣勤. 库切与陀氏小说中的忏悔与救赎——基于互文性的比较研究. 贵州大学学报, 2018(1): 139-145.

刘雪岚. 分裂与整合——试论《金色笔记》的主题与结构. 当代外国文学, 1998(2): 156-160.

罗晓燕. 库切的后期创作与西马思潮的影响. 武汉: 武汉大学出版社, 2017.

罗志发. 论哈贝马斯交往理论的和谐社会意蕴. 国外理论动态, 2007(8): 85-89.

龙迪勇. 空间叙事学. 上海: 上海师范大学, 2008.

龙迪勇. 空间形式: 现代小说的叙事结构. 思想战线, 2005(6).

龙迪勇. 空间在叙事学研究中的重要性. 江西社会科学, 2011(8).

卢卡奇. 历史和阶级意识. 王伟光, 张峰, 译. 北京: 华夏出版社, 1989.

陆俊. "西方马克思主义"现代乌托邦的几种形态. 马克思主义研究, 1996(4): 75-80.

马尔库塞. 爱欲与文明. 黄勇, 薛民, 译. 上海: 上海译文出版社, 2005.

马克思. 马克思恩格斯文集: 第1卷、第2卷. 北京: 人民出版社, 1979.

马克思. 1844年经济学哲学手稿: 单行本. 北京: 人民出版社, 2000.

马克思, 恩格斯. 马克思恩格斯全集: 第1卷. 北京: 人民出版社, 1995.

马克思, 恩格斯. 马克思恩格斯全集: 第2卷. 北京: 人民出版社, 1995.

马克思, 恩格斯. 马克思恩格斯全集: 第3卷. 北京: 人民出版社, 2002.

马克思, 恩格斯. 马克思恩格斯全集: 第27卷. 北京: 人民出版社, 2002.

马克思, 恩格斯. 马克思恩格斯全集: 第30卷. 北京: 人民出版社, 2002.

马克思, 恩格斯. 马克思恩格斯文集: 第1卷. 北京: 人民出版社, 2009.

马克思, 恩格斯. 共产党宣言. 中共中央马克思恩格斯列宁斯大林著作编译局, 编译. 北京: 人民出版社, 2014.

毛娟. "不确定的内在性": 理解西方后现代主义及其文学的关键词. 江西社会科学, 2009(6).

孟德斯鸠. 论法的精神: 上册. 张雁深, 译. 北京: 商务印书馆, 1982.

聂珍钊. 文学伦理学批评导论. 北京: 北京大学出版社, 2014.

聂珍钊. 文学伦理学批评: 基本理论与术语. 外国文学研究, 2010(1): 12-22.

潘纯琳. 论V. S奈保尔的空间书写. 成都: 四川大学博士论文, 2006.

祁程. 西方马克思主义乌托邦思想研究. 上海: 华东师范大学, 2013.

秦晖. 南非的启示. 南京: 江苏文艺出版社, 2013.

强以华. 西方伦理十二讲. 重庆: 重庆出版社, 2008.

萨特. 存在与虚无. 陈宣良, 等译. 北京: 生活·读书·新知三联书店, 1987.

塞尔登. 当代文学理论导读. 刘象愚, 等译, 北京: 北京大学出版社, 2000.

邵夏沁. 多丽丝莱辛《另外那个女人》中的女性形象分析. 文学教育, 2016: 26-27.

生安锋. 霍米·巴巴的后殖民理论研究. 北京: 北京大学出版社, 2011.

宋希仁. 西方伦理思想史. 北京: 中国人民大学出版社, 2004.

孙文宪. 回到马克思: 脱离现代文学理论框架的解读. 学术月刊, 2013(8): 122-126.

陶家俊. 理论转变的征兆: 论霍米·巴巴的后殖民主体建构. 外国文学, 2006(5): 80-85.

陶家俊. 后殖民. 赵一凡, 等编. 西方文论关键词. 北京: 外语教学与研究出版社, 2007.

王淑琴. 中国和谐社会语境下的公共领域问题探析. 兰州学刊, 2006(10).

王宁. 叙述、文化定位和身份认同——霍米·巴巴的后殖民批评理论. 外国文学, 2002(6): 48-55.

汪行福. 乌托邦精神的复兴——西方马克思主义对乌托邦的新反思. 复旦学报, 2009(6): 12-18.

王雨辰. 人道主义, 还是反人道主义——评西方马克思主义视阈中马克思主义和人道主义的关系. 青海社会科学, 2004(4): 58-61.

伍德, 艾伦. 黑格尔的伦理思想. 黄涛, 译. 知识产权出版社, 2016.

吴红涛. 乌托邦的空间表征——兼论大卫·哈维的乌托邦伦理思想. 西南大学学报(社会科学版), 2014(4): 114-119.

巫汉祥. 后现代叙事话语. 厦门大学学报, 1999(1).

武跃速. 西方现代文学的个人乌托邦倾向. 上海: 上海社会科学出版社, 2004.

修树新. 托妮·莫里森小说中的生存伦理——以《秀拉》和《宠儿》为例. 外国文学研究, 2012(2).

修树新. 托妮·莫里森小说的文学伦理学批评. 长春: 东北师范大学, 2009.

小楂, 唐翼明, 于仁秋. 关于"边缘人"的通信. 小说界, 1988(5): 132-136.

徐曙玉, 边国恩. 20世纪西方现代主义文学. 天津: 百花文艺出版社, 2001: 10-11.

颜治强. 论非洲英语文学的生成: 文本化史学片段. 北京: 外语教学与研究出版社, 2019.

衣俊卿. 西方马克思主义概论. 北京: 北京大学出版社, 2013.

尹保红. 西方马克思主义空间理论建构及当代价值. 北京: 光明日报出版社, 2016.

伊·德·尼基福罗娃, 等. 非洲现代文学: 东非南非卷. 陈开种, 等译. 北京: 外国文学出版社, 1981.

伊格尔顿. 马克思主义与文学批评. 文宝, 译. 北京: 人民文学出版社, 1980.

张胜兰. 虹中人物之间的伦理关系. "文学伦理学批评: 文学研究方法新探讨"学术研讨会论文集. 武汉: 华中师范大学出版社, 2006.

张康之. 当代乌托邦是一种艺术追求——评马尔库塞的乌托邦理论. 中州学刊, 1998(02): 39-43.

张奎良. 时代呼唤的哲学回响. 哈尔滨: 黑龙江人民出版社, 2000.

张全廷. 文学体裁的多重意蕴. 山东社会科学, 2007(8).

张小红. 全球化·身体·辩证的乌托邦——大卫·哈维乌托邦思想初探. 新疆社会科学, 2011(1): 19-21.

张一兵. 走向感性现实: 被遮蔽的劳动者之声——朗西埃背离阿尔都塞的叛逆之路. 马克思主义与现实, 2012(6): 15-23.

张毅. 非洲英语文学. 北京: 外语教学与研究出版社, 2011.

张勇. 话语、性别、身体——库切的后殖民创作研究。济南: 山东大学, 2013.

庄华萍. 国内外库切研究述评. 宁波大学学报, 2013(3).

赵稀方. 后殖民理论. 北京: 北京大学出版社, 2009.

赵合俊. 伊甸审判: 性爱的异化与理化. 广州: 花城出版社, 1993: 42-43.

曾桂娥. 乌托邦的女性想象. 上海: 上海大学出版社, 2012.

周文娟. 福克纳作品异质空间叙事解读. 当代外国文学, 2013(3).

周小结. 阿伯拉尔伦理学研究. 杭州：浙江工商大学出版社，2014.

周桂君. 跨越四面楚歌中的危机——《金色笔记》中安娜精神崩溃的原因探析. 外语学刊，
　　2015(1)：127-131.

朱彦. 灾难已经发生，何须预言？——解读莱辛小说《幸存者回忆录》. 外国文学研究，
　　2015(3)：168-174.

朱振武，张秀丽. 多丽丝·莱辛：否定中前行. 当代外国文学，2008(2)：96-103.

朱振武，等. 非洲英语文学研究. 上海：华东理工大学出版社，2019.

朱振武，等. 非洲国别英语文学研究. 上海：华东理工大学出版社，2019.

朱振武. 非洲英语文学的源与流. 上海：学林出版社，2019.